PŁOMIEŃ CROSSA

SYLVIA

DAY

PŁOMIEŃ CROSSA

Z angielskiego przełożyły
Ksenia Sadowska i Małgorzata Miłosz

Świat Książki
wydawnictwo

Tytuł oryginału
REFLECTED IN YOU

Redakcja
Justyna Żebrowska

Korekta
Stefania Krassnowska
Lidia Drabik

Wydawnictwo Świat Książki
02-103 Warszawa, ul. Hankiewicza 2

Warszawa 2019

Księgarnia internetowa: swiatksiazki.pl

Skład i łamanie
Avanti

Druk i oprawa
ABEDIK SA

Dystrybucja
Dressler Dublin Sp. z o.o.
05-850 Ożarów Mazowiecki
ul. Poznańska 91
e-mail: dystrybucja@dressler.com.pl
tel. +48 22 733 50 31/32
www.dressler.com.pl

ISBN 978-83-813-9013-2
Nr 90090479

1

Nowy Jork kręcił mnie równie mocno jak jeszcze jedna rzecz w moim życiu. Jak w soczewce odbijały się w tym mieście możliwości nowego świata oraz tradycje świata dawnego. Konserwatyści przyjaźnili się z kochającymi wolność artystami, a szkaradne osobliwości współgrały z unikatowymi okazami. Wibrująca energia miasta napędzała krwiobieg międzynarodowej finansjery i przyciągała jak magnes międzynarodową społeczność.

Mężczyzna, który stanowił ucieleśnienie tej nowojorskiej żywiołowości, nieokiełznanej ambicji i znanej na całym świecie potęgi, właśnie mnie zerżnął i doprowadził do dwóch potężnych orgazmów.

Skradając się na palcach do wielkiej garderoby, zerknęłam na łóżko, na którym leżała zmięta od naszego baraszkowania pościel. Już na samo wspomnienie poczułam dreszcz podniecenia. Wciąż miałam wilgotne włosy po prysznicu, a moje nagie ciało skrywał tylko ręcznik, którym się owinęłam. Miałam się stawić w pracy za półtorej godziny, co oznaczało pośpiech. Uświadomiłam sobie, że będę musiała uwzględnić w grafiku czas na poranny seks, bo inaczej zawsze będę w niedoczasie. Gideon Cross właśnie się budził, żeby kolejny raz podbić świat. Zaczynał od podboju mojej skromnej osoby, co sprawiało mu wyjątkową przyjemność.

Prawda, jaką byłam szczęściarą?

W Nowym Jorku czuć było w powietrzu czerwcowe lato i wyraźnie się ociepliło. Postanowiłam włożyć spodnie z naturalnego lnu oraz sweterek bez rękawów w ciepłym szarym kolorze, który pasował do moich oczu. Ponieważ nie umiałam układać sobie włosów, związałam je w zwykły kucyk. Zrobiłam sobie makijaż i kiedy wreszcie wyglądałam jako tako, wyszłam z sypialni.

Przechodząc przez korytarz, usłyszałam głos Gideona. Był niski i ostry, więc zadrżałam ze strachu, że się rozzłościł. Nie wkurzał się łatwo... chyba że na mnie. Wtedy krzyczał i klął, a nawet szarpał dłońmi swoje wspaniałe kruczoczarne włosy sięgające mu do ramion.

Zazwyczaj Gideon potrafił poskromić swoją gwałtowną naturę. Po co miał krzyczeć na ludzi, skoro i tak trzęśli portkami, kiedy tylko przelotnie na nich spojrzał albo rzucał pod ich adresem zdawkowy komunikat.

Gideon był w swoim gabinecie. Stał odwrócony plecami do drzwi, ze słuchawką bluetooth w uchu i ze skrzyżowanymi rękami wyglądał przez okno na Piątą Aleję. Wydawał się samotny, odcięty od otaczającego go świata, a zarazem w pełni gotowy, żeby nim władać.

Z ręką na klamce przyglądałam mu się szeroko otwartymi oczami. Byłam pewna, że to, co widzę, robi jeszcze większe wrażenie niż panorama rozpościerająca się przed Gideonem. Z miejsca, w którym stałam, widziałam jego górującą nad drapaczami chmur sylwetkę, tak samo władczą i imponującą jak one. Gideon zdążył się wykąpać, zanim wygrzebałam się z łóżka. Jego ciało, od którego byłam całkowicie uzależniona, opinały dwie części drogiego, szytego na miarę trzyczęściowego garnituru, do którego miałam wyjątkową słabość. Patrzyłam na jego idealny tyłek i masywne plecy wbite w kamizelkę.

Na ścianie wisiał duży kolaż naszych zdjęć, wśród nich

jedno intymne, które mi pstryknął, gdy spałam. Większość fotek zrobili nam paparazzi, śledzący każdy krok Gideona Crossa. Był właścicielem Cross Industries i w wieku dwudziestu ośmiu lat, kiedy jego rówieśnicy jeszcze rozwozili pizzę, wspiął się na listę dwudziestu pięciu najbogatszych ludzi na świecie. Wcale bym się nie zdziwiła, gdyby to do niego należała lwia część Manhattanu. Bez dwóch zdań był najgorętszym ciachem na tej planecie, a na dodatek we wszystkich swoich gabinetach robił wystawy z moich zdjęć, jakbym była dla niego równie przyjemnym widokiem, jak on dla mnie.

Gideon odwrócił się z wdziękiem w moją stronę i przygwoździł mnie swymi lodowatobłękitnymi oczami. Nie był zdziwiony, widząc mnie gapiącą się na niego w progu. Kiedy tylko znajdowaliśmy się blisko siebie, przelatywały między nami iskry, nabrzmiewało przeczucie tego, co zaraz nastąpi, podobne do zastygłej ciszy przed nadejściem burzy z grzmotami i błyskawicami. Możliwe, że specjalnie poczekał, zanim odwrócił się w moją stronę, wyłącznie po to, abym mogła napatrzeć się na niego do woli. Dobrze wiedział, że uwielbiałam to robić.

Gideon Cross był mrocznym i niebezpiecznym człowiekiem. I należał do mnie.

Mój Boże… Jego twarz wciąż robiła na mnie kolosalne wrażenie – wyrzeźbione kości policzkowe, czarne skrzydlate brwi, grube rzęsy, chabrowe oczy, no i te usta… Tak perfekcyjnie wycyzelowane, że były zmysłowe i figlarne, a zarazem zbójeckie. Ubóstwiałam, kiedy śmiały się do mnie i zapraszały do erotycznych igraszek, gdy zaś prostowały się w cienką surową kreskę, czułam strach. A kiedy Gideon muskał ustami moje ciało, zamieniałam się w ogień.

Jezu, dziewczyno, czy ty w ogóle siebie słyszysz? Wydęłam wargi na wspomnienie koleżanek, które działały mi na nerwy, kiedy plotły dyrdymały o urodzie swoich chłopaków. Tymczasem stałam się jedną z nich, zniewolona wspaniałością tego skomplikowanego, irytującego, pochrzanionego i do bólu seksownego faceta, w którym byłam coraz bardziej zakochana.

Nie odrywaliśmy od siebie oczu. Mimo że na twarzy Gideona wciąż było widać złość, kiedy rugał jakiegoś biedaka, którego miał na linii, jego wzrok powoli tracił lodowatą wrogość i stawał się coraz gorętszy.

Już dawno powinnam była przywyknąć do zmiany, jaka w nim zachodziła, kiedy na mnie patrzył, ale świadomość tego faktu wciąż robiła na mnie wstrząsające wrażenie. Jego spojrzenie mówiło mi, jak mocno i głęboko miał ochotę mnie rżnąć – co zresztą robił, kiedy tylko nadarzała się okazja – a także pozwalało uchylić rąbka tajemnicy o jego surowej, nieposkromionej i nieustępliwej sile woli. Siła i przywództwo determinowały wszystko, co Gideon robił w życiu.

– Do zobaczenia w sobotę o ósmej wieczorem – zakończył rozmowę, po czym wyjął z ucha słuchawkę i rzucił ją na biurko. – Podejdź do mnie, Evo.

Znowu poczułam dreszcz na dźwięk mojego imienia, które wypowiedział władczo, tak jak w chwilach, gdy mówił – „Teraz, Evo", kiedy leżałam przygnieciona ciężarem jego ciała, wypełniona nim, pragnąc ze wszystkich sił osiągnąć orgazm, żeby uczynić go szczęśliwym.

– Nie mamy czasu, mistrzu.

Na wszelki wypadek wyszłam na korytarz. Sama jego delikatna chrypka i subtelny, kulturalny głos doprowadzały mnie do orgazmu. Kiedy tylko mnie dotykał, miękły mi kolana. Jemu jednemu oddawałam się bez walki.

Pobiegłam do kuchni, żeby zaparzyć nam kawę.

Gideon mruknął coś głośno pod nosem i ruszył za mną, sadząc wielkie kroki. Gdy się ze mną zrównał, przyszpilił mnie do ściany mierzącym sto dziewięćdziesiąt centymetrów, gorącym, twardym ciałem.

– Wiesz dobrze, aniołku, co się dzieje, gdy uciekasz przede mną. – Gideon chwycił zębami moją dolną wargę, a następnie złagodził ukąszenie, pieszcząc mnie językiem. – Zawsze cię dogonię.

Moje ciało westchnęło radośnie, kiedy mu uległam, i zmiękło z rozkoszy pod jego ciężarem. Pożądałam go nieustannie i tak silnie, że czułam fizyczny ból. Opanowała mnie żądza, ale też coś znacznie potężniejszego, coś drogocennego i głębokiego. Pożądanie Gideona nie przywoływało złych skojarzeń, jak działo się wtedy, gdy byłam z innymi mężczyznami. Gdyby ktokolwiek inny próbował poskromić mnie ciężarem swojego ciała, wpadłabym w panikę i uciekła przerażona. Nigdy tak się nie czułam z Gideonem, który dobrze wiedział, czego potrzebuję i ile jestem w stanie znieść.

Kiedy nagle się do mnie uśmiechnął, na chwilę zabrakło mi tchu.

Patrząc na zapierającą dech w piersiach twarz, okoloną lśniącymi kruczoczarnymi włosami, poczułam, jak miękną mi kolana. Pomijając dekadencką długość jego jedwabnych włosów, Gideon był wyrafinowany i pełen ogłady.

Trącił mój nos swoim.

– Nie możesz najpierw się do mnie uśmiechać, a potem odchodzić. Natychmiast się przyznaj, o czym myślałaś, kiedy rozmawiałem przez telefon.

Wydęłam usta.

– Że jesteś fantastycznym facetem. To się robi nudne, że wciąż o tobie myślę. Muszę się wziąć w garść.

Gideon chwycił mnie za udo i jeszcze bardziej do siebie przycisnął, przygniatając po mistrzowsku moje biodra swoimi. Był niezwykle dobry w te klocki, i świetnie o tym wiedział.

– Akurat ci pozwolę.

– Ach tak? – Fala ciepła rozeszła się po moim ciele, które chciwie go łaknęło. – Chyba nie chcesz mi powiedzieć, że masz ochotę na kolejną uwieszoną na tobie kobietę z oczami rozżarzonymi jak dwa węgielki, o panie, który nienawidzisz wygórowanych oczekiwań.

– Pragnę tylko – Gideon zamruczał jak kot, chwycił w obie dłonie moją twarz i potarł kciukiem dolną wargę – żebyś myślała o mnie na tyle często, byś nie miała czasu myśleć o kimś innym.

Oddychałam z trudem, bo jego palący wzrok całkiem mnie uwiódł, podobnie jak prowokacyjny głos, żar i zapach jego ciała. Ślinka napłynęła mi do ust. Gideon był moim narkotykiem, a ja nie miałam ochoty walczyć z nałogiem.

– Gideonie – westchnęłam jak urzeczona.

Mężczyzna jęknął cicho i przywarł gorącymi ustami do moich warg. Myśli o tym, która jest godzina, pierzchły pod wilgotnym i głębokim pocałunkiem. Niemal udało mu się odwrócić moją uwagę od tego, że odkrył przede mną swoją niepewność.

Chwyciłam dłońmi jego włosy, żeby go przytrzymać, i pocałowałam go. Mój język dotykał jego i wirował razem z nim. Byliśmy parą niespełna od miesiąca. Co gorsza, żadne z nas nie wiedziało, jak zbudować związek, w którym nie musielibyśmy ukrywać, że oboje jesteśmy poharatani, a taki związek właśnie próbowaliśmy stworzyć.

Cross objął mnie mocno i władczo.

– Chcę spędzić z tobą weekend na Florida Keys, nago – oznajmił.

– Miło się zapowiada – odparłam. A nawet bardzo miło. Uwielbiałam Gideona w trzyczęściowym garniturze, ale wolałam go nagiego. Trochę bałam mu się przyznać, że miałam już plany na weekend…

– Muszę poświęcić weekend na sprawy zawodowe – wymamrotał, muskając moje usta.

– Te, które przez mnie odkładałeś? – Gideon wychodził wcześniej z pracy, żeby spędzać czas ze mną, i dobrze wiedziałam, ile to go musiało kosztować. Moja matka była trzykrotnie zamężna, a wszyscy jej małżonkowie byli zamożnymi i odnoszącymi sukcesy magnatami. Zdawałam sobie sprawę, że ceną ambicji były długie godziny spędzane w pracy.

– Nie skąpię moim pracownikom grosza, żeby być z tobą.

Niezły wynik, lecz ujrzawszy w jego oku błysk irytacji, zmieniłam temat i powiedziałam:

– Dziękuję. Napijmy się kawy, póki mamy czas.

Gideon przesunął językiem po mojej dolnej wardze i puścił mnie.

– Chcę się ulotnić jutro o ósmej wieczorem. Spakuj dosłownie kilka letnich ubrań. W Arizonie panują upały.

– Co takiego? – Zamrugałam, spoglądając na jego plecy, kiedy wchodził do gabinetu. – Masz interesy w Arizonie?

– Niestety.

O rany. Postanowiłam nie wspominać więcej o kawie ani się z nim nie spierać i poszłam do kuchni. Po drodze minęłam przestronny salon zaprojektowany w przedwojennym stylu, ze smukłymi łukowymi oknami. Zastukałam obcasami, idąc po twardej i lśniącej drewnianej podłodze, a potem stąpałam bezgłośnie po ręcznie tkanych dywanach z Aubusson. Salon Gideona wyłożony był ciemnym drewnem i udekorowany stonowanymi tkaninami. W tym luksusowym miejscu roiło się od drogocennych drobiazgów i z każdego kąta wyzierał przepych, ale jednocześnie zachowało ono ciepły i kameralny urok. Zapraszało gościa, żeby poczuł się jak u siebie i pozwolił gospodarzowi się porozpieszczać.

Kiedy tylko weszłam do kuchni, natychmiast podstawiłam pod ekspres podróżny kubek do kawy. Po chwili pojawił się Gideon. Zarzucił na ramię marynarkę, w dłoni trzymał komórkę. Podstawiłam jeszcze jeden kubek dla Gideona, a potem otworzyłam lodówkę i wyjęłam z niej niskokaloryczną śmietankę.

– Może dobrze się złożyło. – Odwróciłam się do niego i przypomniałam o moim problemie ze współlokatorem. – W ten weekend muszę rozmówić się z Carym.

Gideon włożył telefon do wewnętrznej kieszeni marynarki i przewiesił ją przez stołek barowy przy wyspie w kuchni.

– Jedziesz ze mną, Evo – powiedział.

Zaczerpnęłam szybko tchu i wlałam niskokaloryczną śmietankę do kawy.

– Co takiego miałabym tam robić? Leżeć na golasa i czekać, aż skończysz pracę, żeby się ze mną pieprzyć?

Gideon rzucił mi twarde spojrzenie, wziął do ręki kubek i upił łyk gorącej kawy. Wydawał mi się coś za bardzo spokojny.

– Masz ochotę pokłócić się ze mną? – zapytał.

– Nie utrudniaj mi życia – odparłam. – Przecież już o tym rozmawialiśmy. Dobrze wiesz, że nie mogę zostawić Cary'ego po tym, co się wydarzyło ostatniej nocy. Ta plątanina ciał, którą odkryłam w pokoju gościnnym, nadała nowe znaczenie słowu grupenseks.

Wkładając do lodówki karton ze śmietanką, czułam, że Gideon przyciąga mnie do siebie siłą swojej woli. Tak było od samego początku. Kiedy tylko chciał, sprawiał, że odczuwałam jego potrzeby. Ciężko było mi zignorować tę część mnie, która błagała, żeby mu dać to, czego pragnął.

– Ty się zajmiesz interesami, a ja moim przyjacielem, a potem zajmiemy się sobą nawzajem – wyjaśniłam.

– Wracam dopiero w niedzielę wieczorem.

Och… Poczułam szarpnięcie w brzuchu, kiedy usłyszałam, że wyjeżdża na tak długo. Większość par nie spędzała ze sobą każdej wolnej chwili, ale my byliśmy inni. Oboje mieliśmy własne problemy i wątpliwości. Uzależniliśmy się od siebie nawzajem, co wymagało regularnych kontaktów, byśmy mogli prawidłowo funkcjonować. Nie znosiłam być z dala od niego. Wciąż o nim myślałam.

– Przecież widzę, że nie wyobrażasz sobie rozłąki ze mną – stwierdził ze spokojem Gideon, przyglądając mi się badawczo i zauważając najdrobniejszy szczegół. – Do niedzieli uschniemy z tęsknoty.

Podmuchałam kawę, żeby szybciej wystygła, i upiłam łyk. Myśl o tym, że będę musiała spędzić całe dwa dni bez niego, wytrąciła mnie z równowagi. Co gorsza, wkurzało mnie, że spędzi tak wiele czasu beze mnie w miejscu, gdzie kobiety nie były tak popieprzone i nieznośne jak w Nowym Jorku.

– Oboje wiemy, że to nie jest dla nas dobre – udało mi się wykrztusić.

– Kto tak uważa? Nikt nie wie, jak to jest być na naszym miejscu.

W tej akurat kwestii byłam z nim zgodna.

– Musimy jechać do pracy – powiedziałam, wiedząc, że ta patowa sytuacja doprowadzi nas tego dnia do szaleństwa. Za jakiś czas rozwiążemy problem, ale na razie bez wątpienia utknęliśmy w miejscu.

Gideon oparł się biodrem o ladę, skrzyżował nogi w kostkach i powtórzył z uporem maniaka:

– Oboje chcemy, żebyś ze mną pojechała.

– Gideonie. – Zastukałam nogą w kafelek z trawertynu. – Nie mogę poświęcić ci całego mojego życia. Jeśli będę na każde twoje zawołanie, szybko się mną znudzisz. Do cholery, ja sama nie będę mogła na siebie patrzeć. Przecież nie umrzemy, jeśli przez kilka dni zajmiemy się własnymi problemami, nawet jeśli nie mamy na to wielkiej ochoty.

Gideon świdrował mnie wzrokiem.

– Sprawiasz zbyt wiele kłopotu, żeby sądzić, że jesteś na każde zawołanie.

– Raczej ty sprawiasz zbyt wiele kłopotu!

Gideon się wyprostował. Zniknęła jego groźna i tajemnicza zmysłowość, a na jej miejsce pojawiła się surowa intensywność. Był tak samo zmienny i nieprzewidywalny jak ja.

– Sporo się ostatnio o tobie pisze i mówi, Evo. Jest tajemnicą poliszynela, że mieszkasz w Nowym Jorku. Nie mogę cię tu zostawić samej na pastwę losu. Jeśli już koniecznie chcesz, to weź ze sobą Cary'ego. Możecie chwytać się za łby, kiedy będziesz na mnie czekała, żebym skończył robotę i potem cię rżnął.

– Rozumiem. – W chwili gdy przyjęłam za dobrą monetę jego próbę rozładowania atmosfery za pomocą żartu, zrozumiałam, dlaczego nie chciał zostawić mnie samej w Nowym Jorku. Obawiał się Nathana, mojego byłego brata przyrodniego, który był żyjącym koszmarem z mojej przeszłości. Gideon był przerażony, że Nathan zjawi się ponownie w mojej teraźniejszości. Ze strachem przyznałam mu w myślach rację. Tarcza anonimowości, która osłaniała mnie przez lata, roztrzaskała się w drobny mak dzięki temu, że media nagłośniły nasz związek.

Boże… Naprawdę nie mieliśmy czasu, żeby rozpoczynać kolejny drażliwy temat, ale wiedziałam dobrze, że Gideon nie odpuści mi w tej kwestii. Był człowiekiem, który uzurpował sobie prawo do wszystkiego, co do niego należało, i w bezwzględny sposób zwalczał swoich rywali. Nikomu nie pozwoliłby mnie skrzywdzić. Byłam jego bezpiecznym schronieniem, co czyniło mnie wyjątkową i nieocenioną.

Zerknął na zegarek.

– Czas na nas, aniołku.

Wziął marynarkę i ruchem ręki pokazał, żebym poszła przodem. Zabrałam z jego luksusowego salonu torebkę na ramię oraz torbę, w której były moje buty i inne artykuły pierwszej potrzeby. Po chwili zjechaliśmy jego prywatną windą na sam dół i wślizgnęliśmy się na tylne siedzenie jego czarnego bentleya SUV-a.

– Witaj, Angusie – przywitałam się z kierowcą, który dotknął daszka swojej czapki szofera.

– Dzień dobry, panno Tramell – odparł z uśmiechem Angus. Był starszym jegomościem, z rudą czupryną obficie przyprószoną siwizną. Lubiłam go z wielu powodów, między innymi dlatego, że woził Gideona od czasu, kiedy ten był jeszcze uczniem w podstawówce, i szczerze go kochał.

Kiedy zerknęłam na mojego roleksa, którego dostałam w prezencie od matki i ojczyma, wiedziałam, że mamy szansę zdążyć do pracy, pod warunkiem że nie utkniemy w korku. Gdy o tym myślałam, Angus zgrabnie włączył się do ruchu w morzu taksówek i samochodów. Po pełnej napięcia ciszy, która panowała w apartamencie Gideona, hałas Manhattanu przywołał mnie do życia tak skutecznie jak zastrzyk kofeiny. Ryk klaksonów i dudnienie kół na włazach kanalizacyjnych natychmiast postawiły mnie na nogi. Strumień spieszących się przechodniów płynął po obu stronach zakorkowanej ulicy, a pobliskie budynki wyciągały się wyzywająco w górę ku niebu, pozostawiając nas w mroku, chociaż wzeszło już słońce.

Boże, naprawdę zakochałam się w tym mieście. Każdego dnia chłonęłam od nowa jego atmosferę i na nowo się nią syciłam.

Umościłam się wygodnie na skórzanym siedzeniu z tyłu samochodu i delikatnie ścisnęłam Gideona za rękę.

– Czy poczułbyś się lepiej, gdybym na weekend wyjechała z Carym z miasta? Może skoczylibyśmy na chwilę do Vegas?

Gideon zmrużył oczy.

– Czy Cary obawia się mnie z jakiegoś powodu i dlatego Arizona nie wchodzi w grę?

– Co takiego? Nie. Nie sądzę. – Przysunęłam się nieznacznie i spojrzałam na niego. – Czasami muszę poświęcić całą noc na to, żeby się przede mną otworzył.

– Nie sądzisz? – powtórzył Gideon, ignorując wszystko inne, co powiedziałam.

– Może się czuć pozostawiony sam sobie w chwilach, kiedy ma potrzebę porozmawiania ze mną, ponieważ każdą wolną minutę spędzam z tobą – wyjaśniłam, przytrzymując dwiema dłońmi kubek, kiedy najechaliśmy na właz. – Posłuchaj mnie, musisz przestać być zazdrosny o Cary'ego. Kiedy ci mówię, że traktuję go jak brata, nie żartuję. Nie musisz go lubić, ale pogódź się z faktem, że Cary jest częścią mojego życia.

– Czy mówisz mu o mnie to samo?

– Nie muszę. On o tym wie. Próbuję osiągnąć w tej sprawie kompromis...

– Nie uznaję kompromisów.

Uniosłam brwi.

– Jestem pewna, że nie uznajesz kompromisów w interesach. W tym wypadku chodzi jednak o przyjaźń, która wymaga ustępstw...

Gideon przerwał mi i warknął:

– Polecisz do mojego hotelu moim samolotem, a jeśli opuścisz teren hotelu, moi goryle będą cię śledzić.

Zdumiała mnie jego raptowna i niechętna kapitulacja. Milczałam przez całą minutę, na tyle długo, że jego brwi wygięły się w końcu w wysoki łuk nad przeszywającymi mnie na wskroś błękitnymi oczami, które zdawały się mówić, że nie mam nic więcej do gadania.

– Czy ty czasami nie przesadzasz? – Nie chciałam odpuścić. – Przecież Cary będzie ze mną.

– Wybacz, ale nie uważam, żebyś była z nim bezpieczna po tym, co zrobił wczoraj. – Gideon popijał kawę, dając mi jednocześnie swoją postawą do zrozumienia, że nasza rozmowa dobiegła końca. Przedstawił mi opcje, które był w stanie zaakceptować.

Może i złościłabym się na niego za jego zuchwały i despotyczny ton, gdyby nie to, że tak naprawdę kierowała nim chęć opieki nade mną. Moja przeszłość skrywała brzydkie tajemnice, a kiedy zostałam dziewczyną Gideona, znalazłam się w świetle jupiterów, które mogły sprowadzić Nathana Barkera na próg mojego domu.

Poza tym kontrolowanie wszystkiego wokół siebie stanowiło część osobowości Gideona. To było w pakiecie, musiałam się z tym pogodzić.

– Masz rację – zgodziłam się. – Który hotel należy do ciebie?

– Mam kilka. Sama wybierz któryś z nich. – Odwrócił głowę i wyjrzał przez okno. – Scott wyśle ci listę mejlem. Kiedy się zdecydujesz, on się zajmie rezerwacją. W obie strony lecimy razem.

Oparłam ramię o siedzenie i napiłam się kawy, patrząc, jak dłoń Gideona zwija się w pięść. Jego odbicie w przyciemnionym oknie było chłodne, obojętne i pozbawione emocji, chociaż miałam wrażenie, że się zasępił.

– Dziękuję ci – rzekłam cicho.

– Nie masz mi za co dziękować. Wcale mnie to nie cieszy, Evo. – Zauważyłam, jak drgnął mu mięsień w szczęce. – Przez to, że twój współlokator nawarzył piwa, ja muszę spędzić weekend bez ciebie.

Zrobiło mi się go żal, że z mojego powodu jest taki nieszczęśliwy. Wzięłam od niego kubek z kawą i włożyłam go do uchwytu. Następnie usiadłam okrakiem na jego kolanach i objęłam go ramionami.

– Jestem ci ogromnie wdzięczna za to, że się o mnie troszczysz. To wiele dla mnie znaczy.

Gideon spojrzał na mnie swoimi dzikimi błękitnymi oczami.

– Wiedziałem, że oszaleję na twoim punkcie, kiedy tylko cię zobaczyłem.

Uśmiechnęłam się na wspomnienie naszego pierwszego spotkania.

– Gdy leżałam na tyłku w holu budynku Crossfire?

– Jeszcze wcześniej. Na zewnątrz.

Marszcząc czoło, zapytałam:

– Na zewnątrz czego?

– Na chodniku przed budynkiem. – Gideon chwycił mnie mocno za biodra i ścisnął w ten butny, apodyktyczny sposób, który powodował, że czułam ból na myśl o tym, jak bardzo go pragnę. – Miałem spotkanie na mieście i gdybym wyszedł minutę później, nie spotkałbym ciebie. Właśnie wsiadłem do samochodu, kiedy wyszłaś zza rogu.

Po jego słowach przypomniałam sobie, że przed budynkiem Crossfire stał bentley, ale byłam pod zbyt wielkim wrażeniem gmachu, żeby wtedy zwrócić uwagę na lśniący samochód. Zauważyłam go dopiero, kiedy odjechał.

– Od razu cię dostrzegłem – dodał szorstko. – Nie mogłem oderwać od ciebie wzroku. Zapragnąłem cię natychmiast. Strasznie i bez umiaru. Szaleńczo.

Dlaczego wcześniej nie wpadłam na to, że coś się kryło za naszym pierwszym spotkaniem? Byłam pewna, że wpadliśmy na siebie przez przypadek. Ale przecież tego dnia właśnie wychodził… Co tylko znaczyło, że specjalnie wrócił do środka. Z mojego powodu.

– Stanęłaś tuż przy samochodzie – ciągnął – i wysoko zadarłaś głowę, żeby spojrzeć na budynek, a ja wyobraziłem sobie, jak klęczysz i patrzysz na mnie w taki sam sposób.

Kiedy Gideon wydał z siebie niski pomruk, zaczęłam się wić na jego kolanach.

– Czyli jak? – wyszeptałam, urzeczona jego ognistym spojrzeniem.

– Z podnieceniem. Podziwem i... przestrachem. – Chwycił mnie za tyłek i przyciągnął do siebie. – Żadna siła nie mogła mnie powstrzymać przed wejściem za tobą do środka. I nagle zobaczyłem cię dokładnie tam, gdzie chciałem: tuż obok, na klęczkach przede mną. W tej jednej sekundzie przemknęły mi przez głowę fantazje o tym, co zrobię z tobą, kiedy zobaczę cię nagą.

Z ledwością przełykałam ślinę, przypominając sobie, że dokładnie to samo myślałam o nim.

– Kiedy po raz pierwszy na ciebie spojrzałam, od razu pomyślałam o seksie. O głośnym, namiętnym seksie.

– Zauważyłem. – Jego dłonie pieściły moje plecy. – I wiedziałem, że zauważyłaś mnie. Zobaczyłaś coś we mnie. Przejrzałaś mnie na wskroś.

Właśnie z tego powodu wylądowałam na tyłku, w dosłownym znaczeniu tego słowa. Zajrzałam mu głęboko w oczy i zorientowałam się, jakie kierowały nim ograniczenia i jaką miał mroczną duszę. Dostrzegłam w nim siłę i głód, dominację i potrzebę komenderowania. W głębi duszy wiedziałam, że mną zawładnie. Poczułam ulgę, dowiedziawszy się, że on także doznał wstrząsu emocjonalnego na mój widok.

Gideon dotknął moich łopatek i przyciągnął mnie ku sobie jeszcze bliżej, tak że nasze czoła się zetknęły.

– Nikt wcześniej tego we mnie nie zauważył. Jedynie ty – powiedział.

Poczułam ucisk w gardle. W gruncie rzeczy Gideon był twardzielem, ale potrafił być równocześnie słodki jak dziecko, co w nim ubóstwiałam, ponieważ to było czyste i niewinne. Jeśli nikt poza mną nie zadał sobie trudu, żeby dowiedzieć się, co się kryje za jego uderzająco pięknym obliczem i pokaźnym kontem w banku, to tylko oznaczało, że inni nie zasługiwali na to, aby go znać.

– Nie zdawałam sobie sprawy. Byłeś całkowicie rozluźniony. Wydawało mi się, że ta sytuacja w ogóle cię nie obeszła.

– Rozluźniony – prychnął. – Ja płonąłem. Od tamtej chwili wciąż nie doszedłem do siebie. Kompletnie mi odwaliło.

– Łał. Dzięki.

– To ty sprawiłaś, że cię pożądam – wydyszał. – I teraz nie mogę znieść myśli, że mam spędzić dwa dni z dala od ciebie...

Trzymając jego twarz w dłoniach, pocałowałam go czule, kusząco i przepraszająco zarazem.

– Ja też cię kocham – szepnęłam, muskając jego piękne usta. – Nie znoszę być z dala od ciebie.

Odwzajemnił się chciwym, żarłocznym pocałunkiem, chociaż jego uścisk był łagodny i pełen szacunku. Tak jakbym była mu bardzo droga. Kiedy się ode mnie oderwał, oboje ciężko dyszeliśmy.

– Nie jestem w twoim typie – przekomarzałam się z nim, chcąc rozładować atmosferę, zanim rozejdziemy się do swoich zajęć. Sympatia Gideona do brunetek była znana i świetnie udokumentowana.

W tym momencie bentley zwolnił i się zatrzymał. Angus wysiadł z samochodu, żeby dać nam odrobinę prywatności. Zostawił włączony silnik i klimatyzację. Kiedy wyjrzałam przez okno, zobaczyłam, że stoimy przed budynkiem Crossfire.

– Jeśli już mówimy o moim typie – Gideon odchylił głowę, oparł ją o siedzenie i wziął głęboki oddech – to Corinne była zaskoczona, kiedy cię zobaczyła. Spodziewała się kogoś zupełnie innego.

Zamarłam na wspomnienie byłej narzeczonej Gideona. Chociaż wiedziałam, że stanowili bardziej parę przyjaciół niż kochanków i że Gideon czuł się przy niej samotny, pazury zazdrości wbijały się w moje ciało. Zazdrość stanowiła jedną z moich najgorszych cech.

– Ponieważ jestem blondynką?

– Ponieważ... nie wyglądasz tak jak ona.

Wstrzymałam na chwilę oddech. Nie przyszło mi do głowy, że Corinne stanowiła dla niego punkt odniesienia. Nawet Magdalene Perez, jedna z przyjaciółek Gideona, która liczyła na więcej niż przyjaźń, opowiadała, że specjalnie zapuściła swoje ciemne włosy, chcąc naśladować Corinne. Ale do tej pory nie uświadamiałam sobie znaczenia tej obserwacji. Mój Boże... Jeśli to prawda, Corinne wciąż miała na Gideona ogromny wpływ, o wiele większy, niż potrafiłam znieść. Moje serce zaczęło mocniej bić i żołądek podszedł mi do gardła. Nienawidziłam jej, co było kompletnie bez sensu. Nienawidziłam myśli, że Gideon kiedyś należał do niej, chociaż w niewielkim ułamku. Nienawidziłam wszystkich kobiet, które poznały jego dotyk... jego pożądanie... jego niesamowite ciało.

Zaczęłam się z niego ześlizgiwać.

– Evo. – Gideon przytrzymał mnie, ściskając mocniej moje uda. – Wcale nie wiem, czy ona ma rację.

Mój wzrok powędrował w dół i zobaczyłam na jego prawej dłoni sygnet, który mu podarowałam na znak mojego zaangażowania. Poczucie, że Gideon należy do mnie, uspokoiło mnie, tak jak i wyraz dezorientacji na jego twarzy, kiedy odwzajemniłam jego spojrzenie.

– Nie wiesz? – zapytałam.

– Jeżeli tak było, to nie byłem tego świadomy. Nie szukałem Corinne w innych kobietach. W ogóle nie wiedziałem, że czegoś szukam, dopóki nie spotkałem ciebie.

Kiedy moje dłonie ześlizgiwały się po klapach jego marynarki, czułam, jak ogarnia mnie ulga. Może faktycznie wcale nie szukał jej świadomie, a nawet jeśli tak było, to nie mogłam bardziej różnić się od Corinne pod względem temperamentu i wyglądu. Dla Gideona byłam wyjątkowa. Byłam kobietą, która stanowiła całkowite zaprzeczenie wszystkich kobiet, które spotkał na swojej drodze. Marzyłam o tym, żeby ta wiedza pomogła mi pokonać moją zazdrość.

– Może nie tyle chodziło o typ, ile o model. – Gładziłam koniuszkiem palca jego zmarszczki na czole. – Możesz zapytać o to dzisiaj doktora Petersena. Po tylu latach terapii chciałabym mieć więcej odpowiedzi na nurtujące mnie pytania, ale niestety tak nie jest. Wciąż nie rozumiem wielu rzeczy w naszym związku. Nie umiem sobie wytłumaczyć, co takiego urzekło cię we mnie.

– To, co ty zobaczyłaś w e m n i e, aniołku – odparł ze spokojem, a jego rysy złagodniały. – Mimo że wiesz, co się we mnie kryje, pragniesz mnie z taką samą siłą jak ja ciebie. Każdego wieczoru, gdy kładę się spać, ogarnia mnie przerażenie, że kiedy się obudzę, ciebie już nie będzie przy moim boku. Albo że się mnie wystraszyłaś… że istniałaś tylko w moich snach.

– Nie, Gideonie. – Mój Boże. Każdego dnia łamał mi serce i rozpadałam się na małe cząsteczki.

– Wiem, że nie potrafię mówić o moich uczuciach do ciebie, tak jak ty to robisz, ale należę do ciebie. Dobrze o tym wiesz.

– Tak, wiem, że mnie kochasz, Gideonie. – Szaleńczo. Gwałtownie. Obsesyjnie. Tak jak ja kocham jego.

– Uzależniłem się od ciebie. – Odchylając do tyłu głowę, Gideon pociągnął mnie w dół i pocałował słodko. Jego zuchwałe usta przesuwały się delikatnie pod moimi. – Dla ciebie mógłbym nawet zabić – wyszeptał. – Oddałbym wszystko, co mam... Ciebie jednej nie oddam. Dwa dni to wszystko, na co się zgodzę. Nie proś mnie o więcej, bo i tak ci tego nie dam.

Jego słowa wiele dla mnie znaczyły. Bogactwo Gideona chroniło go przed resztą świata, dawało mu władzę i kontrolę, która została mu odebrana w pewnym momencie jego życia. Tak jak ja doświadczył brutalności i agresji. To, że uznał, iż dla mojej osoby jest skłonny zrezygnować ze świętego spokoju tylko po to, aby mnie przy sobie zatrzymać, oznaczało więcej niż słowa „Kocham cię".

– Mój mistrzu, daj mi tylko dwa dni, a potem wynagrodzę ci wszystko w dwójnasób.

Wreszcie z jego spojrzenia zniknęła surowość, którą zastąpił erotyczny żar.

– A więc to tak? Masz zamiar udobruchać mnie seksem, aniołku?

– Tak – przyznałam się bezwstydnie. – Ofiaruję ci mnóstwo seksu. W końcu ta taktyka świetnie na ciebie działa.

Gideon wydął wargi, ale jego wzrok był tak przenikliwy, że zaczęłam szybciej oddychać. To mroczne spojrzenie przypomniało mi po raz kolejny, że Gideon nie należał do tych mężczyzn, których można było prowadzić za rękę albo zdominować.

– Evo – wymruczał, półleżąc na siedzeniu z drapieżną swawolnością zwinnej pantery, która zgrabnie zapędziła myszkę do swojej nory.

Moim ciałem wstrząsnął cudowny dreszcz. Gdy chodziło o Gideona, najbardziej na świecie pragnęłam zostać przez niego pożarta.

2

Jadąc windą do Waters Field & Leaman, agencji reklamowej na dwudziestym piętrze, dla której pracowałam, Gideon szepnął mi do ucha:

– Myśl o mnie przez cały dzień.

Ukradkiem ścisnęłam jego dłoń w zatłoczonej windzie.

– Myślę o tobie bez przerwy.

Gideon pojechał na ostatnie piętro, na którym mieściła się główna siedziba Cross Industries. Budynek Crossfire należał do niego, był jedną z jego wielu nieruchomości w Nowym Jorku, tak jak i apartamentowiec, w którym mieszkałam.

Starałam się nie zwracać na to uwagi. Moja matka była łowczynią posagów i poświęciła miłość mojego ojca dla życia, które obfitowało w dostatek, czego kompletnie nie potrafiłam zrozumieć. Zawsze wybrałabym miłość zamiast bogactwa, ale rozumiem też, że łatwo było mi tak myśleć, ponieważ miałam pieniądze – pokaźny portfel inwestycyjny, którego byłam wyłączną właścicielką. Jeszcze nigdy z niego nie skorzystałam i nie miałam zamiaru tego robić. Zapłaciłam za niego zbyt wysoką cenę i nie wyobrażałam sobie, że coś może być tego warte.

Recepcjonistka Megumi wpuściła mnie przez ochronne szklane drzwi i powitała z szerokim uśmiechem. Była śliczną kobietą w moim wieku. Modnie obcięte na boba lśniące czarne włosy okalały jej zachwycające azjatyckie rysy.

– Hej – powiedziałam, zatrzymując się przy jej biurku. – Masz jakieś plany na obiad?

– Już teraz mam.

– Świetnie. – Uśmiechnęłam się do niej szczerze i serdecznie. Uwielbiałam Cary'ego i lubiłam spędzać z nim czas, lecz od czasu do czasu fajnie było pobyć z koleżankami. Cary powoli budował sobie sieć kolegów i przyjaciół w przybranym mieście, a ja prawie od samego początku zostałam wessana w wir związany z Gideonem. Marzyłam o tym, żeby móc z nim spędzać każdą chwilę, ale wiedziałam, że to nie jest zdrowe. Koleżanki potrafiły być ze mną szczere, gdy tego potrzebowałam, więc musiałam zabiegać o przyjaźń z nimi, jeśli mi na nich zależało.

Długim korytarzem doszłam wreszcie do mojego boksu. Włożyłam torebkę i torbę do dolnej szuflady biurka, a na wierzchu zostawiłam telefon, żeby go wyciszyć. Wtedy zobaczyłam esemesa od Cary'ego: – „Wybacz, mała".

– Cary Taylorze – westchnęłam. – Kocham cię... nawet gdy mnie wkurzasz.

A wczoraj wkurzył mnie maksymalnie. Nie było kobiety, która miałaby ochotę wrócić do domu i ujrzeć scenę orgii na podłodze własnego salonu, zwłaszcza po kłótni ze swoim chłopakiem.

Odpisałam mu: „Zarezerwuj sobie dla mnie weekend, jeśli to możliwe".

Po mojej wiadomości nastąpiła długa przerwa, podczas której wyobrażałam sobie, jak Cary rozważa moją propozycję. Wreszcie mi odpisał: „Cholera. Rozumiem, że zamierzasz mi nieźle przyłożyć".

– Może trochę – mruknęłam do siebie. – Wstrząsnął mną dreszcz, kiedy przypomniałam sobie... grupenseks, na który się natknęłam. Pomyślałam jednak, że przede wszystkim Cary i ja powinniśmy fajnie spędzić ze sobą czas. Stosunkowo od niedawna mieszkaliśmy na Manhattanie, oboje znaleźliśmy się w obcym mieście i mieszkaniu, podjęliśmy nową pracę, mieliśmy nowe doświadczenia, zarówno on, jak i ja zawieraliśmy nowe znajomości z mężczyznami. Oboje zostaliśmy wyrwani z naszych naturalnych środowisk i musieliśmy walczyć o swoje. Jako że uginaliśmy się pod sporym ciężarem negatywnych doświadczeń z przeszłości, nie najlepiej nam szło. Zazwyczaj mogliśmy na sobie polegać i być dla siebie wsparciem, ale ostatnio nie mieliśmy na to czasu. Naprawdę powinniśmy pobyć trochę we dwoje.

„Masz ochotę na wypad do Vegas? Tylko ty i ja?".

„Cholera, jasne, że tak!", odpisał.

„Powiem ci więcej później".

Wyciszyłam telefon i odłożyłam go na miejsce. Zerknęłam na dwa kolaże w ramkach, które stały obok mojego monitora. W jednej ramce były zdjęcia moich rodziców i Cary'ego, a w drugiej fotografie moje i Gideona, który sam wybrał zdjęcia, pragnąc, żeby przypominały mi jego, podobnie jak moje zdjęcia na jego biurku. A przecież ja wcale nie potrzebowałam przypominajki…

Byłam szczęśliwa, że mogę mieć blisko siebie podobizny ludzi, których kochałam: moją matkę ze złotymi lokami i zniewalającym uśmiechem, jej apetyczne ciało odziane wyłącznie w skąpe bikini na jachcie mojego ojczyma na Lazurowym Wybrzeżu, oraz jej męża Richarda Stantona, który wyglądał królewsko i dostojnie. Jego srebrzyste włosy podkreślały w intrygujący sposób urodę o wiele młodszej od niego małżonki. Cary został uchwycony w całej swojej fotogenicznej glorii i chwale, z lśniącymi kasztanowymi włosami i błyszczącymi zielonymi oczami oraz z szerokim i figlarnym uśmiechem. Jego buzia za milion dolarów pojawiała się coraz częściej w kolorowych magazynach i za chwilę ozdobi billboardy oraz przystanki autobusowe w reklamach ubrań marki Grey Isles.

Zajrzałam na drugą stronę korytarza za szklaną ścianę, która skrywała minibiuro Marka Garrity'ego. Zobaczyłam jego marynarkę przewieszoną przez krzesło Aeron, ale Marka nie było w środku. Nie zdziwiłam się więc, gdy spotkałam go w naszej kuchni, gdzie z marsową miną przyglądał się kubkowi z kawą, od której zarówno on, jak i ja byliśmy uzależnieni.

– Byłam pewna, że potrafisz obsłużyć to ustrojstwo – zauważyłam, mając na myśli jego kłopoty z ekspresem na jeden kubek.

– Potrafię dzięki tobie. – Mark uniósł głowę i posłał mi uroczy szelmowski uśmiech. Miał błyszczącą ciemną skórę, ładnie ostrzyżoną kozią bródkę oraz łagodne piwne oczy. Poza tym, że przyjemnie było na niego popatrzeć, był także świetnym szefem. Z radością dzielił się ze mną wiedzą o reklamie i ufał, że nie musi mi powtarzać dwa razy, co i jak mam zrobić. Byliśmy zgranym zespołem i liczyłam na długą współpracę.

– Skosztuj – powiedział, sięgając po drugi kubek z parującą cieczą, który stał na kontuarze. Podał mi go, a ja wzięłam go z wdzięcznością, doceniając fakt, że Mark pomyślał o tym, żeby dodać śmietankę i słodzik, ponieważ pamiętał, że taką właśnie kawę pijam.

Ostrożnie wzięłam łyk, bo wiedziałam, że kawa jest gorąca, lecz natychmiast zakrztusiłam się z powodu jej zaskakującego i ohydnego smaku.

– Co to jest? – wymamrotałam.

– Kawa o smaku czarnych jagód.

Opryskliwie i z grymasem niezadowolenia na twarzy skomentowałam jego odpowiedź:

– Kto, do cholery, chciałby pić to świństwo?

– A, widzisz… Właśnie do nas należy wymyślenie grupy docelowej, której mamy ją sprzedać. – Mark uniósł swój kubas w geście toastu. – Za zdrowie naszego nowego klienta!

Krzywiąc się niemiłosiernie, wyprostowałam się i wzięłam kolejny łyk.

*

Niestety dwie godziny później wciąż chciało mi się jechać do Rygi po słodkim smaku sztucznych jagód, który został mi na języku. Ponieważ zbliżała się przerwa na lunch, zaczęłam szukać w internecie doktora Terrence'a Lucasa, mężczyzny, który wyraźnie zirytował Gideona wczoraj wieczorem podczas kolacji. Ledwie wpisałam jego nazwisko do wyszukiwarki, zadzwonił mój telefon na biurku.

– Biuro Marka Garrity'ego – oznajmiłam do słuchawki. – Przy telefonie Eva Tramell.

– Z tym Vegas to na poważnie? – Cary od razu przeszedł do rzeczy.

– Absolutnie.

Cary milczał przez chwilę, po czym zapytał:

– Czy zamierzasz powiedzieć mi tam, że wprowadzasz się do swojego kochasia milionera, a ja mam ci zniknąć z oczu?

– Co? Nie. Odbiło ci? – Z całej siły zacisnęłam powieki, kiedy zrozumiałam, jak bardzo niepewnie czuł się Cary, podczas gdy ja sądziłam, że nasza przyjaźń jest zbyt głęboka na tego rodzaju bolączki. – Jesteśmy ze sobą na dobre i na złe, nie muszę cię chyba w tym utwierdzać.

– Czyli obudziłaś się dzisiaj rano z myślą, że ruszamy do Vegas?

– Mniej więcej. Pomyślałam, że przez kilka dni będziemy pili mojito przy basenie i jedli posiłki w pokoju.

– Obawiam się, że krucho u mnie z forsą.

– Spokojna głowa. Gideon nam stawia. Lecimy jego samolotem do jego hotelu. Musimy zapłacić tylko za drinki i żarcie. – Skłamałam, ponieważ zamierzałam opłacić wszystko z wyjątkiem przelotu, ale Cary nie musiał o tym wiedzieć.

– On nie leci z nami?

Rozparłam się wygodnie na krześle i spojrzałam na zdjęcie Gideona. Piekielnie się za nim stęskniłam, chociaż dopiero co się widzieliśmy.

– Musi coś załatwić w Arizonie, więc polecimy z nim w obie strony, ale w Vegas będziemy sami, ty i ja. Myślę, że obojgu nam to dobrze zrobi – odpowiedziałam.

– Taa – Cary odetchnął chrapliwie. – Przyda mi się zmiana klimatu i czas spędzony w towarzystwie mojej najlepszej przyjaciółki.

– W takim razie załatwione. Gideon chce wylecieć jutro o ósmej wieczorem.

– Zaraz się spakuję. Może i ciebie spakować?

– Naprawdę mógłbyś? Jesteś kochany! – Równie dobrze Cary mógłby być zawodowym stylistą albo doradzać przy zakupach. Miał ogromny talent, jeśli chodzi o dobór ubrań.

– Evo?

– Tak?

Cary westchnął ciężko.

– Dzięki, że się na mnie nie gniewasz za to wczorajsze gówno.

– Zamknij się.

Kiedy się pożegnaliśmy, patrzyłam długo na aparat telefoniczny, nie mogąc pogodzić się z myślą, że Cary jest taki nieszczęśliwy, chociaż wszystko w jego życiu przecież świetnie się układało. Był prawdziwym ekspertem od autodestrukcji, wciąż odrzucał od siebie myśl, że i on miał prawo do szczęścia.

Zmusiłam się, żeby przestać o nim myśleć, i dzięki wyszukiwarce Google na moim ekranie przypomniałam sobie, że interesuje mnie doktor Terry Lucas. Znalazłam w internecie kilka artykułów na jego temat, uzupełnionych o zdjęcia, które przypieczętowały rezultaty moich poszukiwań.

Pediatra. Czterdzieści pięć lat. Żonaty od dwudziestu lat. Nerwowo wpisałam hasło „Doktor Terrence z małżonką", wzdrygając się w duchu na myśl, że zaraz zobaczę długowłosą brunetkę o złotej karnacji. Odetchnęłam więc z ulgą, kiedy wyskoczyła mi na ekranie blada kobieta o krótkich rudych włosach.

Po chwili miałam jednak jeszcze więcej pytań. Wcześniej byłam przekonana, że obaj mężczyźni posprzeczali się właśnie z powodu kobiety.

Tak naprawdę Gideon i ja niewiele o sobie wiedzieliśmy. Znaliśmy tylko swoje brudne sekrety, w każdym razie on wiedział wszystko o moich, podczas gdy ja domyślałam się raczej wielu rzeczy z powodu dość oczywistych wskazówek. Poznaliśmy nasze codzienne nawyki z racji tego, że razem pomieszkiwaliśmy i spędzaliśmy ze sobą noce u niego albo u mnie. Gideon poznał połowę mojej rodziny, a ja poznałam całą jego rodzinę. Nasz związek nie trwał jednak wystarczająco długo, żeby zgłębić poboczne wątki naszego życia. Szczerze mówiąc, sądzę, że nie byliśmy na tyle otwarci i dociekliwi, bo tak naprawdę baliśmy się dokopać do jeszcze głębszych pokładów świństw w naszym i tak już kulejącym związku.

Byliśmy ze sobą, ponieważ uzależniliśmy się od siebie. Nigdy przedtem nie czułam się tak odurzona jak wtedy, kiedy byłam szczęśliwa w jego towarzystwie, i wiem, że on czuł się tak samo ze mną. Przechodziliśmy przez wyżymaczkę emocji właśnie dla tych doskonałych chwil, ale proces był tak żmudny i niepewny, że tylko nasz upór, determinacja i miłość sprawiały, iż mogliśmy o nie walczyć.

Dość tego zadręczania się.

Otworzyłam skrzynkę pocztową, w której czekały na mnie codzienne aktualne informacje o Gideonie Crossie. Dzisiejsze linki prowadziły mnie głównie do zdjęć Gideona w smokingu bez krawata oraz do moich podczas uroczystej kolacji charytatywnej w hotelu Waldorf Astoria wczoraj wieczorem.

– Boże. – Patrząc na siebie w koktajlowej sukience projektu Very Wang, pomyślałam o mojej matce, nie tylko dlatego, że byłam do niej łudząco podobna, ale dlatego, że stałam pod rękę z megafinansistą.

Monica Tramell Barker Mitchell Stanton potrafiła doskonale odgrywać rolę żony zdobywcy trofeów. Świetnie wiedziała, jakie spoczywają na niej obowiązki, i potrafiła perfekcyjnie się z nich wywiązać. Chociaż dwukrotnie się rozwodziła, za każdym razem to właśnie ona występowała o rozwód, i za każdym razem jej byli małżonkowie rozpaczali z tego powodu. Mimo że bardzo ją kochałam, bo była szczera i uczciwa, dorastałam, pragnąc niezależności. Moje prawo do mówienia „nie" było dla mnie największą wartością.

Zmniejszyłam okienko ze skrzynką pocztową, odsunęłam na bok myśli o moim życiu osobistym i ponownie zajęłam się wyszukiwaniem zestawień rynkowych na temat kawy o smaku owocowym. Zajmowałam się koordynacją wstępnych spotkań strategów z Markiem, a także pomagałam mu w burzy mózgów na temat kampanii dotyczącej restauracji serwującej dania bezglutenowe. W południe poczułam potężny głód. Kiedy zadzwonił telefon, odebrałam go ze swoją zwyczajową formułką.

– Evo? – Usłyszałam kobiecy głos z mocnym akcentem. – Tu Magdalene. Czy możesz mi poświęcić minutę?

Odchyliłam się na krześle, czujna i w stanie pełnej gotowości bojowej. Ja i Magdalene nawiązałyśmy nić sympatii, kiedy Corinne niespodziewanie pojawiła się ponownie w życiu Gideona, ale nie potrafiłam zapomnieć, jaka Magdalene była wobec mnie jadowita, kiedy spotkałyśmy się pierwszy raz.

– Mam tylko chwilę – odrzekłam. – Co się stało?

Magdalene westchnęła, a potem zaczęła wyrzucać z siebie słowa z prędkością karabinu maszynowego:

– Wczoraj siedziałam za plecami Corinne. Usłyszałam to i owo z jej rozmowy z Gideonem podczas kolacji.

Poczułam napięcie w żołądku, przygotowując się na emocjonalny cios. Magdalene wiedziała doskonale, jak może wykorzystać moją niepewność, jeśli chodziło o Gideona.

– Wywlekanie brudów, kiedy jestem w pracy, jest podłą zagrywką z twojej strony – oświadczyłam zimno. – Ja nie…

– On cię wcale nie lekceważył.

Z osłupienia otworzyłam usta, a Magdalene sprytnie wypełniła ciszę.

– On się nią bawił, Evo. Corinne sugerowała mu, co może ci pokazać w Nowym Jorku, bo jesteś tu od niedawna, ale robiła to, wspominając miejsca, w których bywali razem.

– Spacer aleją wspomnień – mruknęłam, wdzięczna losowi za to, że niewiele słyszałam z rozmowy Gideona i jego byłej dziewczyny, którą prowadzili półszeptem.

– Tak. – Magdalene odetchnęła głęboko. – Dałaś stamtąd nogę, bo ci się wydawało, że na jej widok Gideon zapomniał o bożym świecie. Chcę ci powiedzieć, że cały czas o tobie myślał i starał się trzymać Corinne z daleka od ciebie, żeby nie zrobiła ci przykrości.

– A niby dlaczego tobie miałoby na tym zależeć?

– Kto mówi, że mi zależy? Jestem ci to winna za nasze pierwsze spotkanie.

Zastanowiłam się nad tym. Tak, rzeczywiście była mi to winna po tym, jak zaatakowała mnie w łazience zawistną gadką. Mimo to nie sądziłam, że była to jej jedyna motywacja. Może z dwojga złego wolała mnie od Corinne. Może chciała utrzymywać dobre relacje z wrogami.

– W takim razie w porządku. Bardzo ci dziękuję.

Nie przeczę, że po tym, co usłyszałam, poczułam się lepiej. Nawet nie zdawałam sobie sprawy z ciężaru, który nosiłam, a od którego teraz się uwolniłam.

– Jest jeszcze coś – Magdalene mówiła dalej. – Zaczął cię szukać.

Ścisnęłam kurczowo słuchawkę. Gideon zawsze mnie szukał... bo ja zawsze przed nim uciekałam. Mój powrót do normalności wciąż opierał się na kruchych podstawach i nauczyłam się go chronić za wszelką cenę. Kiedy coś zagrażało mojej równowadze, natychmiast się ulatniałam.

– Gideon miał przed tobą inne kobiety, które stawiały mu ultimatum. Albo się nudziły, albo żądały od niego, aby zwrócił na nie uwagę lub wyróżniał je spośród innych. Porzucały go, mając nadzieję, że będzie je ścigał. I wiesz, co on wtedy robił?

– Nic – odparłam cicho. Zdążyłam go dobrze poznać. Nigdy nie spędzał czasu z kobietami, z którymi sypiał, i nigdy nie sypiał z kobietami, z którymi spędzał czas towarzysko. Corinne i ja byłyśmy jedynymi wyjątkami od tej reguły, i to był kolejny powód, dla którego wpadałam w szał zazdrości z powodu jego byłej dziewczyny.

– Zależało mu tylko na tym, aby Angus odwiózł je bezpiecznie do domu – potwierdziła Magdalene, a ja pomyślałam, że także próbowała w pewnym momencie zastosować tę taktykę wobec Gideona. – Ale kiedy wyszłaś, po chwili za tobą pobiegł. Nie był sobą, kiedy się żegnał. Wydawał się błądzić gdzieś myślami, był nieobecny.

Bo poczuł strach. Zamknęłam oczy i w duchu skopałam sobie tyłek, i to mocno.

Gideon nieraz mówił mi, że kiedy uciekałam, ogarniało go przerażenie, bo nie umiał poradzić sobie z myślą, że mogę do niego nie wrócić. Co z tego, że powtarzałam mu, iż nie wyobrażam sobie życia bez niego, skoro co innego mówiły mu moje czyny? Nic dziwnego, że nie otworzył się przede mną i nie opowiedział mi o swojej przeszłości.

Musiałam przestać uciekać. Gideon i ja powinniśmy stoczyć o nas walkę, jeśli chcemy, żeby nam się udało.

– Czy teraz ja jestem ci coś winna? – zapytałam neutralnie, odmachując Markowi, który zamachał do mnie w drodze na lunch.

Magdalene gwałtownie odetchnęła.

– Znam Gideona od wieków. Nasze matki są przyjaciółkami. Nie unikniemy częstych spotkań, więc mam nadzieję, że nie będziemy się czuły skrępowane w swoim towarzystwie.

Słuchałam słów kobiety, która niedawno podeszła do mnie i oznajmiła mi, że w momencie kiedy Gideon wsadził we mnie fiuta, przestałam dla niego cokolwiek znaczyć. I dotknęła mnie w chwili, kiedy byłam wyjątkowo bezbronna.

– Posłuchaj mnie, Magdalene, jeśli nie będziesz dążyć do konfrontacji, to sobie poradzimy. – A skoro zdobyła się wobec mnie na uczciwość, dodałam szczerze: – Sama potrafię spieprzyć związek z Gideonem, zaufaj mi. Nie potrzebuję niczyjej pomocy.

Magdalene zaśmiała się cicho.

– To był mój błąd, jak sądzę. Byłam zbyt ostrożna i uprzejma. On musi to z tobą przepracować. W każdym razie... Minuta już dawno minęła. Dziękuję, że poświęciłaś mi swój czas.

– Miłego weekendu – życzyłam jej w ramach podziękowań. Wciąż nie byłam pewna, jakimi naprawdę kierowała się pobudkami.

– Wzajemnie – odparła.

Kiedy odłożyłam słuchawkę na widełki, rzuciłam okiem na swoje zdjęcia z Gideonem. W jednej chwili ogarnęła mnie żądza i zachłanność. Chociaż teraz należał do mnie,

nie miałam pewności, że jutro też tak będzie. Nie znałam dnia ani godziny. Myśl, że inna kobieta mogłaby go mieć, była nie do zniesienia.

Otworzyłam dolną szufladę i wymacałam w torebce telefon. Pragnęłam, żeby Gideon pomyślał o mnie tak samo żarliwie, jak ja myślałam o nim, napisałam mu więc esemesa o moim nagłym głodzie i chęci schrupania go. „Zrobiłabym wszystko, żeby ci teraz obciągnąć".

Następnie wyobraziłam sobie, jak wyglądał Gideon, kiedy brałam go do ust, i jakie wydawał z siebie dzikie, i zwierzęce odgłosy tuż przed osiągnięciem orgazmu.

Wstałam i usunęłam tekst, kiedy tylko zobaczyłam, że został mu dostarczony, a potem wrzuciłam telefon do torebki. Ponieważ było południe, pozamykałam okienka w komputerze i poszłam do recepcji po Megumi.

– Czy masz ochotę zjeść coś konkretnego? – zapytała, zrywając się na równe nogi, dzięki czemu miałam okazję podziwiać jej lawendową sukienkę z paskiem i bez rękawów.

Zakasłałam, ponieważ jej pytanie nadeszło niespodziewanie szybko po esemesie, którego wysłałam do Gideona.

– Nie. Ty coś wybierz. Ja się dostosuję.

Pchnęłyśmy szklane drzwi i udałyśmy się w stronę wind.

– Nie mogę się doczekać weekendu – jęknęła Megumi, naciskając guzik paznokciem pokrytym akrylem. – Jeszcze półtora dnia.

– Masz już jakieś plany na miłe spędzenie czasu?

– To się okaże. – Megumi westchnęła i zatknęła kosmyk włosów za ucho. – Randka w ciemno – wytłumaczyła mi smętnie.

– Czy osoba, która cię w to wkręciła, jest godna zaufania?

– To moja współlokatorka. Przynajmniej mogę liczyć na to, że facet będzie atrakcyjny fizycznie, bo wiem, z kim sama szlaja się po nocach.

Uśmiechałam się, gdy winda stanęła na naszym piętrze. Wsiadłyśmy do środka.

– W takim razie jest szansa na sukces – powiedziałam.

– Nie jestem pewna, bo ona też go poznała na randce w ciemno. Zarzeka się, że jest fantastyczny, tyle że bardziej w moim typie niż jej.

– Hm.

– No właśnie. – Megumi potrząsnęła głową i spojrzała w górę na ozdobną igłę nad drzwiami windy, która wskazywała poszczególne piętra.

– Dasz mi znać, jak było?

– Oczywiście. Życz mi powodzenia.

– To się rozumie samo przez się.

Kiedy znalazłyśmy się w lobby, poczułam pod ramieniem, że wibruje mi torebka. Przechodząc przez bramkę, wymacałam telefon. Gdy zobaczyłam, że wyświetliło się imię Gideona, który dzwonił zamiast wysłać wiadomość, ścisnęło mnie w żołądku.

– Przepraszam cię na chwilę – rzekłam do Megumi, zanim odebrałam telefon.

– Nie krępuj się. – Machnęła niedbale ręką.

– Hej – przywitałam Gideona figlarnie.

– Evo.

Omal się nie przewróciłam, słysząc, jak wymruczał moje imię. Jego zachrypnięty głos skrywał ocean możliwości.

Zwolniłam kroku. Nie byłam w stanie wykrztusić ani słowa w reakcji na moje imię wypowiedziane przez niego w gorączce, której tak pożądałam, ze wzburzeniem, które podpowiadało mi, że Gideon najbardziej na świecie pragnie znaleźć się teraz we mnie.

Obok mnie przechodzili ludzie, wchodząc i wychodząc z budynku, a ja stałam jak skamieniała, wsłuchana w nabrzmiałą od napięcia ciszę, która zapadła w słuchawce, pulsującą niewypowiedzianym i przemożnym pożądaniem. Gideon nie wydawał z siebie dźwięku, nie słyszałam nawet jego oddechu, ale czułam jego zwierzęcą tęsknotę. Gdyby nie fakt, że Megumi cierpliwie na mnie czekała, wskoczyłabym do windy i ruszyła w te pędy na górę, żeby zaspokoić jego milczący rozkaz i spełnić moją esemesową obietnicę.

Na wspomnienie, kiedy obciągałam mu w jego biurze, w moim ciele zawrzało, a moje usta zwilgotniały. Przełknęłam ślinę.

– Gideonie...

– Chciałaś, żebym zwracał na ciebie większą uwagę, więc proszę bardzo. Chcę, żebyś powiedziała na głos to, co napisałaś.

Oblałam się rumieńcem.

– Nie mogę. Nie tutaj. Zadzwonię do ciebie później.

– Podejdź do kolumny i ukryj się za nią.

Ze zdumieniem rozejrzałam się dookoła, szukając go w tłumie, a potem przypomniałam sobie, że dzwonił ze swojego biura. Uniosłam wzrok w poszukiwaniu kamery. Natychmiast poczułam na sobie spojrzenie Gideona, gorące i pożądliwe. Podniecenie przeszyło moje ciało, rozpalone jego żądzą.

– Pośpiesz się, aniołku, koleżanka czeka.

Poszłam w kierunku kolumny, oddychając szybko i głośno łapiąc powietrze.

– A teraz mi powiedz. Po twoim esemesie stanął mi. Co zamierzasz z tym zrobić?

Dotknęłam dłonią szyi, a mój wzrok spoczął bezradnie na Megumi, która obserwowała mnie z wysoko uniesionymi brwiami. Uniosłam do góry palec, dając jej tym samym znak, że proszę o jeszcze jedną minutę, a potem odwróciłam się do niej plecami i szepnęłam:

– Chcę cię wziąć do ust.

– Dlaczego? Żeby się ze mną pobawić? Podroczyć się ze mną tak, jak to robisz teraz? – W jego głosie nie było żaru, lecz spokojna surowość.

Dobrze wiedziałam, że muszę mieć się na baczności, kiedy Gideon zaczynał mówić o seksie poważnym tonem.

– Nie. – Uniosłam twarz w kierunku przyciemnionej kopuły w suficie, która ukrywała najbliższą kamerę. – Żebyś miał wytrysk. Uwielbiam, kiedy masz orgazm.

Usłyszałam, jak oddycha chrapliwie.

– W takim razie to jest prezent.

Tylko ja wiedziałam, ile to dla niego znaczyło, żeby móc postrzegać akt seksualny jako dar. Kiedyś seks kojarzył mu się z bólem i poniżeniem, z chucią i przymusem. Dzięki mnie zaczął go kojarzyć z przyjemnością i miłością.

– Jak zawsze – odparłam.

– To dobrze, Evo, bo jesteś moim skarbem i cenię głęboko nasz związek. A nawet nasze pragnienie, żeby się wciąż pieprzyć, jest mi bliskie, ponieważ żywimy dla siebie uczucie.

Poczułam, jak uginają się pode mną kolana, kiedy uzmysłowiłam sobie, że znowu wpadłam w pułapkę dawnego niszczącego nałogu. Wykorzystałam przyciąganie seksualne, żeby podleczyć nim brak poczucia własnej wartości. Jeśli Gideon był napalony na mnie, to nie mógł być napalony na kogoś innego. Skąd wiedział, co mi się kołacze po głowie?

– Tak. – Oddychałam głośno. – Żywimy dla siebie uczucie.

Kiedyś uprawiałam seks, żeby coś poczuć do kochanka, myląc chwilową żądzę z prawdziwym uczuciem. Dlatego zależało mi teraz, aby zaprzyjaźnić się z mężczyzną, nim wyląduję z nim w łóżku. Nigdy więcej nie pozwolę na to, żebym opuszczała łóżko kochanka, czując się jak bezwartościowa szmata.

A już na pewno nie zepsuję tego, co było między mną i Gideonem, tylko z tego powodu, że czułam irracjonalny lęk przed jego utratą.

Olśniło mnie, że naprawdę mam nierówno pod sufitem. Ogarnęło mnie okropne i dziwne przeczucie, że coś strasznego za chwilę się wydarzy.

– Po pracy dam ci wszystko, o czym tylko zamarzysz, mój aniołku. – Głos Gideona nabrał jeszcze większej głębi i szorstkości. – A teraz spędź miło czas ze swoją koleżanką. Będę o tobie myślał. Oraz o twoich ustach.

– Kocham cię, Gideonie.

Po zakończonej rozmowie wzięłam kilka głębokich oddechów, żeby odzyskać równowagę. Dołączyłam do Megumi.

– Wybacz – powiedziałam.

– Wszystko w porządku?

– Tak. W najlepszym.

– Wciąż iskrzy między tobą i Gideonem? – Zerknęła na mnie z lekkim uśmiechem.

– Hm... Jak najbardziej. – Aż mnie nosiło, żeby się jej zwierzyć. Żałowałam, że nie mogę się przed nią otworzyć i wybuchnąć gejzerem uczuć dla Gideona, które tak bardzo mnie przytłoczyły. Myśli o nim całkiem mnie spustoszyły, dotyk jego rąk na moim ciele doprowadzał do utraty zmysłów, a jego namiętna i udręczona dusza wnikała w moje ciało jak ostry nóż.

Nie mogłam jej jednak nic wyznać, ani teraz, ani kiedykolwiek. Gideon to postać na świeczniku, za bardzo znana. Prywatne szczegóły z jego życia osobistego były warte fortunę. Nie mogłam podjąć tego ryzyka.

– Świetnie – odparła Megumi. – Wspaniale. Czy znałaś go, zanim zaczęłaś tu pracować?

– Nie. Chociaż wydaje mi się, że w końcu i tak byśmy się poznali. – Z powodu naszej przeszłości.

Moja matka i Gideon wspierali szczodrze organizacje, które zajmowały się molestowanymi dziećmi, więc nasze ścieżki w końcu i tak by się skrzyżowały. Zastanawiałam się, jak by wyglądało nasze pierwsze spotkanie: Gideon z olśniewającą brunetką przy swoim boku, a ja z Carym. Czy doszłoby między nami na odległość do tej samej zwierzęcej reakcji jak wtedy, kiedy wpadliśmy na siebie w lobby budynku Crossfire?

Zapragnął mnie w tej samej chwili, kiedy ujrzał mnie na ulicy.

– Zapytałam cię o to – Megumi pchnęła drzwi obrotowe i wypadła na ulicę – bo czytałam gdzieś, że ty i on to coś poważnego. – Kiedy dołączyłam do niej na chodniku, kontynuowała: – Dlatego pomyślałam, że musieliście znać się wcześniej.

– Nie wierz we wszystko, o czym czytasz w sieci.

– Więc to nic poważnego?

– Tego nie powiedziałam. – Czasami było nawet zbyt poważnie. Boleśnie i brutalnie.

Megumi potrząsnęła głową.

– Boże, ależ ja cię wyciągam na spytki. Wybacz mi. Plotkowanie to jedna z moich wad. Tak jak gorące ciacha w typie Gideona Crossa. Ciekawa jestem, jak to jest być z facetem, którego ciało aż wyje o seks. Powiedz mi tylko, czy jest dobry w łóżku.

Uśmiechnęłam się. Cudownie było gawędzić sobie beztrosko z koleżanką. Cary też potrafił docenić seksownego faceta, ale nic nie mogło przebić dziewczyńskiego gadania.

– Nie narzekam.

– Szczęśliwa z ciebie laska. – Megumi szturchnęła

mnie, żeby dać mi do zrozumienia, że tylko się ze mną przekomarza, i zapytała: – Co mi możesz powiedzieć o twoim współlokatorze? Na zdjęciach jest boski. Ma kogoś? Umówisz nas?

Prędko odwróciłam głowę, żeby Megumi nie dostrzegła grymasu na mojej twarzy. Zapłaciłam zbyt wysoką cenę za to, że kiedyś poznawałam Cary'ego z moimi znajomymi, aby zaryzykować jeszcze raz. W Carym można się było zakochać od pierwszego wejrzenia. On zaś łamał ludziom serca, gdyż nie potrafił odwzajemnić ich uczuć. Kiedy tylko między nim a drugą osobą zaczynało się układać, natychmiast wszystko niszczył.

– Nie jestem pewna, czy teraz kogoś ma – odrzekłam. – Prowadzi skomplikowane życie.

– Cóż, jeśli nadarzy się okazja, chętnie skorzystam. Daję ci tylko sygnał. Masz ochotę na tacos?

– Ogromną.

– Znam świetne miejsce kilka przecznic stąd. Chodźmy.

*

Kiedy po obiedzie wracałam z Megumi do pracy, czułam, że wszystko zaczęło się dobrze układać. Po czterdziestu minutach spędzonych na plotkach, gapieniu się na facetów i trzech przepysznych *carne asada tacos*, czułam się wyśmienicie. Na dodatek wracałyśmy do pracy kilkanaście minut przed czasem, co mnie bardzo cieszyło, bo ostatnio wciąż się spóźniałam, chociaż Mark nie złościł się na mnie z tego powodu.

Wokół nas pulsowało miasto. W gęstniejącym upale i wilgoci pędziły taksówki i przemykali ludzie, starając się upchnąć jeszcze więcej spraw w dniu, który i tak miał za mało godzin. Przyglądałam się im bezwstydnie, a mój wzrok prześlizgiwał się po wszystkich i wszystkim.

Mężczyźni w garniturach przechodzili obok kobiet w powłóczystych spódnicach i japonkach. Kobiety w ubraniach haute couture i butach za pięćset dolarów mijały ulicznych sprzedawców hot dogów i rozkrzyczanych akwizytorów. Eklektyczna mieszanka Nowego Jorku sprawiała, że czułam się jak w niebie. Gorączka miasta wywoływała większy przypływ energii niż gdziekolwiek indziej.

Zatrzymałyśmy się na światłach dokładnie naprzeciwko Crossfire. Mój wzrok natychmiast namierzył czarnego bentleya zaparkowanego przed budynkiem. Widocznie Gideon już wrócił z lunchu. Cofnęłam się myślami do dnia, w którym się poznaliśmy, kiedy siedział w samochodzie i obserwował mnie podziwiającą imponujący budynek Crossfire. Na samo wspomnienie poczułam mrowienie w ciele.

Wtem przeszedł mnie lodowaty dreszcz.

W tej właśnie chwili prześliczna brunetka wybiegła przez drzwi obrotowe i zatrzymała się, dzięki czemu mogłam się jej dokładnie przyjrzeć. Była ideałem Gideona, czy miał tego świadomość, czy nie. Była tą kobietą, od której nie mógł oderwać oczu, gdy tylko ujrzał ją na sali balowej hotelu Waldorf Astoria. Była kobietą, której uroda i władza nad Gideonem wydobywała na światło dzienne moje niskie poczucie wartości.

Corinne Giroux wyglądała jak powiew świeżego wiatru w obcisłej kremowej sukience i wiśniowych butach na obcasie. Przygładziła ciemne długie do pasa włosy, wcale nie aż tak lśniące, jak mi się zdawało poprzedniego wieczoru. Wyglądała wręcz na lekko rozczochraną. Palcami tarła usta, wycierając kontur warg.

Wyjęłam komórkę, włączyłam aparat i zrobiłam jej zdjęcie. Kiedy na nie spojrzałam, zrozumiałam, że była rozmazana. Szminka na jej ustach była kompletną miazgą, jakby ktoś ją namiętnie wycałował.

Gdy zapaliło się zielone światło, Megumi i ja ruszyłyśmy do przodu wraz z innymi przechodniami, tym samym zmniejszając dystans między mną i kobietą, której Gideon kiedyś przyrzekł, że zostanie jego żoną. Z bentleya wysiadł Angus, obszedł samochód i zagadał do niej, zanim otworzył tylne drzwi. Uczucie zdrady – zarówno ze strony Angusa, jak i Gideona – było tak dotkliwe, że nie mogłam złapać tchu i zachwiałam się na nogach.

– Hej. – Megumi chwyciła mnie za ramię, żeby mnie przytrzymać. – Przecież piłyśmy tylko bezalkoholowe margarity.

Patrzyłam na smukłe ciało Corinne, która wślizgnęła się na tylne siedzenie samochodu Gideona z przesadną elegancją. Z wściekłości zacisnęłam dłonie. Łzy złości przesłoniły mi bentleya, który ruszył spod krawężnika i po chwili zniknął z pola widzenia.

3

Kiedy wsiadłam z Megumi do windy, nacisnęłam guzik ostatniego piętra.

– Jakby ktoś o mnie pytał, będę za pięć minut – powiedziałam jej, gdy wysiadała na piętrze Waters Field & Leaman.

– Dasz mu ode mnie buziaka? – poprosiła mnie Megumi, wachlując się figlarnie. – Na samą myśl o was obojgu zrobiło mi się gorąco.

Z trudem zdobyłam się na uśmiech, zanim zamknęły się za nią drzwi, a winda zaczęła wspinać się na sam szczyt. Kiedy się zatrzymała, wysiadłam w holu urządzonym z wielkim smakiem, który bez dwóch zdań prowadził do faceta z krwi i kości. Na przydymionych drzwiach wypiaskowano litery CROSS INDUSTRIES. Surowy klimat złagodzono wiszącymi koszami z paprociami i liliami.

Rudowłosa recepcjonistka Gideona była dzisiaj wyjątkowo usłużna. Kiedy tylko zobaczyła mnie w drzwiach, natychmiast je otworzyła. Następnie uśmiechnęła się szeroko, co tylko wzmogło moją podejrzliwość. Zawsze odnosiłam wrażenie, że za mną nie przepada, więc nie zamierzałam dać się nabrać na jej fałszywy uśmiech. Zmusiłam się, żeby do niej pomachać i przywitać się, bo tak naprawdę nie byłam zawistną suką – chyba że miałam ku temu powody.

Poszłam długim korytarzem do biura Gideona, zatrzymując się po drodze przy drugiej recepcji, za której kontuarem urzędował jego sekretarz Scott.

Na mój widok zerwał się na równe nogi.

– Witaj, Evo – przywitał mnie, chwytając za telefon. – Zawiadomię Gideona, że przyszłaś.

Szklana ściana, która oddzielała biuro Gideona od reszty piętra, była zazwyczaj całkowicie przejrzysta, lecz po dotknięciu specjalnego guziczka robiła się nieprzezroczysta. Teraz była matowa, co jeszcze bardziej mnie zaniepokoiło.

– Czy jest sam?

– Tak, ale…

Może Scott dodał coś jeszcze, ale nie usłyszałam co, ponieważ pchnęłam szklane drzwi i wparowałam do królestwa Gideona, ogromnego biura, w którym znajdowały się trzy wyodrębnione miejsca do siedzenia, a każde z nich większe niż całkowita powierzchnia biura mojego szefa Marka. W przeciwieństwie do eleganckiego ciepła apartamentu Gideona, jego biuro zdobiła paleta zimnych kolorów czerni, szarości i bieli, które były złamane tylko kryształowymi karafkami zdobiącymi ścianę za barem.

Okna, z których roztaczał się widok na miasto z dwóch

stron, sięgały od podłogi do sufitu. Jedyny fragment ściany naprzeciwko wielkiego biurka był pokryty płaskimi ekranami, na których pojawiały się kanały informacyjne z całego świata.

Omiotłam wzrokiem wnętrze i zauważyłam jasiek, który ktoś niedbale rzucił na podłogę. Obok niego były wgłębienia zdradzające, że zazwyczaj stała w tym miejscu kanapa, która z jakiegoś powodu przeskoczyła o kilkanaście centymetrów.

Serce zaczęło mi walić jak szalone. Dłonie zwilgotniały. Straszny niepokój, który poczułam przed kilkoma minutami, tylko się wzmógł.

W momencie gdy zauważyłam otwarte drzwi do łazienki, Gideon objawił się w całej swej okazałości. Zabrakło mi tchu na widok jego pięknego nagiego torsu. Miał mokre włosy, jakby właśnie wyszedł spod prysznica. Jego szyja i piersi były lekko zaróżowione jak po wysiłku fizycznym.

Na mój widok zamarł, a oczy ściemniały mu na sekundę, zanim z łatwością nałożył na twarz doskonałą i nieprzeniknioną maskę.

– To nie jest dobry moment, Evo – powiedział, szybko przywdziewając koszulę… To była inna koszula niż ta, którą miał na sobie przed obiadem. – Jestem już spóźniony.

Ścisnęłam mocniej torebkę. Widząc go w tak intymnym momencie, uzmysłowiłam sobie, jak bardzo go pragnęłam. Szalałam na jego punkcie, potrzebowałam go jak powietrza… W tej sytuacji łatwiej było mi zrozumieć Magdalene i Corinne, wczuć się w to, do czego mogą się posunąć, aby uwieść Gideona i odebrać mi go.

– Dlaczego jesteś rozebrany? – zapytałam.

Chociaż bardzo się starałam, moje ciało instynktownie reagowało na jego widok, wskutek czego ledwo mogłam poskromić wzburzenie. Jego schludnie uprasowana rozpięta koszula pokazywała złoty kolor skóry okrywającej jego boskie żebra i pięknie zarysowaną klatkę piersiową. Ciemne włoski na torsie schodziły w dół, tworząc cienką ciemną linię prowadzącą do członka, ukrytego w bokserkach i spodniach. Poczułam ból rozkoszy na myśl, jakie to uczucie mieć go w sobie.

– Zabrudziłem sobie czymś koszulę. – Zaczął zapinać guziki, a jego mięśnie prężyły się przy każdym ruchu. Podszedł do baru, gdzie, jak zauważyłam, zostawił spinki do mankietów. – Zmykam. Jeśli czegoś potrzebujesz, daj znać Scottowi i on się tym zajmie. Albo ja to zrobię po powrocie. Powinienem być za dwie godziny.

– Dlaczego jesteś spóźniony?

Odpowiadając, Gideon unikał mojego spojrzenia.

– Musiałem w ostatniej chwili wcisnąć niezapowiedziane spotkanie.

Tak to się teraz nazywa?

– Kąpałeś się rano. – Po tym, jak kochałeś się ze mną przez godzinę, dodałam w myśli. – Dlaczego znowu wziąłeś prysznic?

– Co to za przesłuchanie? – warknął.

Poszłam do łazienki, ponieważ musiałam mieć w ręku dowód. Wilgoć w powietrzu była nie do zniesienia. Ignorując głos w mojej głowie, który podpowiadał mi, że szukam guza, wyciągnęłam z kosza na brudną bieliznę koszulę Gideona. Na mankiecie ujrzałam ślad po czerwonej szmince, który wyglądał jak plama krwi. Poczułam nagły ból w piersiach.

Rzuciłam koszulę na podłogę, zakręciłam się na pięcie i wyszłam z łazienki. Chciałam uciec jak najdalej od Gideona, zanim zwymiotuję albo zacznę wyć.

– Evo! – huknął na mnie, gdy przebiegłam obok niego. – Co się, u diabła, z tobą dzieje?

– Goń się, dupku.
– Słucham?
Już łapałam za klamkę, kiedy Gideon chwycił mnie za łokieć. Odwróciłam się i wymierzyłam mu siarczysty policzek z taką siłą, że głowa odskoczyła mu do tyłu, a moja dłoń zapiekła mnie żywym ogniem.
– Do jasnej cholery! – ryknął, łapiąc mnie gwałtownie za ramiona. – Nie waż się więcej tego zrobić!
– Nie dotykaj mnie! – Dotyk jego rąk na moich ramionach był jak wstrząs elektryczny.
Gideon zrobił krok do tyłu.
– Co, do cholery, w ciebie wstąpiło? – zapytał.
– Widziałam ją.
– Kogo?
– Corinne!
Łypnął na mnie okiem.
– O czym ty mówisz?
Wyjęłam telefon i podsunęłam mu jej zdjęcie pod nos.
– Nakryłam cię.
Gideon zmrużył oczy, patrząc na zdjęcie, a następnie rozpogodził się.
– Na czym, twoim zdaniem, mnie nakryłaś? – spytał prawie szeptem.
– Wal się. – Odwróciłam się do drzwi, wrzucając telefon do torebki. – Nie zamierzam ci tego napisać złotymi zgłoskami.
Gideon uderzył pięścią w szklaną taflę przytrzymując drzwi. Zagradzając mi drogę, pochylił się w moją stronę i syknął do ducha:
– Mylisz się. Właśnie mi to przeliterujesz.
Zacisnęłam z całej siły powieki, kiedy sobie przypomniałam, że podczas naszego pierwszego gorącego spotkania w jego biurze też staliśmy oboje w drzwiach. Gideon tak samo mnie wtedy zatrzymał, zgrabnie mnie uwodząc,

i padliśmy sobie namiętnie w ramiona na tej samej kanapie, która przed chwilą była świadkiem na tyle ognistej akcji, że aż została przesunięta.

– Czy to zdjęcie nie mówi samo za siebie? Naprawdę myślisz, że słowa są potrzebne? – wycedziłam przez zaciśnięte zęby.

– A więc Corinne została sponiewierana. Jaki to ma ze mną związek?

– Nie rób sobie ze mnie jaj! Wypuść mnie.

– To przestaje być śmieszne. A nawet muszę powiedzieć, że jeszcze nigdy żadna kobieta nie wkurzyła mnie tak jak ty dzisiaj. Nachodzisz mnie z idiotycznymi i fałszywymi oskarżeniami…

– Nie są fałszywe. – Odwróciłam się i skuliłam pod jego ramieniem. Dzięki temu zwiększyłam między nami dystans, którego potrzebowałam. Jego bliskość tylko potęgowała moją udrękę. – Nigdy bym cię nie oszukała. Gdybym chciała się pieprzyć z innymi facetami, najpierw bym z tobą zerwała.

Gideon oparł się o drzwi i skrzyżował ręce. Nie zatknął w spodnie koszuli, miał rozpięty kołnierzyk. Wyglądał podniecająco i kusząco, co mnie jeszcze bardziej rozsierdziło.

– Uważasz, że cię oszukałem? – zapytał ostrym i lodowatym tonem.

Zaczerpnęłam głęboki haust powietrza, aby łatwiej znieść ból na myśl o nim i Corinne razem na kanapie.

– W takim razie wytłumacz mi, dlaczego Corinne była w Crossfire taka rozchełstana. Dlaczego twoje biuro tak wygląda? No i dlaczego ty tak wyglądasz?

Spojrzenie Gideona powędrowało najpierw ku kanapie, potem ku jaśkowi, aż wreszcie spoczęło na mnie.

– Nie wiem, dlaczego Corinne była w tym budynku i dlaczego dziwnie wyglądała. Ostatni raz widziałem ją wczoraj wieczorem, kiedy byłem w twoim towarzystwie.

W tej samej chwili ogarnęło mnie uczucie, jakby tamten wieczór zdarzył się wieki temu. Żałowałam, że w ogóle się odbył.

– Ale przecież ja wcale nie byłam z tobą – zwróciłam mu uwagę. – Wystarczyło, że Corinne zatrzepotała powiekami i oświadczyła, że chce cię komuś przedstawić, żebyś mnie zostawił.

– Chryste. – Jego oczy rozbłysły ogniem. – Znowu to samo.

Ze złością wytarłam łzę, która spłynęła mi po policzku.

– A więc twoim zdaniem poszedłem z nią, bo ogarnęło mnie pragnienie, żeby z nią być i schować się przed tobą? – burknął Gideon opryskliwie.

– Nie wiem, Gideonie. To ty mnie zostawiłeś, więc znasz odpowiedź na to pytanie.

– Przecież to ty mnie zostawiłaś pierwsza!

Z wrażenia opadła mi szczęka.

– Nieprawda! – krzyknęłam.

– Jak to nie? Kiedy tylko się tam pojawiliśmy, uciekłaś ode mnie. Musiałem cię szukać, a kiedy w końcu cię znalazłem, tańczyłaś z tym dupkiem.

– Martin jest siostrzeńcem Stantona. – Jeśli Richard Stanton jest moim ojczymem, to Martin i ja byliśmy rodziną.

– Mam to gdzieś, nawet gdyby był księdzem. Ma na ciebie chrapkę.

– Dobry Boże. Przecież to absurd! Celowo zmieniasz temat. Rozmawiałeś o sprawach zawodowych ze swoimi współpracownikami i niezręcznie się czułam w waszym towarzystwie. Oni chyba też.

– Twoje miejsce jest przy mnie, bez względu na to, jak się z tym czujesz!

Odchyliłam głowę gwałtownie do tyłu, jakby uderzył mnie w twarz.

– Możesz mi to wytłumaczyć? – wyjąkałam.

– Jak byś się czuła, gdybym cię zostawił na przyjęciu Water Field & Leaman, ponieważ rozprawiałaś o kampanii marketingowej, a potem natknęłabyś się na mnie i Magdalene, jak przytulamy się do siebie w tańcu?

– Ja...

O Boże! Nie przyszło mi to do głowy.

Gideon wydawał się cichy i opanowany, gdy tak stał, opierając swą potężną sylwetkę o drzwi, ale wiedziałam, jak pod powłoką spokoju dygocze cały w ataku szału. Prawie zawsze mnie fascynował, ale najbardziej wtedy, kiedy kipiał ze złości.

– Moją powinnością jest stać u twojego boku i cię wspierać, i owszem, Evo, pięknie się przy tobie prezentować. To moje prawo, mój obowiązek i mój przywilej. Tego samego oczekuję od ciebie.

– Myślałam, że oddaję ci przysługę, że się ulatniam.

Jego wygięta w łuk brew była niemą i sarkastyczną ripostą.

Skrzyżowałam ramiona na piersi.

– Czy dlatego zniknąłeś z Corinne? Chciałeś mnie ukarać?

– Gdybym chciał cię ukarać, tobym cię przełożył przez kolano i dał ci klapsa.

Zmrużyłam oczy. Nigdy na coś takiego nie pozwolę.

– Wiem, co ci może strzelić do głowy – rzekł krótko. – Nie chcę, żebyś była zazdrosna o Corinne, dopóki ci czegoś nie wyjaśnię. Musiałem mieć kilka minut, żeby ją przekonać, że nasz związek jest poważny i że zależy mi, abyś dobrze się bawiła tego wieczoru. To był jedyny powód, dla którego rozmawiałem z nią na osobności.

– Ale powiedziałeś jej, żeby nie wspominała o niej i o tobie, prawda? Zakazałeś jej puszczać parę z ust o tym, ile dla ciebie znaczy. Wielka szkoda, że Magdalene to spieprzyła.

A może Corinne i Magdalene zaplanowały razem całą intrygę? Corinne znała Gideona na tyle dobrze, że potrafiła przewidzieć jego zachowania; być może bez trudu domyśliła się, jak zareaguje na jej nieoczekiwane pojawienie się w Nowym Jorku.

To rzucało całkiem nowe światło na dzisiejszy telefon od Magdalene. Rozmawiała z Corinne w Waldorf, kiedy natknęliśmy się na nie z Gideonem. Obie kobiety pragnęły mężczyzny, który był z inną. Niczego nie mogły dla siebie uszczknąć, dopóki z nim byłam, i dlatego nie mogłam wykluczyć możliwości, że być może spiskowały za moimi plecami.

– Chciałem, żebyś się dowiedziała o tym ode mnie. – Cross był wyraźnie nieswój.

Mało mnie obchodziły jego wynurzenia na temat przeszłości, kiedy zamartwiałam się obecną sytuacją.

– Widziałam, jak Corinne wsiada do bentleya. Tuż przed tym, gdy się tu zjawiłam.

Gideon uniósł drugą brew.

– Naprawdę ją widziałaś? Jesteś tego pewna?

– Oczywiście. Czy możesz mi to wytłumaczyć?

– Nie potrafię.

Wrzała we mnie zraniona duma. Nagle nie mogłam znieść jego widoku.

– W takim razie zejdź mi z drogi, muszę wracać do pracy.

Gideon nawet się nie poruszył.

– Chcę wyjaśnić jedną kwestię, nim sobie pójdziesz. Czy naprawdę wierzysz w to, że się z nią pieprzyłem?

Usłyszawszy jego słowa, wzdrygnęłam się.

– Nie wiem, w co mam wierzyć. Dowody z całą pewnością...

– Mam to gdzieś, nawet gdyby dowody wskazywały, że nakryłaś nas w łóżku. – Tak szybko się odwinął, że aż się potknęłam ze zdumienia. Zbliżył się do mnie. – Chcę wiedzieć, czy naprawdę sądzisz, że się z nią pieprzyłem. Czy myślisz, że to zrobiłem, że byłbym do tego zdolny. No więc?

Tupnęłam nogą, ale nie cofnęłam się przed nim.

– Wytłumacz mi, skąd się wzięły ślady szminki na twojej koszuli – zripostowałam.

Zacisnął szczęki.

– Nie.

– Co takiego? – Jego jednoznaczna odmowa zbiła mnie z tropu.

– Odpowiedz mi na pytanie.

Kiedy spojrzałam na niego badawczo, ujrzałam maskę, którą nakładał, kiedy był wśród innych ludzi, ale nigdy w mojej obecności. Wyciągnął dłoń, jakby chciał musnąć koniuszkami palców moje policzki, ale w ostatniej chwili zrezygnował. W tej jednej krótkiej chwili, kiedy się wycofał, usłyszałam, jak zazgrzytał zębami, jakby niedotykanie mnie było dla niego męczarnią. Wykończona całą sytuacją byłam mu wdzięczna za to, że tego nie zrobił.

– Błagam cię, abyś mi wyjaśnił – szepnęłam, zastanawiając się, czy tylko mi się zdawało, że widzę na jego twarzy grymas. Czasami tak rozpaczliwie pragnęłam w coś uwierzyć, że specjalnie tworzyłam wymówki i ignorowałam bolesną rzeczywistość.

– Nie dałem ci żadnego powodu, abyś we mnie zwątpiła.

– Właśnie mi go dajesz, Gideonie – wyrzuciłam z siebie szybko i całkiem opadłam z sił. Uszło ze mnie powietrze. Poddałam się. Mimo że Gideon stał tak blisko, wydawał się oddalony o tysiące mil. – Rozumiem, że potrzebujesz czasu, zanim wyjawisz mi tajemnice, które sprawiają ci ból. Wiem, bo sama przez to przeszłam. – Wiedziałam, że muszę porozmawiać o tym, co przydarzyło się mnie, ale nie byłam na to gotowa. Dlatego usilnie próbowałam nie naciskać ani cię nie poganiać. – Twoje tajemnice godzą jednak we mnie i tym razem jest inaczej. Nie widzisz tego?

Gideon zaklął siarczyście pod nosem i chwycił moją twarz w swe chłodne ręce.

– Robię, co w mojej mocy, żeby nie dać ci powodów do zazdrości, ale podoba mi się twoja zachłanność. Chcę, żebyś o mnie walczyła. Chcę, żeby ci na mnie zależało. Chcę, żebyś szalała na moim punkcie. Zachłanność bez zaufania jest jednak piekłem. Jeśli mi nie ufasz, to nie mamy nic.

– Zaufanie działa w dwie strony – odparłam.

Gideon wciągnął powietrze.

– Do cholery, nie patrz tak na mnie – rzucił.

– Próbuję zrozumieć, kim naprawdę jesteś. Gdzie się podział ten mężczyzna, który nie ukrywał, że chce się ze mną kochać? Mężczyzna, który nie wahał się powiedzieć mi, że jestem dla niego wszystkim, nawet kiedy próbowałam z nim zerwać? Wierzyłam, że zawsze będziesz ze mną brutalnie szczery. Liczyłam na to. A teraz... – Potrząsnęłam głową, nie mogąc wykrztusić z siebie ani słowa więcej.

Gideon zacisnął usta, które z uporem milczały.

Złapałam go za nadgarstki i odepchnęłam jego ręce. Wszystko we mnie w środku pękało, byłam kompletnie zdruzgotana.

– Tym razem nie ucieknę, ale możesz mnie odepchnąć. Może zechcesz to wszystko przemyśleć.

Wyszłam, a Gideon mnie nie zatrzymywał.

*

Przez resztę popołudnia próbowałam skupić się na pracy. Mark uwielbiał prowadzić na głos burzę mózgów, co było dla mnie kapitalnym ćwiczeniem. Jego pewny siebie i serdeczny sposób traktowania klientów stanowił dla mnie inspirację. Patrzyłam, jak umiejętnie prowadzi dwa spotkania z klientami, roztaczając wokół aurę autorytetu. Potrafił dodać ludziom otuchy i jednocześnie sprawiał, że nikt nie czuł się zagrożony.

Następnie zajęliśmy się analizą potrzeb firmy produkującej zabawki dla dzieci, skupiając się na niskich nakładach i niewykorzystanym potencjale, jak na przykład blog reklamowy, który pisałyby matki. Cieszyłam się, że dzięki pracy nie myślę o kłopotach osobistych. Nie mogłam się doczekać zajęć krav magi, podczas których chciałam pozbyć się trochę mojej buzującej drażliwości.

Tuż po czwartej zadzwonił telefon. Odebrałam go z werwą i nagle serce podskoczyło mi do gardła, gdy w słuchawce usłyszałam głos Gideona.

– Powinniśmy wyjść o piątej, żeby nie spóźnić się do doktora Petersena – powiedział.

– Och. – Na śmierć zapomniałam, że terapia dla par odbywała się w czwartki o szóstej po południu. Dzisiaj mieliśmy się na nią udać po raz pierwszy.

Przemknęło mi nagle przez myśl, że być może spotykamy się z psychiatrą po raz pierwszy i ostatni jednocześnie.

– Przyjdę po ciebie, kiedy nadejdzie pora – oznajmił szorstko Gideon.

Westchnęłam, bo kompletnie nie miałam ochoty na spotkanie z psychiatrą. Byłam wystarczająco obolała i podminowana po naszej wcześniejszej awanturze.

– Wybacz, że cię uderzyłam. Nie powinnam była. Jestem na siebie wściekła z tego powodu.

– Mój aniołku – westchnął ochryple Gideon. – Nie zadałaś mi jedynego pytania, które naprawdę miało znaczenie.

Zamknęłam oczy. Denerwowało mnie, że umiał czytać w moich myślach.

– Tak czy owak, to wciąż nie zmienia faktu, że masz przede mną tajemnice.

– Tajemnice możemy przepracować, ale nie kłamstwa.

Potarłam czoło, kiedy poczułam nagły ból.

– Tu masz całkowitą rację.

– Dla mnie liczysz się tylko ty, Evo. – Usłyszałam jego zwięzłą i surową odpowiedź.

Zadrżałam, bo jego słowa podszyte były furią. Wciąż się gniewał, że w niego zwątpiłam. No to co? Ja też się na niego gniewałam.

– Będę gotowa na piątą – zakończyłam rozmowę.

Gideon był jak zawsze punktualny. Akurat wyłączałam komputer i zbierałam swoje rzeczy, kiedy on rozmawiał z Markiem o projekcie Kingsman Vodka. Ukradkiem mu się przyglądałam. Miał doprawdy imponującą sylwetkę. Był wysoki, szczupły i umięśniony. W ciemnym garniturze sprawiał wrażenie osoby nieprzystępnej, a przecież ja widziałam go takiego bezbronnego.

Kochałam tego czułego, subtelnego człowieka i oburzały mnie jego próby wkładania maski, żeby się przed mną ukryć.

Nagle Gideon odwrócił głowę i przez ułamek sekundy udało mi się dostrzec mojego ukochanego mężczyznę w jego dzikim spojrzeniu, pełnym bezradnej tęsknoty i pragnienia. Po chwili owo spojrzenie zniknęło, a na to miejsce wróciła lodowata maska.

– Gotowa? – zapytał.

Było oczywiste, że coś przede mną ukrywał, i przepaść, która między nami powstała, doprowadzała mnie do rozpaczy, podobnie jak to, że mi nie ufał.

Kiedy mijaliśmy recepcję w drodze do wyjścia, Megumi podparła podbródek dłonią zwiniętą w pięść i ostentacyjnie westchnęła.

– Podkochuje się w tobie – mruknęłam pod nosem, gdy szliśmy dalej, a Gideon wcisnął guzik, żeby wezwać windę.

– Jej sprawa – żachnął się. – Co ona może o mnie wiedzieć?

– Cały dzień zadaję sobie to pytanie – odparłam półgłosem.

Tym razem byłam pewna, że Gideon wzdrygnął się, słysząc moje słowa.

*

Doktor Lyle Petersen był wysokim mężczyzną o schludnie obciętych siwych włosach i przenikliwych, ale serdecznych oczach w kolorze spranego dżinsu. Jego biuro było urządzone w dobrym guście, z neutralną kolorystyką i nadzwyczajnie wygodnymi meblami, o czym myślałam podczas każdej wizyty, którą mu składałam. Trochę to było dla mnie dziwne, że teraz został moim terapeutą, kiedy w przeszłości spotykał się ze mną wyłącznie jako z córką mojej matki, którą leczył od kilku lat.

Patrzyłam, jak usadowił się wygodnie w szarym fotelu z podłokietnikami, naprzeciwko kanapy, na której siedzieliśmy z Gideonem. Spojrzał na nas bacznie, niechybnie zwracając uwagę, że zajęliśmy miejsca po zewnętrznych stronach kanapy, a nasza sztywność ujawniała nasze postawy obronne. W drodze na spotkanie z doktorem byliśmy tak samo nasrożeni.

Doktor Petersen otworzył swój tablet, chwycił rysik i zaproponował:

– Może zaczniemy od omówienia napięć między wami?

Poczekałam chwilę, chcąc dać szansę Gideonowi, żeby

zaczął pierwszy, ale nie zdziwiłam się, kiedy dalej siedział w milczeniu. Wyraźnie nie kwapił się z odpowiedzią.

– Cóż... W ciągu ostatniej doby poznałam narzeczoną Gideona, o której istnieniu nie miałam najmniejszego pojęcia...

– Byłą narzeczoną – warknął Gideon.

– Dowiedziałam się także, że to z jej powodu umawiał się z brunetkami...

– To nie było umawianie się.

– No i nakryłam ją na tym, że po obiedzie wychodziła z jego biura i wyglądała tak... – Poszukałam w torebce telefonu.

– Wychodziła z budynku – wypluł z siebie Gideon – a nie z mojego biura.

Kiedy znalazłam zdjęcie, podałam doktorowi Petersenowi telefon.

– Po czym wsiadła do twojego samochodu, Gideonie!

– Przecież przed chwilą Angus wytłumaczył ci, zanim tu dotarliśmy, że zauważył ją, kiedy przystanęła na chodniku. Gdy ją rozpoznał, z grzeczności zaproponował, że ją podwiezie.

– A co innego mógł mi powiedzieć? – odgryzłam się. – Jest twoim kierowcą, od kiedy byłeś dzieckiem. To chyba jasne, że będzie ci zawsze krył tyłek.

– A więc odkryłaś spisek?

– W takim razie co on tam robił? – zaatakowałam go.

– Czekał, żeby zawieźć mnie na lunch.

– Dokąd? Pozwól mi sprawdzić, czy byłeś z nią, czy bez niej, i zamkniemy sprawę.

Gideon zacisnął zęby.

– Już ci mówiłem. Wypadło mi spotkanie, przez które w końcu nie pojechałem na lunch.

– Z kim miałeś się spotkać?

– Na pewno nie z Corinne.

– To żadna odpowiedź! – Odwróciłam się do doktora Petersena, który spokojnie oddał mi telefon. – Kiedy poszłam do jego biura, żeby go zapytać, o co, do cholery, w tym wszystkim chodzi, był półnagi i właśnie wyszedł spod prysznica. Kanapa stała w innym miejscu niż zwykle, a poduszki walały się po podłodze…

– Jeden pieprzony jasiek!

– Na jego koszuli był ślad czerwonej szminki!

– W budynku Crossfire jest kilkadziesiąt firm – stwierdził lodowato Gideon. – Może Corinne była w którejś z nich.

– Jasne – wycedziłam przez zęby. Mój głos ociekał sarkazmem. – Akurat ci wierzę.

– Nie przyszło ci do głowy, że zabrałbym ją raczej do hotelu?

Wciągnęłam głośno powietrze, a w głowie mi zawirowało.

– Wciąż masz tam pokój?

W tej sekundzie maska zniknęła z twarzy Gideona i przemknął przez nią grymas paniki. Kiedy zorientowałam się, że Gideon wciąż utrzymywał garsonierę – pokój w hotelu, z którego korzystał wyłącznie po to, żeby się pieprzyć z kobietami – poczułam ostry ból w piersiach, jakby ktoś z całej siły zadał mi cios. Jęknęłam głucho i zamknęłam mocno oczy.

– Czy możemy się na chwilę zatrzymać? – przerwał nam doktor Petersen, który robił błyskawiczne notatki. – Chciałbym się cofnąć do poprzedniego wątku. Gideonie, dlaczego nie wspomniałeś Evie o Corinne?

– Miałem szczery zamiar to zrobić – odparł Gideon przez zaciśnięte usta.

– On mi nic nie mówi – szepnęłam, szukając w torebce chusteczki, żeby zetrzeć rozpływający się na mojej twarzy makijaż. Dlaczego wciąż nie zrezygnował z tego pokoju? Jedyna odpowiedź, która mi się nasuwała, to taka, że zamierzał w nim przebywać z innymi kobietami, a nie ze mną.

– Na jakie tematy rozmawiacie? – Doktor Petersen skierował pytanie do nas obojga.

– Ja najczęściej ją przepraszam – mruknął Gideon.

Doktor Petersen uniósł wzrok.

– Za co?

– Za wszystko. – Gideon przejechał dłonią po włosach.

– Czy twoim zdaniem Eva jest zbyt wymagająca albo zbyt wiele od ciebie oczekuje?

Poczułam na sobie wzrok Gideona.

– Nie – odparł. – Nigdy mnie o nic nie prosi.

– Poza tym, żebyś mówił mi prawdę – poprawiłam go, odwracając głowę w jego stronę.

Jego spojrzenie paliło mnie swoim żarem.

– Nigdy cię nie okłamałem.

– Czy chciałbyś, żeby prosiła cię o różne rzeczy, Gideonie? – dopytywał się doktor Petersen.

Gideon się zachmurzył.

– Zastanów się. Wrócimy do tego. – Następnie doktor Petersen zwrócił się do mnie: – Intryguje mnie zdjęcie, które zrobiłaś. Musiałaś się zmierzyć z sytuacją, która dla wielu kobiet byłaby nadzwyczaj niepokojąca.

– Bzdura. Jaka sytuacja? – upierał się Gideon lodowatym tonem.

– W takim razie z własnym postrzeganiem sytuacji – poprawił się doktor Petersen.

– Z ewidentnie idiotycznym postrzeganiem, jeśli weźmiemy pod uwagę fizyczny aspekt naszej relacji – uzupełnił Gideon.

– W takim razie pomówmy o tym. Jak często w tygodniu uprawiacie seks? Średnio.

Oblałam się rumieńcem. Spojrzałam na Gideona, który odwzajemnił mi się głupim uśmieszkiem.

– Hm. – Wydęłam smętnie usta. – Sporo.
– Codziennie? – Doktor Petersen uniósł brew, kiedy wyprostowałam się i skrzyżowałam nogi. Skinęłam głową. – Wiele razy w ciągu dnia?
Gideon przybył mi z pomocą.
– Średnio.
Doktor położył otwarty tablet na kolanach i spojrzał Gideonowi prosto w oczy.
– Czy częste uprawianie seksu i taka aktywność seksualna są dla ciebie typowe?
– Nic, co dotyczy mojej relacji z Evą, nie jest typowe, doktorze.
– Jak często uprawiałeś seks, zanim poznałeś Evę?
Gideon zacisnął szczęki i zerknął na mnie.
– W porządku – powiedziałam do niego. Ja także nie chciałabym odpowiedzieć na takie pytanie w jego obecności.
Wyciągnął dłoń w moją stronę, a ja ją złapałam i ucieszyłam się, kiedy ją ścisnął, chcąc mi dodać otuchy.
– Dwa razy w tygodniu – odparł nerwowo. – Średnio.
Policzyłam szybko w myśli kobiety, a moja druga dłoń, którą trzymałam na kolanach, zwinęła się w pięść.
Doktor Petersen odchylił się na krześle.
– Eva martwi się, że jesteś jej niewierny i że nie potraficie się porozumieć – powiedział. – Jak często uprawiacie seks tylko po to, żeby rozwiązać wasze nieporozumienia?
Gideon uniósł wysoko brwi.
– Zanim założy pan, że Eva cierpi z powodu mojego wymagającego i nadaktywnego libido, powinien pan wiedzieć, że inicjuje zbliżenia przynajmniej tak często jak ja. Gdyby któreś z nas miało się niepokoić, czy da radę, byłbym to ja, chociażby ze względu na męską anatomię.
Doktor Petersen spojrzał na mnie z zaciekawieniem.

– Wszystkie nasze spotkania najczęściej kończą się seksem – potwierdziłam. – Nawet awantury.

– Przed czy po tym jak uznacie, że rozwiązaliście konflikt?

– Przed – westchnęłam.

Doktor odłożył rysik i zaczął pospiesznie uderzać w klawisze. Przemknęło mi przez myśl, że może napisze o nas powieść, jak już mu się ze wszystkiego wyspowiadamy.

– Czy wasz związek od początku charakteryzował się wysoką aktywnością seksualną? – zapytał.

Pokiwałam głową, chociaż na mnie nie patrzył.

– Czujemy do siebie silny pociąg fizyczny – odpowiedziałam.

– To oczywiste. – Doktor Petersen spojrzał na nas i uśmiechnął się dobrotliwie. – Mimo to chciałbym porozmawiać z wami o powstrzymaniu się od seksu, podczas gdy my...

– Nie ma takiej możliwości – wszedł mu w słowo Gideon. – To nie wchodzi w grę. Proponuję, żebyśmy skoncentrowali się na tym, co nie działa, i jednocześnie nie eliminowali jednej z niewielu spraw, która działa bez zarzutu.

– Wcale nie jestem tego taki pewien – odparł ze spokojem doktor Petersen. – W każdym razie nie tak, jak powinno.

– Doktorze – Gideon założył nogę na nogę, opierając kostkę jednej nogi o kolano drugiej, i rozparł się na kanapie, z wyrazem niezłomnej stanowczości. – Zamierzam trzymać się od niej z daleka wyłącznie po mojej śmierci. Niech pan znajdzie inny sposób, żeby nam pomóc.

*

– Mam słabe pojęcie o terapii – powiedział mi później Gideon, kiedy siedzieliśmy już w bentleyu i jechaliśmy do domu. – Nie mam na ten temat wyrobionego zdania, ale czuję się, jakbym się zderzył z pociągiem.

– Mogło być lepiej – odparłam ze znużeniem, opierając głowę o siedzenie i zamykając oczy. Byłam wykończona, zbyt zmęczona, żeby pójść na zajęcia z krav magi. – Marzę o prysznicu i łóżku.

– Mam jeszcze kilka spraw, nim odtrąbię koniec dnia.

– W takim razie – ziewnęłam – pożegnajmy się i nie spędzajmy razem nocy, a zobaczymy się jutro.

Moja propozycja zderzyła się z ponurą ciszą, która po chwili zgęstniała od takiego napięcia, że poczułam przymus, aby unieść głowę i ciężkie opadające powieki, i na niego spojrzeć.

Gideon przyglądał się badawczo mojej twarzy, a jego wargi zacisnęły się w cienką linię.

– Odcinasz mnie.

– Nie, ja…

– Jak to nie, do cholery! Osądziłaś mnie, wydałaś wyrok, a teraz mnie od siebie odcinasz.

– Gideonie, jestem wyczerpana! Nie dam rady więcej się z tobą kłócić, bo ugrzęzłam po szyję w tym wszystkim. Muszę się wyspać…

– A ja muszę mieć ciebie – odparował Gideon. – Co mam jeszcze zrobić, żebyś mi uwierzyła?

– Wierzę, że mnie nie oszukałeś. W porządku? Chociaż cała ta sprawa podejrzanie wygląda, nie sądzę, żebyś to zrobił. Ale mam po dziurki w nosie twoich tajemnic. Daję z siebie wszystko, a tymczasem ty…

– A ty myślisz, że ja nie? – Powiercił się na swoim siedzeniu i wcisnął zgiętą nogę między nas tak, że patrzył prosto na mnie. – Nigdy się tak bardzo nie starałem o nikogo jak o ciebie.

– Nie możesz się wysilać dla mnie. Musisz się starać dla samego siebie.

– Przestań chrzanić! Nie chcę stać się lepszy dla nikogo innego z wyjątkiem ciebie.

Jęknęłam cicho, oparłam policzek o siedzenie i znowu zamknęłam oczy.

– Jestem zmęczona tymi wiecznymi awanturami. Muszę się porządnie wyspać. Cały dzień źle się czułam.

– Jesteś chora? – Gideon przysunął się do mnie, objął mnie za szyję i musnął wargami moje czoło. – Nie masz gorączki. Może coś zjadłaś?

Poczułam jego zapach i chłonęłam cudowny aromat jego skóry. Dramatycznie pragnęłam przycisnąć twarz do zagłębienia w jego szyi.

– Nie.

I dopiero wtedy mnie oświeciło. Aż jęknęłam.

– Co się stało? – Gideon posadził mnie na kolanie i przytulił. – Co ci jest? Może wezwać lekarza?

– Dostanę okres – szepnęłam, nie chcąc, żeby Angus mnie usłyszał. – Powinnam go dostać lada dzień. Nie wiem, czemu wcześniej o tym nie pomyślałam. Nic dziwnego, że jestem zmęczona i roztrzęsiona. Buzują mi hormony.

Cross znieruchomiał. Po kilku uderzeniach serca odchyliłam głowę do tyłu, żeby poszukać wzrokiem jego twarzy.

Gideon wyglądał na skruszonego.

– To dla mnie coś nowego. To się nie zdarza przy przypadkowych kontaktach seksualnych – stwierdził.

– Szczęściarz z ciebie. Doświadczysz teraz niedogodności zarezerwowanych dla mężczyzn, którzy mają stałe dziewczyny i żony.

– Rzeczywiście jestem szczęściarzem. – Gideon odsunął niesforne kosmyki, które opadały mi na skronie, podczas gdy jego bujna czupryna okalała pięknie wyrzeźbioną twarz. – A może, jeśli będę miał jeszcze więcej szczęścia, jutro poczujesz się lepiej i znowu mnie polubisz.

Boże. Poczułam ukłucie w sercu.

– Lubię cię. Nie lubię tylko, kiedy masz przede mną tajemnice. To w końcu doprowadzi do zerwania.

– Nie pozwól na to – zamruczał i koniuszkiem palca przejechał po moich brwiach. – Zaufaj mi.

– A ty mnie.

Pochylił się nade mną i przycisnął miękko usta do moich.

– Czy nie wiesz tego, aniołku? – wydyszał. – Nie ma drugiej osoby, której bym ufał tak, jak ufam tobie.

Wsunęłam dłonie pod jego kurtkę i uściskałam go, napawając się ciepłem jego szczupłego i twardego ciała. Ogarnął mnie niepokój, że oddalamy się od siebie.

Gideon wykorzystał sytuację. Jego język zagłębiał się w moje usta. Dotykał mnie delikatnie i drażnił aksamitnymi wargami, zwodniczo i niespiesznie. Szukałam głębszego kontaktu, domagając się więcej. Zawsze chciałam więcej, nie chcąc myśleć o tym, że poza tym dawał mi z siebie tak niewiele.

Usłyszałam jego jęk w moich ustach, erotyczny dźwięk zadowolenia i żądzy, która wprawiła mnie w stan wibracji. Pochylił głowę i przypieczętował moje wargi pięknie wyrzeźbionymi ustami. Jego pocałunek był coraz głębszy. Nasze języki pieściły się, a nasze oddechy coraz bardziej przyspieszały.

Gideon wzmocnił uścisk i przyciągnął mnie do siebie. Drugą rękę wsunął pod moją bluzkę. Ciepłą dłonią pieścił moje plecy. Koniuszki jego palców masowały mnie delikatnie, podczas gdy jego pocałunek stawał się coraz bardziej niepohamowany. Wygięłam się w łuk pod wpływem jego pieszczot, błagając o jego kojący dotyk na mojej nagiej skórze.

– Gideonie…

Po raz pierwszy nasza fizyczna bliskość nie wystarczała, żeby ukoić rozpaczliwe pragnienie w moim ciele.

– Cicho – uspokajał mnie. – Jestem tutaj. Nigdzie się nie wybieram.

Zamknęłam oczy i ukryłam twarz w jego szyi, zastanawiając się, czy będziemy oboje zbyt uparci i zostaniemy ze sobą, nawet gdyby się okazało, że lepiej byłoby się rozstać.

4

Nagle obudziłam się z krzykiem. Czyjaś spocona łapa zatykała mi usta, a wielki ciężar utrudniał mi oddychanie. Druga ręka podciągnęła moją koszulę i rozpoczęła brutalną wędrówkę po moim ciele, zadając mi ból. W panice rzucałam się na łóżku, gorączkowo kopiąc.

Nie… proszę, nie… Już nie. Tylko nie to!

Dysząc jak zziajany pies, Nathan z całych sił rozwarł moje nogi i po omacku uderzał mnie nabrzmiałym członkiem po wewnętrznej stronie uda. Walczyłam z nim, w płucach palił mnie żar, ale Nathan był silniejszy. Nie mogłam go z siebie zrzucić. Nie mogłam przed nim uciec.

Przestań wreszcie! Zejdź ze mnie! Nie dotykaj mnie! Boże… Proszę, nie rób mi tego… Nie rób mi krzywdy…

Ma-mo!

Nathan przygniatał mnie ręką, wciskając moją głowę w poduszkę. Im bardziej się z nim siłowałam, tym bardziej się podniecał. Głośno szeptał mi do ucha wulgarne i ohydne słowa, aż w końcu znalazł między moimi nogami delikatne miejsce i z całej siły z głośnym jękiem wbił we mnie swojego penisa. Zamarłam, sparaliżowana potwornym bólem, jakby ktoś wkręcił mnie w imadło.

O tak, stękał Natan, lubisz, kiedy jestem w tobie, ty napalona dziwko… Jak ty to lubisz…

Nie byłam w stanie oddychać. Moje płuca rozrywał szloch. Nathan zatkał mi nos nasadą dłoni. Przed oczami tańczyły mi czarne plamy, w piersiach czułam ogień. Znowu zaczęłam z nim walczyć… Potrzebowałam powietrza. Rozpaczliwie pragnęłam złapać oddech…

– Evo, obudź się!

Na dźwięk gwałtownej komendy otworzyłam oczy. Z trudem wywinęłam się z rąk, które chwyciły mnie za ramiona, i w końcu się od niego uwolniłam. Drapałam paznokciami, wierzgałam nogami, usiłując zrzucić prześcieradła, które krępowały moje ruchy, i leciałam w dół, coraz niżej…

Nagłe uderzenie o podłogę wreszcie zbudziło mnie ze snu. Otworzyłam oczy, wydając potworny skowyt bólu i przerażenia.

– Chryste, Evo. Do diabła, zrobisz sobie krzywdę!

Zaczerpnęłam gwałtownie haust powietrza i na czworakach próbowałam dostać się do łazienki.

Gideon podniósł mnie z podłogi i przycisnął do piersi.

– Evo!

– Niedobrze mi – wycharczałam, zatykając dłonią usta. Żołądek podchodził mi do gardła.

– Już cię trzymam – powiedział uroczyście Gideon i szybkim, pewnym krokiem zaniósł mnie do łazienki, posadził koło muszli i ukląkł obok, przytrzymując mi z tyłu włosy. Kiedy zaczęłam wymiotować, jego ciepła dłoń gładziła moje plecy.

– Spokojnie, aniołku – mruczał raz za razem. – Już dobrze. Wszystko będzie dobrze.

Kiedy wreszcie pozbyłam się treści żołądka, spuściłam

wodę i oparłam zlaną potem twarz na przedramieniu, starając się za wszelką cenę pomyśleć o czymś innym niż o koszmarze, który mi się przed chwilą przyśnił.

– Hej, mała.

Odwróciłam głowę i zobaczyłam w progu łazienki Cary'ego, którego piękna twarz była zachmurzona. Miał na sobie luźne dżinsy i koszulkę polo. Dopiero wtedy uświadomiłam sobie, że Gideon również był podobnie ubrany. Tuż po powrocie do domu zdjął garnitur, ale teraz nie miał na sobie dresu, w który się przebrał po zdjęciu garnituru, lecz dżinsy i czarną koszulkę. Patrzyłam na nich zupełnie zdezorientowana. Zerknęłam na zegarek. Było tuż po północy.

– Co wy robicie?

– Właśnie wróciłem – odparł Cary – i minąłem się w drzwiach z Crossem.

Spojrzałam na Gideona, który przyglądał mi się zachmurzony, z taką samą troską, jak mój współlokator.

– Wychodziłeś? – zapytałam.

Gideon pomógł mi wstać.

– Przecież ci mówiłem, że mam do załatwienia parę spraw.

O północy?

– Jakich spraw?

– Nic ważnego.

Wyswobodziłam się z jego objęć i podeszłam do umywalki, żeby umyć zęby. Kolejna tajemnica. Ile miał ich jeszcze w zanadrzu?

Cary stanął obok mnie i uchwycił moje spojrzenie odbijające się w lustrze.

– Już dawno nie miałaś koszmarów.

Kiedy zajrzałam w jego zatroskane zielone oczy, mój przyjaciel dostrzegł, jaka byłam skonana.

Ścisnął mnie za ramię, chcąc dodać mi otuchy.

– Odpoczniemy w ten weekend. Naładujemy baterie. Obojgu nam się to przyda. Sądzisz, że dasz radę zasnąć?

– Zaopiekuję się nią. – Gideon przycupnął na brzegu wanny, żeby ściągnąć buty.

– Pamiętaj, że jestem tuż obok. – Cary dał mi buziaka w skroń. – Wystarczy, że krzykniesz głośno, gdybyś mnie potrzebowała. – Cary rzucił mi wymowne spojrzenie.

Nie był zachwycony faktem, że Gideon zostaje u nas na noc. Prawdę mówiąc, sama miałam zastrzeżenia do tego pomysłu. Pomyślałam sobie, że moja nieustanna czujność, która wynikała z zaburzeń snu Gideona, tylko spotęgowała moje rozchwianie emocjonalne. Niedawno Cary stwierdził, że mężczyzna, którego kocham, jest tykającą bombą mogącą za chwilę wybuchnąć, a ja dzielę z nim łoże.

Przepłukałam usta i włożyłam szczoteczkę z powrotem do kubka.

– Muszę się wykąpać.

Brałam już dzisiaj prysznic, zanim padłam do łóżka, ale znowu poczułam się brudna. Moja skóra kleiła się od potu. Kiedy tylko zamykałam oczy, natychmiast czułam na sobie jego zapach – zapach Nathana.

Gideon puścił wodę i zaczął się rozbierać, szczęśliwie skupiłam więc uwagę na jego cudownie szczupłym ciele. Miał twarde i pięknie zarysowane mięśnie, a jego smukła sylwetka odznaczała się mocą i elegancją.

Zrzuciłam ubranie na podłogę i z westchnieniem weszłam pod parującą wodę. Gideon wszedł ze mną do kabiny, odsunął na bok moje włosy i złożył na moim ramieniu pocałunek.

– Jak się czujesz?

– Lepiej.

Bo jesteś blisko mnie, pomyślałam.

Czule mnie objął i drżącym głosem zadał pytanie:

– Jezu, Evo, czy śnił ci się Nathan?

Wzięłam głęboki oddech.

– Czy możemy kiedy indziej porozmawiać o naszych koszmarach sennych?

Gideon westchnął gwałtownie, a jego palce masowały moje biodro.

– A więc tak?

– Tak – odmruknęłam. – A więc tak.

Długo staliśmy spowici parą i tajemnicami, bliscy sobie fizycznie, ale dalecy od siebie emocjonalnie. Nie umiałam się z tym pogodzić. Chciało mi się płakać. Postanowiłam nie walczyć z tym pragnieniem. Pomyślałam, że lepiej się poczuję, jeśli wszystko z siebie wyrzucę. Napięcie z całego dnia powoli opuszczało moje ciało, kiedy szlochałam.

– Aniołku... – Gideon stał za mną i obejmował mnie mocno w pasie, łagodząc mój ból ochronną tarczą masywnego ciała. – Nie płacz... Boże, nie mogę tego znieść. Powiedz tylko, czego ci potrzeba. Co mogę dla ciebie zrobić?

– Spraw, żeby woda zmyła ze mnie cały brud – szepnęłam, przytulając się do niego, szukając otuchy w jego czułej zaborczości. Splotłam palce z jego palcami na moim brzuchu. – Spraw, żebym stała się czysta.

– Jesteś czysta.

Roztrzęsiona potrząsnęłam przecząco głową.

– Posłuchaj mnie. Nie pozwolę na to, żeby ktokolwiek cię dotknął – oznajmił rozgorączkowany Gideon. – Nikt ci już nigdy więcej nie zrobi krzywdy.

Ścisnęłam kurczowo jego palce.

– Najpierw będą mieli ze mną do czynienia. To się więcej nie zdarzy.

Nie mogłam wydobyć z siebie słowa, gdyż gardło dławił mi ogromny ból. Myśl o tym, że Gideon zmierzy się z postacią z moich koszmarów... ujrzy mężczyznę, który zrobił mi te wszystkie okropne rzeczy, spotęgowała tylko ucisk w żołądku, który czułam przez cały dzień.

Gideon sięgnął po szampon, a ja zamknęłam oczy, zapominając o bożym świecie, z wyjątkiem mężczyzny, który w tej chwili skupił na mnie całą swoją uwagę.

Czekałam bez tchu, żeby dotknął mnie swoimi magicznymi palcami. Kiedy wreszcie je na sobie poczułam, oparłam się o ścianę, żeby utrzymać równowagę. Trzymając obie dłonie płasko na chłodnych kafelkach, upajałam się dotykiem koniuszków jego palców, którymi masował mi głowę. Jęknęłam cicho.

– Zadowolona? – zapytał niskim i zachrypniętym głosem.

– Jak zawsze.

Ogarnęła mnie błogość, kiedy Gideon mył mi głowę szamponem, a następnie nakładał odżywkę i spłukiwał włosy. Lekko zadrżałam, gdy czesał moje mokre włosy grzebieniem z szerokimi zębami. Poczułam zawód, kiedy skończył. Zapewnie wtedy jęknęłam, dając mu tym samym do zrozumienia, że mnie zasmucił, ponieważ zbliżył się i obiecał:

– Jeszcze nie skończyłem.

Poczułam zapach płynu do kąpieli i wtedy…

– Ach, Gideonie.

Wyprężyłam ciało w jego namydlonych rękach. Jego kciuki zagłębiły się delikatnie w napięte mięśnie moich ramion, rozpuszczając ból doskonałym uciskiem. Następnie wodził palcami w dół moich pleców… moich pośladków… moich nóg…

– Zaraz się przewrócę. – Z ledwością wykrztusiłam z siebie słowa, pijana rozkoszą.

– Złapię cię, aniołku. Zawsze cię złapię.

Ból i upokorzenie tkwiące w moich wspomnieniach oddaliły się dzięki szacunkowi i cierpliwej czułości Gideona. To jego dotyk, bardziej niż mydło i woda, uwolnił mnie wreszcie od koszmaru sennego. Odwróciłam się, czując jego pożądanie, i spojrzałam na niego. Kucał przede mną, dłońmi wędrował w górę po moich łydkach. Jego ciało było zachwycającym okazem naprężonej muskulatury. Chwyciwszy go pod brodę, uniosłam mu twarz ku górze.

– Potrafisz być dla mnie niewiarygodnie dobry, Gideonie – szepnęłam. – Nie wiem, jak mogłam o tym zapomnieć. Choćby na minutę.

Jego klatka piersiowa napięła się pod wpływem szybkiego, głębokiego oddechu. Wyprostował się, błądząc dłońmi po moich udach, aż znowu nade mną górował. Miękko i delikatnie dotknął ustami moich warg.

– Wiem, że dzisiejszy dzień był do bani – powiedział. – Cholera… Cały tydzień też do niczego. Mnie też było ciężko.

– Wiem. – Uściskałam go, przytulając policzek do jego serca. Był moją opoką i siłą. Uwielbiałam kryć się w ramionach Gideona.

Wyczułam jego grubość i twardość, które rosły w miarę, jak się do niego tuliłam.

– Evo… – odchrząknął. – Niech skończę, aniołku.

Skubnęłam go zębami w brodę i sięgnęłam dłonią w dół, aby chwycić jego kształtny tyłek i przyciągnąć go ku sobie.

– A może zaczniesz?

– Miałem inne plany.

Przecież nie mogło się inaczej skończyć, skoro oboje byliśmy nadzy, a nasze dłonie błądziły po naszych ciałach. Wystarczyło, że Gideon kładł rękę na mojej szyi, kiedy razem gdzieś szliśmy, a ja natychmiast pożądałam go tak samo, jakby wsadził mi dłoń między uda.

– A więc… wróć tu i postaraj się, mistrzu.

Gideon przesunął ręce w górę i chwycił mnie z obu stron za szyję, podnosząc kciukami moją brodę, by spojrzeć mi w twarz. Jego marsowa mina nie zwiastowała niczego dobrego, więc zanim zdążył powiedzieć, że to nie jest dobry pomysł, chwyciłam w obie dłonie jego członek.

Gideon mruknął i poruszył rytmicznie biodrami.

– Evo …

– Szkoda byłoby zmarnować taką okazję.

– Nie chcę tego spieprzyć. – Jego oczy pociemniały jak szafiry. – Jeślibyś się przestraszyła, gdybym cię dotykał, wpadłbym w obłęd.

– Gideonie, proszę cię.

– To ja zdecyduję, kiedy. – Nie miałam wątpliwości, że usłyszałam w jego głosie rozkaz.

Automatycznie zwolniłam uścisk.

Gideon cofnął się o krok, a jego dłoń zacisnęła się wokół członka.

Niecierpliwie przestępowałam z nogi na nogę, skupiając całą uwagę na jego zwinnej dłoni i długich eleganckich palcach. Kiedy dystans między nami się powiększył, poczułam ból. Tak moje ciało zareagowało na jego utratę. Rozleniwienie wywołane dotykiem Gideona zamieniało się w żar, jakby ogień, który gasł, nagle został podsycony.

– Podoba ci się to, co widzisz? – zapytał mnie, jednocześnie się pieszcząc.

Byłam zdumiona, że droczy się ze mną, po tym jak mnie odepchnął. Spojrzałam na jego twarz i… zabrakło mi tchu.

Gideon płonął. Nie wiem, czy inne słowo bardziej adekwatnie opisywałoby jego wygląd. Przyglądał mi się spod ciężko opadających powiek, jakby chciał mnie schrupać żywcem. Jego język niespiesznie ślizgał się po zarysie jego warg, jakby mnie smakował. Kiedy przygryzł dolną wargę, mogłabym przysiąc, że poczułam to między nogami. Jak dobrze znałam to spojrzenie... I dobrze wiedziałam, co zaraz nastąpi, jakim stawał się dzikusem, kiedy mnie pożądał.

Jego spojrzenie wprost krzyczało SEKS. Ostry, niekończący się, niepowtarzalny seks. Gideon stał w rogu kabiny prysznicowej na szeroko rozstawionych nogach. Jego doskonałe ciało rytmicznie napinało się i prężyło, gdy pieścił swego pięknego penisa długimi powolnymi ruchami.

Nigdy wcześniej nie widziałam nic tak jawnie seksualnego ani zuchwale męskiego.

– Mój Boże – wydusiłam. – Jak ty mnie podniecasz!

Błysk w jego oku powiedział mi, że dobrze wie, jak na niego reaguję. Wolną ręką powoli przejechał po swoim brzuchu, na którym rysowały się żebra, i ścisnął pierś. Poczułam się zazdrosna, że ja tego nie robię.

– Czy dojdziesz, patrząc na mnie? – zapytał.

Dopiero wtedy zrozumiałam, o co mu chodziło. Bał się pieścić mnie tuż po koszmarnym śnie, lękając się, żeby nie przywołać negatywnych skojarzeń. Był jednak gotowy odegrać dla mnie scenkę, zainspirować mnie tak, bym zaczęła pieścić się sama. Zalała mnie wszechogarniająca fala emocji. Poczułam do niego wdzięczność, miłość, pożądanie i czułość.

– Kocham cię, Gideonie.

Gideon zacisnął z całej siły powieki, jakby nie chciał dopuścić do siebie wagi moich słów. Kiedy znowu je otworzył, siła jego woli przeszyła mnie dreszczem pożądania.

– Pokaż mi.

Z jego zaciśniętej dłoni wystawała szeroka główka penisa. Gideon ścisnął ją mocno, jego twarz poczerwieniała. Złączyłam uda i ścisnęłam je z całej siły. Gideon potarł kciukiem swój sutek, raz, drugi raz, jęcząc z rozkoszy. Na ten dźwięk ślinka napłynęła mi do ust.

Za moimi plecami huczała woda, a chmura pary, która kłębiła się między naszymi ciałami, dodała jeszcze większego erotyzmu scence, którą Gideon odgrywał dla mnie. Jego dłoń przyspieszyła, rytmicznie błądząc w górę i w dół członka.

Nie mogąc znieść bólu w napiętych sutkach, chwyciłam swoje piersi w dłonie i zaczęłam je z całej siły ugniatać.

– O to właśnie chodzi, aniołku. Pokaż mi, jak na ciebie działam.

Przez krótką chwilę zastanawiałam się, czy jestem zdolna to zrobić. Jeszcze niedawno wstydziłam się rozmawiać z Gideonem o wibratorze.

– Spójrz na mnie. – Gideon jedną dłonią chwycił się za jądra, a drugą za prącie. Zrobił to tak bezwstydnie, że jeszcze bardziej się podnieciłam. – Nie chcę szczytować bez ciebie, chcę mieć orgazm w tym samym czasie co ty.

Chciałam być dla niego tak samo napalona, chciałam, żeby był tak samo obolały i wypełniony pożądaniem, jak ja. Chciałam, żeby moje ciało, moje pożądanie odcisnęły się w jego mózgu w taki sam sposób, w jaki jego obraz odcisnął się w moim mózgu.

Patrzyliśmy sobie prosto w oczy, błądziłam rękami po swoim ciele. Obserwowałam jego ruchy, wsłuchiwałam się w jego urywany oddech, wyczulona na wskazówki, które podpowiadały mi, co doprowadzało go do ekstazy.

To doświadczenie było w pewnym sensie tak samo intymne, jakby finiszował we mnie, a może jeszcze bardziej, bo byliśmy całkowicie otwarci i na widoku. Zupełnie odsłonięci. Nasza wzajemna ekstaza uwidaczniała się w naszych ciałach i spojrzeniach.

Chrapliwym, seksownym głosem bóstwa Gideon mówił mi, czego ode mnie chce:

– Pociągnij za sutek, aniołku… Dotknij się – jesteś już mokra? Włóż tam palec… Czujesz, jaka jesteś wąska?

Gorący, wąski i pluszowy raj dla mojego kutasa... Jesteś kurewsko piękna... Taka seksowna... Jestem taki twardy, że to aż boli... Czy widzisz, jak na mnie działasz? Zaraz dla ciebie wybuchnę...

– Gideonie – dyszałam, masując łechtaczkę błyskawicznymi kolistymi ruchami, rytmicznie kręcąc przy tym biodrami.

– Jestem tuż za tobą – powiedział Gideon chrapliwie, podczas gdy dłonią trzepał penisa z brutalną prędkością i agresją, pędząc po orgazm.

Przy pierwszym skurczu, który wstrząsnął moim ciałem, krzyknęłam głośno. Moje nogi zadrżały, oparłam się dłonią o szklaną kabinę, żeby nie upaść. Orgazm odebrał moim mięśniom całą siłę. W jednej chwili Gideon chwycił mnie w ramiona, chciwie i zachłannie łapiąc moje biodra. Jego palce napinały się w niewiarygodnym, gorączkowym pobudzeniu.

– Evo – wysyczał Gideon, kiedy pierwsza gruba i gorąca eksplozja spermy wylądowała na moim brzuchu. – O kurwa.

Pochylił głowę, a jego zęby wpiły się bezboleśnie w czułe miejsce między moim ramieniem i szyją. Ten gest wyrażał brutalność jego zadowolenia. Pomruki wprawiły moje ciało w stan wibracji, kiedy gwałtownie szczytował, wytryskując na moim brzuchu.

*

Rano, parę minut po szóstej, wyszłam po cichutku z sypialni. Obudziłam się już jakiś czas temu i patrzyłam na śpiącego Gideona. Ta przyjemność nie zdarzała się często. Rzadko budziłam się przed nim. Przyglądałam się mu, nie martwiąc się, że moje czujne spojrzenie może go wystraszyć.

Przeszłam na palcach przez korytarz, który doprowadził mnie do przestronnego salonu. To był czysty absurd, że Cary i ja mieszkaliśmy na Upper West Side w apartamencie, który był na tyle ogromny, że mógł pomieścić całą rodzinę. Już dawno temu przestałam jednak toczyć walkę z matką i ojczymem w kwestii zapewnienia mi bezpieczeństwa. Nie było mowy o tym, żeby zrezygnowali z najlepszej lokalizacji bądź takich środków bezpieczeństwa, jak portier i recepcja. Ale coś za coś: godząc się na to, mogłam jednocześnie domagać się, by dali mi większą swobodę w innych sprawach.

Parzyłam w kuchni kawę, kiedy wszedł Cary. Wyglądał fantastycznie w szarym dresie uniwersytetu stanowego w San Diego, z rozczochranymi włosami w odcieniu czekoladowego brązu i jednodniowym zarostem na kwadratowej szczęce.

– Cześć, mała – zamruczał i pocałował mnie w skroń, mijając mnie w kuchni.

– Wcześnie wstałeś.

– I kto to mówi. – Cary wyjął z szafki dwa kubki, z lodówki śmietankę. Podał mi je i spojrzał na mnie badawczo. – Jak się czujesz?

– Dobrze. Naprawdę – przekonywałam go, widząc pełne wątpliwości spojrzenie mojego przyjaciela. – Gideon zatroszczył się o mnie.

– To dobrze, ale w gruncie rzeczy co z tego, jeśli to właśnie z jego powodu byłaś na tyle rozstrojona, że przyśnił ci się koszmar?

Nalałam nam do kubków kawy, dodałam sobie cukier i nam obojgu śmietankę, opowiadając jednocześnie o Corinne, o uroczystej kolacji w hotelu Waldorf, i wreszcie o kłótni z Gideonem, która wywiązała się z powodu pojawienia się Corinne w budynku Crossfire.

Cary opierał się jednym biodrem o kontuar. Skrzyżował nogi w kostkach, ramieniem oplótł klatkę piersiową. Popijał kawę.

– Nie umiał ci tego wytłumaczyć, mam rację?

Potrząsnęłam przecząco głową, przygnieciona ciężarem milczenia Gideona.

– A co u ciebie? Jak się trzymasz?

– Tak po prostu zmienisz temat?

– Co mogę dodać? Znam tylko moją wersję tej historii.

– Czy przeszło ci kiedyś przez myśl, że Gideon zawsze będzie miał przed tobą tajemnice?

Zachmurzyłam się i postawiłam na stole kubek.

– Co masz na myśli?

– Chodzi mi o to, że jest dwudziestoośmioletnim synem faceta, który stworzył piramidę finansową, a następnie popełnił samobójstwo, i tak się składa, że Gideon jest właścicielem sporej części Manhattanu. – Cary uniósł jedną brew, jakby oczekując ode mnie riposty. – Zastanów się nad tym. Czy twoim zdaniem te dwie sprawy nie mają ze sobą kompletnie nic wspólnego?

Spojrzałam w dół na swój kubek, upiłam łyk, nie przyznając się Cary'emu, że sama nieraz się nad tym zastanawiałam. Majątek i imperium Gideona zapierały dech w piersiach, zwłaszcza biorąc pod uwagę jego młody wiek.

– Jakoś nie widzę Gideona w roli osoby, która naciąga innych. Większym wyzwaniem dla niego jest osiągnięcie sukcesu legalnie.

– Jeśli skrywa przed tobą tyle tajemnic, to czy naprawdę możesz być pewna, że znasz go na tyle dobrze, aby go właściwie go ocenić?

Myślałam o mężczyźnie, z którym właśnie spędziłam noc, i poczułam ulgę na myśl o tym, jak bardzo pewna byłam swojej odpowiedzi – przynajmniej w tej chwili.

– Tak – odparłam.

– W takim razie zgoda. – Cary wzruszył ramionami. – Byłem wczoraj u doktora Travisa.

Na wspomnienie naszego terapeuty w San Diego moje myśli powędrowały natychmiast w innym kierunku.

– Ach tak?

– No. Wczoraj dałem nieźle ciała.

Cary wyglądał na mocno wzburzonego, kiedy odgarniał przydługą grzywkę z twarzy. Zorientowałam się, że chodziło mu o orgię, na której go nakryłam.

– Cross złamał Ianowi nos i rozciął mu wargę – powiedział, przypominając mi, z jaką agresją Gideon zareagował na przyjaciela Cary'ego, który po chamsku zaproponował mi, żebym się do nich przyłączyła. – Widziałem się wczoraj z Ianem, wygląda, jakby ktoś przywalił mu cegłą. Pytał mnie, kto go tak załatwił, bo ma zamiar wnieść przeciwko niemu oskarżenie.

– Och. – Na chwilę zabrakło mi powietrza w płucach. – Cholera.

– Wiem. Miliarder plus pozew równa się kupie dolarów. Co mi, do cholery, przyszło do głowy? – Cary zamknął oczy i potarł powieki. – Powiedziałem mu, że nie znam faceta, z którym się umówiłaś, że gdzieś go poderwałaś i przyprowadziłaś do domu. Cross zakrył mu oczy, więc Ian nic nie widział.

– Za to te dwie laski, które z tobą były, przyjrzały mu się aż nazbyt dobrze – odrzekłam ponuro.

– Uciekały tymi drzwiami. – Cary wskazał na drzwi salonu, jakby wciąż słychać było trzaskanie drzwiami. – Aż się za nimi kurzyło. Nie były z nami na pogotowiu i nie wiemy, co to za jedne. Jeśli Ian nie wpadnie na nie przypadkiem, wszystko dobrze się skończy.

Ze zdenerwowania poczułam szarpnięcie w brzuchu.

– Będę miał na tę sprawę oko – obiecał Cary. – Ta noc była dla mnie jednym wielkim ostrzeżeniem. Kiedy opowiedziałem o niej na terapii, trochę się pokapowałem, o co w tym chodzi. Po spotkaniu z doktorem spotkałem się z Treyem. Chciałem go przeprosić.

Kiedy usłyszałam imię Treya, zrobiło mi się smutno. Miałam cichą nadzieję, że raczkujący związek Cary'ego ze studentem weterynarii rozwinie się w coś poważnego, ale Cary zrobił wszystko, żeby go popsuć. Jak zawsze zresztą.

– I jak ci poszło?

Cary znowu wzruszył ramionami, jakby był skonsternowany.

– Tamtego wieczoru zraniłem go, bo jestem dupkiem. Wczoraj znowu go zraniłem, próbując wszystko naprawić.

– Zerwałeś z nim? – Wyciągnęłam rękę i uścisnęłam go, kiedy położył na mojej dłoni swoją.

– Nie do końca, choć nasze stosunki mocno ochłodły. Trey chciałby, żebym zdeklarował się jako gej, ale ja nie mam na to ochoty.

Zrobiło mi się przykro, kiedy usłyszałam, że ktoś żąda od Cary'ego, aby był kimś innym, niż jest. Ludzie zawsze chcieli, żeby był kimś innym. Trudno było mi to zrozumieć. Dla mnie był wspaniały właśnie taki, jaki był.

– Tak mi przykro, Cary – powiedziałam.

– Mnie też, bo Trey jest fantastyczny. Po prostu akurat teraz nie jestem gotowy na stres i żądania wynikające ze skomplikowanego związku. Dużo pracuję. I nie jestem na tyle zrównoważony, żeby jeszcze sobie dopieprzać. – Cary zacisnął usta. – Ty też mogłabyś się nad sobą zastanowić. Dopiero się tu przeprowadziliśmy. Musimy zapuścić korzenie, zaadaptować się, wejść w nowe otoczenie.

Pokiwałam głową, dokładnie wiedząc, co ma na myśli. Mimo że do pewnego stopnia zgadzałam się z nim, nie miałam najmniejszych wątpliwości, że chcę angażować się w związek z Gideonem.

– Czy rozmawiałeś o tym z Tatianą?

– Nie ma takiej potrzeby. – Cary przeciągnął kciukiem po knykciach swojej dłoni, zanim mnie puścił. – Jest łatwa.

Parsknęłam śmiechem i wzięłam duży łyk kawy, która zdążyła ostygnąć.

– Nie w tym sensie – skarcił mnie Cary, zdrożnie się do mnie uśmiechając. – Chodzi mi o to, że niczego ode mnie nie oczekuje ani nie stawia mi żadnych żądań. Pod warunkiem, że ją zaspokoję, a ona przeżyje przynajmniej tyle orgazmów co ja. To ją zadowala. Właściwie dobrze mi z nią, nie tylko dlatego, że mogłaby odessać chrom ze zderzaka. To orzeźwiające być z kimś, kto po prostu chce się zabawić i nie wywołuje w tobie wyrzutów sumienia.

– Gideon mnie zna, rozumie mnie i stara się pomagać mi rozwiązać problemy. On również nad sobą pracuje. Dla niego to też nie jest proste.

– Czy twoim zdaniem Cross miał numerek ze swoją eks? – zapytał mnie Cary, nie owijając w bawełnę.

– Nie.

– Jesteś pewna?

Wciągnęłam głęboko powietrze, wypiłam potężny łyk kawy, żeby się wzmocnić, i przyznałam:

– Zwykle tak. Myślę, że w tej chwili ja jedna mu wystarczam. Jesteśmy na siebie nieźle napaleni. Ale jego była wciąż ma nad nim władzę. On mówi, że ma poczucie winy, ale to nie tłumaczy jego fascynacji brunetkami.

– Dopiero teraz zrozumiałem, dlaczego wpadłaś w szał i go uderzyłaś. Kiedy zaczęła się znowu przy nim kręcić, zbiło cię to z nóg. A on cały czas nie chce ci powiedzieć, o co w tym wszystkim chodzi. Czy to ci się wydaje normalne?

Nie wydawało mi się to normalne. Nienawidziłam o tym myśleć.

– Byliśmy wczoraj u doktora Petersena.

Cary wysoko uniósł brwi.

– I jak wam poszło?

– Nie doradził nam, byśmy brali tyłki w troki i uciekali od siebie, gdzie pieprz rośnie.

– A jeśli to zrobi, posłuchasz go?

– Tym razem nie zamierzam się jeszcze katapultować. Mówiąc poważnie, Cary – nie odwróciłam od niego wzroku – czy naprawdę uważasz, że jestem tak delikatna, że nie sprostam burzy?

– Mała, Cross to tsunami.

– Ha! – Nie mogłam się powstrzymać od uśmiechu. Cary był w stanie sprawić, że uśmiechałam się nawet przez łzy. – Szczerze mówiąc, jeśli nie poradzę sobie z Gideonem, to wątpię, czy poradzę sobie z kimkolwiek innym.

– Przemawia przez ciebie twoje gówniane niskie poczucie własnej wartości.

– On doskonale wie, co w sobie noszę.

– Zgoda.

Uniosłam brwi.

– Zgoda? – Zbyt łatwo mi poszło tym razem.

– Nie kupiłaś mnie. Ale jestem gotowy się targować. – Chwycił mnie za rękę. – No chodź. Uczeszę cię.

Uśmiechnęłam się do niego z wdzięcznością.

– Jesteś prawdziwym skarbem.

Trącił mnie biodrem.

– Nie pozwolę ci o tym zapomnieć.

5

– Jeśli już mówimy o śmiertelnych pułapkach – oświadczył Cary – to ta jest całkiem szpanerska.

Potrząsnęłam przecząco głową, idąc za nim do głównej kabiny prywatnego odrzutowca Gideona.

– Nie zginiesz tragicznie. Latanie samolotem jest bezpieczniejsze od jazdy samochodem – powiedziałam.

– Nie sądzisz, że przemysł lotniczy płaci za fałszowanie statystyk?

Zatrzymałam się na sekundę, żeby ze śmiechem uderzyć go w plecy. Rozejrzałam się po wystawnym wnętrzu. Poczułam podziw zmieszany z respektem. W ostatnich latach napatrzyłam się na prywatne samoloty, ale Gideon, jak zawsze, przeszedł samego siebie i wygrał ze wszystkimi w cuglach.

Kabina była obszerna i miała szerokie przejście pośrodku. Podstawową paletę kolorów stanowiły neutralne barwy z akcentami czekoladowego brązu i lodowatego błękitu. Głębokie obrotowe fotele były rozstawione wraz ze stolikami po lewej stronie, podczas gdy modułową sofę ustawiono po prawej. Każde siedzenie miało zamontowaną obok osobną konsolę do gier. Wiedziałam, że z tyłu samolotu znajduje się sypialnia i jedna czy dwie luksusowe łazienki.

Steward wziął ode mnie i Cary'ego torby podróżne, a następnie gestem wskazał nam nasze miejsca przy krzesłach, które otaczały jeden ze stołów.

– Pan Cross przybędzie w ciągu dziesięciu minut – oznajmił. – Czy mogę podać państwu coś do picia?

– Poproszę wodę. – Zerknęłam na zegarek. Było dopiero po dziewiętnastej trzydzieści.

– Dla mnie Krwawa Mary – zamówił Cary. – Jeśli oczywiście jest taka możliwość.

Steward się uśmiechnął.

– Mamy na pokładzie wszystko.

Cary dostrzegł moje spojrzenie.

– No co? Nie jadłem kolacji. Sok pomidorowy pomoże mi poczekać na jedzenie, a alkohol pozwoli dramamine* szybciej krążyć w organizmie.

---

* Dramamine – nazwa amerykańskiego leku stosowanego w celu zapobiegania chorobie lokomocyjnej (przyp. red.).

– Przecież ja nic nie mówię – zaprotestowałam.

Odwróciłam się od Cary'ego, żeby spojrzeć na wieczorne niebo. Moje myśli poszybowały jak zwykle ku Gideonowi. Przez cały dzień, od kiedy się obudził, był wyjątkowo milczący. Do pracy również jechaliśmy w milczeniu. Przed piątą po południu, kiedy kończyłam pracę, zadzwonił do mnie, aby poinformować, że Angus zawiezie mnie do domu, a potem wraz z Carym na lotnisko, gdzie się spotkamy.

Ja jednak postanowiłam przejść się do domu na piechotę, ponieważ poprzedniego dnia nie byłam na siłowni i nie miałam czasu, żeby poćwiczyć przed lotem. Angus uprzedził mnie, że Gideon nie będzie zadowolony, iż nie zgodziłam się na podwózkę, chociaż odmówiłam mu grzecznie i miałam dobry powód. Myślę, że Angus sądził, iż wciąż złościłam się na niego za to, że podwiózł Corinne, i faktycznie tak było. Z żalem musiałam przyznać, że mała cząstka mnie miała nadzieję, iż Angus żałuje swojego czynu. Większa cząstka mnie nienawidziła siebie za to, że potrafiłam być tak małostkowa.

Idąc przez Central Park, wędrując wśród wysokich drzew, postanowiłam, że nie będę uzależniać się od facetów. Nawet od Gideona. Nie pozwolę, żeby moje frustracje przeszkodziły mi w szampańskiej zabawie w Vegas z moim najlepszym przyjacielem.

W połowie drogi do domu przystanęłam i odwróciłam się, wypatrując apartamentowca Gideona, który górował nad Piątą Aleją. Zastanawiałam się, czy jest już w domu, czy pakuje się i planuje weekend beze mnie. A może był jeszcze w pracy, żeby domknąć najpilniejsze sprawy.

– Oho – zanucił Cary, kiedy steward powrócił do nas z tacą, na której stały nasze napoje. – Znowu masz tę minkę.

– O czym ty mówisz?

– Jak półtora nieszczęścia. – Mój współlokator stuknął wysmukłą szklanką o moją pękatą szklanicę z wodą. – Chcesz o tym porozmawiać?

Już miałam mu coś odpowiedzieć, kiedy do samolotu wsiadł Gideon. Był zachmurzony. W jednej ręce trzymał teczkę, a w drugiej torbę podróżną. Kiedy oddał ją stewardowi, na chwilę zatrzymał się przy mnie i Carym, skinął głową mojemu przyjacielowi, a potem palcami musnął mój policzek. Jego prosty gest poraził mnie jak prąd elektryczny. Następnie zniknął nam z oczu. Wszedł do kabiny z tyłu samolotu i zamknął za sobą drzwi.

Skrzywiłam się.

– Ależ on miewa nastroje – wycedziłam.

– Faktycznie jest boski. To, jak jego ciało wygląda w tym garniturze…

Gideon w ogóle wyglądał niesamowicie w garniturach, ale w tym trzyczęściowym mógł naprawdę przyprawić o zawrót głowy.

– Nie odwracaj mojej uwagi od spraw istotnych – gderałam.

– Zrób mu loda, a gwarantuję ci, że poprawisz mu nastrój.

– Tylko facet może na coś takiego wpaść.

– A czego się spodziewałaś? – Cary wziął do ręki lodowatą szklaną butelkę z wodą, która nie zmieściła się do kryształowej szklanicy. – Tylko spójrz. – Pokazał mi nalepkę z napisem Cross Towers and Casino. – To dopiero jest szpan.

Wydęłam wargi.

– Chyba dla rekinów – stwierdziłam cierpko.

– Dla kogo?

Dla bonzów z kasyn, szulerów z wypchanymi portfelami, hazardzistów, którym nawet nie drgnie powieka, kiedy tracą sto albo i więcej tysięcy, gdy karta się odwróci.

Otrzymują mnóstwo dodatkowych korzyści, mających na celu ich zwabienie – darmowe żarcie, apartamenty w hotelach, podróż w obie strony. Drugi mąż mojej matki był szychą. To był jeden z powodów, dla których go zostawiła.

Cary potrząsnął głową, patrząc na mnie.

– Nieźle. Tyle wiesz, ile zjesz. A więc lecimy firmowym odrzutowcem.

– Jednym z pięciu – podpowiedział steward, który przyniósł nam na tacy sery i owoce.

– Jezu – wymamrotał Cary – toż to cała cholerna flota.

Patrzyłam, jak wyjmuje z kieszeni podróżne opakowanie dramamine i popija tabletki Krwawą Mary.

– Może masz ochotę? – zapytał, stukając palcem w papierek, który położył na stole.

– Nie, dziękuję.

– Zajmiesz się Gorącym Humorzastym Ciachem?

– Nie jestem pewna. Może raczej wyciągnę mój czytnik.

Cary skinął głową.

– To ci niewątpliwie zrobi lepiej na głowę.

Pół godziny później Cary, rozparty wygodnie, delikatnie zachrapał w rozłożonym fotelu. Na uszach miał słuchawki, które odcinały go od zewnętrznych dźwięków. Patrzyłam na niego przez dłuższą chwilę, napawając się jego spokojem i odprężeniem, zauważając, jak płytkie wgłębienia wokół jego ust rozmyły się we śnie.

Następnie wstałam i poszłam do kabiny, w której wcześniej zniknął Gideon. Zastanawiałam się, czy mam zapukać, ale potem postanowiłam, że tego nie zrobię. Wystarczająco często odcinał mnie od siebie. Zdecydowałam, że nie dam mu kolejnej okazji.

Gdy wkroczyłam do środka, Gideon zerknął na mnie, ale nie zauważyłam na jego twarzy zdziwienia faktem, że wtargnęłam do jego zacisza. Siedział przy biurku i słuchał kobiety, która mówiła coś do niego przez satelitarne wideo. Miał poluzowany krawat, płaszcz był przewieszony przez poręcz krzesła. Spojrzał na mnie przelotnie i wrócił do rozmowy.

Zaczęłam się rozbierać.

Najpierw zdjęłam bezrękawnik, a potem sandałki i dżinsy. Kobieta mówiła dalej, plotąc coś o „obawach" i „rozbieżnościach", ale wzrok Gideona wwiercał się we mnie gorąco i chciwie.

– Zajmiemy się tym jutro rano, Allison – przerwał nagle kobiecie, uderzył palcem guzik na klawiaturze, który wyłączył obraz chwilę przed tym, zanim mój biustonosz wylądował na jego głowie.

– Być może mam napięcie przedmiesiączkowe – oznajmiłam – ale za to ty cierpisz na huśtawkę nastrojów.

Gideon zdjął z głowy stanik i położył go na kolanach. Następnie odchylił się na krześle, położył swobodnie łokcie na oparciach i złożył dłonie jak do modlitwy.

– Zatem postanowiłaś odstawić dla mnie striptiz, żeby poprawić mi nastrój?

– Ha! Mężczyźni są tacy przewidywalni. Cary poddał mi pomysł, żebym cię wzięła do ust, by cię zadowolić. Nie… nie podniecaj się. Nie zrobię ci tego. – Wsunęłam kciuki pod gumkę od majtek i zakołysałam się lekko. Muszę mu oddać, że wciąż patrzył mi w oczy, a jego wzrok nie powędrował do moich piersi. – Myślę, mistrzu, że jesteś mi coś winien. I to dużo. Byłam wyjątkowo wyrozumiałą dziewczynką, zważywszy na zaistniałe okoliczności, nie uważasz?

Gideon uniósł brew.

– Bardzo jestem ciekawa, co byś zrobił – ciągnęłam – gdybyś przypadkiem wpadł do mnie i nadział się na progu na mojego byłego chłopaka, który właśnie wychodziłby, wkładając w spodnie koszulę. A po wejściu na górę do mieszkania zobaczyłbyś rozbebeszoną kanapę i mnie, tuż po wzięciu prysznica.

Gideon zacisnął szczęki.

– Żadne z nas nie chciałoby zobaczyć, co bym wtedy zrobił.

– A więc zgadzasz się ze mną, że byłam wspaniałomyślna, biorąc pod uwagę nadzwyczajne okoliczności. – Skrzyżowałam ramiona, dobrze wiedząc, że ten gest podkreśli wszystkie moje atrybuty, które Gideon uwielbiał. – Dałeś mi jasno do zrozumienia, jak chcesz mnie ukarać. Interesuje mnie, w jaki sposób chcesz mnie nagrodzić?

– A mam wybór? – Gideon przeciągał głoski, z ciężko opadającymi powiekami.

Uśmiechnęłam się.

– Nie – odrzekłam.

Gideon położył na klawiaturze mój biustonosz, po czym wdzięcznie i swobodnie poderwał się z krzesła.

– To będzie twoja nagroda, aniołku. Czego chcesz?

– Po pierwsze przestań się na mnie dąsać.

– Dąsać? – Wargi Gideona poruszyły się nieznacznie, skrywając uśmiech. – Obudziłem się bez ciebie u mojego boku, a czekają mnie jeszcze dwa samotne poranki.

Opuściłam ręce i podeszłam do niego, kładąc otwarte dłonie na jego szerokiej klatce.

– I to na tyle?

– Evo.

Gideon był potężnym mężczyzną, pełnym tężyzny fizycznej, który jednocześnie potrafił mnie dotykać z nabożną czcią i namaszczeniem.

Pochyliłam głowę, wiedząc, że mój głos mnie zdradził. Gideon był zbyt spostrzegawczy.

Chwycił w dłonie moją twarz, odchylił ją do tyłu i przyjrzał mi się badawczo.

– Powiedz prawdę – wyszeptał.

– Czuję, że się ode mnie oddalasz.

Gideon wydał z siebie niski pomruk, który zadudnił między nami.

– Mam ważne sprawy na głowie. Co nie znaczy, że o tobie nie myślę.

– Ja naprawdę to czuję. Powstała między nami przepaść, której wcześniej nie było.

Dłonie Gideona ześlizgnęły się do mojej szyi i objęły ją.

– Nie ma między nami żadnej przepaści. Trzymasz mnie za gardło, Evo. – Nieznacznie zwiększył uścisk. – Czy naprawdę tego nie czujesz?

Odetchnęłam głęboko. Serce zabiło mi szybciej, co było fizyczną reakcją na lęk, który pochodził wyłącznie z mojego wnętrza, i nie miał nic wspólnego z Gideonem, który, byłam tego pewna, nigdy by mnie nie skrzywdził fizycznie ani nie naraził na niebezpieczeństwo.

– Czasami – powiedział chrapliwie, patrząc na mnie z palącą intensywnością – nie jestem w stanie oddychać.

Być może uciekłabym wtedy, gdybym nie dostrzegła w jego oczach pożądania i niepokoju. Odczuwałam podobny brak kontroli, podobne uzależnienie od osoby, dzięki której mogę złapać oddech.

Zrobiłam coś odwrotnego do ucieczki. Odchyliłam do tyłu głowę i poddałam się Gideonowi. Ukłucie lęku natychmiast opuściło moje ciało. Przekonałam się, że Gideon miał rację, że dobrze robię, poddając mu się. Coś w moim wnętrzu uspokajało się wtedy, jakaś potrzeba, z której wcześnie nie zdawałam sobie sprawy.

Nastąpiła długa cisza, którą wypełniał tylko jego oddech. Wyczułam, że Gideon zmaga się ze swoimi emocjami. Zastanawiałam się, jakie uczucia nim targają i dlaczego był tak pełen sprzeczności.

Wreszcie Gideon odetchnął głęboko, uwalniając napięcie.

– Czego potrzebujesz, Evo?

– Ciebie, żebyś uniósł się wysoko nad ziemią.

Dłonie Gideona ześlizgnęły się w dół po moich ramionach, ścisnęły je, a następnie zaczęły je pieścić. Nasze palce się splotły. Gideon przywarł swoją skronią do mojej.

– Proponujesz mi seks i teleportację?

– Będę cię brała, jak tylko będę mogła – powiedziałam, powtarzając słowa, które kiedyś od niego usłyszałam. – To się stanie w przyszły weekend, kiedy wreszcie będę mogła, jak skończy mi się okres.

– Ja pierdolę.

– Właśnie o to chodzi.

Gideon sięgnął po płaszcz, owinął go wokół mnie i wypchnął z kabiny.

*

– Boże. – Ściskałam kurczowo prześcieradło, na którym leżałam. Prężyłam się i wyginałam, kiedy Gideon przyszpilił moje biodra do łóżka i trzepoczącymi ruchami języka drażnił moją łechtaczkę. Moja skóra błyszczała od potu. Obrazy rozmazywały mi się przed oczami, a każdy mięsień mojego ciała napiął się w oczekiwaniu na orgazm. Puls dudnił mi w uszach wraz z równomiernym szumem silników odrzutowca.

Doszłam już dwukrotnie. Moje majtki były zniszczone, porwane na strzępy pod wpływem jego gwałtownych ruchów, a on wciąż był kompletnie ubrany.

– Jestem gotowa. – Wdarłam się palcami w jego czupryne, czując wilgoć skóty głowy. Wstrzemięźliwość musiała go wiele kosztować. Zawsze był wobec mnie ostrożny. Nie spieszył się, chcąc się upewnić, że jestem wystarczająco mokra, zanim wypełnił mnie swoim długim i grubym penisem.

– To ja zdecyduję, kiedy będziesz gotowa.

– Chcę, żebyś we mnie wszedł… – Samolot raptownie się zachwiał, a następnie zanurkował w dół, wtrącając mnie w stan nieważkości. Czułam tylko, jak Gideon ssie mnie łapczywie.

– Gideonie!

Kiedy nadszedł kolejny orgazm, zatrzęsłam się cała, a moje ciało prężyło się z pożądania, żeby poczuć go w sobie. W uszach huczała mi krew, usłyszałam czyjś głos, który podawał przez megafon komunikat, jednak nie rozumiałam sensu słów.

– Jesteś teraz taka wrażliwa. – Gideon uniósł głowę i oblizał wargi. – Masz jeden orgazm za drugim.

Dyszałam ciężko.

– Miałabym jeszcze większy, gdybyś we mnie wszedł.

– Będę miał to na uwadze.

– Mam gdzieś, czy będzie mnie trochę bolało – spierałam się z nim. – Dojdę do siebie w następnych dniach.

W oczach Gideona dojrzałam nagle błysk. Podniósł się.

– Nie, Evo.

Moje otumanienie po orgazmie zniknęło, gdy usłyszałam jego szorstki ton. Wsparłam się na łokciach i patrzyłam, jak się rozbiera. Jego ruchy były szybkie i oszczędne, ale pełne wdzięku.

– To ja miałam wybierać – przypomniałam mu.

Gideon zdejmował po kolei kamizelkę, krawat i spinki do mankietów. Wyczułam coś niedobrego w jego głosie, kiedy spokojnie zapytał:

– Naprawdę chcesz się w to bawić, aniołku?

– Jeśli zajdzie taka potrzeba.

– Ta potrzeba musiałaby być ogromna, żebym świadomie miał zadać ci ból. – Gideon zaczął wolniej ściągać z siebie koszulę i spodnie. Jego striptiz był o niebo bardziej uwodzicielski od mojego. – Dla nas obojga ból i przyjemność wykluczają się wzajemnie.

– Nie miałam na myśli…

– Dobrze wiem, co miałaś na myśli. – Gideon wyprostował się po tym, jak ściągnął bokserki. Następnie ukląkł na skraju łóżka i zaczął pełznąć w moją stronę jak zwinna pantera, która chce wytropić ofiarę. – Czujesz ból, nawet gdy mnie w tobie nie ma. Jesteś gotowa powiedzieć cokolwiek, abym tylko ci go włożył.

– Tak.

Gideon uniósł się nade mną. Jego włosy falowały wokół głowy jak ciemna zasłona, jego wielkie ciało rzucało na mnie cień. Pochylił głowę i koniuszkiem języka obrysował delikatnie moje wargi.

– Pragniesz tego. Jesteś jak wydrążona, kiedy ci tego nie daję.

– To prawda, do cholery. – Chwyciłam go za smukłe biodra i wyprężyłam się w górę, aby poczuć jego ciało obok mojego. Nigdy nie czułam się bliżej niego niż wtedy, gdy się kochaliśmy, a teraz zapragnęłam tej bliskości, żeby uwierzyć, że jest dobrze między nami, zanim spędzimy weekend osobno.

Gideon ułożył się między moimi nogami, a jego twardy i gorący członek leżał przy moich wargach sromowych.

– Boli cię trochę, kiedy cały wdzieram się do środka, i nic nie mogę na to poradzić. Masz wąską cipkę, a ja wbijam się w nią cały. Czasami zapominam o wszystkim, tracę nad sobą kontrolę i staję się agresywny, i z tym też nie mogę nic zrobić. Ale nigdy, przenigdy nie błagaj mnie o to, abym specjalnie zadawał ci ból. Nie mógłbym ci tego zrobić.

– Pragnę cię – szepnęłam, bezwstydnie pocierając mokrą cipką wzdłuż jego gorącego penisa.

– Jeszcze nie. – Gideon przesunął się, aby znaleźć moją dziurkę szeroką główką członka. Dźgnął delikatnie, rozwierając mnie, po czym wślizgnął się we mnie koniuszkiem. Prężyłam swoje wąskie ujście, ale moje ciało wciąż stawiało opór. – Jeszcze nie jesteś gotowa.

– Pieprz się ze mną. Boże… po prostu mnie pieprz.

Gideon sięgnął jedną dłonią w dół i chwycił mnie za biodro, powstrzymując moje gorączkowe próby, żeby wygiąć się w górę i wepchnąć go w siebie.

– Jesteś opuchnięta.

Walczyłam z jego uściskiem. Wbiłam paznokcie w napięte krągłości jego tyłka, próbując go do siebie przycisnąć. Nie dbałam o to, że będzie mnie bolało. Oszaleję, jeśli za chwilę nie poczuję go w sobie.

– Daj mi to, czego pragnę – jęknęłam.

Gideon wsunął dłoń w moje włosy i zacisnął ją w pięść, żeby przytrzymać mnie w takiej pozycji, w jakiej chciał.

– Spójrz na mnie.

– Gideonie!

– Spójrz na mnie.

Znieruchomiałam, gdy usłyszałam w jego głosie komendę. Patrzyłam na niego przez długą chwilę, a moja frustracja znikała, gdy obserwowałam powolną i stopniową przemianę, zachodzącą na jego pięknej twarzy.

Najpierw jego rysy stężały, jakby cierpiał. Brwi zmarszczyły się pod wpływem grymasu. Wargi rozwarły się w urwanym oddechu, a pierś unosiła się i opadała z wysiłkiem. Szczękę opanował nerwowy tik, mięśnie gwałtownie się kurczyły. Jego skóra paliła mnie coraz goręcej. Jednak tym, co najbardziej przykuło moją uwagę, było przeszywające mnie na wylot spojrzenie błękitnych oczu i płonąca w nich bezbronność.

Mój puls wyraźnie przyspieszył w reakcji na zmianę, która w nim zaszła. Materac nieznacznie się poruszył, kiedy Gideon wbił w niego swoje stopy, a jego ciało przygotowało się na…

– Evo. – Gideon zaczął spazmatycznie szczytować, kierując na mnie gorący wytrysk. Jego ekstatyczny jęk wibrował w moim ciele, a penis opadał w nagłej powodzi spermy. – Chryste.

Przez cały czas Gideon patrzył na mnie, ukazując mi swoją twarz, podczas gdy wcześniej zawsze ukrywał ją w mojej szyi. Wreszcie ujrzałam to, co chciał, żebym zobaczyła… To, co chciał, żebym zrozumiała.

Nic nas nie dzieliło.

Gideon przekręcił się na bok, wytarł z siebie spermę, nawilżył nią moje wnętrze, żebym nie poczuła bólu ani nie doznała dyskomfortu. Puścił moje biodro i pozwolił mi się łagodnie kołysać w poszukiwaniu doskonałego nacisku na łechtaczkę, który przyprawi mnie o ekstazę. Nie spuszczając ze mnie wzroku, sięgnął do tyłu i chwycił mnie za nadgarstki, najpierw za jeden, potem za drugi. Uniósł moje ręce za głowę, pozbawiając mnie możliwości ruchu.

Przygwożdżona do materaca jego uchwytem i twardą jak stal erekcją, byłam kompletnie zdana na jego łaskę. Gideon zaczął się we mnie wbijać, pieszcząc drżące ścianki mojej cipki wielkim penisem o grubych żyłkach. Domagał się mnie, chcąc całkowicie posiąść.

– Crossfire – szepnął, przywołując słowo bezpieczeństwa.

Jęczałam, kiedy moja cipka prężyła się w konwulsjach orgazmu. Zwierała się i uciskała, zachłannie go dojąc.

– Czujesz to? – Język Gideona przesunął się po muszli mojego ucha. Jego zdyszany oddech falował. – Trzymasz mnie za gardło i za jaja. O jakiej przepaści ty myślisz, aniołku?

Przez kolejne trzy godziny zakopywaliśmy na jakiś czas rów między nami.

*

Kiedy kierowniczka hotelu otworzyła podwójne drzwi do naszego apartamentu, Cary gwizdnął nisko i przeciągle.

– Kurczę – powiedział, wciągając mnie za łokieć do środka. – Popatrz, ile tu miejsca. Można by tu robić gwiazdy jedna za drugą!

Miał rację, ale musiałam dotrwać do rana, żeby to sprawdzić. Moje nogi wciąż trzęsły się pod ciężarem mojego ciała, od czasu kiedy dostąpiłam inicjacji do Klubu Ponad Ziemią.

Tuż za naszym oknem rozciągało się olśniewające nocne Las Vegas. Okna wyrastały z podłogi i sięgały sufitu. Kończyły się w rogu, w którym stał fortepian.

– Zawsze mnie zastanawia, czemu w apartamentach dla szych są fortepiany? – zapytał mnie Cary, unosząc wieko i wystukując na klawiszach prostą melodyjkę.

Wzruszyłam ramionami i spojrzałam na kierowniczkę, która zdążyła się od nas oddalić. Jej wysokie obcasy zanurzały się bezszelestnie w gęstym białym dywanie. Apartament urządzono w stylu hollywoodzkim z lat pięćdziesiątych. Dwustronny kominek był wyłożony surowym szarym kamieniem i ozdobiony dziełem sztuki, które przypominało dekiel z paroma szprychami, wystającymi z samego środka. Kanapy miały kolor zielonej morskiej piany, a ich drewniane nóżki były smukłe jak obcasy kierowniczki. Atmosfera retro, która tutaj panowała, sprawiała, że wnętrze było szykowne i przytulne zarazem.

To przerosło moje najśmielsze oczekiwania. Sądziłam, że zatrzymamy się w ładnym pokoju, ale nie w apartamencie prezydenckim. Już chciałam z niego zrezygnować, kiedy Cary uraczył mnie szerokim uśmiechem i uniósł dwa kciuki do góry na znak radości. Nie miałam ochoty psuć mu zabawy, więc poddałam się, mając cichą nadzieję, że z naszego powodu Gideon nie musiał zamieszkać w znacznie skromniejszych progach.

– Wciąż masz ochotę na cheeseburgera? – spytałam Cary'ego, sięgając po kartę z menu hotelowym, która leżała na okrągłym stoliku za kanapą.

– I na piwo. A raczej na dwa.

Kiedy Cary poszedł za kierowniczką do sypialni znajdującej się po lewej stronie od salonu, sięgnęłam po klasyczny telefon z okrągłą tarczą, żeby zadzwonić do obsługi hotelowej i złożyć zamówienie.

Pół godziny później, odświeżona po szybkim prysznicu i w piżamie, jadłam kurczaka Alfredo, siedząc w kucki na chodniczku na podłodze. Cary pożerał cheeseburgera, rzucając w moją stronę radosne spojrzenia z drugiej strony stolika do kawy.

– Nigdy nie jadasz węglowodanów przed snem – zauważył między kęsami.

– Za chwilę dostanę okres.

– Jestem pewien, że ćwiczenia fizyczne w samolocie również wpłynęły na twój apetyt.

Spojrzałam na niego spod przymrużonych powiek.

– Skąd możesz o tym wiedzieć? Spałeś jak zabity.

– Czysta dedukcja, mała. Kiedy zasypiałem, byłaś rozzłoszczona. Kiedy się obudziłem, wyglądałaś, jakbyś przed chwilą wypaliła solidnego jointa.

– A jak twoim zdaniem wyglądał Gideon?

– Tak samo. Był sztywny i gorący jak zawsze.

Nadziałam kluski na widelec.

– To takie niesprawiedliwe.

– I co z tego? – Wskazał ręką na pokój. – Tylko popatrz na warunki bytowe, jakie ci zapewnia.

– Nie chcę jego kasy, Cary.

Cary właśnie chrupał frytkę.

– Zastanawiałaś się może, czego chcesz? Podarował ci swój czas, górę mięśni, dzieli się z tobą wszystkim, co posiada. To jest coś.

– Zgoda – przytaknęłam, grzebiąc widelcem w talerzu. Mężowie mojej matki, ludzie wpływowi i posiadający władzę, nauczyli mnie, że najważniejszym darem był ich czas, bo stanowił dla nich najcenniejszą wartość. – To już jest coś. Ale to wciąż jest mało.

*

– O to chodzi w życiu – filozofował Cary, leżąc jak młody bóg na leżaku przy basenie. Miał na sobie pastelowozielone kąpielówki i ciemne okulary. Sprawiał, że nieskończona liczba kobiet przechadzała się po naszej stronie basenu. – Do szczęścia brakuje mi tylko mojito. Muszę wlać w siebie alkohol, żeby świętować.

Na dźwięk jego słów na mojej twarzy zagościł uśmieszek. Opalałam się na leżaku obok niego, rozkoszując się upałem, suchym powietrzem oraz skokami do basenu od czasu do czasu. Świętowanie było typowe dla Cary'ego, zawsze wydawało mi się to czarujące.

– Co chcemy świętować?

– Lato.

– W takim razie załatwione. – Usiadłam, zsunęłam nogi z leżaka i zawiązałam na biodrach pareo, zanim wstałam na dobre. Po kąpieli w basenie miałam jeszcze wilgotne włosy, spięte dużą spinką na samym czubku głowy. Żar z nieba przyjemnie palił moją skórę, był jak zmysłowy pocałunek, i dzięki niemu nie myślałam o wodzie, którą zatrzymywałam w sobie. Właśnie zaczynał mi się okres.

Poszłam do basenowego baru, ukradkiem obserwując przez purpurowe okulary przeciwsłoneczne innych plażowiczów i letnie domki. Wiele osób spośród mrowia gości było tak atrakcyjnych, że zasługiwali na drugie, a nawet na trzecie spojrzenie. Zwłaszcza jedna para zwróciła moją uwagę, ponieważ przypominali mi Gideona i mnie. Blondynka leżała na brzuchu, figlarnie machając nogami. Jej ciemnowłosy partner, którego można było schrupać w całości, wyciągnął się przy niej na krześle. Jedną dłonią podpierał głowę, a drugą delikatnie głaskał jej plecy.

Kiedy kobieta zauważyła, że się im przyglądam, uśmiech zniknął z jej twarzy. Nie mogłam dostrzec jej oczu zza okularów Jackie O., ale byłam pewna, że patrzyła na mnie ze złością. Uśmiechnęłam się i odwróciłam wzrok, doskonale wiedząc, co czuje kobieta, gdy odkryje, że jakaś nieznajoma wpatruje się w jej faceta.

Znalazłam przy barze wolne miejsce i gestem pokazałam barmanowi, że jestem gotowa złożyć zamówienie, kiedy tylko do mnie podejdzie. Wentylatory w suficie chłodziły moją skórę i zachęcały, żebym usiadła na stołku, który niespodziewanie ktoś zwolnił, więc skorzystałam z okazji.

– Co pijesz?

Odwróciłam głowę i spojrzałam na mężczyznę, który mnie zagadnął.

– Jeszcze nic, ale napiję się mojito – odparłam.

– Chętnie ci postawię. – Mężczyzna uśmiechnął się, pokazując idealnie białe i minimalnie krzywe zęby. Wyciągnął dłoń na powitanie. Ten gest zwrócił moją uwagę na jego pięknie umięśnione ramiona. – Jestem Daniel.

Podałam mu rękę.

– Mam na imię Eva. Miło cię poznać.

Daniel skrzyżował ręce na barze i pochylił się do przodu.

– Co cię sprowadza do Vegas? – zapytał. – Przyjemność czy interesy?

– Wyłącznie odpoczynek. A ciebie? – Podziwiałam interesujący tatuaż w obcym języku, który prężył się na prawym bicepsie Daniela. Mężczyzna nie był przystojny w klasycznym znaczeniu tego słowa, ale roztaczał wokół aurę pewności siebie i wytworności. To były dwie cechy, które znacznie bardziej podobały mi się w facetach niż ich wygląd.

– Praca.

Zerknęłam na jego kąpielówki.

– To znaczy, że masz fajną pracę, a ja nie.

– Zajmuję się sprzedażą…

– Przepraszam – zabrzmiał obcy głos.

Oboje odwróciliśmy się i ujrzeliśmy kobietę, która przerwała nam rozmowę. Była krępą brunetką w ciemnej koszulce polo, na której miała wyhaftowane swoje imię – Sheila – oraz logo Cross Towers and Casino. Słuchawka w jej uchu i specjalny pas wokół talii zdradzały, iż należała do ochrony.

– Panno Tramell. – Skinęła mi głową na powitanie.

Uniosłam wysoko brwi.

– Tak?

– Ma pani możliwość zamawiania drinków bez ruszania się z apartamentu.

– Super, dzięki za informację. Z przyjemnością jednak zaczekam przy barze.

Kiedy się nie poruszyłam, Sheila zwróciła się do Daniela:

– Jeśli pójdzie pan na drugi koniec baru, barman dopilnuje, żeby pan dostał kolejnego drinka za darmo.

Daniel skinął grzecznie głową i posłał mi zniewalający uśmiech.

– Tu mi dobrze, ale dzięki za propozycję.

– W takim razie nalegam.

– Co takiego? – Uśmiech na twarzy Daniela zamienił się w grymas niezadowolenia.

Zamrugałam, patrząc na Sheilę, i doznałam olśnienia. Przez cały ten czas Gideon mnie obserwował. Uznał, że może na odległość kontrolować moje poczynania.

Sheila beznamiętnie odwzajemniła moje spojrzenie.

– Będę pani towarzyszyć do apartamentu, panno Tramell.

Przez chwilę zastanawiałam się, czy nie zrobić jej awantury albo nie rzucić się na Daniela i nie wycałować go bez tchu po to, aby wysłać sygnał mojemu zaborczemu chłopakowi. Poskromiłam jednak gniew. Sheila zrobiła tylko to, co do niej należało. To jej szefowi należał się kop w tyłek.

– Przepraszam cię, Danielu – rzekłam, oblewając się pąsem. Czułam się jak skarcone dziecko i to mnie naprawdę rozgniewało. – Naprawdę cieszę się, że cię poznałam.

Daniel wzruszył ramionami.

– Gdybyś zmieniła zdanie…

Idąc w stronę leżaka nad basenem, czułam na swoich plecach wzrok Sheili. Odwróciłam się na pięcie i zmierzyłam ją wzrokiem.

– Czy masz rozkaz interweniować tylko wtedy, kiedy gawędzę z nieznajomym facetem? Czy może masz listę różnych sytuacji, w których mogę się znaleźć? – wycedziłam.

Przez krótką chwilę Sheila zawahała się, po czym westchnęła ciężko. Z łatwością mogłam sobie wyobrazić, co o mnie myśli. Pewnie, że jestem ładniutką blondyną o kształtnym tyłku, której nie można zaufać, gdy tylko znajdzie się wśród facetów.

– Mam listę – wyznała niechętnie.

– No tak, oczywiście. – Gideon musiał mieć wszystko pod kontrolą. Ciekawe, czy zaczął tworzyć listę, gdy tylko wspomniałam o wyjeździe do Vegas, czy miał już gotową. Może spisał ją, gdy był z innymi kobietami? Może taką samą listę sporządził również dla Corinne?

Im dłużej o tym myślałam, tym bardziej byłam wkurzona.

– Niewiarygodne – poskarżyłam się Cary'emu, kiedy Sheila dyskretnie się wycofała, jakby tym gestem mogła sprawić, iż zapomnę o tym, że kręci się w pobliżu. – Mam niańkę.

– O czym ty mówisz?

Kiedy powiedziałam mu, co się przed chwilą wydarzyło, ujrzałam, jak tężeje mu twarz.

– To jakieś szaleństwo – warknął.

– Pewnie, że tak. Nie pozwolę na to. Gideon musi zrozumieć, że nasz związek nie będzie działał na takich zasadach, zwłaszcza po bzdurach, które plótł mi o zaufaniu. – Opadłam na leżak. – Co dla niego oznacza zaufanie, jeśli sam każe mnie śledzić i odgania ode mnie nieznajomych mężczyzn?

– Nie podoba mi się to, Evo. – Cary usiadł i przewiesił nogi nad krzesłem. – To nie jest w porządku.

– Myślisz, że tego nie wiem? Dlaczego śledzi mnie kobieta? Nie mam nic przeciwko płci pięknej i temu, że wykonuje ciężką pracę. Zastanawiam się tylko, czy kazał jej wchodzić za mną do łazienki, czy nie ufa żadnemu facetowi, który miałby mnie pilnować.

– Mówisz poważnie? Co ty jeszcze tu robisz, opalając się, zamiast coś mądrego wykombinować?

Pomysł, który zaświtał mi w głowie, właśnie się skrystalizował.

– Coś wymyśliłam.

– Ach tak? – Cary skrzywił się w konspiracyjnym uśmieszku. – Mów mi natychmiast.

Ze stojącego między nami małego stolika wyłożonego mozaiką wzięłam swój telefon. Weszłam w kontakty i poszukałam Benjamina Clancy'ego, osobistego goryla mojego ojczyma.

– Hej, Clancy. Eva przy telefonie – przywitałam się z nim, kiedy odebrał po pierwszym sygnale.

Cary patrzył na mnie znad okularów szeroko otwartymi oczyma.

– Ooo… – wydusił.

Zerwałam się na nogi i powiedziałam bezgłośnie – „Idę na górę".

Cary skinął głową.

– Wszystko w porządku – oznajmiłam w odpowiedzi na pytanie Clancy'ego. Poczekałam, aż znajdę się w środku. Wiedziałam, że Sheila jest na zewnątrz kilka kroków za mną. – Posłuchaj. Chcę cię prosić o przysługę.

*

Właśnie skończyłam rozmawiać z Clancym, kiedy ktoś do mnie zadzwonił. Uśmiechnęłam się szeroko, widząc, kto mi się wyświetlił. Na powitanie powiedziałam z radością:

– Cześć, tato!

Mój tata się zaśmiał.

– Jak się miewa moja mała dziewczynka?

– Sprawiam kłopoty i bardzo mi się to podoba. – Powiesiłam pareo na krześle w jadalni i usiadłam. – Jak się masz?

Victor Reyes był policjantem. Patrolował ulice w Oceanside, w stanie Kalifornia, i właśnie z tego powodu uczęszczałam na uniwersytet w San Diego. Mama przeżywała wtedy trudne chwile z mężem numer dwa, a ja przechodziłam przez fazę buntu. Uczyniłam ze swojego życia piekło, próbując zapomnieć, czego doświadczałam od Nathana przez tak długi czas.

Zniknięcie z dusznej orbity wpływów mojej matki było jedną z najlepszych decyzji, jakie kiedykolwiek podjęłam. Stała i spokojna miłość mojego ojca do swojej jedynaczki zmieniła moje życie. Tata dawał mi wolność, której tak bardzo potrzebowałam, oczywiście w ramach jasno określonych granic. Załatwił terapię u doktora Travisa, która zapoczątkowała długą drogę do ozdrowienia i przyjaźń z Carym.

– Stęskniłam się za tobą – wyznałam ojcu. Bardzo kochałam matkę i wiedziałam, że ona także bardzo mnie kocha, ale nasza relacja była trudna. Za to z ojcem wszystko było proste.

– W takim razie ucieszysz się z tego, co ci powiem. Wpadnę do ciebie za dwa tygodnie, jeśli ci to odpowiada. Nie chciałbym ci się naprzykrzać.

– Ależ tatusiu! Nigdy mi się nie naprzykrzasz. Marzę o tym, żeby się z tobą zobaczyć.

– Przyjadę dosłownie na chwilę, z podkrążonymi oczami po robocie w czwartek w nocy, a wyjadę w niedzielę wieczorem.

– Ogromnie się cieszę. Już zaczynam planować dla nas czas. Pójdziemy na miasto.

Tata zachichotał, a ja poczułam, jak ciepło rozlewa mi się po ciele.

– Chcę zobaczyć ciebie, a nie Nowy Jork. Nie szalej ze zwiedzaniem ani czymś takim.

– O nic się nie martw. Postaram się, byśmy spędzili mnóstwo czasu razem. Poznasz Gideona. – Na samą myśl, że mężczyźni mojego życia się spotkają, motyle zatrzepotały mi w brzuchu.

– Czy masz na myśli Gideona Crossa? Przecież mi mówiłaś, że między wami wszystko skończone.

– Owszem. – Zmarszczyłam nos. – Mieliśmy kilka trudnych chwil i myślałam, że się rozstaniemy.

W telefonie zapadła cisza.

– Czy to coś poważnego?

Ja także milczałam, niespokojnie się wiercąc. Mój ojciec był wyszkolonym obserwatorem, więc od razu zauważyłby, że między mną a Gideonem panuje napięcie – seksualne i każde inne.

– Tak. Nie zawsze jest nam łatwo. Sporo pracujemy nad naszym związkiem, głównie z mojego powodu, ale bardzo się staramy.

– Czy on ciebie szanuje, Evo? – zapytał ojciec szorstkim i śmiertelnie poważnym głosem. – Nie interesuje mnie, ile Cross ma pieniędzy. Nie musisz mu niczego udowadniać.

– To nie jest tak, jak myślisz. – Przyjrzałam się swoim wypedikiurowanym paznokciom u nóg. Uzmysłowiłam sobie, że ta sytuacja będzie daleko bardziej krępująca niż zwykłe spotkanie opiekuńczego ojca z nowym chłopakiem córki. Z powodu matki ojciec miał problem z bogaczami. – Sam się przekonasz, kiedy go poznasz.

– Skoro tak uważasz – odparł powątpiewająco.

– Uwierz mi, tato. – Nie potrafiłam gniewać się na niego za jego troskę, bo to z powodu moich autodestrukcyjnych relacji z popapranymi facetami znalazł mi doktora Travisa. Ojciec miał problem zwłaszcza z jednym wokalistą, dla którego byłam kimś więcej niż wielbicielką jego talentu, oraz z artystą tatuażu, któremu kazał zjechać na pobocze, i wtedy zobaczył, że ktoś obciągał mu fiuta podczas jazdy, i że to nie byłam ja. – Gideon jest dla mnie dobry. Rozumie mnie.

– Postaram się być otwarty. Zarezerwuję lot i wyślę ci mejla z godzinami przylotu i odlotu. Co jeszcze słychać?

– Rozpoczęliśmy prace nad kampanią kawy o zapachu i smaku jagód.

Po raz kolejny w słuchawce zapadło milczenie.

– Chyba sobie ze mnie żartujesz?

Zaśmiałam się.

– Bardzo bym chciała, żeby tak było. Trzymaj za nas kciuki, kiedy będziemy się starać sprzedać to świństwo.

Postaram się odłożyć ci trochę kawy, żebyś mógł jej skosztować.

– A ja naprawdę wierzyłem, że mnie kochasz.

– Z całego serca. Jak sobie radzisz z kobietami? Czy randka się udała?

– Raczej tak. Było nieźle.

Parsknęłam śmiechem i zapytałam:

– Umówicie się jeszcze kiedyś?

– Mamy taki plan.

– Ale jesteś skryty.

Ojciec znowu zachichotał i usłyszałam skrzypienie jego ulubionego krzesła, kiedy się poruszył.

– Chyba nie chcesz słuchać o życiu erotycznym swojego starego?

– To prawda. – Mimo to czasami zastanawiałam się, jak wyglądał związek taty i mamy. On był Latynosem z podłej dzielnicy, ona złotowłosą debiutantką z zamożnej rodziny, w której błękitnych oczach odbijały się dolarówki. Myślę, że kiedyś nie mogli oderwać od siebie rąk.

Rozmawialiśmy jeszcze przez chwilę. Oboje byliśmy podekscytowani, że wkrótce się zobaczymy. Zawsze miałam nadzieję, że nie oddalimy się od siebie po moim skończeniu studiów. Dlatego zdecydowałam, że zawsze będziemy do siebie dzwonić w soboty, aby dowiedzieć się, co nowego u nas słychać. Zrobiło mi się lżej na sercu, gdy pomyślałam, że ojciec mnie niedługo odwiedzi.

Kiedy odłożyłam słuchawkę, do apartamentu wkroczył Cary, który wyglądał w każdym calu jak model, którym przecież był.

– Dalej coś kombinujesz? – zapytał.

Wstałam z krzesła.

– Wszystko załatwione. Teraz rozmawiałam z ojcem. Za dwa tygodnie przyjeżdża do Nowego Jorku.

– Naprawdę? Fajowo. Victor jest super.

Poszliśmy do kuchni i wyjęliśmy z lodówki dwa piwa. Już wcześniej zauważyłam, że niektóre produkty, z których korzystałam w domu, były także tutaj. Próbowałam zgadnąć, czy Gideon był po prostu bystrym obserwatorem, czy też gromadził informacje na mój temat w inny sposób, na przykład przeglądając moje paragony. Nie przestawałam o tym myśleć. Ustalenie granic między nami było niezwykle trudne dla Gideona, czego zresztą przed chwilą dowiódł, nasyłając na mnie goryli.

– Kiedy twoi rodzice znaleźli się ostatnio w tym samym stanie? – zapytał Cary, otwierając piwo za pomocą otwieracza. – Nie wspominając już o przebywaniu w tym samym mieście.

– Mój Boże... nie wiem. Przed moim urodzeniem? – Pociągnęłam potężny łyk piwa z butelki, którą mi podał. – Nie planuję umówić ich na randkę w ciemno.

– W takim razie wypijmy za dobre plany. – Stuknęliśmy się butelkami. – Jeśli już mówimy o planach, miałem ochotę odbyć krótką sesję z laską, którą spotkałem przy basenie, ale postanowiłem poszukać ciebie. Pomyślałem, że może dzisiaj odpuścimy sobie baraszkowanie z innymi i spędzimy czas razem.

– Ale mnie zaszczyt kopnął – odparłam oschle. – Zamierzałam wrócić na basen.

– Za gorąco. Słońce brutalnie parzy.

– Jest jakieś inne niż w Nowym Jorku?

– Ale mądralińska z ciebie. – Jego zielone oczy połyskiwały. – A może weźmiemy nasze rzeczy i wyjdziemy z hotelu na lunch? Ja stawiam.

– Świetny pomysł. Niestety Sheila może się do nas przyłączyć.

– Niech się wali ona i jej szef. Co jest z tymi bogaczami, że chcą wszystko i wszystkich kontrolować?

– Właśnie dlatego są bogaczami, że panują nad innymi.

– Mniejsza o to. A mnie się podoba, że pieprzymy się tylko we własnym gronie. – Cary położył ramię ukośnie na klatce piersiowej i pochylił się nad kontuarem. – Pozwolisz mu na to gówniane zachowanie?

– To zależy.

– Od czego?

Uśmiechnęłam się do Cary'ego szeroko i wycofałam się do mojej sypialni.

– Zbieraj się – powiedziałam. – Opowiem ci o tym podczas lunchu.

6

Właśnie skończyłam pakować torbę przed podróżą do Nowego Jorku, kiedy usłyszałam w salonie wyraźny głos Gideona. Poczułam nagły przypływ adrenaliny. Gideon miał mi jeszcze do powiedzenia kilka słów na temat mojego wczorajszego zachowania, mimo że rozmawialiśmy wieczorem, po mojej wędrówce po klubach z Carym i po porannej pobudce.

Męczyło mnie udawanie, że nie wiem, o co mu chodzi. Byłam bardzo ciekawa, czy Clancy wykonał to, o co go prosiłam, lecz kiedy zadzwoniłam do goryla mojego ojczyma, solennie zapewnił, że wszystko szło zgodnie z moim planem.

Maszerując na bosaka do otwartych drzwi mojej sypialni, zobaczyłam, że Cary wychodzi z naszego apartamentu. Gideon stał samotnie w korytarzyku i patrzył na mnie nieprzeniknionym wzrokiem, jakby w tej właśnie chwili spodziewał się, że się pojawię. Był ubrany w luźne dżinsy i czarną koszulkę. Na myśl, jak bardzo się za nim stęskniłam, zapiekły mnie oczy.

– Witaj, aniołku.

W prawej dłoni nerwowo miętosiłam czarne spodnie, w których ćwiczyłam jogę.

– Witaj, mistrzu.

Pięknie wyrzeźbione usta Gideona złożyły się na ułamek sekundy w cienką linię.

– Czy za tym czułym słówkiem kryje się drugie dno?

– Cóż... Wszystko, co robisz, robisz po mistrzowsku. I jest to przezwisko bohatera literackiego, którego uwielbiam. Przypominasz mi go.

– Chyba nie podoba mi się, że uwielbiasz kogoś poza mną, bez względu na to, czy jest postacią fikcyjną, czy prawdziwą.

– Z czasem będziesz musiał się z tym pogodzić.

Gideon potrząsnął przecząco głową i podszedł do mnie.

– Tak jak z czasem pogodzę się z faktem, że nasłałaś na mnie zawodnika sumo, który łazi za mną krok w krok?

Ugryzłam się w policzek, żeby nie parsknąć śmiechem. Nie dałam Clancy'emu żadnych wskazówek dotyczących wyglądu osoby, którą znał w rejonie Phoenix i którą miał wynająć, aby nękała Gideona, tak jak Sheila nękała mnie. Poprosiłam tylko, aby był to facet, i podałam listę sytuacji, w których ma interweniować.

– Dokąd poszedł Cary?

– Na dół, żeby zabawić się kasą, którą mu załatwiłem.

– Czy to znaczy, że nie wyjeżdżamy za chwilę?

Gideon powoli zbliżył się do mnie, skracając dystans. Doskonale widziałam groźbę w tym, jak się do mnie skradał. Dostrzegłam ją w ułożeniu jego ramion i błysku oczu. Obawiałabym się go, gdyby kocie ruchy jego ciała nie były aż tak wyraźnie erotyczne.

– Wciąż masz okres?

Skinęłam twierdząco głową.

– A więc będę musiał wybuchnąć w twoich ustach.

Uniosłam brwi.

– Co ty powiesz?

– Właśnie tak. – Gideon uśmiechnął się tajemniczo. – Ale nic się nie bój, aniołku. Najpierw zaspokoję ciebie.

W tej samej chwili przypuścił na mnie atak. Chwycił mnie, unosząc w górę, a potem zaniósł do sypialni i rzucił na łóżko. Z trudem łapałam powietrze, kiedy przywarł ustami do moich ust. Jego pocałunek był głęboki i wygłodniały. Namiętność Gideona i cudowny ciężar kompletnie mną owładnęły. Jego zapach był zniewalający, a skóra emanowała niezwykłym ciepłem.

– Tęskniłam za tobą – jęczałam, oplatając go ramionami i nogami. – Mimo że czasami strasznie mnie wkurzasz.

Gideon zamruczał groźnie.

– A ty jesteś najbardziej irytującą kobietą, jaką kiedykolwiek poznałem. Potrafisz doprowadzić mnie do szału.

– Naprawdę się na ciebie wściekłam. Nie jestem twoją rzeczą. Nie możesz...

– Właśnie, że jesteś. – Gideon kąsał moje ucho. Kiedy poczułam ból, krzyknęłam głośno. – Właśnie, że mogę.

– W takim razie ty też jesteś moją rzeczą. I ja też mogę.

– Co udowodniłaś. Czy masz pojęcie, jak ciężko jest prowadzić z partnerami rozmowy, kiedy nie mogą zbliżyć się do ciebie na odległość metra?

Zamarłam, słysząc te słowa. Zasada metra miała dotyczyć wyłącznie kobiet.

– Dlaczego mieliby podchodzić do ciebie aż tak blisko?

– Żeby wskazać wspólne obszary zainteresowań na schematach projektów leżących przede mną. Żeby stanąć w zasięgu kamery i wziąć udział w telekonferencji. Potwornie utrudniłaś mi życie. – Gideon uniósł głowę i spojrzał na mnie. – Ja pracowałem. Ty bawiłaś się w najlepsze.

– Mam to gdzieś. Jeśli coś jest dobre dla mnie, to znaczy, że jest też dobre dla ciebie. – W duchu byłam bardzo zadowolona, że podobnie jak ja Gideon musiał zmagać się z niedogodnościami.

Chwycił mnie z tyłu za udo i rozwarł szerzej moje nogi.

– Nie myśl, że uda ci się osiągnąć sto procent równości w naszym układzie – powiedział.

– Bardzo się mylisz.

Ułożył się w otwartej przestrzeni między moimi udami, którą właśnie stworzył. Zaczął się kołysać i ocierać swoją okazałą erekcją o mój srom.

– To ty się mylisz – odparł, zanurzając ręce w moich włosach, żeby mnie przytrzymać.

Kołysząc biodrami, masował moją wrażliwą szparkę. Szwy na jego dżinsach znajdowały się w tak idealnej pozycji, że tylko mnie to podnieciło. Pożądanie wzburzyło mi krew.

– Przestań. Nie potrafię myśleć, kiedy mi to robisz.

– Nie myśl, tylko słuchaj. To, kim jestem i co zbudowałem, czyni mnie dla wielu celem. Dobrze rozumiesz, o co toczy się gra, bo wiesz, co to znaczy żyć w bogactwie i jak to przyciąga ludzi.

– Facet przy barze nie był zagrożeniem.

– Mam inne zdanie.

Jego odpowiedź mnie zdenerwowała. Czułam, że Gideon nie potrafi mi zaufać, nie umie wyjawić swoich tajemnic, a ja muszę z tym żyć.

– Zejdź ze mnie – zażądałam.

– Kiedy mi tu wygodnie. – Uniósł biodra i zaczął się o mnie ocierać.

– Jestem na ciebie wściekła.

– Właśnie widzę. – Nie przestawał się kołysać. – I tak doprowadzę cię do orgazmu.

Odpychałam jego biodra, ale był dla mnie za ciężki.

– Nie będę miała orgazmu, kiedy jestem rozzłoszczona.

– Udowodnij mi to.

Gideon wyglądał na bardzo zadowolonego z siebie, co tylko potęgowało moją złość. Ponieważ nie mogłam odwrócić głowy, zamknęłam oczy, żeby na niego nie patrzeć. Nie zwrócił na to uwagi, tylko dalej prężył się przy moim ciele. To, że był ubrany i nie mógł we mnie wejść, jeszcze bardziej uzmysłowiło mi elegancką płynność jego ruchów.

Ten gość naprawdę wiedział, jak zrobić kobiecie dobrze.

Gideon nie tylko wkładał i wyjmował penisa, ale pragnął sprawić kobiecie rozkosz. Eksperymentował z ocieraniem, zmieniał kąt ułożenia i głębię penetracji. Niuanse jego talentu znikały, kiedy wiłam się pod nim, skupiona wyłącznie na odczuciach rozpalających moje ciało. Teraz czułam je wszystkie.

Chociaż starałam się ze wszystkich sił, żeby nie czuć rozkoszy, mimowolny jęk wydobył się z moich ust.

– Właśnie o to chodzi, aniołku – perswadował łagodnie Gideon. – Czy czujesz, jaki jestem twardy? Widzisz, jak na mnie działasz?

– Nie próbuj karać mnie seksem – zaprotestowałam, wbijając pięty jeszcze mocniej w materac.

Gideon znieruchomiał, ale już po chwili przywarł ustami do mojej szyi. Jego ciało falowało, jakby rżnął mnie przez ubranie.

– Jeszcze nie zwariowałem, aniołku.

– Zwał jak chciał. Upokarzasz mnie.

– A ja przez ciebie oszaleję! Czy ty wiesz, co się stało, kiedy się zorientowałem, jakiego piwa mi nawarzyłaś?

Łypnęłam na niego spod przymrużonych powiek.

– Co takiego? – zapytałam.

– Stanął mi.

Otworzyłam szeroko oczy, słysząc jego słowa.

– Co zdarzyło się w najgorszym z możliwych momentów i na widoku publicznym. – Gideon chwycił mnie za pierś i kciukiem potarł stwardniały sutek. – Musiałem przeciągać rozmowę, która właśnie się skończyła, żeby przeszła mi erekcja. Jestem podniecony, kiedy mi się stawiasz, Evo. – Zniżył głos do chrapliwego szeptu, który ociekał seksem i obietnicą rozkoszy. – Dlatego marzę o tym, żeby cię rżnąć. Przez długi, długi czas.

– Chryste. – Moje biodra poruszały się w górę, a szparka kurczyła się w oczekiwaniu na orgazm.

– A ponieważ nie mogę dziś inaczej – mruczał Gideon jak kot – to właśnie tak doprowadzę cię do orgazmu, a ty zrewanżujesz mi się, biorąc mnie do ust.

Jęknęłam cicho, a moje usta zwilgotniały na myśl, że w ten sposób wprawię go w ekstazę. Gideon zawsze wsłuchiwał się w moje potrzeby, kiedy się kochaliśmy. Odpuszczał wyłącznie wtedy, kiedy brałam go do ust, i skupiał się na własnej rozkoszy.

– Właśnie o to chodzi – mruczał. – Ocieraj się o mnie swoją muszelką. Właśnie tak. Ależ ty mnie podniecasz!

– Gideonie… – Pieściłam dłońmi jego prężące się plecy i pośladki. Wygięłam się w łuk i ocierałam się o jego ciało. Długo finiszowałam, jęcząc głośno i przeciągle. Napięcie zmieniło się w ekstatyczne uczucie ulgi.

Gideon przywarł do moich ust i stłamsił mój krzyk. Leżąc pod nim, drżałam na całym ciele. Chwyciłam go za włosy i pocałowałam z całych sił.

Po chwili obrócił nasze ciała tak, że znalazł się pode mną. Jego ręce powędrowały do guzika przy rozporku, za który szarpnął.

– Teraz ty, Evo.

Zaczęłam czołgać się po łóżku, pragnąc go smakować tak, jak chciał, żebym to robiła. W chwili gdy Gideon ściągnął z siebie bokserki, trzymałam w dłoniach jego penisa i ustami muskałam jego szeroki czubek.

Głośno jęcząc, Gideon chwycił poduszkę i włożył ją sobie pod głowę. Kiedy nasze spojrzenia się spotkały, pociągnęłam go jeszcze silniej.

– Tak – syczał, nawijając sobie na palce moje włosy. – Ssij go szybko i mocno. Chcę wybuchnąć.

Wdychałam w nozdrza jego zapach. Czułam na języku satynową miękkość jego rozgrzanego ciała. I zrobiłam to, o co mnie poprosił.

Wessałam policzki i połknęłam go aż do samego końca, a potem ciągnęłam, nie przerywając. Skupiłam się na ssaniu i szybkości. Tak jak on nie mogłam doczekać jego orgazmu. Podniecały mnie jego euforyczne okrzyki i widok jego palców wbijających się z zapamiętaniem w kołdrę. Gideon kołysał biodrami, a jego dłoń wpleciona w moje włosy dyktowała tempo.

– Chryste. – Patrzył na mnie ciemnymi oczami, rozżarzonymi jak dwa węgielki. – Uwielbiam, kiedy mi obciągasz. Jakby zawsze było ci mało.

Gideon się nie mylił. Nigdy nie będę miała go dość, gdyż jego ekstaza, prawdziwa i zwierzęca, tak wiele dla mnie znaczyła. Zanim Gideon spotkał mnie na swojej drodze, seks był dla niego wyreżyserowanym i metodycznym aktem. Ze mną nie potrafił się powstrzymać. Pragnął mnie bardziej niż czegokolwiek innego. Wystarczyły dwa dni beze mnie i wariował.

Obciągałam go, czując, jak grube żyły dygoczą pod gładką skórą. Wtem urywany dźwięk wyrwał się z jego gardła i słona ciepła maź wytrysnęła mi na język. Gideon był już bardzo blisko. Miał zaczerwienioną twarz, z jego rozwartych ust wydobywały się urywane oddechy. Na brwiach poczułam kropelki potu. Moje podniecenie rosło razem z jego. Gideon był całkowicie zdany na moją łaskę. Kompletnie oszalał. Musiał natychmiast eksplodować. Mamrotał wulgarne świństwa o tym, co mi zrobi następnym razem, kiedy mnie będzie rżnął.

– Właśnie tak, aniołku. Ssij... Chcę szczytować dla ciebie. – Jego szyja prężyła się, oddech buchał wprost z jego płuc. – O kurwa.

Jego orgazm był taki jak mój, silny i brutalny. Sperma wytrysnęła z koniuszka penisa gorącą gęstą lawą, a ja próbowałam ją połknąć. Gideon wychrypiał moje imię, a jego biodra pompowały spermę w moje otwarte usta. Gideon brał ode mnie to, co chciał, dając wszystko, co miał, dopóki całkiem się nie opróżnił.

Następnie zwinął się w kłębek obok mnie i objął w duszącym uścisku. Przez dłuższy czas trzymał mnie blisko siebie, jego klatka piersiowa wznosiła się i opadała, a ja słuchałam jego galopującego serca, które w końcu zwolniło, a puls wrócił do normalnego rytmu.

Wreszcie się odezwał, zanurzając usta w moich włosach:

– Potrzebowałem tego. Dziękuję.

Uśmiechnęłam się i jeszcze mocniej się do niego przytuliłam.

– Cała przyjemność po mojej stronie, mistrzu.

– Stęskniłem się za tobą – szepnął Gideon, przyciskając usta do moich brwi. – Nawet nie masz pojęcia, jak bardzo. I nie chodzi mi wyłącznie o seks.

– Wiem. – Oboje pragnęliśmy fizycznej bliskości, gorączkowego dotyku oraz orgazmu uwalniającego nas od dzikich i obezwładniających emocji, które odczuwaliśmy, gdy byliśmy razem. – Za dwa tygodnie przyjeżdża mój ojciec.

Gideon stężał, po czym uniósł głowę i rzekł cierpko:

– Czy naprawdę nie możesz z tym poczekać, aż włożę go z powrotem do spodni?

– Na złodzieju czapka gore? – Zaśmiałam się.

– Do diabła. – Gideon przywarł wargami do mojego czoła, po czym rzucił się na plecy i wygładził na sobie ubranie. – Jaki masz pomysł na nasze pierwsze spotkanie? Zjemy kolację w domu czy na mieście? U ciebie czy u mnie?

– Przyrządzę kolację u siebie. – Przeciągnęłam się i wygładziłam pomiętą bluzkę.

Gideon kiwnął głową na znak zgody, ale atmosfera wyraźnie zgęstniała. Zamiast mojego zaspokojonego i wdzięcznego kochanka pojawił się facet o marsowym obliczu, którego niestety dość często ostatnio widywałam.

– Masz inny pomysł? – zapytałam go.

– Nie. To dobry plan. Nie wpadłbym na nic lepszego. U ciebie będzie czuł się swobodnie.

– A ty?

– Ja też. – Gideon podparł głowę ręką i spojrzał na mnie, odgarniając mi kosmyk z czoła. – Wolałbym nie popisywać się od razu przed nim moimi pieniędzmi, jeśli to możliwe.

Westchnęłam głośno.

– Nie przyszło mi to do głowy. Myślałam tylko o tym, że będę się mniej denerwować, robiąc bałagan w swojej kuchni, a nie twojej. Ale oczywiście masz rację. Wszystko będzie dobrze, Gideonie. Kiedy ojciec zobaczy, co do mnie czujesz, ucieszy się, że jesteśmy razem.

– Dbam o jego opinię tylko w wypadku, gdyby miała ona wpłynąć na twoje uczucia do mnie. Jeśli mnie nie polubi i to coś między nami zmieni…

– Jesteś jedynym człowiekiem, który ma wpływ na to, co do ciebie czuję.

Gideon skinął głową, ale wcale nie poczułam się lepiej. Wielu mężczyzn denerwuje się przed spotkaniem z rodzicami swojej dziewczyny, lecz on do nich nie należał. Nie miał nerwowego słowotoku. Zazwyczaj. Zależało mi, aby ojciec i Gideon dobrze się czuli w swoim towarzystwie, a nie byli spięci i obcesowi w stosunku do siebie.

Zmieniłam temat.

– Załatwiłeś wszystko w Phoenix?

– Tak. Jedna z dyrektorek projektu zauważyła rozbieżności w księgach rachunkowych i dobrze zrobiła, sugerując mi, abym się zajął tą sprawą. Mam zero tolerancji na malwersacje.

Wzdrygnęłam się na wspomnienie jego ojca, który najpierw wyłudził miliony od inwestorów, a potem popełnił samobójstwo.

– Co to za projekt? – zapytałam.

– Kurort z polem golfowym.

– Nocne kluby, kurorty, pławienie się w luksusie, wódka, kasyna... oraz sieć siłowni, aby ludzie z wyższych sfer dbali o kondycję? – Wiedziałam o tym ze strony internetowej Cross Industries, na której przeczytałam, że Gideon zajmował się również oprogramowaniem i grami komputerowymi, a także rozwijającą się platformą społecznościową dla młodej i ambitnej kadry kierowniczej. – Jesteś bogiem wielu rozkoszy, nie tylko jednej.

– Bogiem rozkoszy? – Oczy Gideona zamigotały figlarnie. – Całą energię przeznaczam na wielbienie ciebie.

– W jaki sposób doszedłeś do takiego majątku? – palnęłam nagle, kiedy przypomniałam sobie insynuacje Cary'ego, że to podejrzane, iż Gideon zbudował tak ogromny majątek w tak młodym wieku.

– Ludzie lubią się zabawić i są gotowi słono za tę przyjemność zapłacić.

– Nie o to mi chodziło. Jak zbudowałeś Cross Industries? Skąd wziąłeś kapitał początkowy?

W oczach Gideona zapaliły się iskierki.

– A jak sądzisz?

– Nie mam pojęcia.

– Wygrałem w oczko.

Zamrugałam ze zdziwieniem.

– Uprawiałeś hazard? Żartujesz sobie ze mnie?

– Nie. – Gideon zaśmiał się i jeszcze mocniej mnie przytulił.

Nie potrafiłam wyobrazić sobie Gideona w roli hazardzisty. Dzięki trzeciemu mężowi mojej matki nauczyłam się, że hazard jest okropną i podstępną chorobą, która prowadzi do całkowitej utraty kontroli. Nie mogłam uwierzyć, że ktoś owładnięty taką potrzebą kontroli wobec samego siebie i innych jak Gideon, uważałby fart i przypadek za atrakcyjne.

Nagle doznałam olśnienia.

– Liczysz karty.

– Liczyłem, kiedy grałem – przyznał się. – Ale dawno temu przestałem. Ludzie, których poznałem przy stolikach karcianych, byli dla mnie tak samo znaczący jak pieniądze, które wygrałem.

Zadumałam się nad jego rewelacjami. Zmagałam się z nimi, aż wreszcie odsunęłam je na chwilę od siebie.

– Przypomnij mi, abym nie grała z tobą w karty.

– Rozbierany poker mógłby być przyjemny.

– Być może dla ciebie.

Gideon wyciągnął dłoń i ścisnął mnie za pośladek.

– I dla ciebie. Wiesz, że szaleję, kiedy widzę cię nagą.

Spojrzałam wymownie na swoje ciało, z którego nie zdjęłam ubrania.

– I kiedy jestem ubrana.

Gideon błysnął olśniewającym uśmiechem, w którym nie było ani cienia skruchy.

– Czy wciąż uprawiasz hazard? – zapytałam.

– Codziennie. Zwłaszcza kiedy robię interesy i gdy jestem z tobą.

– Ze mną? Narażasz nasz związek na ryzyko?

Gideon spojrzał na mnie łagodnie i tak czule, że poczułam skurcz w gardle.

– Jesteś największym ryzykiem, jakie kiedykolwiek podjąłem. – Pocałował mnie delikatnie. – I największą wygraną.

*

Kiedy w poniedziałek znalazłam się w pracy, poczułam, że powrócił naturalny rytm sprzed afery z Corinne. Oboje z Gideonem próbowaliśmy pogodzić się z tym, że mam okres, który nigdy nie stanowił problemu w naszych poprzednich związkach. Teraz jednak był kłopotliwy, gdyż Gideon okazywał mi swoje uczucia, uprawiając ze mną seks. Wyrażał ciałem to, czego nie umiał wyrazić słowami, a moje pożądanie dla niego wyrażało moją wiarę w nas oboje, było tym, czego potrzebował, żeby poczuć się ze mną związanym.

Mogłam mu na okrągło powtarzać, że go kocham. Wiem, że robiło to na nim wrażenie, poza tym potrzebował jednak pełnej kapitulacji mojego ciała. Doskonale wiedziałam, że zaufanie w tej kwestii znaczyło dla niego bardzo wiele, także ze względu na moją przeszłość. Tylko w ten sposób mógł naprawdę mi uwierzyć.

Kiedyś powiedział mi, że wiele razy słyszał w życiu słowa „kocham cię", w które nie wierzył, ponieważ nie towarzyszyły im prawda, zaufanie i uczciwość. Znaczyły więc dla niego tyle co nic, i dlatego nie chciał ich wypowiadać. Starałam się nie okazać mu, jak mnie tym ranił. Wiedziałam, że muszę się z tym pogodzić, jeśli chcę z nim być.

– Dzień dobry, Evo.

Zerknęłam znad biurka na Marka, który stanął przy

moim boksie. Jego lekko krzywy uśmiech jak zawsze mnie powalał.

– Hej, mogę zacząć wtedy, kiedy ty.

– Najpierw napijmy się kawy. Masz ochotę na jeszcze jedną?

Wzięłam z biurka pusty kubek i wstałam.

– Jasne.

Poszliśmy do kuchni.

– Czyżbyś się opalała? – zapytał Mark, przyglądając mi się.

– Łapałam promienie słoneczne podczas weekendu. Miło było się pobyczyć i nic nie robić. Tak się składa, że słodkie leniuchowanie jest dla mnie jedną z najprzyjemniejszych rzeczy, które można robić. Koniec, kropka.

– Zazdroszczę ci. Steven nie potrafi usiedzieć na tyłku. Wiecznie gdzieś pędzi i ciągnie mnie ze sobą.

– Mój współlokator jest taki sam. Od samego patrzenia, jak biega w kółko, opadam z sił.

– Prawie bym zapomniał. – Mark przepuścił mnie przodem w drzwiach do kuchni. – Shawna prosi cię o kontakt. Ma bilety na koncert nowej grupy rockowej i chce wiedzieć, czy się z nią wybierzesz.

Przypomniałam sobie atrakcyjną rudowłosą kelnerkę, którą poznałam w zeszłym tygodniu. Była siostrą Stevena, wieloletniego partnera Marka. Poznali się jeszcze w college'u i od tamtej pory byli parą. Szczerze polubiłam Stevena i byłam prawie pewna, że polubię także Shawnę.

– Czy nie masz nic przeciwko temu, abym się z nią skontaktowała? – zapytałam Marka na wszelki wypadek, bo w końcu Shawna to jego szwagierka, a on był moim szefem.

– Oczywiście, że nie. Nie przejmuj się, nie ma w tym nic niestosownego.

– Bardzo się cieszę. – Uśmiechnęłam się na myśl, że będę miała nową koleżankę w Nowym Jorku. – Dzięki.

– Podziękujesz, parząc mi kawę – odparł Mark. Wyciągnął z szafki kubek i podał mi go. – Kiedy ty ją robisz, jest smaczniejsza.

Spojrzałam na niego.

– Mój ojciec też tak twierdzi.

– W takim razie to musi być prawda.

– Albo typowa męska gadka szmatka – odparowałam. – Jak ty i Steven rozwiązujecie problem kawy w domu?

– Nie pijemy kawy w domu. – Mark wyszczerzył zęby w uśmiechu. – Chodzimy do Starbucksa, który jest na rogu naszej ulicy.

– Jestem pewna, że kryje się za tym jakieś oszustwo, ale mam za mało kofeiny we krwi, żeby się nad tym zastanawiać. – Podałam Markowi kubek z kawą. – Co pewnie oznacza, że nie powinnam ci mówić, na co właśnie wpadłam.

– Nie bój się. Jeśli będzie do bani, nigdy ci tego nie wybaczę.

– Super, dzięki. – Trzymałam kubek w obu dłoniach. – Może byśmy sprzedawali kawę jagodową jak herbatę? No wiesz, kawa w chińskiej filiżance, a na spodku babeczka i śmietanka w tle. Taki podwieczorek dla zamożnych. A w reklamie wystąpi zabójczo przystojny Anglik, który będzie ją popijał.

Mark zacisnął wargi, dumając nad moimi słowami.

– Brzmi ciekawie. Niech dział kreatywny zastanowi się, jak wdrożyć twój pomysł w życie.

*

– Dlaczego mi nie powiedziałaś, że jedziesz do Vegas?

Westchnęłam w duchu, słysząc irytację w donośnym

głosie matki. Mocno ścisnęłam słuchawkę aparatu, który stał na biurku. Ledwo zdążyłam przy nim usiąść, kiedy zadzwonił telefon. Pewnie gdybym sprawdziła pocztę głosową, znalazłabym kilka wiadomości od niej. Gdy matka była wzburzona, nie odpuszczała łatwo.

– Cześć, mamo, przepraszam. Chciałam zadzwonić podczas lunchu i opowiedzieć ci o tym.

– Uwielbiam Vegas.

– Naprawdę? – Miałam wrażenie, że matka nienawidziła wszystkiego, co kojarzyło jej się z hazardem. – Nie wiedziałam o tym.

– Wiedziałabyś, gdybyś się mną interesowała.

Była wyraźnie rozżalona. Mówiła tak matowym głosem, aż się wzdrygnęłam.

– Przepraszam – powtórzyłam. Już we wczesnym dzieciństwie nauczyłam się, że uwielbia być przepraszana przynajmniej kilkakrotnie. – Chciałam pobyć z Carym. Możemy pogadać o wypadzie do Vegas, jeśli masz ochotę ze mną pojechać.

– Fantastyczny pomysł! Marzę o tym, abyśmy spędziły razem miło czas.

– Ja też. – Spojrzałam na zdjęcie matki ze Stantonem. Była piękna i promieniała delikatną zmysłowością, która zniewalała mężczyzn. Wrażliwa i krucha, matka była także modliszką. To nie mężczyźni wykorzystywali matkę, to ona nimi pomiatała.

– Masz plany na lunch? Zarezerwuję stolik i przyjadę po ciebie – zaproponowała.

– Czy mogę zabrać koleżankę? – Megumi zaklepała sobie obiad ze mną, gdy tylko weszłam do firmy, obiecując, że uraczy mnie opowieścią o jej randce w ciemno.

– Z przyjemnością poznam twoją znajomą z pracy.

Uśmiechnęłam się ze szczerym uwielbieniem. Często wyprowadzała mnie z równowagi, ale tak naprawdę największą jej wadą było to, że kochała mnie do szaleństwa. W połączeniu z jej nerwicami doprowadzało mnie to do szału, ale dobrze wiedziałam, że życzy mi jak najlepiej.

– Dobrze. Przyjedź po nas w południe. Pamiętaj, że mamy tylko godzinę, więc knajpka musi być blisko firmy. Możemy wyjść z pracy tylko na chwilę.

– Zajmę się wszystkim. Bardzo się cieszę. Do zobaczenia.

*

Megumi i moja matka od razu przypadły sobie do gustu. Zauważyłam rozanielony wzrok Megumi, kiedy je sobie przedstawiłam – typowa i częsta reakcja na Monicę Stanton. Była olśniewającą kobietą, klasyczną pięknością, od której nie dało się oderwać wzroku, niewiarygodnie doskonałą. Królewsko purpurowy odcień fotela, na którym usiadła, podkreślał wspaniałe złote włosy i głęboki błękit jej oczu.

Z kolei matka zachwycała się stylem Megumi. Ja gustowałam bardziej w tradycyjnych strojach prêt-à-porter, Megumi zaś wolała unikatowe kombinacje i kolory w stylu wnętrza modnej kafejki przy Rockefeller Center, do której zabrała nas matka.

To miejsce przypominało mi *Alicję z Krainy Czarów*, ze względu na aksamity w kolorze złota i kamieni szlachetnych pokrywające powyginane dziwnie meble. Megumi przysiadła na szezlongu o ekscentrycznie okrągłym kształcie, a fotel matki miał gargulce na stopy.

– Ciągle nie umiem odpowiedzieć sobie na pytanie, co jest z nim nie tak – opowiadała Megumi. – Uwierzcie mi, naprawdę się wystroiłam na spotkanie z nim. Ale dlaczego taki facet jak on spotyka się z takimi biedaczkami jak ja na randce w ciemno?

– Zaraz biedaczkami – zaprotestowała matka. – Daję głowę, że był w siódmym niebie, kiedy cię zobaczył.

– Dzięki. – Megumi uśmiechnęła się szeroko do mojej matki. – Jest niezłym ciachem. Nie takim jak Gideon Cross, ale ujdzie.

– Skoro już jesteśmy przy Gideonie, co u niego słychać? – zapytała mnie mama.

Potraktowałam jej pytanie poważnie. Wiedziała, że mu wyznałam, iż byłam molestowana seksualnie w dzieciństwie, i źle to zniosła. Potwornie się wstydziła, że nic nie wiedziała o tym, co się dzieje pod jej dachem. Miała ogromne wyrzuty sumienia, choć nie była niczemu winna. Nie wiedziała o molestowaniu, bo zataiłam to przed nią. Byłam przerażona, że Nathan zrobi mi krzywdę, jeśli komuś powiem. Mimo to mama była zaniepokojona, że wtajemniczyłam we wszystko Gideona. Żywiłam nadzieję, że wkrótce zrozumie, że ani on, ani ja nie obwinialiśmy jej za to, co się stało.

– Haruje jak wół – odparłam. – Wiesz, jak to jest. Od kiedy jesteśmy ze sobą, spędza ze mną mnóstwo czasu, i myślę, że teraz musi zapłacić za to cenę.

– Jesteś tego warta.

Napiłam się wody i poczułam chęć, aby powiedzieć jej o odwiedzinach ojca. Pomyślałam, że mogłaby mi pomóc przekonać go do Gideona, ale to byłoby bardzo samolubne. Nie wiedziałam, jak by zareagowała na pobyt Victora w Nowym Jorku, lecz podejrzewałam, że gryzłaby się tym, a to by się odbiło na jej bliskich. Nie wiem, dlaczego nie chciała utrzymywać z moim ojcem kontaktu. Trudno było nie zauważyć, że umiejętnie manewrowała, aby się z nim nie widywać i nie rozmawiać, od kiedy byłam na tyle duża, żeby kontaktować się z nim bez jej pośrednictwa.

– Widziałam wczoraj na boku autobusu zdjęcie Cary'ego – powiedziała mama.

– Naprawdę? – Wyprostowałam się. – Gdzie?

– Na Broadwayu. W reklamie dżinsów.

– Ja też go widziałam – dodała Megumi. – Chociaż nie zwróciłam uwagi na to, co miał na sobie. Fantastyczny gość.

Uśmiechnęłam się, słuchając ich pogawędki. Moja matka umiała podziwiać mężczyzn. To był jeden z wielu powodów, dla których ją ubóstwiali. Dzięki niej mieli poczucie, że są wyjątkowi. Megumi była jej małą kopią, gdy chodziło o bałwochwalczy stosunek do facetów.

– Cary zaczyna być rozpoznawany – oznajmiłam, ciesząc się, że rozmawiamy o jego reklamie, a nie o mojej fotce w tabloidzie. Magazyny plotkarskie uznawały to za pikantny kąsek, że dziewczyna Gideona Crossa mieszka z seksownym modelem.

– Wcale mnie to nie dziwi – odparła karcąco matka. – Chyba nie wątpiłaś, że tak się stanie.

– Miałam taką nadzieję, dla jego dobra – uściśliłam. – To przykre, że modele nie otrzymują tylu zleceń, co kobiety.

Zawsze liczyłam na to, że Cary osiągnie sukces. Emocjonalnie nie mógł sobie pozwolić, aby było inaczej. Przykładał tak ogromną wagę do swojego wyglądu, że sądziłam, iż nie przeżyje porażki. Najbardziej bałam się, że jego wybór kariery będzie go kiedyś dręczył na tyle sposobów, że oboje nie bylibyśmy w stanie tego znieść.

Mama umoczyła usta w wodzie Pellegrino. Kafejka specjalizowała się w daniach z kakao, lecz ona bardzo pilnowała, aby nie przeznaczyć dziennego przydziału kalorii na jeden posiłek. Ja mniej się przejmowałam. Zamówiłam zupę, kanapkę oraz deser, co będzie mnie kosztowało godzinę biegania na bieżni. Pozwoliłam sobie na ekstrawagancję, gdyż miałam okres, co oznaczało carte blanche w kwestii czekolady.

– Zatem – uśmiechnęła się Monica do Megumi – czy spotkasz się znowu z tym facetem?

– Mam nadzieję.

– Kochanie, nie zostawiaj tej sprawy losowi.

Kiedy matka zaczęła udzielać Megumi mądrych rad na temat mężczyzn, rozsiadłam się wygodnie i z uciechą ją obserwowałam. Głęboko wierzyła, że każda kobieta zasługuje na zamożnego mężczyznę, który nosiłby ją na rękach. Po raz pierwszy nie skupiała całej energii na poszukiwaniu partnera dla mnie. Wciąż martwiłam się, czy ojciec i Gideon poczują do siebie sympatię, ale nie miałam takich obaw, gdy chodziło o matkę. Obie uważałyśmy, że Gideon i ja dobraliśmy się jak w korcu maku, chociaż każda z innych powodów.

– Masz cudowną matkę – powiedziała mi Megumi, gdy Monica poszła do toalety, żeby odświeżyć się przed wyjściem. – I jesteście jak dwie krople wody, szczęściaro. Czy to nie byłoby straszne, gdyby twoja matka była piękniejsza od ciebie?

Zaśmiałam się w odpowiedzi.

– Będę cię wyciągać na spotkania z nami. Świetnie się bawiłyśmy.

– Dobrze wiesz, że zawsze chętnie z wami pójdę.

Kiedy nadszedł czas powrotu, spojrzałam na Clancy'ego i samochód czekający na krawężniku. Pomyślałam, że chętnie się przejdę, aby spalić kalorie.

– Pójdę na piechotę – powiedziałam mamie i Megumi. – Objadłam się. Jedźcie beze mnie.

– Idę z tobą – odparła Megumi. – Chętnie pooddycham świeżym powietrzem, chociaż jest duszno. Powietrze w biurze potwornie wysusza mi skórę.

– W takim razie ja też idę z wami – wtrąciła się mama.

Przyjrzałam się z powątpiewaniem jej delikatnym obcasom. Matka nosiła wyłącznie szpilki. Pewnie dla niej chodzenie na szpilkach było tym samym, czym dla mnie chodzenie na płaskim obcasie.

Udałyśmy się w kierunku Crossfire w typowym dla Manhattanu tempie, czyli równomiernym i zdecydowanym krokiem. Nawigacja pośród tłumu przechodniów była zazwyczaj częścią przechadzki, dziś o wiele mniej skomplikowanej, kiedy puściłyśmy przodem matkę. Mężczyźni z szacunkiem schodzili na bok, a potem wbijali w nią wzrok. W prostej, seksownej, zawiązywanej z boku sukience w kolorze lodowatego błękitu wyglądała rześko i przyjemnie w wilgotnym upale.

Właśnie skręciłyśmy w ulicę, przy której stał budynek Crossfire, kiedy nagle matka stanęła jak wryta, a Megumi i ja omal na nią nie wpadłyśmy. Zachwiała się i potknęła. W ostatniej chwili chwyciłam ją za łokieć, żeby się nie przewróciła.

Spojrzałam na ziemię, żeby zobaczyć, co jej przeszkodziło, niczego jednak nie zauważyłam. Popatrzyłam w górę. Matka z osłupieniem wpatrywała się w Crossfire.

– Jezu, mamo. – Przesunęłam ją na bok, żeby nie stała na drodze przechodniów. – Jesteś blada jak ściana. Czy to z powodu upału? Zakręciło ci się w głowie?

– Słucham? – Położyła dłoń na szyi i utkwiła błędny wzrok w budynku.

Odwróciłam głowę, próbując prześledzić linię jej wzroku, chcąc zobaczyć to, co ona widziała.

– Na co patrzycie? – zapytała Megumi, marszcząc czoło.

– Pani Stanton. – Do matki podszedł Clancy, opuściwszy samochód, którym jechał za nami w bezpiecznej, lecz dyskretnej odległości. – Czy wszystko w porządku?

– Czy widziałeś... – zaczęła matka, spoglądając na niego pytająco.

– Co takiego? – zapytałam ostro, gdy Clancy uniósł głowę i wyszkolonym wzrokiem przeczesał ulicę. Jego absolutne skupienie wywołało we mnie dreszcze.

– Zawiozę was na miejsce – rzekł Clancy ze spokojem. Wejście do Crossfire było dokładnie po drugiej stronie ulicy, lecz ton Clancy'ego sprawił, że nie protestowałam. Wsiadłyśmy we trzy do auta, mama z przodu.

– O co im chodziło? – spytała mnie Megumi, kiedy wysiadłyśmy z samochodu i weszłyśmy do chłodnego wnętrza. – Twoja matka wyglądała, jakby ujrzała ducha.

– Nie mam pojęcia – odparłam. Nagle zrobiło mi się niedobrze.

Matka była wyraźnie czymś przerażona. Wiedziałam, że oszaleję, jeśli nie dowiem się prawdy.

7

Walnęłam o matę z siłą, która na ułamek sekundy pozbawiła mnie powietrza w płucach. Ogłuszona gapiłam się w sufit, mrugając powiekami i próbując złapać oddech.

Nagle zobaczyłam nad sobą Parkera Smitha.

– Marnujesz mój czas. Skoro przyszłaś na zajęcia, to bądź tu duchem i ciałem, a nie tysiąc mil stąd w swojej głowie.

Chwyciłam rękę, którą wyciągnął w moją stronę, a on podciągnął mnie do góry. Kilkunastu adeptów krav magi ćwiczyło w pocie czoła. Studio Parkera na Brooklynie tętniło życiem i gwarem.

Mój trener miał rację. Błądziłam myślami wokół matki i jej dziwacznego zachowania w powrotnej drodze z lunchu do budynku Crossfire.

– Przepraszam – wymamrotałam. – Jestem zamyślona.

Parker z prędkością karabinu maszynowego wymierzył ciosy najpierw w moje kolano, a potem w ramię.

– Czy naprawdę myślisz, że twój agresor poczeka grzecznie, aż się skoncentrujesz i przygotujesz na jego atak?

Przykucnęłam, próbując się skupić. Parker również kucnął, rzucając mi twarde i baczne spojrzenie piwnych oczu. Miał ogoloną głowę, a jego czaszka w kolorze kawy z mlekiem lśniła we fluorescencyjnym świetle. Studio znajdowało się w przerobionej hurtowni, którą Parker pozostawił w stanie surowym z powodów ekonomicznych, a także fajnej atmosfery. Moja matka i ojczym mieli taką obsesję na punkcie tego miejsca, że Clancy zawoził mnie na zajęcia, a potem odwoził do domu. Ostatnio dzielnica została zrewitalizowana, co mnie uradowało, oni jednak byli tym faktem wyraźnie zmartwieni.

Gdy Parker znowu zaatakował, zablokowałam go. Tym razem to ja wymierzyłam mu kilka szybkich i agresywnych ciosów. Wreszcie udało mi się odgonić złe myśli do czasu powrotu do domu.

Kiedy godzinę później przyszedł Gideon, byłam w kąpieli. Przy wannie ustawiłam świeczki, które pachniały wanilią. Gideon rozebrał się, aby towarzyszyć mi w wannie, chociaż miał mokre włosy. Pewnie już zdążył się wykąpać po treningu z osobistym trenerem. Nie mogłam oderwać od niego wzroku, kiedy ściągał z siebie ubranie. Gra jego mięśni pod skórą i nieodłączny urok, z jakim się poruszał, wywołały w moim ciele rozkoszne uczucie zadowolenia.

Gideon usiadł za mną w głębokiej owalnej wannie, wsuwając długie nogi po obu stronach mojego ciała. Potem mnie objął i zaskoczył, unosząc do góry i do tyłu, a potem ułożył mnie tak, że znalazłam się na jego kolanach, a moje nogi przykrywały jego.

– Oprzyj się o mnie, aniołku – zamruczał. – Chcę cię poczuć.

Westchnęłam z rozkoszy, zanurzając się w twardości jego silnego ciała, podczas gdy on masował moje plecy. Ból w moich mięśniach ustępował, kiedy poddawałam się jego dotykowi, gotowa jak zawsze stać się miękka jak wosk pod wpływem jego rąk. Uwielbiałam chwile jak ta, kiedy cały świat i czynniki wyzwalające negatywne emocje były daleko ode mnie, chwile, gdy czułam jego miłość, której nie chciał wyrazić słowami.

– Moczysz nowe rany? – zapytał, przytulając policzek do mojego.

– To moja wina. Błądziłam myślami, zamiast skupić się na walce.

– Myślałaś o mnie? – zamruczał, czule pieszcząc nosem moje ucho.

– Niestety nie.

Gideon zamilkł na chwilę, po czym zmienił ton.

– Powiedz mi, w czym problem.

Podobało mi się, że z taką łatwością umiał czytać w moich myślach i w okamgnieniu zmienić swój stosunek do mnie. Próbowałam tak samo dostosować się do niego. Prawdę mówiąc, elastyczność była niezbędną cechą związku dwojga ludzi tak wiele wymagających od siebie i od innych.

Kiedy spletliśmy palce, opowiedziałam mu o zastanawiającym zachowaniu matki.

– Nie zdziwiłabym się, gdybym się odwróciła i zobaczyła tatę. Zastanawiam się... Przed wejściem do budynku są zamontowane kamery, prawda?

– Oczywiście. Sprawdzę, co wtedy zaszło.

– Chodzi najwyżej o dziesięć minut. Po prostu chcę wiedzieć, co ją tak poruszyło.

– Masz to jak w banku.

Przechyliłam do tyłu głowę i pocałowałam go w podbródek.

– Dziękuję ci.

Gideon pocałował mnie w ramię.

– Aniołku, dla ciebie zrobię wszystko.

– Opowiesz mi o swojej przeszłości? – Poczułam napięcie w jego ciele i skarciłam się w myślach. – Oczywiście nie teraz – dodałam szybko. – Ale kiedyś. Obiecaj mi tylko, że kiedyś to się stanie.

– Zjedzmy jutro razem lunch. U mnie w biurze.

– Czy wtedy o tym porozmawiamy?

Gideon westchnął ciężko.

– Evo.

Odwróciłam od niego twarz i wyswobodziłam się z jego objęć. Czułam się rozczarowana, że unika szczerej odpowiedzi. Chwyciłam brzeg wanny i szykowałam się, żeby oddalić się od mężczyzny, który z jednej strony tak bardzo mnie do siebie przywiązał, a z drugiej trzymał mnie nieznośnie na odległość. Kiedy z nim byłam, miałam chaos w głowie i potrafiłam zwątpić w to, w co święcie przed sekundą wierzyłam. Zbyt wiele razy tego doświadczyłam.

– Mam dość – mruknęłam i zdmuchnęłam świeczkę, która stała najbliżej. Dym wił się przez chwilę, aż w końcu zniknął. Był tak samo nieuchwytny jak mężczyzna, którego pokochałam. – Wychodzę.

– Nie. – Gideon złapał moją pierś, żeby mnie zatrzymać. Woda falowała wokół nas, tak samo wzburzona jak ja.

– Puść mnie, Gideonie. – Chwyciłam go za nadgarstki.

Gideon ukrył twarz w mojej szyi, uparcie mnie trzymając.

– Jeszcze o tym porozmawiamy. Zgoda? Wszystko przed nami.

W jednej chwili uszło ze mnie powietrze. Odniosłam niewielki triumf, na który czekałam, od kiedy po raz pierwszy go o to spytałam i liczyłam na odpowiedź.

– Czy dzisiaj możemy o tym nie mówić? – zapytał szorstko, wciąż mnie trzymając. – Możemy sobie odpuścić? Chcę trochę z tobą pobyć. Zamówić coś na kolację, obejrzeć telewizję i trzymać cię w ramionach, aż zaśniesz. Zgoda?

Ogarnęło mnie przeczucie, że wydarzyło się coś niedobrego. Odwróciłam się do niego i zajrzałam mu głęboko w oczy.

– Co się stało?

– Po prostu chcę z tobą spędzić czas.

Oczy zapiekły mnie od łez. Gideon ukrywał przed mną znacznie więcej, niż mi się na początku wydawało. Nasz związek stawał się polem minowym niewypowiedzianych słów i sekretów, z których się sobie nie zwierzaliśmy.

– Dobrze – odparłam.

– Potrzebuję tego, Evo. Ciebie i siebie, bez całej tej niepotrzebnej psychodramy. – Mokrymi palcami dotknął mojego policzka. – Ofiaruj mi to. Proszę. A potem mnie pocałuj.

Odwróciłam się i usiadłam okrakiem na jego biodrach. Chwyciłam jego twarz w obie dłonie. Przechyliłam głowę, aby znaleźć najlepsze do niego dojście, i przywarłam ustami do jego ust. Zaczęłam go powoli lizać i ssać. Ciągnęłam jego dolną wargę i kusiłam, chcąc, by zapomniał o kłopotach dzięki pieszczotliwym muśnięciom mojego języka.

– Pocałuj mnie, do cholery – mruknął pod nosem, a jego dłonie niespokojnie błądziły po moich plecach, masując je. – Pocałuj mnie tak, żebym uwierzył, że mnie kochasz.

– Kocham – wyszeptałam to słowo niczym przysięgę. – Nic na to nie poradzę.

– Aniołku. – Wsunął dłonie w moje mokre włosy, trzymając mnie tak, jak chciał, i całował do utraty zmysłów. Jakby się miał zaraz we mnie zatracić.

*

Po kolacji Gideon pracował w łóżku. Oparł głowę o wezgłowie, a jego laptop stał na stoliczku. Wyciągnęłam się na brzuchu, oglądając telewizję i wymachując w powietrzu nogami.

– Czy znasz każdą kwestię z tego filmu? – zapytał Gideon, wabiąc mnie, żebym odwróciła wzrok od *Pogromców duchów* i spojrzała na niego. Miał na sobie tylko czarne bokserki.

Byłam szczęśliwa, że mam wyjątkową okazję zobaczyć go odprężonego, bliskiego mi i zadowolonego. Ciekawa byłam, czy Corinne też go takiego widywała. Jeśli tak, to rozumiałam, dlaczego tak rozpaczliwie pragnęła znowu go takim zobaczyć, bo ja zrobiłabym wszystko, co w mojej mocy, aby tego przywileju nie stracić.

– Może – przyznałam się.

– Musisz je wypowiadać na głos?

– Masz z tym jakiś problem, mistrzu?

– Nie. – W jego oczach rozbłysło rozbawienie, wygiął usta w uśmiechu. – Ile razy widziałaś ten film?

– Setki. – Zwinęłam się w kłębek, po czym podniosłam się na rękach i kolanach. – Chcesz więcej?

Gideon uniósł czarną krzaczastą brew.

– Czy to ty jesteś demonem Keymasterem? – mruczałam, powoli się do niego skradając.

– Aniołku, kiedy tak na mnie patrzysz, jestem tym, kim zechcesz.

Patrząc na niego spod zmrużonych powiek, szepnęłam:

– Czy pragniesz tego ciała?

Gideon wyszczerzył zęby w uśmiechu i odstawił stolik z laptopem.

– Przez cały cholerny czas.

Dosiadłam go okrakiem, wspinając się na jego tors, objęłam go i zawarczałam:

– Pocałuj mnie, kreaturo.

– Pomyliłaś kwestie. Co się stało z bogiem rozkoszy? Teraz jestem kreaturą?

Przycisnęłam moją szparkę do twardego brzegu jego penisa i zakołysałam biodrami.

– To ja decyduję, kim jesteś! Zapomniałeś?

Gideon chwycił mnie w talii i odchylił głowę do tyłu.

– Kim chcesz, żebym był?

– Chcę, żebyś był mój. – Delikatnie chwyciłam zębami jego szyję. – Cały.

*

Nie mogłam oddychać. Próbowałam krzyknąć, ale miałam zatkany nos i zakryte usta. Głośny i wysoki jęk był jedynym dźwiękiem, który z siebie wydałam. Gorączkowe wołania o pomoc rozbrzmiewały uwięzione w mojej głowie.

Zejdź ze mnie. Przestań! Nie dotykaj mnie. O Boże… Proszę, nie rób mi tego.

Gdzie jest moja mama? Ma-mo!

Dłoń Nathana opadła ciężko na moje usta i zmiażdżyła je. Ciężar jego ciała wbijał się we mnie, wtłaczając moją głowę w poduszkę. Im bardziej z nim walczyłam, tym bardziej był podniecony. Dysząc jak dzikie zwierzę, wdzierał się we mnie raz i drugi, próbując nadziać się na mnie cały. Przeszkadzały mu w tym moje majtki, które chroniły mnie przed rozdzierającym bólem, którego doświadczałam tak wiele razy, że już dawno temu straciłam rachubę.

Wydawało mi się, że Nathan czyta w moich myślach, bo warknął mi groźnie do ucha:

– Jeszcze nie zakosztowałaś prawdziwego bólu. Ale masz to jak w banku.

Zamarłam. Niespodziewany przypływ świadomości zalał mnie jak lodowata woda z wiadra. Poznałam jego głos.

Gideonie! Nie!

Krew zawrzała mi w uszach. Zebrało mi się na wymioty, a żółć podeszła do gardła.

Nie ma nic gorszego od tego, gdy mężczyzna, który cię gwałci, jest tym, któremu bez reszty zaufałaś.

Strach i furia zmieszały się ze sobą, powodując przypływ adrenaliny. W przebłysku jasności usłyszałam komendy rzucane przez Parkera. Przypomniałam sobie podstawowe zasady walki.

Zaatakowałam mężczyznę, którego kochałam, mężczyznę, którego koszmary zmieszały się z moimi w najbardziej przerażający sposób. Oboje byliśmy ofiarami molestowania seksualnego. W moim śnie ja byłam ofiarą, w jego śnie zaś on stał się oprawcą, jadowicie zdeterminowanym, żeby odpłacić swojemu agresorowi taką samą udręką i poniżeniem, jakie sam kiedyś przeżył.

Zesztywniałymi palcami wczepiłam się z całą mocą w szyję Gideona. Zaklął siarczyście i uskoczył, a ja wbiłam kolano między jego nogi. Zwinął się z bólu i uciekł jak najdalej ode mnie. Sturlałam się z łóżka i ciężko opadłam na podłogę. Z trudnością się podniosłam i rzuciłam się do drzwi prowadzących na korytarz.

– Evo – wydyszał ciężko Gideon, który właśnie się obudził i uświadomił sobie, co mi zrobił we śnie. – Boże, Evo. Poczekaj!

Dopadłam drzwi i wpadłam do salonu.

Znalazłam ciemny kąt, w którym się skuliłam, i próbowałam zacząć na nowo oddychać. Moje łkanie pobrzmiewało w całym mieszkaniu. Przycisnęłam wargi do kolana, kiedy w mojej sypialni zapaliło się światło, lecz nie poruszyłam się ani nie wydałam z siebie najmniejszego dźwięku. Wieki później do salonu wszedł Gideon.

– Evo? Jezu. Dobrze się czujesz? Czy… zrobiłem ci krzywdę?

Doktor Petersen nazwał jego zaburzenie snu nietypową parasomnią o podłożu seksualnym, objawem głębokiej traumy psychicznej. Ja nazywałam to zjawisko piekłem. Oboje byliśmy jego więźniami.

Mowa ciała Gideona łamała mi serce. Zazwyczaj nosił się wysoko i dumnie. Teraz był przytłoczony porażką. Zgarbił się i pochylił głowę. Zdążył się ubrać i miał ze sobą torbę z rzeczami, które przyniósł na noc. Zatrzymał się przy blacie kuchennym. Już otwierałam usta, żeby coś powiedzieć, kiedy usłyszałam metaliczny brzęk na kamiennym blacie.

Ostatnim razem zatrzymałam go i pozwoliłam mu zostać. To była jednak przeszłość. Teraz nie miałam w sobie siły.

Teraz chciałam, żeby sobie poszedł.

Ledwo słyszalny trzask zamykanych drzwi rozbrzmiewał we mnie i wibrował. Coś we mnie umarło. Poczułam strach. Zatęskniłam za nim, kiedy tylko zniknął mi z oczu. Nie chciałam, żeby został. Ale też nie chciałam, żeby sobie poszedł.

Nie wiem, jak długo siedziałam w kącie, zanim znalazłam w sobie siłę, żeby wstać i usiąść na kanapie. Ledwo zauważyłam, że zaczęło świtać i nocne niebo pojaśniało. Usłyszałam w oddali dźwięk komórki Cary'ego. Po chwili mój współlokator wbiegł do salonu.

– Evo! – Cary ukucnął przede mną i położył mi dłonie na kolanach. – Co on ci zrobił?

Zamrugałam, spoglądając na niego.

– O czym ty mówisz?

– Dzwonił do mnie Cross i powiedział, że znowu przyśnił mu się koszmar.

– Nic mi nie jest. – Gorąca łza spłynęła mi po policzku.

– Wyglądasz, jakby coś ci się stało. Wyglądasz, jakby...

Chwyciłam go za nadgarstki, kiedy skoczył na równe nogi, klnąc pod nosem.

– Nic mi się nie stało.

– Do jasnej cholery. Jeszcze nie widziałem cię w tak złym stanie. To jest nie do zniesienia. – Usiadł i przyciągnął mnie do siebie. – Dość tego. Zerwij z nim.

– Nie mogę podjąć teraz tej decyzji.

– Jeszcze ci mało? – Odsunął się i spojrzał na mnie surowym wzrokiem. – Jeśli będziesz zwlekać, to związek z Crossem ostatecznie pomiesza ci w głowie.

– Jeśli go rzucę, zostanie sam. Nie mogę...

– To jego problem, nie twój, Evo... Do jasnej cholery! Nie czuj się odpowiedzialna za to, żeby go ratować.

– To... Nie rozumiesz. – Objęłam Cary'ego i ukryłam twarz w jego ramionach. Rozpłakałam się. – To on ratuje mnie.

*

Zwymiotowałam, kiedy zobaczyłam na blacie w kuchni klucz Gideona do mojego mieszkania. Ledwo zdążyłam dobiec do zlewu.

Gdy wszystko z siebie wyrzuciłam, pozostał ból tak dręczący, że aż mnie sparaliżował. Chwyciłam się blatu. Zdyszana i zlana potem płakałam głośno, nie wiedząc, czy przeżyję następne pięć minut, nie mówiąc o reszcie dnia. I o reszcie życia.

Kiedy ostatni raz Gideon oddał mi klucz, zerwaliśmy na cztery dni. Bałam się, że powtórka tej sytuacji oznacza dłuższą przerwę. Jak mogłam tak postąpić? Dlaczego go nie zatrzymałam? Dlaczego nie pozwoliłam mu zostać?

Mój telefon zarejestrował przychodzącą wiadomość. Po omacku sięgnęłam do torebki i wyciągnęłam go, modląc się w duchu, żeby to był Gideon. Już trzy razy rozmawiał z Carym, ale wciąż nie skontaktował się ze mną.

Kiedy zobaczyłam jego imię, które wyświetliło się na ekranie, słodki i ostry ból przeszył moją pierś.

„Dziś pracuję z domu", napisał. „Angus będzie czekał przed domem, żeby cię zawieźć do pracy".

Żołądek skurczył mi się ze strachu. To był koszmarny tydzień dla nas obojga i rozumiałam, dlaczego się poddał. Ale jeszcze silniejszy był dręczący strach, tak lodowaty i podstępny, że dostałam gęsiej skórki.

Drżały mi palce, kiedy odpisywałam.

„Czy zobaczymy się wieczorem?".

Gideon długo nie odpowiadał, na tyle długo, że miałam już zadać mu kolejne pytanie: tak czy nie. Wreszcie odpisał: „Raczej bym na to nie liczył. Mam wizytę u doktora Petersena i mnóstwo pracy".

Z całych sił ścisnęłam telefon w dłoni. Dopiero po trzech próbach udało mi się napisać: „Chcę się z tobą zobaczyć".

Całe wieki czekałam na odpowiedź i w panice już sięgałam po telefon stacjonarny, kiedy odpisał: „Zobaczę, co da się zrobić".

Mój Boże… Łzy prawie całkowicie przesłoniły mi tekst. Zrezygnował ze mnie. W głębi serca to czułam.

„Nie uciekaj. Ja przecież nie uciekam".

Znowu czekałam niemożliwie długo, dopóki mi nie odpisał: „A powinnaś".

Zastanawiałam się, czy nie zadzwonić do pracy i nie wziąć urlopu na żądanie, ale w końcu tego nie zrobiłam. Nie mogłam. Zbyt często bywałam w podobnej sytuacji. Wiedziałam, że za łatwo ulegam autoagresywnym i niszczącym nawykom tylko po to, aby przyćmić ból. Strata

Gideona zabiłaby mnie, ale i tak byłabym martwa, gdybym straciła samą siebie.

Musiałam wytrwać. Przejść przez to, poradzić sobie. Krok po kroku.

Kiedy nadeszła pora wyjazdu do pracy, wsiadłam do bentleya. Mimo że ponure oblicze Angusa jeszcze bardziej mnie zaniepokoiło, postanowiłam odrzucić od siebie złe myśli i wejść w tryb instynktu samozachowawczego, który pozwoli mi przeżyć nadchodzące godziny.

Jak przez mgłę pamiętam, co się potem działo. Pracowałam na pełnych obrotach, aby się skupić na zadaniach, dzięki czemu nie zwariowałam, nie wkładałam jednak serca w pracę. Podczas lunchu załatwiałam różne sprawy, bo myśl, że miałabym coś zjeść albo gadać z kimś o niczym, była dla mnie nie do zniesienia. Po pracy omal nie opuściłam zajęć z krav magi, ale w końcu zmusiłam się, żeby pójść. Udało mi się skoncentrować na ćwiczeniach prawie tak samo, jak wcześniej na pracy. Musiałam z mozołem kroczyć do przodu, nawet jeśli podążałam w kierunku, w którym wcale nie chciałam iść.

– Już jest lepiej – pochwalił mnie Parker podczas przerwy. – Wciąż nie jest idealnie, ale lepiej niż wczoraj.

Skinęłam głową i wytarłam ręcznikiem pot z czoła. Zapisałam się na zajęcia do Parkera, traktując je wyłącznie jako intensywną alternatywę do zwyczajowych odwiedzin na siłowni, a tymczasem ostatniej nocy krav maga okazała się więcej niż przydatna.

Plemienne tatuaże na bicepsach Parkera naprężyły się, kiedy uniósł do ust butelkę z wodą. Był leworęczny i prosta złota obrączka odbijająca się w promieniach światła zwróciła moją uwagę. Przypomniała mi o pierścionku na mojej prawej ręce. Spojrzałam na niego. Pamiętałam, kiedy dostałam go od Gideona. Powiedział mi, że wysadzane diamentami znaki X wokół złotych obręczy symbolizowały jego osobę, trzymającą się mnie. Ciekawa byłam, czy wciąż tak myślał, czy wciąż wierzył, że warto spróbować jeszcze raz. Ja na pewno chciałam.

– Gotowa? – zapytał mnie Parker, wrzucając butelkę do kosza na plastikowe odpady.

– Dawaj.

Parker wyszczerzył zęby.

– Zuch dziewczyna.

Parker powalił mnie, ale nie dlatego, że się nie starałam. Skupiłam uwagę na każdym najmniejszym ruchu. Dobrze i solidnie walczyłam z moimi frustracjami. Te kilka zwycięstw, które odniosłam, wzmogły moją determinację, aby walczyć o nasz burzliwy związek. Byłam gotowa poświęcić Gideonowi czas i energię, stać się lepszą i silniejszą, tak abyśmy rozwiązali nasze problemy. Zamierzałam mu także o tym powiedzieć, czy chciał tego, czy nie.

Po godzinie krav magi umyłam się, pomachałam na pożegnanie pozostałym ćwiczącym, pchnęłam drzwi i wyszłam na dwór. Był ciepły wieczór. Clancy podjechał pod wejście i stał oparty o błotnik w pozie, którą tylko idiota mógł uznać za niedbałą i swobodną. Mimo upału był w marynarce, która skrywała jego broń.

– Jak się mają sprawy? – zapytał, prostując się i otwierając dla mnie drzwiczki. Odkąd go znałam, zawsze strzygł ciemnoblond włosy krótko, jak w wojsku, co potęgowało wrażenie jego posępnej natury.

– Jakoś daję radę. – Usiadłam na tylnym siedzeniu i poprosiłam go, aby mnie zawiózł do Gideona. Miałam klucz do jego mieszkania i zamierzałam z niego skorzystać.

Po drodze zastanawiałam się, czy Gideon spotkał się z Petersenem, czy też dał sobie z nim spokój. Zapisał się na terapię indywidualną wyłącznie dla mnie. Jeśli przestałam być częścią równania, może przestał mieć powód, żeby się dalej męczyć.

Weszłam do charakteryzującego się skromną elegancją holu w apartamentowcu Gideona i zameldowałam się w recepcji. Zdenerwowałam się dopiero wtedy, kiedy winda zaczęła wspinać się do góry. Kilka tygodni temu Gideon umieścił mnie na liście stałych gości w geście, który z pewnością znaczył więcej dla niego i dla mnie niż dla innych. Traktował swoje mieszkanie jak sanktuarium, wpuszczał tam nielicznych wybrańców. Byłam jego jedyną kochanką, którą tam gościł, i jedyną osobą poza służbą, która miała klucze. Jeszcze wczoraj nie miałabym wątpliwości, że Gideon uraduje się na mój widok, ale dzisiaj…

Wysiadłam z windy i znalazłam się w małym korytarzu udekorowanym szachownicą z marmurowych kafelków oraz antyczną konsolą, na której stał ogromny bukiet białych kalii. Zanim otworzyłam drzwi wejściowe, wzięłam głęboki oddech, aby dodać sobie odwagi przed tym, co mogę zastać. Przedostatnia próba zgwałcenia mnie we śnie tak wstrząsnęla Gideonem, że niemal kompletnie się załamał. Byłam przerażona na myśl, jak się czuje teraz. Bałam się, że jego zaburzenia snu mogą być ostatnim gwoździem do trumny dla naszego związku.

Tuż po wejściu do mieszkania poczułam, że go nie ma. Energia, która wibrowała w powietrzu, kiedy był w środku, wyraźnie zniknęła.

Kiedy przechodziłam do bogato urządzonego salonu, po kolei włączały się światła. Zmusiłam się, żeby poczuć się jak u siebie w domu. Poszłam do mojego pokoju na końcu korytarza. Na chwilę zatrzymałam się w progu, żeby stłumić dziwne uczucie, które zawsze mnie ogarniało, gdy widziałam moją sypialnię odtworzoną u Gideona. Sypialnia sobowtór była naprawdę niesamowita, począwszy od koloru ścian po meble i materiały.

Gideonowi zależało na tym, abym czuła się bezpiecznie w swoim pokoju, abym mogła do niego uciec, gdybym potrzebowała wolnej przestrzeni. Czułam, że znowu tam biegnę, żeby znaleźć w mojej przestrzeni, nie w jego.

Położyłam na łóżku torbę z rzeczami z treningu i torebkę. Wzięłam prysznic i włożyłam jedną z koszulek Gideona z logo Cross Industries, które mi oddał. Starałam się nie myśleć o tym, gdzie się podziewa. Właśnie nalałam sobie wino do kieliszka i włączyłam telewizję, kiedy zadzwonił telefon.

– Halo? – powiedziałam, nie poznając numeru, który się wyświetlił.

– Eva? Tutaj Shawna.

– O, cześć. – Starałam się ukryć rozczarowanie.

– Mam nadzieję, że nie dzwonię za późno.

Spojrzałam na ekran telefonu i zobaczyłam, że dochodziła dziewiąta. Zazdrość o Gideona mieszała się z niepokojem o niego. Gdzie on się podziewał?

– Skądże. Oglądam telewizję.

– Wybacz, że wczoraj nie odebrałam telefonu od ciebie. Wiem, że jest późno, ale chciałam zapytać, czy pójdziesz ze mną na koncert Six-Ninths?

– Czyj?

– Six-Ninths. Nie słyszałaś o nich? Do końca zeszłego roku nagrywali w niezależnej wytwórni. Jestem ich absolutną fanką i udało mi się wygrać bilety na ich koncert. Problem w tym, że moi znajomi słuchają hip-hopu i dance popu. Nie chcę, żebyś sobie pomyślała, że jesteś moją ostatnią deską ratunku, ale… Właściwie jesteś moją ostatnią nadzieją. Powiedz, że lubisz alternatywnego rocka!

– Lubię alternatywnego rocka. – Mój telefon zarejestrował, że ktoś do mnie dzwoni. Kiedy zobaczyłam, że to Cary, pozwoliłam mu się nagrać. Pomyślałam, że jak skończę rozmawiać Shawną, oddzwonię do niego.

– Ciekawe, skąd to wiedziałam? – Zaśmiała się Shawna. – Mam cztery bilety, jeśli masz ochotę kogoś zabrać. Spotkajmy się o szóstej i skoczmy coś zjeść. Koncert zaczyna się o dziewiątej.

– Umowa stoi – powiedziałam, kiedy do mieszkania wszedł Gideon.

Stanął w drzwiach z marynarką przewieszoną przez ramię. Górny guzik koszuli miał rozpięty. W ręku trzymał teczkę. Z nieprzeniknioną maską na twarzy patrzył beznamiętnie, jak leżę na kanapie w jego koszulce, na kieliszek czerwonego wina na stoliku oraz na włączony telewizor. Prześwietlił mnie wzrokiem od stóp do głowy, ale nic nie zamigotało w jego pięknych oczach. Nagle poczułam się skrępowana i niechciana.

– Oddzwonię do ciebie w sprawie drugiego biletu – rzekłam na pożegnanie Shawnie, siadając powoli, tak aby go nie spłoszyć. – Miło mi, że pomyślałaś o mnie.

– Bardzo się cieszę, że pójdziemy razem. Czeka nas świetna zabawa.

Umówiłyśmy się, że porozmawiamy nazajutrz, i odłożyłam słuchawkę. W międzyczasie Gideon położył teczkę i rzucił marynarkę na oparcie jednego ze złoconych krzeseł, które stały po obu stronach kawowego stolika ze szkła.

– Od jak dawna tu jesteś? – zapytał, rozplątując węzeł krawata.

Wstałam. Na myśl, że może mnie wyrzucić, moje dłonie stały się mokre od potu.

– Od niedawna.

– Jadłaś już?

Potrząsnęłam głową. Przez cały dzień nie byłam w stanie niczego przełknąć. Przetrwałam sesję z Parkerem dzięki napojowi proteinowemu, który kupiłam podczas przerwy na lunch.

– Zamów coś. – Przeszedł obok mnie korytarzem. – W szufladzie przy lodówce jest menu. Wezmę szybki prysznic.

– Też masz na coś ochotę? – spytałam, robiąc krok do tyłu.

Gideon nie zatrzymał się ani na mnie nie spojrzał.

– Tak. Nie miałem nic w ustach.

Wybrałam organiczną zupę pomidorową z lokalnych delikatesów oraz świeże bagietki. Pomyślałam, że może mój żołądek zniesie takie jedzenie. Ktoś zadzwonił na moją komórkę.

– Cześć, Cary – powiedziałam, marząc o tym, żeby być z nim w domu, a nie szykować się na bolesne zerwanie, które z pewnością złamie mi serce.

– Hej, Cross był tutaj. Szukał ciebie. Powiedziałem mu, żeby poszedł w diabły i tam został.

– Cary – westchnęłam. Nie mogłam mieć do niego o to pretensji. Zrobiłabym dla niego to samo. – Dzięki, że mi o tym mówisz.

– Gdzie jesteś?

– U niego. Czekałam, aż się pojawi. Właśnie przyszedł. Pewnie będę w domu wcześniej niż później.

– Dasz mu kopa w dupę?

– Myślę, że raczej on ma w planie to zrobić.

Cary westchnął głośno.

– Wiem, że nie jesteś gotowa, ale to będzie dla ciebie najlepsze. Powinnaś jak najszybciej skontaktować się z doktorem Travisem. Omówić to z nim. Pomoże ci odzyskać perspektywę.

Z trudem łapałam powietrze. Miałam w gardle gulę.

– Tak. Może.

– Wszystko w porządku?

– Zerwanie twarzą w twarz przynajmniej ma w sobie odrobinę godności. To już jest coś.

Nagle ktoś wyrwał mi telefon z ręki.

– Na razie, Cary – powiedział Gideon do słuchawki, wbijając we mnie wzrok. Następnie wyłączył mój telefon i położył go na blacie. Miał mokre włosy. Włożył czarne spodnie od piżamy, które opadały mu poniżej bioder. Poczułam wstrząs na jego widok. Uświadomiłam sobie to wszystko, czym ryzykowałam, jeśli go stracę – oczekiwanie bez tchu i zawrotne pożądanie, wygoda i intymność, efemeryczne poczucie, że to jest właśnie to, które sprawiało, że wszystko nabierało sensu.

– Z kim umówiłaś się na randkę? – zapytał.

– Co? Z Shawną, szwagierką Marka. Ma bilety na piątkowy koncert.

– Wymyśliłaś już, co zjemy?

Skinęłam głową, z zażenowaniem pociągając za rąbek koszulki, która sięgała mi do uda.

– Nalej mi kieliszek tego, co pijesz. – Gideon sięgnął po menu, które położyłam na blacie. – Zadzwonię, żeby złożyć zamówienie. Na co masz ochotę?

Z ulgą poszłam do szafki, w której znajdowały się kieliszki do wina.

– Na zupę i chrupiące pieczywo.

Kiedy wyjmowałam korek z butelki merlota, którą zostawiłam na blacie, usłyszałam, że Gideon dzwoni do delikatesów i składa zamówienie stanowczym i chrapliwym głosem, który uwielbiałam od pierwszej chwili, kiedy go usłyszałam. Poprosił o zupę pomidorową i makaron z kurczakiem, co wywołało bolesny ucisk w moich piersiach. Wiedział, co chcę zjeść, nawet mnie o to nie pytając. To była kolejna z wielu niezwykłych rzeczy, dzięki którym czułam, że naszym przeznaczeniem jest być razem, jeśli tylko wystarczająco się o to postaramy.

Podałam mu kieliszek wina, który mu nalałam, i patrzyłam, jak wypija łyk. Wyglądał na zmęczonego. W duchu zadawałam sobie pytanie, czy tak jak ja nie spał przez całą noc.

Gideon postawił kieliszek na blacie i oblizał wargi.

– Byłem u ciebie. Pewnie Cary ci mówił, że pytałem, gdzie jesteś.

Potarłam klatkę piersiową, czując dotkliwy ból.

– Przykro mi z tego powodu i... – Pokazałam na ciuchy, w które byłam ubrana. – Cholera. Nie zaplanowałam tego dobrze.

Gideon oparł się o blat i skrzyżował nogi w kostkach.

– Mów dalej.

– Pomyślałam, że będziesz u siebie. Powinnam była zadzwonić. Kiedy cię nie zastałam, powinnam była przyjść jeszcze raz, zamiast się tu szarogęsić. – Potarłam piekące oczy. – Pogubiłam się, o co w tym wszystkim chodzi. Nie myślę logicznie.

Gideon odetchnął głęboko.

– Jeśli oczekujesz, że z tobą zerwę, to się głęboko mylisz.

Chwyciłam się blatu w kuchni, żeby się nie przewrócić. To tyle? Tak to się kończy?

– Nie jestem w stanie tego zrobić – rzekł stanowczo. – Nie mogę nawet powiedzieć, że pozwolę ci odejść, jeśli po to tu przyszłaś.

Co takiego? Zmarszczyłam brwi. Kompletnie się w tym wszystkim pogubiłam.

– Zostawiłeś u mnie klucz do mojego mieszkania.

– Chcę go z powrotem.

– Gideonie. – Zamknęłam oczy, a łzy płynęły mi po policzkach. – Jesteś idiotą.

Odwróciłam się i zygzakiem poszłam prędko do mojej sypialni, co nie miało nic wspólnego z niewielką ilością wina, którą wypiłam.

Kiedy stanęłam w progu, Gideon złapał mnie za ramię.

– Nie wejdę do środka – rzekł chrapliwie. Pochylił głowę i szepnął mi do ucha: – Obiecałem ci to. Ale błagam cię, żebyś została i porozmawiała ze mną. Przynajmniej mnie wysłuchaj. Przyjechałaś do mnie…

– Mam coś dla ciebie. – Moje gardło było tak ściśnięte, że ledwo mogłam coś z siebie wykrztusić.

Puścił mnie, a ja pobiegłam po torebkę. Kiedy stanęłam z nim twarzą w twarz, zapytałam:

– Czy miałeś zamiar ze mną zerwać, kiedy zostawiłeś klucz na blacie?

Gideon wypełnił swym ciałem wejście do mojego pokoju. Wyciągnął ręce nad głową i chwycił się framugi z taką siłą, że aż zbielały mu knykcie. Tak jakby fizycznie wstrzymywał się od wejścia za mną do pokoju. Ta poza podkreśliła piękno jego ciała i każdy mięsień, a sznurek od spodni przylgnął do jego kości biodrowych. Pożądałam go z każdym moim oddechem.

– Nie wybiegałem aż tak daleko w przyszłość – przyznał. – Chciałem tylko, żebyś znowu poczuła się bezpieczna.

Jeszcze mocniej ścisnęłam przedmiot, który miałam w dłoni.

– Wyrwałeś mi serce z piersi, Gideonie. Nie masz pojęcia, co poczułam, kiedy zobaczyłam ten klucz, i jak bardzo mnie to zraniło. Nawet sobie nie wyobrażasz.

Gideon zacisnął powieki i pochylił głowę.

– Nie myślałem jasno. Miałem wrażenie, że właśnie tak powinienem był się zachować…

– Pieprzę to. Chrzanię twoje rycerskie maniery, czy cokolwiek to według ciebie było. Nigdy więcej tego nie rób. – Byłam całkowicie rozstrojona. – To, co ci teraz powiem, mówię po raz ostatni. Jeśli jeszcze kiedyś zwrócisz mi klucze, to będzie po nas. Nie będzie odwrotu. Rozumiesz?

– Tak. Nie jestem tylko pewien, czy ty to rozumiesz.

Nie mogłam złapać tchu. Podeszłam do niego.

– Podaj mi rękę.

Gideon położył lewą dłoń na klamce, ale prawą wyciągnął do mnie.

– Nigdy nie dałam ci klucza do mojego mieszkania. Ty go sobie po prostu wziąłeś. – Chwyciłam jego dłoń i włożyłam mu do ręki prezent. – Daję ci go teraz.

Cofnęłam się o krok, puściłam go i obserwowałam, jak spogląda w dół na błyszczący breloczek z monogramem i zawieszonym na nim kluczem. To był najlepszy pomysł, jaki mi przyszedł do głowy, żeby mu pokazać, że klucz należy do niego i że daję mu go w pełni świadomie.

Gideon zwinął dłoń w pięść, ściskając prezent. Po dłuższej chwili spojrzał na mnie i wtedy ujrzałam łzy cieknące po jego twarzy.

– Nie – szepnęłam, a serce jeszcze bardziej mnie zabolało. Chwyciłam jego twarz w dłonie i głaskałam kciukami jego policzki. – Proszę, przestań płakać.

Wziął mnie w ramiona i przycisnął swoje usta do moich.

– Nie potrafię cię opuścić – powiedział.

– Cicho.

– Zranię cię. Już to zrobiłem. Zasługujesz na kogoś…

– Zamknij się. – Wskoczyłam na niego, oplotłam go nogami wokół pasa, trzymając się go mocno.

– Cary powiedział mi, jak wyglądałaś… – Gideon zaczął się gwałtownie trząść. – Nie rozumiesz, jaką straszną krzywdę ci wyrządzam? Niszczę cię, Evo…

– To nieprawda.

Gideon opadł na kolana i chwycił się mnie kurczowo.

– Uwięziłem cię przy sobie. Nie widzisz tego teraz, ale wiedziałaś od samego początku, wiedziałaś, co ci zrobię, i że nie pozwolę, abyś ode mnie uciekła.

– Nigdy więcej tego nie zrobię. Dzięki tobie stałam się silniejsza. Dałeś mi powód, abym jeszcze bardziej się starała.

– Boże. – Gideon spojrzał na mnie udręczonym wzrokiem. Usiadł, wyciągnął przed siebie nogi i przyciągnął mnie do siebie. – Oboje jesteśmy popaprani, a ja wszystko robię źle. Niszczymy siebie nawzajem. Rozerwiemy się na strzępy, aż nic po nas nie zostanie.

– Zamknij się. Nie chcę więcej słuchać tych bzdur. Byłeś u Petersena?

Gideon oparł głowę o ścianę i zamknął oczy.

– Tak, do cholery.

– Czy powiedziałeś mu o wczorajszej nocy?

– Tak. – Zacisnął szczęki. – Powtórzył to samo, co mówił nam tydzień temu. Że oboje zbyt głęboko w to weszliśmy. Że nawzajem siebie zatapiamy. Uważa, że powinniśmy odpuścić sobie emocje i przez chwilę spotykać się platonicznie, spać osobno, spędzać więcej czasu z innymi, a mniej ze sobą.

Na pewno tak byłoby lepiej, pomyślałam. Lepiej dla naszego zdrowia psychicznego, lepiej dla naszej przyszłości.

– Mam nadzieję, że Petersen ma plan B?

Gideon otworzył oczy, by zobaczyć moją rozzłoszczoną minę.

– To samo mu po raz kolejny powtórzyłem.

– A więc jesteśmy porąbani. Wszyscy mają problemy ze swoimi związkami.

Gideon parsknął.

– Poważnie – upierałam się.

– Będziemy spać osobno. To jest coś, na co mogę się zgodzić – oznajmił.

– Masz na myśli osobne łóżka czy mieszkania?

– Łóżka. Tylko na takie ustępstwo mogę pójść.

– Dobrze. – Zgodziłam się i położyłam głowę na jego ramieniu, wdzięczna losowi, że znowu był w moich ramionach i że wciąż jesteśmy razem. – Mogę iść na kompromis. Na jakiś czas.

Gideon z trudem przełykał ślinę.

– Kiedy wróciłem do domu i ujrzałem tu ciebie… – Jeszcze mocniej mnie objął. – Chryste, Evo. Pomyślałem, że Cary mnie okłamał, mówiąc, że gdzieś wyszłaś, że naprawdę nie chcesz mnie widzieć. Potem pomyślałem, że faktycznie wyszłaś… i postanowiłaś żyć dalej beze mnie.

– Niełatwo jest cię zapomnieć, Gideonie. – W głębi duszy przypuszczałam, że nigdy mi się to nie uda. Był w moim krwiobiegu. Wyprostowałam się, aby zobaczył moją twarz.

Gideon położył na sercu dłoń, w której trzymał klucz.

– Dziękuję ci za niego.

– Nigdy z niego nie zrezygnuj – ostrzegłam go.

– A ty nie żałuj, że mi go dałaś. – Przycisnął czoło do mojego. Poczułam na skórze ciepło jego oddechu i usłyszałam, jak coś do mnie szepnął, ale nie zrozumiałam co.

To i tak nie miało znaczenia. Byliśmy razem. Po długim okropnym dniu nic więcej nie miało dla mnie znaczenia.

8

Nad ranem obudziło mnie skrzypnięcie drzwi i od razu zapomniałam, co mi się śniło. Na dobre obudził mnie jednak dopiero aromat kawy, na którą miałam wielką chęć. Wyciągnęłam się na łóżku i zacisnęłam powieki, czekając na rozwój wypadków.

Gideon usiadł na brzegu łóżka i po chwili delikatnie musnął mój policzek.

– Jak spałaś?

– Brakowało mi ciebie. Czy zrobiłeś dla mnie kawę?

– Jeśli jesteś już gotowa.

Otworzyłam szeroko oczy.

– Zawsze jestem dla ciebie gotowa.

Szalałam na punkcie jego uśmiechu. Gideon zdążył się już ubrać w jeden ze swoich zdumiewająco seksownych garniturów. Dzisiaj wyglądał o niebo lepiej niż wczoraj wieczorem.

– Ubóstwiam, kiedy jesteś gotowa. Opowiedz mi o piątkowym koncercie.

– Wiem tylko, że zespół nazywa się Six-Ninths. Masz ochotę pójść?

– To nieistotne. Jeśli ty idziesz, to ja też.

Uniosłam brwi.

– Naprawdę? A gdybym cię nie zaprosiła?

Gideon sięgnął po moją dłoń i spokojnie obracał pierścionek na moim palcu.

– Wtedy i ty byś nie poszła.

– Słucham? – Odrzuciłam do tyłu włosy. Kiedy ujrzałam determinację na jego pięknej twarzy, usiadłam na łóżku. – Podaj mi kawę. Muszę poczuć kofeinę we krwi, żeby cię kopnąć w tyłek.

Gideon wyszczerzył zęby i podał mi kubek.

– Nie patrz tak na mnie – ostrzegłam go. – Nie podoba mi się, że nie mogę pójść sama na miasto.

– Chodzi o koncert rockowy. Nie mówiłem, że nie możesz w ogóle pójść, tylko że nie możesz iść beze mnie. Przykro mi, że jesteś z tego niezadowolona, ale jest, jak jest.

– Kto powiedział, że grają rocka? A może grają muzykę klasyczną? Albo celtycką? Albo pop?

– Six-Ninths podpisali kontrakt z Vidal Records.

– Och. – Wytwórnią Vidal Records zarządzał ojczym

Gideona, Christopher Vidal Senior, Gideon zaś miał pakiet kontrolny firmy. Zastanawiałam się, jakim sposobem młody chłopak przerósł ojczyma i przejął jego biznes. Bez względu na przyczynę, pewnie z tego powodu przybrany brat Gideona, Christopher Junior, serdecznie go nienawidził.

– Widziałem klipy z ich koncertów – skwitował sucho Gideon. – Nie zaryzykuję, abyś była sama wśród tłumu.

Upiłam duży łyk kawy.

– Miło z twojej strony, ale nie możesz mi rozkazywać.

– Czyżby? Cicho bądź. – Gideon położył mi palec na ustach. – Przestań się ze mną kłócić. Nie jestem tyranem. Być może czasami przesadzam z troską o ciebie, ale postaraj się rozsądnie do tego podejść.

Odepchnęłam jego dłoń.

– Rozsądne podejście oznacza, że ty decydujesz, co jest dla mnie najlepsze, a ja mam to kupić?

– Oczywiście.

– Przestań pleść bzdury.

Gideon wstał.

– Nie będziemy się sprzeczać o to, co by było gdyby. Zaprosiłaś mnie na piątkowy koncert i ja się zgodziłem. Nie ma o co kruszyć kopii.

Postawiłam kubek z kawą na nocnym stoliku, zrzuciłam z siebie kołdrę i wyskoczyłam z łóżka.

– Muszę mieć własne życie, Gideonie, i być sobą, bo inaczej nic z tego nie będzie.

– A ja muszę być sobą. Nie tylko ja w tym związku muszę iść się na kompromis.

Jego słowa mną wstrząsnęły. To prawda, miałam prawo oczekiwać od niego, że zostawi mi swobodę, ale on także miał prawo do tego, abym akceptowała go takim, jaki był. Musiałam pogodzić się z faktem, że on także walczy ze swoimi demonami.

– Co zrobisz, jeżeli pójdę zaszaleć z koleżankami w nocnych klubach?

Gideon ujął moją brodę w dłonie i pocałował mnie w czoło.

– Weźmiesz moją limuzynę i zaprosisz koleżanki do moich klubów.

– Żeby twoi goryle mieli mnie na oku?

– Żeby nad tobą czuwali – sprostował Gideon i musnął wargami moje brwi. – Czy to jest naprawdę takie straszne, aniołku? Czy nie potrafisz mi wybaczyć, że nawet na sekundę nie chcę spuścić cię z oczu?

– Wszystko przekręcasz.

Gideon odchylił głowę i obrzucił mnie twardym i zdeterminowanym wzrokiem.

– Zrozum, że nawet jeśli weźmiesz mój samochód i zabawisz się w którymś z moich klubów, to i tak będę szalał z niepokoju, dopóki nie wrócisz do domu. Jeżeli nawet będziesz zła, że podejmuję środki ostrożności, czy to nie jest częścią wzajemnych ustępstw?

– Jak ty to robisz, że coś całkiem bezsensownego robi się sensowne? – mruknęłam.

– Mam dar.

Złapałam w obie dłonie jego piękny twardy tyłek i z całej siły go ścisnęłam.

– Muszę się jeszcze napić kawy, żeby przyjąć twój dar, mistrzu.

*

Z czasem stało się naszą tradycją, że we środy Mark, jego partner Steven i ja jedliśmy we trójkę lunch. Kiedy weszłam z Markiem do małej włoskiej restauracji, którą wybrał, i zobaczyliśmy tam Shawnę czekającą na Stevena, byłam naprawdę wzruszona. Chociaż łączyły mnie z Markiem relacje wyłącznie zawodowe, udało nam się płynnie przejść na stopę towarzyską. To wiele dla mnie znaczyło.

– Zazdroszczę ci opalenizny – powiedziała Shawna, która wyglądała swobodnie i zarazem uroczo w dżinsach, strojnej koszulce bez ramion i zwiewnej chustce. – Ja na słońcu robię się czerwona i dostaję piegów.

– Masz za to piękne włosy. – Z podziwem patrzyłam na ich głęboko rudy odcień.

Steven przejechał dłonią po swoich włosach, takiego samego koloru jak jego siostry, i uśmiechnął się od ucha do ucha.

– Trzeba się poświęcić, żeby być seksownym.

– Co ty możesz o tym wiedzieć? – Shawna trąciła go ze śmiechem ramieniem, ale jej brat nie poruszył się nawet o milimetr. Shawna była wiotka jak trzcina, Steven zaś rosły i postawny. Z tego, co dowiedziałam się podczas moich rozmów z Markiem, Steven bardzo się angażował w prace swojej firmy budowlanej, co tłumaczyło jego wielką posturę i szorstkie ręce.

Tuż po wejściu dostaliśmy stolik dzięki rezerwacji, którą zrobiłam natychmiast po tym, jak Mark mnie zaprosił. Restauracja była mała, ale urocza. Sięgające od podłogi do sufitu okna przepuszczały do wewnątrz promienie słońca. Zapach jedzenia był tak kuszący, że ślinka napłynęła mi do ust.

– Nie mogę się doczekać piątku. – Ciepłe błękitne oczy Shawny błyszczały z podniecenia.

– Ciebie to zaprosiła – zauważył kąśliwie Steven. – A o starszym bracie nawet nie pomyślała.

– Przecież nienawidzisz takich imprez – odparowała Shawna. – Nie znosisz tłumów.

– Gdybym znalazł dla siebie odrobinę wolnej przestrzeni, dałbym radę.

Shawna przewróciła oczami.

– Nie możesz się wszędzie awanturować.

Ich rozmowa o tłumach spowodowała, że wróciłam myślą do Gideona i jego chęci opieki nade mną.

– Czy mogę przyjść z chłopakiem? – zapytałam. – Nie zepsuję dobrej zabawy?

– Coś ty! Może twój chłopak ma kolegę, który ma ochotę wpaść na imprezę?

– Shawna! – Mark był wstrząśnięty i pełen dezaprobaty. – A co z Dougiem?

– Co ma do tego Doug? Nie dałeś mi skończyć. – Spojrzała na mnie i wytłumaczyła: – Doug jest moim chłopakiem. Spędza lato na Sycylii na kursie gotowania. Jest szefem kuchni.

– Świetna sprawa. Podobają mi się faceci, którzy gotują.

– Mnie też. – Shawna uśmiechnęła się szeroko i spojrzała groźnie na Marka, po czym znów zwróciła się do mnie: – On jest na zawsze i dobrze o tym wiem, ale jeśli twój chłopak ma kumpla, który ma ochotę skorzystać z biletu bez żadnych zobowiązań, to jestem za.

Pomyślałam o Carym i uśmiechnęłam się radośnie.

Później jednak, po tym jak Gideon i ja odbyliśmy zajęcia z naszymi trenerami i wróciliśmy na noc do jego mieszkania, zmieniłam zdanie. Wstałam z kanapy, na której usiłowałam czytać książkę, i na palcach przeszłam do jego domowego biura.

Zobaczyłam, że Gideon marszczy z troską brwi, skupiony na sprawie, nad którą pracował. Uderzał szybko palcami w klawiaturę. Jarzący się monitor i reflektor oświetlający kolaż naszych zdjęć były jedynymi źródłami światła w pogrążonym w mroku pokoju. Gideon siedział w ciemności, z nagim torsem, piękny, samotny i opanowany. Jak zawsze kiedy pracował, wyglądał na samowystarczalnego i nieprzystępnego. Poczułam się opuszczona. Dystans fizyczny, który nas dzielił z powodu mojego okresu, i jego skądinąd zrozumiała decyzja, byśmy spali oddzielnie, poruszyła najgłębsze pokłady mojej niepewności. Zapragnęłam uchwycić się kurczowo Gideona i spróbować jeszcze bardziej skierować jego uwagę ku sobie.

To, że pracował, zamiast spędzać ze mną czas, nie powinno było mnie nękać. Wiedziałam, że był obłędnie zajęty, ale i tak odczuwałam gorycz, czułam się porzucona, a jednocześnie żądna jego, co oznaczało, że uległam swoim złym nawykom. Prawda była taka, że Gideon i ja byliśmy dla siebie najlepszą i najgorszą rzeczą, jaka kiedykolwiek nam się przydarzyła.

Gideon spojrzał do góry i przygwoździł mnie wzrokiem, przenosząc uwagę z komputera na mnie.

– Zaniedbuję cię, aniołku? – zapytał, rozparłszy się na krześle.

Zaczerwieniłam się, złoszcząc się w duchu, że bezbłędnie wyczuł mój nastrój.

– Wybacz, że ci przeszkadzam.

– Zawsze możesz do mnie przyjść, jeśli czegoś potrzebujesz. – Gideon wsunął szufladę, na której stała klawiatura, poklepał puste miejsce na biurku tuż przed sobą i odsunął się na krześle na kółkach. – Usiądź tutaj.

Przeszył mnie dreszcz emocji. Podbiegłam, nie próbując ukryć przed nim mojego podniecenia. Wskoczyłam na biurko i uśmiechnęłam z zachwytem, kiedy podjechał krzesłem i wypełnił miejsce między moimi nogami.

Gideon położył ręce na moich udach, z czułością objął mnie za biodra i rzekł:

– Powinienem był ci powiedzieć, że porządkuję sprawy, aby wyjechać z tobą na weekend.

– Naprawdę? – Pogłaskałam go po czuprynie.

– Chcę cię mieć wyłącznie dla siebie choć przez chwilę. I kochać się z tobą przez długi, długi czas. A może przez cały czas. – Gideon zamknął oczy, kiedy go dotknęłam. – Potwornie tęsknię za byciem w tobie.

– Zawsze jesteś we mnie – szepnęłam.

Gideon uśmiechnął się grzesznie i otworzył oczy.

– Stanął mi.

– Czyli nic się nie zmieniło.

– Przeciwnie. Wszystko się zmieniło.

Zachmurzyłam się.

– Jeszcze o tym porozmawiamy – odparł. – Ale na razie powiedz mi, po co przyszłaś.

Zawahałam się, dumając nad jego zagadkowymi słowami.

– Evo. – Jego stanowczy ton sprowadził mnie na ziemię. – Co chciałaś mi powiedzieć?

– Czy masz jakiegoś wolnego chłopaka dla Shawny? Nie tyle chłopaka, bo ona ma kogoś, tylko on jest za granicą. Byłoby fajniej, gdybyśmy się wybrali w dwie pary.

– Nie chcesz zabrać Cary'ego?

– Myślałam o nim, ale Shawna jest moją koleżanką, więc może chcesz wziąć swojego znajomego, żeby było sprawiedliwie.

– Dobrze. Dowiem się, kto ma wolny piątek.

Wtedy uświadomiłam sobie, że nie sądziłam, iż Gideon skorzysta z mojej propozycji.

Moje myśli musiały być widoczne na mojej twarzy, bo zapytał:

– Czy coś jeszcze chcesz mi powiedzieć?

– Ja... – Jak miałam mu powiedzieć, co myślę, i jednocześnie się nie wygłupić? Potrząsnęłam głową. – Nic takiego.

– Evo. – Gideon miał surowy głos. – Powiedz mi.

– To głupie.

– To nie była prośba.

Dreszcz przeszył moje ciało, jak zawsze kiedy mi rozkazywał.

– Sądziłam, że utrzymywałeś stosunki towarzyskie z powodów czysto zawodowych, a czasami pieprzyłeś się z przypadkowymi laskami.

Ostatnia kwestia nie była dla mnie łatwa. To beznadziejne, że wciąż targała mną zazdrość o kobiety z przeszłości Gideona, nic jednak nie mogłam na to poradzić.

– Myślałaś, że nie mam przyjaciół? – Gideon był wyraźnie rozbawiony.

– Nie poznałeś mnie z nimi. – Nadąsałam się, szarpiąc za rąbek koszulki.

– Rozumiem. – Gideon był szczerze ubawiony, a jego oczy iskrzyły się od śmiechu. – Jesteś moim erotycznym sekretem. Co mi wpadło do głowy, kiedy pozwoliłem, żeby zrobili nam zdjęcie, jak się całowaliśmy publicznie?

– Cóż. – Mój wzrok spoczął na kolażu wiszącym na ścianie i na znajdującym się tam zdjęciu, które wiele dni utrzymywało się na wszystkich plotkarskich blogach. – Jeśli tak na to patrzysz…

Gideon się zaśmiał, a ten dźwięk napełnił mnie gorącą falą rozkoszy.

– Poznałaś kilku moich znajomych na imprezach.

– Rozumiem. – Zakładałam, że wszyscy, których poznałam, byli jego partnerami w interesach.

– Ale to nie jest głupi pomysł, żeby cię ukryć przed innymi.

Rzuciłam mu wymowne spojrzenie i nawiązałam do naszej kłótni o to, że chciałam jechać do Vegas, a nie do Phoenix:

– Dlaczego to nie ty leżysz nago i nie czekasz na rżnięcie?

– Bo to nudne.

Chciałam go odepchnąć, ale posadził mnie na swoich kolanach, śmiejąc się do rozpuku.

To niewiarygodne, że był w tak wybornym nastroju. Zastanawiałam się, co go tak rozbawiło. Kątem oka zerknęłam na monitor, na którym ujrzałam arkusz kalkulacyjny i rozpoczęty e-mail. W Gideonie zaszła zmiana, która bardzo mi się podobała.

– To byłaby rozkosz – mruczał z wargami przy mojej szyi – leżeć z twardym członkiem, na który byś się nabijała, kiedy tylko miałabyś ochotę.

Moja szparka zacisnęła się, kiedy to sobie wyobraziłam.

– Zaraz się na ciebie napalę.

– To dobrze. Lubię cię taką.

– A więc – zastanawiałam się głośno – jeśli w moich fantazjach zapewniasz mi całodobowy serwis…

– To może stać się naprawdę.

Chwyciłam go zębami za brodę.

– Masz ochotę na ostrą jazdę, aniołku? – warknął Gideon.

– Chcę poznać twoje fantazje.

Gideon ułożył mnie tak, że siedziałam bokiem na jego kolanach.

– Ty nią jesteś.

– W takim razie jesteś szczęściarzem.

Uśmiechnął się od ucha do ucha.

– Na huśtawce.

– Co takiego?

– Na erotycznej huśtawce, Evo. Twój rewelacyjny tyłek na huśtawce, nogi w strzemionach, szeroko rozwarte, twoja cipka mokra i oczekująca. – Gideon rysował kuszące koła na moim krzyżu. – Zdana kompletnie na moją łaskę i zdolna przyjąć mnie tyle razy, ile zdołam w ciebie wejść. Spodobałoby ci się.

Wyobraziłam sobie go między moimi nogami, nagiego i lśniącego od potu, jego bicepsy i mięśnie piersiowe prężące się, gdy mnie huśta oraz wkłada i wyjmuje ze mnie pięknego penisa.

– Chcesz, żebym była bezbronna.

– Chcę, żebyś była związana. I nie tylko na zewnątrz. Muszę się do ciebie dobierać.

– Gideonie...

– Nie zrobię nic bez twojego pozwolenia. – Obiecał mi, a jego oczy gorąco połyskiwały w półmroku. – Byłabyś w siódmym niebie.

Wierciłam się na jego kolanach, podniecona i zaniepokojona myślą, że miałby nade mną tak dużą kontrolę.

– Dlaczego?

– Bo pragniesz całkowicie mi się oddać, a ja pragnę cię posiąść. Jeszcze wszystko przed nami.

Jego dłoń wślizgnęła się pod moją koszulkę i objęła pierś. Masował i drażnił mój sutek, rozpalając moje ciało.

– Czy już się tak kiedyś bawiłeś? – zapytałam go bez tchu. – Na huśtawce?

Jego twarz skamieniała.

– Nie zadawaj takich pytań.

Boże.

– Ja tylko...

Pocałował mnie, z początku kąsając moją dolną wargę, a potem włamał się językiem do moich ust, trzymając mnie tak jak lubił, z palcami zaciśniętymi we włosach. Dominacja w tym akcie była niewątpliwa. Opanował mnie chciwy głód, pożądanie, którego nie umiałam poskromić ani zwalczyć. Pojękiwałam cicho, a serce bolało mnie na myśl, że Gideon włożył tyle czasu i starań w osiągnięcie rozkoszy z kimś innym.

Jego dłoń wdarła się między moje nogi i chwyciła moją cipkę. Szarpnęłam się, zdumiona jego gwałtownością.

Wydał z siebie niski pomruk, chcąc dodać mi otuchy, i masował mój czuły punkt z niezwykłą sprawnością, od której byłam uzależniona i która zupełnie mnie zniewoliła.

Raptem przerwał pocałunek i przesunął rękę, żeby wygiąć mnie w łuk i unieść do ust moją pierś. Przez materiał kąsał mój sutek. Następnie objął wargami obolały guzek, tak silnie go ssąc, że poczułam, jak echo rozkoszy rozbrzmiewa między moimi nogami.

Byłam oblężona. W moim mózgu dochodziło do zwarcia, kiedy żądza ogarniała moje ciało. Palce Gideona wślizgnęły się pod moje majtki, sunąc aż do łechtaczki. Tego właśnie potrzebowałam, dotyku jego ciała na moim.

– Gideonie...

Podniósł głowę i patrzył na mnie ciemnymi oczyma, kiedy osiągałam orgazm. Krzyczałam, a dreszcze wstrząsały moim ciałem. Uczucie uwolnienia od napięcia po dniu głodu było prawie nie do zniesienia. Gideon nie przestawał i pieścił mnie tak długo, aż doszłam jeszcze raz. Drżałam gwałtownie i zacisnęłam nogi, aby powstrzymać kolejny atak.

Kiedy cofnął rękę, moje ciało zrobiło się wiotkie. Opadłam, dysząc ciężko i wtuliłam się w niego, przyciskając twarz do jego szyi. Czułam, jak serce wzbiera mi w piersiach. Wszystko, co do niego czułam, cała miłość i udręka, przygniatało mnie. Uczepiłam się go, chcąc jeszcze bardziej się do niego zbliżyć.

– Cicho. – Trzymał mnie jeszcze mocniej, ściskając tak, że ledwie mogłam oddychać. – Oszalejesz, jeśli będziesz we wszystko wątpić.

– Nienawidzę tego – szepnęłam. – Nie mogę tak bardzo cię potrzebować. To jest chore.

– Mylisz się. – Jego serce waliło tuż przy moim uchu. – Nie jestem bez winy. Zająłem się sprawami, nie uprzedziwszy cię o tym. To cię spłoszyło i wystraszyło. Przepraszam, aniołku. Od teraz wszystko będzie lepiej.

Odsunęłam się nieznacznie, żeby spojrzeć na niego badawczo. Przestałam na chwilę oddychać, kiedy nasze oczy się spotkały. Patrzył na mnie odważnym, bezkompromisowym wzrokiem. Wtedy zrozumiałam różnicę między nami. Cechowała go zimna i spokojna pogoda ducha. Kiedy to zobaczyłam, coś się we mnie uspokoiło. Mój oddech zwolnił i wyrównał się, a niepokój się zmniejszył.

– Tak jest lepiej. – Gideon pocałował mnie w czoło. – Chciałem poczekać do weekendu, żeby o tym porozmawiać, ale teraz jest dobry moment. Dojdziemy do porozumienia. Kiedy już wszystko ustalimy, nie będzie odwrotu. Rozumiesz?

Z trudem przełknęłam ślinę.

– Staram się.

– Dobrze wiesz, jaki jestem. Poznałaś mnie od najgorszej strony. Wczoraj powiedziałaś mi, że bez względu na wszystko wciąż mnie pragniesz. – Czekał, aż skinę głową. – Tymczasem ja cię nie doceniłem. Nie wierzyłem, że sama podejmiesz decyzję, choć powinienem był. Ponieważ ci nie ufałem, postępowałem zbyt ostrożnie. Twoja przeszłość mnie przeraża, Evo.

Myśl o tym, że Nathan pośrednio odebrał mi Gideona, była tak dotkliwa, że jeszcze bardziej podkuliłam nogi.

– Nie oddawaj mu władzy.

– Nie oddam, ale ty też zrozum, że na każde pytanie jest więcej niż jedna odpowiedź. Kto mówi, że za bardzo mnie potrzebujesz? Nie ty. Jesteś nieszczęśliwa, bo nie chcesz iść na całość.

– Mężczyźni nie…

– Pieprzyć to. Żadne z nas nie jest typowe. I dobrze. Wyłącz głos w swojej głowie, który wszystko rujnuje. Zaufaj mi, że dobrze wiem, czego ci potrzeba, nawet jeśli myślisz, że się mylę. A ja uwierzę, że będziesz ze mną mimo moich wad. Rozumiesz?

Ugryzłam dolną wargę, żeby ukryć jej drżenie, i kiwnęłam potakująco głową.

– Nie wyglądasz na przekonaną – rzekł cicho.

– Boję się, że zatracę się w tobie. Jestem przerażona, że stracę tę cześć siebie, nad której odzyskaniem tak ciężko pracowałam.

– Nigdy bym na to nie pozwolił – obiecał Gideon żarliwie. – Pragnę tylko, abyśmy oboje czuli się bezpiecznie. To jest między nami, nie powinno tak nas wyczerpywać. Nasz związek powinien być dla nas opoką.

Oczy zapiekły mnie od łez, kiedy o tym myślałam.

– Pragnę tego – wyszeptałam. – Z całego serca.

– Zamierzam ci to dać, aniołku. – Gideon pochylił ciemnowłosą głowę i musnął moje wargi. – Zamierzam dać to nam obojgu. A ty mi na to pozwolisz.

*

– W tym tygodniu mam wrażenie, że jest lepiej między wami – oświadczył doktor Petersen, kiedy ja i Gideon przyjechaliśmy na wizytę w czwartek wieczorem. Usiedliśmy obok siebie, trzymając się za ręce. Kciuk Gideona pieścił moje knykcie, a ja patrzyłam na niego z uśmiechem, czując się spokojniejsza dzięki kontaktowi fizycznemu.

Doktor Petersen wyjął tablet z pokrowca i usiadł wygodnie w fotelu.

– Czy chcielibyście omówić coś w szczególności?

– Mieliśmy trudny wtorek – szepnęłam.

– Wyobrażam sobie. Porozmawiajmy o tym, co się wydarzyło w poniedziałek wieczorem. Evo, czy możesz mi powiedzieć, co pamiętasz?

Opowiedziałam mu, jak obudził mnie koszmar i odkryłam, że znajduję się w objęciach Gideona. Opisałam mu w szczegółach dalszą część nocy i następny dzień.

– A więc sypiacie osobno – dociekał Petersen.

– Tak.

– A te twoje koszmary. – Petersen spojrzał na mnie. – Jak często je miewasz?

– Rzadko. Zanim zaczęłam spotykać się z Gideonem, minęły prawie dwa lata od ostatniego. – Patrzyłam, jak doktor odłożył rysik i szybko zastukał w klawisze. Spochmurniał, co mnie zaniepokoiło. – Kocham go – wypaliłam.

Poczułam, jak siedzący obok mnie Gideon sztywnieje.

Doktor Petersen uniósł głowę i przyjrzał mi się bacznie. Zerknął na Gideona, a potem na mnie.

– Nie wątpię w to. Dlaczego właśnie teraz o tym powiedziałaś?

Wzruszyłam nieporadnie ramionami, czując na sobie przeszywający wzrok Gideona.

– Eva potrzebuje pańskiej aprobaty – rzekł ponuro Gideon.

Jego słowa zapiekły mnie żywym ogniem.

– Czy to prawda? – doktor popatrzył w moją stronę.

– Nie.

– Akurat. – Chrypka w głosie Gideona była bardzo wyraźna.

– Nie – upierałam się przy swoim, chociaż dopiero gdy powiedział to głośno, wreszcie to zrozumiałam. – Ja tylko... To jest prawda. Tak właśnie czuję. – Spojrzałam na doktora. – Musimy sprawić, żeby się nam udało. Sprawimy, że tak będzie – podkreśliłam. – Po prostu chcę wiedzieć, że pan dokładnie wie, o co nam chodzi. Muszę być pewna, czy zdaje pan sobie sprawę, że porażka nie wchodzi w grę.

– Evo. – Doktor uśmiechnął się do mnie dobrotliwie. – Ty i Gideon macie wiele tematów do przepracowania, ale z pewnością wszystkie trudności są do pokonania.

Poczułam wielką ulgę i zaczęłam swobodniej oddychać.

– Kocham go – powtórzyłam, kiwając zdecydowanie głową.

Gideon skoczył na równe nogi, ściskając mnie za rękę tak mocno, że poczułam ból.

– Czy możemy pana na chwilę przeprosić? – rzucił.

Zdezorientowana i odrobinę spłoszona wstałam i wyszłam za nim do pustej recepcji. Sekretarka doktora Petersena poszła do domu. Byliśmy ostatnimi pacjentami. Wiedziałam od matki, że wieczorne wizyty były znacznie droższe, i byłam wdzięczna Gideonowi za to, że był gotowy płacić nie za jedną, ale za dwie wizyty w tygodniu.

Kiedy zamknęły się za nami drzwi, odwróciłam się do niego.

– Przysięgam ci, że to nie…

– Cicho. – Chwycił moją twarz w dłonie i pocałował mnie, a jego usta naciskały na moje miękko, lecz natarczywie.

Tak bardzo mnie zaskoczył, że dopiero po dwóch mocnych uderzeniach serca włożyłam ręce pod jego marynarkę i objęłam go w pasie. Kiedy wsunął język głęboko w moje usta, wydałam z siebie niski jęk.

Wreszcie oderwał się ode mnie, a ja spojrzałam na niego, widząc tego samego pięknego biznesmena w ciemnym garniturze, którego poznałam, ale jego spojrzenie…

Poczułam ogień w gardle.

Jego spojrzenie wyrażało moc i palącą intensywność, głód i pożądanie. Koniuszki palców Gideona muskały czule moje skronie, policzki, szyję. Podniósł moją brodę i pocałował mnie delikatnie w usta. Nic nie powiedział. Nie musiał. Zrozumiałam.

Spletliśmy dłonie i Gideon wprowadził mnie z powrotem do gabinetu.

9

Przeszłam pospiesznie przez barierki ochronne przy wyjściu z Crossfire, uśmiechając się radośnie na widok Cary'ego, który czekał na mnie w holu.

– Cześć – przywitałam się z nim, podziwiając jego koszulkę z dekoltem w serek i wytarte dżinsy, które wyglądały na nim, jakby kosztowały fortunę.

– Witaj, piękna nieznajoma. – Cary wyciągnął do mnie rękę i razem wyszliśmy z budynku bocznymi drzwiami. – Wyglądasz na szczęśliwą.

Południowy upał uderzył we mnie z taką siłą, jakbym wpadła na jakąś przeszkodę.

– Ależ tu skwar – westchnęłam. – Chodźmy do knajpki w pobliżu. Masz ochotę na tacos?

– Jasne.

Zaprowadziłam go do małej restauracji meksykańskiej, w której byłam z Megumi. Starałam się nie pokazać po sobie, jak poruszyły mnie wypowiedziane przez niego na powitanie słowa. Od kilku dni nie mieszkałam w domu, a na dodatek Gideon planował nasz weekendowy wyjazd, co oznaczało, że dopiero za kilka dni będę mogła poświęcić Cary'emu więcej czasu. Kamień spadł mi z serca, kiedy zgodził się zjeść ze mną lunch. Zależało mi na częstych spotkaniach z nim, żeby mieć pewność, że wszystko u niego w porządku.

– Masz jakieś plany na wieczór? – spytałam, kiedy złożyłam zamówienie.

– Fotograf, z którym współpracuję, urządza dziś urodziny. Pomyślałem, że wpadnę do niego i się rozejrzę. – Zakołysał się na obcasach, kiedy czekaliśmy na nasze tacos i bezalkoholowe margarity. – Nadal planujesz wypad z siostrzyczką szefa? Może wbijecie się ze mną do fotografa?

– Shawna jest szwagierką Marka – poprawiłam Cary'ego. – Zaprosiła mnie na koncert. Powiedziała, że jestem jej ostatnią deską ratunku, ale nawet gdyby było inaczej, i tak poszalejemy. Przynajmniej mam taką nadzieję. Pierwszy raz słyszę o tym zespole, ale mam nadzieję, że jest dobry.

– Jak się nazywają?

– Six-Ninths. Słyszałeś o nich?

Cary otworzył szeroko oczy.

– Six-Ninths? Są świetni. Spodobają ci się.

Wzięłam z kontuaru drinki i zostawiłam dla Cary'ego tacę z daniami.

– Więc ty też o nich słyszałeś. Shawna jest ich wielką fanką. Gdzie ja byłam w tym czasie?

– Pod Crossem i jego twardym penisem. Zabierasz go na koncert?

– Tak. – Podbiegłam do stolika, który zwolnili dwaj biznesmeni. Nie przyznałam się Cary'emu, że Gideon nie pozwolił mi pójść samej. Wściekłby się. Zapytałam siebie w duchu, dlaczego tak szybko uległam Gideonowi. Zazwyczaj Cary i ja byliśmy zgodni w wielu sprawach.

– Wątpię, żeby Cross gustował w rocku alternatywnym. – Cary płynnie opadł na krzesło naprzeciwko mnie. – Czy on wie, jak ty za nim przepadasz? A zwłaszcza za muzykami, którzy go grają?

W odpowiedzi pokazałam mu język.

– Nie mogę uwierzyć, że do tego wracasz. To prehistoria.

– I co z tego? Brett był seksowny. Myślisz o nim czasami?

– Ze wstydem. – Wzięłam do ręki jedno taco carne asada. – Staram się więc nie myśleć.

– Był przyzwoitym gościem – powiedział Cary, zanim siorbnął potężny łyk napitku o smaku margarity.

– Nie przeczę. Po prostu do siebie nie pasowaliśmy. – Na samą myśl o epizodzie z Brettem skręcałam się ze wstydu. Brett Kline był megaatrakcyjny i na sam dźwięk jego głosu robiłam się wilgotna. Należał także do jednych z moich najgorszych wyborów w paskudnym życiu miłosnym, które wiodłam przed Gideonem. – Zmieńmy temat. Czy rozmawiałeś ostatnio z Treyem?

Uśmiech Cary'ego nagle zgasł.

– Dzisiaj rano.

Czekałam cierpliwie, co powie dalej. Wreszcie westchnął:

– Tęsknię za nim. Brakuje mi naszych rozmów. Jest takim cholernym bystrzakiem! Jak ty. Zabieram go dzisiaj na imprezę.

– Idziecie jako kumple? Czy jesteście parą?

– Pycha! – Cary przeżuł kęs taco, zanim odpowiedział. – Jako kumple, ale wiesz, że pewnie schrzanię wszystko i go zerżnę. Prosiłem go, byśmy spotkali się na miejscu i razem wyszli, abym nie był z nim sam na sam, zawsze mogę go dopaść w łazience albo w cholernym schowku na narzędzia. Nie mam za grosz silnej woli, a on nie umie mi odmówić.

Bolało mnie serce, gdy widziałam go takiego przybitego.

– Dobrze wiem, jak to jest – przypomniałam mu cicho. Dawno temu byłam do niego podobna. Rozpaczliwie pragnęłam czuć z kimś więź. – A może byś... no wiesz... zajął się tym przed imprezą. Może ci to pomoże?

Na pięknej buźce Cary'ego wykwitł figlarny uśmieszek.
– Czy możesz nagrać mi to pytanie na sekretarkę?
Rzuciłam w niego zmiętą serwetką.
Złapał ją, śmiejąc się serdecznie.
– Czasami jesteś potwornie pruderyjna. Uwielbiam to.
– A ja uwielbiam ciebie. Pragnę wyłącznie twojego szczęścia.
Cary podniósł moją dłoń do ust, żeby ją pocałować.
– Pracuję nad tym, mała.
– Zawsze możesz na mnie liczyć, nawet jeśli nie ma mnie w domu.
– Wiem. – Ścisnął moją dłoń, zanim ją puścił.
– W przyszłym tygodniu będę w domu, żeby przygotować się na odwiedziny ojca. – Wbiłam zęby w taco, a moje stopy odtańczyły na podłodze radosny taniec, że jest takie pyszne. – Chciałam zapytać cię o piątek. Muszę być w pracy, więc gdybyś był wolny, zajmiesz się tatą? Kupię jego ulubione żarcie, dam mu plan miasta, ale...
– Nie martw się. – Cary puścił oko do ślicznej blondynki, która właśnie przechodziła obok. – Będzie w dobrych rękach.
– Chcesz obejrzeć coś z nami, kiedy tata tu będzie?
– Kochana, zawsze z radością spędzę z tobą czas. Powiedz mi tylko gdzie i kiedy, a ja się natychmiast stawię.
– Ach! – Szybko przełknęłam kęs taco. – Mama mówiła mi, że widziała niedawno twoją śliczną buźkę na autobusie.
Cary się rozpromienił.
– Wiem. Wysłała mi zdjęcie, które zrobiła telefonem. Nieźle, co?
– Lepiej niż nieźle. Musimy to uczcić – oznajmiłam, kradnąc mu jego ulubione powiedzonko.
– No jasne.

*

– Łał! – Shawna stanęła jak wryta na chodniku przed swoim blokiem na Brooklynie, gapiąc się na czekającą na nas limuzynę. – Poszłaś na całość.

– Nie ja – odrzekłam krótko, przyglądając się jej obcisłym czerwonym szortom i strategicznie porwanej koszulce z logo Six-Ninths. Upięła do góry płomienne włosy, pozostawiając kilka kosmyków luźno opadających po bokach. Szminka, którą pomalowała usta, miała ten sam odcień, co jej szorty. Wyglądała seksownie i najwyraźniej była gotowa na wszystko. W porównaniu z nią prezentowałam się dość zwyczajnie, ubrana w superkrótką czarną skórzaną plisowaną spódniczkę i obcisłą białą bluzeczkę bez rękawów oraz wiśniowe glany.

Gideon stał do nas tyłem, rozmawiając z Angusem. Kiedy się odwrócił, znowu wbił mnie w ziemię, tak jak wtedy, kiedy po raz pierwszy ujrzałam go po kąpieli, w domowych ciuchach. Miał na sobie luźne czarne dżinsy, zwykłą czarną koszulkę i ciężkie czarne buty. W tym prostym i zwyczajnym stroju wyglądał tak seksownie, że chciałam go natychmiast posiąść. W garniturze był Panem Mrocznym i Niebezpiecznym, ale kiedy wybierał się na koncert rockowy, wydawał się dwa razy bardziej pociągający. Wyglądał młodo i tak pięknie, że ślinka napływała mi do ust.

– Niech to szlag, powiedz mi, że jest dla mnie – szepnęła Shawna, ściskając mój nadgarstek jak w imadle.

– Masz już swojego. Jest mój. – Poczułam dreszcz rozkoszy na dźwięk tych słów. Miałam prawo się o niego upominać, pieścić go oraz całować. A potem kochać się z nim, aż wyzionę ducha. O tak…

Shawna się zaśmiała, kiedy zakołysałam się niecierpliwie na palcach, myśląc o tej chwili.

– W takim razie zgoda, wystarczy mi, jak mnie przedstawisz.

Czyniłam honory pani domu, a potem poczekałam, aby Shawna wskoczyła pierwsza do limuzyny. Właśnie miałam wsiąść za nią, kiedy poczułam, jak dłoń Gideona wślizguje się pod moją spódniczkę i ściska moją pupę. Naparł na moje plecy i szepnął mi do ucha:

– Pamiętaj, abym stał za tobą, kiedy będziesz się nachylać, aniołku, bo jeśli nie, to dam ci klapsa w twój śliczny tyłek.

Odwróciłam głowę i przytuliłam policzek do jego twarzy.

– Skończył mi się okres.

Gideon mruknął cicho, a jego palce wbiły się w moje biodro.

– Dlaczego mi wcześniej o tym nie powiedziałaś?

– Opóźniona zapłata, mistrzu – odparłam, używając sformułowania, którym mnie kiedyś dręczył. Zaśmiałam się, słysząc, jak klnie pod nosem, kiedy siadałam obok Shawny.

Angus usiadł za kierownicą i ruszyliśmy. Po drodze otworzyliśmy butelkę Armand de Brignac.

Niedługo potem zatrzymaliśmy się przed Tableau One, nowym popularnym bistro, które serwowało kuchnię fusion. Na zewnątrz stały stoliki, ze środka dobywała się energetyczna muzyka. Od szampana i ognistych spojrzeń, które Gideon rzucał na rąbek mojej dość nieprzyzwoitej spódniczki, kręciło mi się w głowie.

Shawna przysunęła się bliżej okna i rozwarła szeroko oczy, wyglądając przez przyciemnione szyby.

– Doug chciał tu zarezerwować stolik, zanim wyjechał do Europy, ale czas oczekiwania to dwa miesiące – powiedziała. – Można poczekać przed wejściem, lecz to oznacza stanie w kolejce godzinami bez gwarancji, że wejdzie się do środka.

Drzwi limuzyny się otworzyły. Angus pomógł wyjść najpierw Shawnie, potem mnie. Gideon podszedł do nas i wziął mnie pod ramię, jakbyśmy szli na galę, a nie na koncert rockowy. Wylewny i usłużny kierownik wprowadził nas do wnętrza w takim tempie, że spojrzałam na Gideona i zapytałam bezgłośnie:

– To twoje bistro?

– Jestem współwłaścicielem.

Westchnęłam głośno, godząc się z nieuchronnością podobnych sytuacji.

– Czy twój kolega zje z nami kolację?

– Już czeka w środku.

Powędrowałam wzrokiem za jego spojrzeniem w kierunku atrakcyjnego mężczyzny w błękitnych dżinsach i koszulce zespołu Six-Ninths. Znajdował się w centrum uwagi. Z dwiema ślicznotkami po bokach szczerzył zęby do kogoś, kto robił mu komórką zdjęcie. Kiedy zobaczył Gideona, pomachał mu i przeprosił zgromadzonych.

– O Boże. – Shawna aż podskoczyła z wrażenia. – Przecież to Arnoldo Ricci, właściciel tej knajpy. Prowadzi też program na Food Network!

Gideon puścił mnie, żeby podać Arnoldowi rękę na powitanie i odbyć męski rytuał poklepywania się plecach, tak jak to czynią bliscy sobie kumple.

– Arnoldo, poznaj Evę Tramell, moją dziewczynę.

Wyciągnęłam rękę, a Arnoldo chwycił ją, po czym przyciągnął mnie ku sobie i pocałował w usta.

– Spadaj – warknął Gideon, chowając mnie za siebie.

Arnoldo uśmiechnął się od ucha do ucha, a jego ciemne oczy połyskiwały humorem.

– Kim jest ta zjawiskowa kobieta? – zapytał, odwracając się do Shawny i unosząc jej dłoń do ust.

– Shawno, Arnoldo Ricci wybiera się z nami na koncert pod warunkiem, że przeżyje kolację. – Gideon rzucił kumplowi ostrzegawcze spojrzenie. – Arnoldo, poznaj Shawnę Ellison.

Shawna była rozpromieniona.

– Mój chłopak cię ubóstwia, tak samo jak ja. Zrobił kiedyś lasagne według twojego przepisu, i to było niebo w gębie.

– Gideon mówił mi, że twój chłopak jest na Sycylii. – Arnoldo miał uroczy włoski akcent. – Mam nadzieję, że odwiedzisz go tam.

Zerknęłam na Gideona. Na pewno nie podałam mu tych wszystkich szczegółów o chłopaku Shawny. Gideon spojrzał na mnie z miną niewiniątka i prawie niewidocznym znaczącym uśmieszkiem.

Potrząsnęłam głową z irytacją, choć musiałam przyznać, że to właśnie jemu Shawna będzie zawdzięczała dzisiejszą fantastyczną noc.

Następna godzina minęła nam jak we śnie na smakowaniu pysznego jedzenia i wina. Właśnie wylizałam do ostatniej kropelki wyśmienite zabaione z malinami, kiedy zauważyłam, że Arnoldo przygląda mi się z szerokim uśmiechem.

– *Bellissima* – pochwalił mnie. – To wielka radość widzieć kobietę o tak wielkim apetycie.

Zarumieniłam się ze wstydu. Nic nie mogłam na to poradzić. Kochałam jeść.

Gideon położył rękę na oparciu mojego krzesła i bawił się moimi włosami przy karku. Drugą ręką uniósł do ust kieliszek czerwonego wina. Kiedy oblizał wargi, wiedziałam, że myśli o tym, żeby smakować mnie. Jego pożądanie sprawiało, że powietrze między nami było jak naelektryzowane. Przez całą kolację pozostawałam pod urokiem Gideona.

Sięgnęłam pod stołem do jego penisa schowanego w dżinsach i mocno zacisnęłam wokół niego dłoń. Mimo że w ciągu sekundy z miękkiego stał się twardy jak kamień, Gideon nie dał po sobie poznać, że się napalił.

Jego postawę potraktowałam jak wyzwanie.

Zaczęłam gładzić palcami jego sztywny członek, dbając o to, aby moje ruchy były na tyle powolne i delikatne, żeby nikt nie zauważył, czym się zajmujemy. Ku mojemu zachwytowi Gideon gładko kontynuował konwersację, nie zmieniając wyrazu twarzy. Jego samokontrola podniecała mnie. Stawałam się coraz śmielsza. Sięgnęłam do jego rozporka, podniecona myślą, żeby wyjąć penisa i dotknąć jego skóry.

Tymczasem Gideon ze spokojem napił się wina, a następnie odstawił kieliszek na stół.

– Tylko ty, Arnoldo – rzekł krótko w odpowiedzi na słowa przyjaciela, po czym chwycił mnie za nadgarstek, kiedy ja mocowałam się z górnym guziczkiem jego spodni, i uniósł do ust moją dłoń w geście, który dla postronnego widza mógł być roztargnionym wyrazem uczuć. Nieoczekiwanie ugryzł mnie w opuszkę palca, aż zachłysnęłam się ze zdumienia.

Arnoldo uśmiechnął się wszystkowiedzącym i lekko kpiarskim uśmiechem, który jeden mężczyzna posyła drugiemu, widząc, że jego kolega wpadł w sidła kobiety. Powiedział coś po włosku, na co Gideon odpowiedział mu płynnie w tym samym języku, seksownym tonem i nieco drwiąco. Arnoldo odrzucił do tyłu ciemnowłosą głowę i się roześmiał.

Wierciłam się na krześle z uciechy, że Gideon jest taki odprężony i tak fantastycznie się bawi.

Najpierw spojrzał na mój pusty talerz, a potem na mnie.

– Skończyłaś? – zapytał.

– Tak. – Nie mogłam się doczekać reszty wieczoru. Byłam ciekawa, ile jeszcze twarzy Gideona uda mi się zobaczyć. Uwielbiałam go takiego, jakim był teraz, tak samo jak władczego biznesmena w garniturze, dominującego kochanka, skrzywdzone dziecko, które nie potrafi ukryć swoich łez, i czułego partnera, który trzyma mnie w objęciach, kiedy szlocham.

Gideon był pełen sprzeczności i wciąż stanowił dla mnie wielką tajemnicę. Do tej pory zaledwie ślizgałam się po powierzchni jego osobowości. Co nie zmieniało faktu, że siedziałam w tym po uszy.

*

– Są genialni! – krzyczała Shawna, kiedy grupa występująca przed Six-Ninths zaczęła grać piąty utwór.

Już po trzecim porzuciliśmy miejsca i przedarliśmy się przez kłębiącą się masę ciał do barierki, która oddzielała część dla siedzących od miejsca pod sceną. Gideon otoczył mnie ramionami i chwycił rękoma barierkę. Widownia napierała na nas ze wszystkich stron, popychając nas do przodu. Gideon osłaniał mnie własnym ciałem, tak jak obok Arnoldo Shawnę.

Z pewnością Gideon mógł dostać dla nas lepsze bilety. Nie musiałam mu jednak tłumaczyć, że skoro Shawna wygrała miejsca i nas zaprosiła, to ich zmiana nie wchodziła w rachubę. Kochałam go między innymi za to, że szanował cudze uczucia i poddawał się biegowi spraw.

Odwróciłam głowę w jego stronę i spytałam:

– Czy mają kontrakt z wytwórnią Vidal?

– Nie. Ale podobają mi się.

Nie posiadałam się z radości, że Gideon dobrze się bawi. Podniosłam ręce i krzyczałam głośno, naładowana energią tłumów i napędzającym rytmem. Tańczyłam otoczona ramionami Gideona. Moje ciało było mokre od potu, a w żyłach wrzała mi krew.

Kiedy zespół skończył, technicy szybko znieśli ich sprzęt i zaczęli rozstawiać nowy dla Six-Ninths. Byłam tak wdzięczna za wieczór, za radość, za niesamowitą dziką jazdę z mężczyzną, którego kochałam, że odwróciłam się, zarzuciłam mu ręce na szyję i z całej siły przywarłam do niego ustami.

Gideon podniósł mnie, owinął moje nogi wokół swoich bioder i całował szaleńczo. Był twardy i napierał na mnie, kusząc mnie, abym ja natarła na niego. Ludzie wokół nas gwizdali i nawoływali, abyśmy wynajęli pokój albo by Gideon pieprzył mnie na ich oczach, ale miałam to gdzieś. Gideon także zatracił się w dzikości naszych zmysłów. Jego dłoń na moich pośladkach naprowadziła mnie na jego erekcję, druga zwinęła się w pięść w moich włosach, przytrzymując mnie tam, gdzie chciał. Całował mnie tak, jakby nie mógł przestać, jakby był głodny mojego smaku.

Z desperacją przywarliśmy do siebie otwartymi ustami. Gideon włożył mi do środka język, poruszając nim prędko, i zanurzał go głęboko. Rżnął mnie w usta, kochając się ze mną w ten sposób. Brałam wszystko, co mi podarował, lizałam go i smakowałam. Jęczałam z powodu jego nienasyconego pożądania. Ssał mój język, przeciągając wzdłuż niego zwiniętymi w kółko wargami. To było prawie nie do zniesienia. Moje obolało ciało domagało się jego członka. Prawie oszalałam z pożądania i chęci, żeby mnie sobą wypełnił.

– Zaraz się spuszczę – zachrypiał, kąsając zębami moją dolną wargę.

Byłam tak pochłonięta nim i intensywnością jego uczuć, że nie zauważyłam początku koncertu Six-Ninths. Dopiero przy pierwszych dźwiękach piosenki poczułam się, jakbym dostała obuchem w głowę, i wróciłam do rzeczywistości.

Osłupiałam ze zdumienia. Mój mózg z trudem przebijał się przez mgłę pożądania, chcąc zrozumieć, co dźwięczało mi w uszach. Znałam tę piosenkę. Kiedy Gideon na chwilę odsunął się ode mnie, otworzyłam oczy. Nad jego ramieniem ujrzałam w górze transparent z odręcznym napisem: „Brett Kline jest mój!", na innym zaś było napisane: „Pieprz się ze mną, Brett". Moje ulubione hasło brzmiało: „Brett, dalibyśmy takiego czadu, że ściągnęlibyśmy na siebie gniew Boga".

Kurczę. Przecież to niemożliwe.

Cary musiał o tym wiedzieć, a mimo to nie ostrzegł mnie. Pewnie myślał, że to będzie dowcip stulecia, jeśli dowiem się o tym w taki sposób.

Rozluźniłam nogi, którymi oplatałam Gideona, a on postawił mnie na ziemię, chroniąc przed oszalałymi fanami swoim ciałem jak tarczą. Odwróciłam się, żeby spojrzeć na scenę. W brzuchu poczułam motyle. To była prawda. Przy mikrofonie stał Brett Kline i wydobywał z piersi głęboki, silny i maksymalnie seksowny głos dla tysięcy fanów, którzy przyszli zobaczyć go w akcji. Jego krótkie włosy były postawione na sztorc, a ich końcówki pofarbowane na platynowy kolor. Smukłe ciało opinały oliwkowe bojówki i czarny bezrękawnik. Nie widziałam go dokładnie z miejsca, w którym stałam, ale pamiętałam, że jego błyszczące oczy miały barwę szmaragdowozieloną, twarz była surowa i przystojna, a zniewalający uśmiech pokazywał dołeczek, na którego punkcie szalały kobiety.

Oderwałam od niego wzrok i popatrzyłam na resztę zespołu. Rozpoznałam wszystkich członków. W San Diego nie nazywali się Six-Ninths, tylko Captive Soul. Ciekawe, dlaczego zmienili nazwę.

– Są nieźli, prawda? – zapytał mnie Gideon z ustami przy moim uchu, żebym go lepiej usłyszała. Jedną dłoń położył na barierce, drugą opasał moją talię, przytrzymując mnie blisko siebie i kiwając się w takt muzyki. Kombinacja jego ciała i głosu Bretta doprowadzała mnie na skraj szaleństwa, a przecież już wcześniej byłam nieźle napalona.

Zamknęłam oczy i skupiłam uwagę na mężczyźnie i niesamowitym podnieceniu, które mnie zawsze ogarniało, kiedy słyszałam Bretta. Muzyka pulsowała w moich żyłach, przywołując piękne i straszne wspomnienia. Kołysałam się w ramionach Gideona, a pożądanie wibrowało we mnie. Byłam dotkliwie świadoma jego głodu, który palił mnie jak żar, uderzał we mnie, powodował, że pragnęłam go tak, iż fizyczny dystans między nami sprawiał mi ból.

Chwyciłam go za dłoń, którą trzymał na moim brzuchu, i poprowadziłam ją w dół.

– Evo. – Jego głos chrypiał od żądzy. Prowokowałam go przez cały dzień, od kiedy mu powiedziałam, że skończył mi się okres, przez zabawę jego członkiem pod stołem, aż do rozpalającego pocałunku w czasie przerwy.

Gideon chwycił mnie za gołe udo i mocno ścisnął.

– Rozłóż nogi – nakazał.

Postawiłam lewą stopę na dole barierki, głowę położyłam na jego ramieniu i sekundę później jego ręka znalazła się pod moją spódniczką. Lizał moje ucho, dysząc ciężko i szybko. Jednocześnie poczułam i usłyszałam jego jęk, kiedy odkrył, jaka byłam mokra.

Jedna piosenka mieszała się z kolejną, a Gideon pocierał mnie przez majtki, najpierw kolistymi ruchami, a potem masując moją łechtaczkę z góry na dół. Moje biodra kołysały się w rytm jego dotyku, centrum mojego pożądania się zaciskało, a pupa wbijała się w twardy brzeg jego erekcji. Mój orgazm wzmagał się dosłownie o centymetry od innych ludzi. Właśnie tak działał na mnie Gideon, doprowadzał do obłędu pożądania. Nic się dla mnie nie liczyło, kiedy mnie pieścił i koncentrował się na mnie.

– Tak jest, aniołku. – Gideon przesunął moje majtki i jego dwa palce zanurzyły się we mnie. – Będę rżnął twoją cipkę bez końca.

Wszyscy na nas napierali, muzyka dudniła na cały głos. Mieliśmy odrobinę prywatności w tłumie tylko dzięki temu, że tłum był skupiony na Bretcie i jego kumplach. Gideon wsadził palce głęboko do mojej zwilgotniałej szparki i zostawił je tam. Jego solidna i beznamiętna penetracja doprowadziła mnie do utraty zmysłów. Wbiłam się biodrami w jego dłoń, czekając, aż wybuchnę, rozpaczliwie tego potrzebując.

Piosenka się skończyła i zgasły światła. Pogrążony w ciemnościach tłum zawył, nie mogąc doczekać się następnych wydarzeń, dopóki brzdąkanie gitary nie przerwało napiętego oczekiwania. Od czasu do czasu rozlegał się czyjś krzyk. Ludzie włączyli zapalniczki i morze fanów zamieniło się w świetliki.

Snop światła omiótł scenę, ukazując Bretta siedzącego na stołku barowym. Cały lśnił od potu, jego klatka piersiowa była twarda i pięknie wyrzeźbiona, brzuch umięśniony. Brett obniżył mikrofon, a kolczyki na sutkach połyskiwały przy każdym jego ruchu. Kobiety na widowni krzyczały, wśród nich Shawna, która skakała i przeraźliwie głośno gwizdała.

Rozumiałam szał, który ogarnął tłum. Brett siedział, opierając nogi o szczebelki stołka. Jego umięśnione ręce były pokryte czarnymi i szarymi tatuażami. Wyglądał tak atrakcyjnie, że nadawał się wyłącznie do porwania do łóżka. Niespełna cztery lata temu przez pół roku poniżałam się, zdzierając z niego ubranie, kiedy tylko nadarzała się sposobność. Byłam nim tak zauroczona i tak rozpaczliwie pragnęłam być kochana, że zadowalałam się każdym ochłapem, który rzucał w moją stronę.

Palce Gideona wślizgiwały się do mojej cipki i wysuwały się z niej. Zabrzmiała gitara basowa, a Brett niskim, uduchowionym, kryształowo czystym głosem zaśpiewał piosenkę, której nie znałam. Brzmiał jak upadły anioł. Był hipnotyzujący, uwodzicielski, a jego twarz i ciało tylko potęgowały jego kuszący urok.

Dziewczyno o złotych włosach, jesteś tu
Śpiewam dla tłumu, muzyka głośno gra
Żyję marzeniami, mam to, co chcę,
Ale wciąż widzę cię ze słońcem we włosach
I jestem gotów pójść za tobą, wzbić się w niebo.

Dziewczyno o złotych włosach, jesteś tu
Tańczysz dla tłumu, muzyka głośno gra
Pragnę cię do szaleństwa, nie potrafię oderwać od ciebie oczu.
Później padniesz przede mną na kolana, będziesz mnie błagać.
A potem to zrobisz. Dobrze znam twoje ciało.

Dziewczyno o złotych włosach, dokąd odeszłaś?
Nie ma już ciebie ani słońca w twoich włosach.
Mogłem cię mieć w barze i w samochodzie,
Lecz nigdy w sercu. Rozpadam się.
Teraz ja padam na kolana, błagając cię.

Proszę, nie odchodź. Tak wiele jeszcze chcę się dowiedzieć.
Evo, proszę. Teraz ja klęczę przed tobą na kolanach.

Dziewczyno o złotych włosach, dokąd odeszłaś?
Śpiewam dla tłumu, muzyka głośno gra.
Nie ma już ciebie ani słońca w twoich włosach.
Evo, proszę. Padam przed tobą na kolana.

Zgasły światła i po dłuższej chwili muzyka przebrzmiała. Kiedy znowu zrobiło się jasno, perkusja zadudniła szaleńczo. Płomienie zapalniczek zgasły i tłum wpadł w ekstazę.

Nie zwracałam uwagi na huk w moich uszach. Czułam w piersiach ścisk, miotały mną gwałtowne emocje.

– Ta piosenka – mruczał mi do ucha Gideon, masując mnie palcami jak szalony – powoduje, że szaleję za tobą.

Jego dłoń napierała na moją łechtaczkę i tarła ją tak, że wybuchłam jak nigdy dotąd. Z oczu trysnęły mi łzy. Krzyknęłam głośno i drżałam w jego ramionach. Chwyciłam się barierki i trzymałam się jej, pozwalając, by nieprzerwana rozkosz pulsowała we mnie bez końca.

*

Po koncercie myślałam tylko o tym, żeby dorwać się do telefonu i zadzwonić do Cary'ego. Kiedy czekaliśmy, aż tłum się przerzedzi, szukałam wsparcia w silnych ramionach Gideona.

– Wszystko w porządku? – spytał, głaszcząc mnie po plecach.

– Jasne – skłamałam. Szczerze mówiąc, nie wiedziałam, jak się czułam. Nie powinnam była się przejmować, że Brett napisał piosenkę, która ukazywała w innym świetle naszą historię opartą wyłącznie na seksie. Teraz kochałam kogoś innego.

– Chcę się stąd ulotnić – zamruczał Gideon. – Nie mogę się doczekać, kiedy znajdę się w tobie. Ledwo mogę myśleć o czymś innym.

Włożyłam ręce do tylnych kieszeni jego spodni.

– Spadajmy stąd – zaproponowałam.

– Mam wejściówkę za kulisy. – Pocałował koniec mojego nosa, kiedy odsunęłam się, aby na niego spojrzeć. –

Ale nie musimy mówić o tym Shawnie i Arnoldowi, jeśli chcemy się stąd zmyć.

Zamyśliłam się. Wieczór i tak był już superudany, w dużej mierze dzięki Gideonowi. Znając siebie, byłabym jednak później zła, gdybym pozbawiła Shawnę i Arnolda, który także był fanem Six-Ninths, doświadczenia, które zapamiętają na całe życie. Poza tym skłamałabym, gdybym powiedziała, że nie odczuwam chęci ujrzenia Bretta z bliska choć przez krótką chwilę. Nie chciałam, żeby on widział mnie, ale ja chciałam widzieć jego.

– Nie. Weźmy ich za kulisy.

Gideon chwycił mnie za rękę i powiedział o tym naszym znajomym. Byli strasznie podnieceni, a ja dodałam, że zrobiłam to wyłącznie dla nich. Poszliśmy w stronę sceny i minęliśmy ją. Gideon zamienił słowo ze zwalistym ochroniarzem, który powiedział coś do mikrofonu połączonego ze słuchawkami. Gideon zadzwonił z komórki do Angusa i kazał mu podjechać od tyłu sceny. Mówił do niego, a patrzył na mnie. Żar w jego spojrzeniu i obietnica rozkoszy na chwilę odebrała mi dech.

– Twój facet jest niesamowity – powiedziała Shawna, spoglądając na Gideona z nabożną czcią. To nie było drapieżne spojrzenie, tylko pełne szacunku. – Mam wrażenie, że śnię. Jestem ci ogromnie wdzięczna. – Wyściskała mnie. – Dziękuję.

Odwzajemniłam jej uścisk.

– To ja dziękuję, że mnie zaprosiłaś.

Podszedł do nas wysoki smukły mężczyzna. Miał błękitne pasemka we włosach i okulary w modnych czarnych oprawkach.

– Panie Cross – przywitał się z Gideonem, wyciągając dłoń na powitanie. – Nie wiedziałem, że będzie pan na koncercie.

Gideon uścisnął jego dłoń.

– Nie uprzedzałem cię – odparł gładko, wyciągając drugą dłoń do mnie.

Złapałam ją, a on pociągnął mnie i przedstawił Robertowi Phillipsowi, menedżerowi Six-Ninths. Następnie przedstawił mu Shawnę i Arnolda. Weszliśmy za kulisy, gdzie kłębił się tłumek fanek.

Wtedy poczułam, że wcale nie mam ochoty zobaczyć Bretta, choćby przelotnie. Słuchając jego śpiewu, łatwo było zapomnieć o tym, jak było między nami. Tak łatwo było chcieć zapomnieć po wysłuchaniu piosenki, którą o mnie napisał. Ale ten okres życia, który poświęciłam Brettowi, zdecydowanie nie napawał mnie dumą.

– Chłopcy są tam – mówił Robert, pokazując otwarte drzwi do garderoby, z której dobywała się muzyka i hałaśliwy śmiech. – Ucieszą się, gdy was poznają.

Stanęłam jak wryta, a Gideon zatrzymał się, marszcząc czoło.

Uniosłam się na palcach i szepnęłam:

– Nie chcę ich poznać. Jeśli nie masz nic przeciwko temu, pójdę do łazienki, a potem zaczekam na ciebie w samochodzie.

– To potrwa kilka minut. Wyjdziemy razem.

– Nic mi nie będzie. Nie martw się o mnie.

Dotknął mojego czoła.

– Dobrze się czujesz? Jesteś zarumieniona.

– Fantastycznie. Udowodnię ci to, jak tylko wrócimy do domu.

Mój fortel się powiódł. Chmura na czole Gideona zniknęła, a na jego usta powrócił uśmiech.

– W takim razie w mig się ze wszystkim uporam. – Spojrzał na Phillipsa i wskazał ręką na Arnolda i Shawnę. – Wejdź z nimi. Będę za minutę.

– Gideonie, ja naprawdę... – próbowałam protestować.

– Odprowadzę cię.

Dobrze znałam ten ton. Pozwoliłam mu zaprowadzić się do odległej o kilka metrów łazienki.

– Stąd pójdę sama, mistrzu.

– Poczekam na ciebie.

– Wtedy nigdy stąd nie wyjdziemy. Idź i załatw swoje sprawy. Nic mi się nie stanie.

Spojrzał na mnie cierpliwie.

– Evo. Nie zostawię cię samej.

– Dam sobie radę. Poważnie. Wyjście jest tam. – Wskazałam na korytarz i otwarte podwójne drzwi, nad którymi znajdował się podświetlony znak oznaczający wyjście. Technicy właśnie wynosili przez nie sprzęt. – Na zewnątrz czeka Angus.

Gideon oparł się o ścianę i skrzyżował ręce.

Podniosłam ręce w geście rezygnacji.

– Okej. Dobrze. Niech ci będzie.

– Zaczynasz się uczyć, aniołku – odparł Gideon z uśmiechem.

Mrucząc pod nosem, poszłam do łazienki, żeby doprowadzić się do porządku. Zerknęłam w lustro nad umywalką i aż mnie skręciło, gdy ujrzałam swoje odbicie. Od potu, który spływał mi po twarzy, zrobiły mi się oczy szopa. Miałam ciemne i rozszerzone źrenice.

– Co on w tobie widzi? – zapytałam siebie szyderczo, myśląc o tym, że Gideon przez cały czas wyglądał rewelacyjnie. Chociaż było mu gorąco i spocił się, wyglądał bez zarzutu. A ja lepiłam się od potu i byłam bez sił. Wyglądałam źle, ale czułam się jeszcze gorzej. Nie potrafiłam uciec przed złymi myślami, które mnie osaczyły. Nie, kiedy Brett był w tym samym budynku co ja.

Starłam czarne smugi pod oczami wilgotnym kawałkiem papierowego ręcznika i wyszłam na korytarz. Gideon czekał na mnie kilka metrów dalej i rozmawiał z Robertem, czy też raczej słuchał go. Menedżer był czymś bardzo podekscytowany.

Kiedy Gideon mnie zauważył, podniósł rękę, dając mi do zrozumienia, żebym poczekała na niego, ale nie chciałam ryzykować. Dałam mu znak, że idę do wyjścia, odwróciłam się i ruszyłam, zanim mógł mnie powstrzymać. Przeszłam szybko obok drzwi do garderoby, zapuszczając żurawia do środka, gdzie zobaczyłam roześmianą Shawnę z butelką piwa w dłoni. Garderobę wypełniał tłum i panował w niej harmider, a Shawna wyglądała, jakby bawiła się szampańsko.

Uciekłam z ulgą. Kamień spadł mi z serca, gdy tylko wyszłam na dwór. Angus stał przy samochodzie Gideona zaparkowanym za pętlą autobusową. Pomachałam mu i ruszyłam w jego kierunku.

Analizując upływający wieczór, uświadomiłam sobie, że najbardziej mnie oszołomił brak zahamowań u Gideona. Naprawdę nie musiał mi opowiadać o fuzjach i przejęciach, żebym rączo wskoczyła mu do łóżka.

Nie mogłam doczekać się chwili, kiedy zerwę z niego ubranie.

Nagle zaskoczył mnie płomień, który rozgorzał w ciemnościach po prawej stronie. Skamieniałam, patrząc, jak Brett Kline podnosi zapałkę do papierosa goździkowego, który zwisał mu z ust. Gdy stał tak w cieniu przy wyjściu, a mieniący się płomień pieścił jego twarz, przez długą chwilę cofnęłam się w czasie.

Wtem Brett podniósł głowę, napotkał mój wzrok i zamarł. Długo patrzyliśmy na siebie. Serce waliło mi w piersiach jak oszalałe z podniecenia i strachu. Nagle Brett zaklął i zgasił zapałkę, która poparzyła mu palce.

Salwowałam się ucieczką. Ruszyłam prosto w kierunku samochodu, usiłując nie biec.

– Hej! Poczekaj! – krzyknął Brett. Słysząc jego głośne kroki za plecami, poczułam przypływ adrenaliny. Technik pchał wózek załadowany po sam czubek sprzętem, a ja przyczaiłam się obok, używając go jako osłony, żeby wskoczyć między dwa autobusy. Oparłam się plecami o jeden i stanęłam między dwiema otwartymi komorami ładunkowymi. Skuliłam się w cieniu. Obleciał mnie strach, ale wiedziałam, że nie mam Brettowi nic do powiedzenia. Nie byłam już tamtą dziewczyną, którą znał.

Widziałam, jak mija mnie w pędzie. Postanowiłam poczekać i dać mu chwilę, aby się rozejrzał i poddał. Miałam świadomość upływającego czasu i wiedziałam, że Gideon zaraz zacznie mnie szukać.

– Evo.

Drgnęłam na dźwięk mojego imienia. Odwróciłam głowę i zobaczyłam, że Brett podchodzi do mnie z drugiej strony. Obserwowałam prawą, a on zaszedł mnie od lewej.

– A więc to ty – rzekł ostro. Upuścił na ziemię skręta i zdusił go butem.

Usłyszałam swój głos mówiący:

– Powinieneś rzucić palenie.

– Wciąż mi to powtarzasz. – Podszedł do mnie ostrożnie. – Byłaś na koncercie?

Kiwnęłam głową i się cofnęłam.

– Rewelacja. Jesteście świetni. Cieszę się, że odniosłeś sukces.

Kiedy Brett robił krok w moją stronę, ja robiłam krok do tyłu.

– Miałem nadzieję, że spotkam cię na koncercie, oraz milion pomysłów, co zrobię, kiedy cię zobaczę.

Nie wiedziałam, co odpowiedzieć. Napięcie między nami było tak wielkie, że z trudnością oddychałam.

Brett wciąż mnie pociągał.

To nie umywało się do uczucia, które żywiłam wobec Gideona. Było jego namiastką, ale jednak było.

Wycofałam się tak, że znalazłam się na widoku publicznym, gdzie tłum pędził w różnych kierunkach.

– Dlaczego przede mną uciekasz? – zapytał Brett. W świetle latarni na parkingu ujrzałam go w całej okazałości. Był jeszcze przystojniejszy niż kiedyś.

– Nie mogę... – Z trudem przełknęłam ślinę. – Nie mam ci nic do powiedzenia.

– Bzdura. – Jego intensywne spojrzenie przeszywało mnie na wskroś. – Pewnego dnia po prostu nie przyszłaś. Zniknęłaś bez słowa. Dlaczego?

Pocierałam brzuch, który nagle mnie rozbolał. Co miałam mu powiedzieć? Że wreszcie zdecydowałam, że zasługuję na bycie kimś więcej niż jedną z lasek, które pieprzył w toalecie w przerwach między jedną piosenką a drugą?

– Dlaczego zniknęłaś? Kiedy właśnie coś się między nami zaczynało, ty po prostu wzięłaś nogi za pas.

Odwróciłam głowę, szukając Gideona i Angusa, ale nigdzie ich nie widziałam. Przy samochodzie też nikogo nie było.

– To było wieki temu.

Brett rzucił się do przodu i chwycił mnie w ramiona. Zaskoczył mnie i przeraził swym gwałtownym zachowaniem. Gdybyśmy nie byli wśród ludzi, wpadłabym w panikę.

– Jesteś mi winna wyjaśnienie – rzekł ostro.

– To nie...

Wtedy mnie pocałował. Miał niewiarygodnie miękkie wargi, które złożył niczym pieczęć na moich ustach. Kiedy zrozumiałam, co się stało, nie byłam w stanie go odepchnąć. Nie mogłam zrobić kroku. Nie potrafiłam go od siebie odsunąć.

I przez ułamek sekundy wcale nie chciałam.

A nawet odwzajemniłam jego pocałunek, bo wciąż była między nami chemia. Jego pocałunek ukoił we mnie ból, że byłam dla niego tylko workiem mięsa do pieprzenia. Brett pachniał uwodzicielsko goździkami i męskim potem i całował mnie z cudowną namiętnością. Tak dobrze znałam jego ciało.

To, że wciąż miałam na niego ochotę, nie miało już jednak żadnego znaczenia. Nieważne, że mieliśmy wspólną historię, dla mnie tak bolesną. Nieważne, że mi schlebiał i że słowa jego piosenki zrobiły na mnie wrażenie. Przez pół roku patrzyłam, jak działają na niego inne dziewczyny. Jednocześnie obłapywał mnie we wszystkich pomieszczeniach, gdzie tylko były drzwi, które dało się zatrzasnąć. Ale jednak właśnie o mnie myślał, kiedy uwodził rozwrzeszczane fanki, marzące tylko o tym, aby mu wskoczyć do łóżka.

Nie miało to żadnego znaczenia, bo byłam do szaleństwa zakochana w Gideonie Crossie i jego jednego pragnęłam.

Oderwałam się od niego, ciężko dysząc.

I wtedy ujrzałam, jak Gideon biegnie na oślep, powala Bretta i obaj padają na ziemię.

10

Siła uderzenia sprawiła, że zatoczyłam się do tyłu i prawie wylądowałam na ziemi. Brett i Gideon upadli z łoskotem na asfalt. Rozległ się wrzask. Jakaś kobieta głośno krzyknęła. Nie byłam w stanie się poruszyć, sparaliżowało mnie. Targały mną takie emocje, że nie mogłam wydobyć z siebie głosu.

Gideon chwycił Bretta za gardło. Dusił go i zadawał pięściami serię bezlitosnych ciosów w żebra. Działał jak automat, który pracował cicho i bez przerwy. Brett chrząkał przy każdym brutalnym uderzeniu, usiłując wyrwać się z jego uścisku.

– Cross! *Dio mio*!

Na widok Arnolda szloch wyrwał mi się z piersi. Arnoldo rzucił się do przodu, aby pochwycić Gideona, ale został odepchnięty, gdy Brett szarpnął się w bok i mężczyźni potoczyli się po ziemi.

Koledzy z zespołu Bretta przepchnęli się przez rosnący przy autobusach tłum gapiów. Zamierzali wszcząć burdę, dopóki nie zobaczyli, z kim bije się ich wokalista – z człowiekiem, który przeznacza kasę na promocję ich muzyki.

– Kline, ty debilu! – Darrin, perkusista zespołu, chwycił się za włosy. – Co cię napadło?

Wreszcie Brett uwolnił się od Gideona. Zataczając się, stanął i przyblokował przeciwnika do autobusu. Gideon złączył dłonie i zaczął okładać Bretta po plecach jak kijem bejsbolowym, zmuszając go do uniku. Gideon zdobył przewagę i kopnął przeciwnika z półobrotu, dźgając go jednocześnie błyskawicznie w brzuch. Brett zachwiał się i zwarł pięści. Jego wielkie bicepsy napięły się, ale Gideon zwinnie uniknął ciosu i w rewanżu uderzył hakiem, raniąc Bretta w tył głowy. Rozległ się trzask.

Jezu, pomyślałam.

Gideon nie wydał z siebie żadnego dźwięku, ani wtedy, gdy wyprowadził cios, ani kiedy Brett otrzymał brutalne uderzenie w szczękę. Niema intensywność jego wściekłości przyprawiła mnie o dreszcze. Czułam, jak w jego żyłach płynie furia, widziałam ją w jego oczach. Gideon był jednocześnie opanowany i przerażająco metodyczny.

W pewnym sensie oderwał się od samego siebie i wycofał w miejsce, z którego bezstronnie śledził poczynania swojego ciała robiącego z wroga miazgę.

To ja byłam winna temu, że ciepły, dowcipny i figlarny mężczyzna, który czarował mnie przez cały wieczór, zamienił się w bezwzględnego i zimnego mordercę. Na moich oczach wyciskał z Bretta życie.

– Panno Tramell. – Angus chwycił mnie za łokieć.

Spojrzałam na niego z rozpaczą.

– Niech go pan powstrzyma – poprosiłam.

– Proszę iść do wozu.

– Co takiego? – Widziałam, jak Brett zalał się krwią z nosa. Nikt nie przybył mu z odsieczą. – Czy pan oszalał?

– Trzeba odwieźć pannę Ellison do domu. Jest pani gościem, więc musi się pani nią zająć.

Kiedy Brett wziął zamach, Gideon udał, że pada na bok. Brett walnął drugą pięścią i uderzył Gideona, który zatoczył się do tyłu.

Chwyciłam Angusa za ramiona i potrząsnęłam nim.

– Co się z panem dzieje? Trzeba ich powstrzymać!

Jego błękitne oczy złagodniały.

– Gideon dobrze wie, kiedy przestać, Evo.

– Żartuje pan sobie ze mnie?!

Angus spojrzał nad moim ramieniem.

– Panie Ricci, proszę podejść.

Zanim zorientowałam się, co się dzieje, Arnoldo zarzucił mnie sobie na ramię i oddalił się w stronę samochodu. Kiedy uniosłam głowę, ujrzałam, jak gapie zbijają się w tłum po moim odejściu. Zablokowali mi widok. Ze zdenerwowania głośno krzyczałam, okładając Arnolda po plecach, co nie robiło na nim wrażenia. Wsiadł ze mną do samochodu, a kiedy po chwili dołączyła do nas Shawna, Angus zamknął drzwi, jak gdyby nigdy nic.

– Co ty, do cholery, wyprawiasz? – warknęłam na Arnolda, chwytając za klamkę, kiedy limuzyna bezgłośnie ruszyła. Drzwi nie puszczały, mimo że mocno za nią szarpałam. Nie mogłam ich otworzyć. – Jest twoim przyjacielem! Jak mogłeś go zostawić?

– I twoim chłopakiem. – Beznamiętna neutralność w głosie Arnolda przeszyła mnie jak cios nożem. – Ty go w to wciągnęłaś.

– Jesteś Evą z piosenki o dziewczynie o złotych włosach, prawda? – szepnęła Shawna, która siedziała naprzeciwko mnie.

Arnoldo wzdrygnął się, zdumiony odkryciem Shawny.

– Czy to możliwe, że Gideon... – zaczął, po czym westchnął. – Oczywiście, że wie.

– To było dawno temu – rzuciłam obronnym tonem.

– Najwyraźniej niewystarczająco dawno – skwitował moje słowa Arnoldo.

Tak bardzo chciałam być z Gideonem, że nie mogłam spokojnie usiedzieć. Uderzałam stopami o podłogę, moje ciało walczyło z tak dojmującym niepokojem, że bałam się, że zaraz wyskoczę ze skóry.

Zraniłam ukochanego człowieka, a on z kolei zranił człowieka, który zachował się tak jak zawsze. Nie potrafiłam tego wytłumaczyć. Co mi strzeliło do głowy? Dlaczego nie przerwałam pocałunku? Dlaczego pozwoliłam Brettowi się pocałować?

Co teraz zrobi Gideon?

Zerwie ze mną? Ogarnęła mnie przemożna panika. Czy był ranny? Boże... Myśl, że Gideon cierpi z bólu, była istną torturą. Czy wpadnie w tarapaty? W końcu to on zaatakował Bretta. Zwilgotniały mi dłonie na wspomnienie słów Cary'ego o kumplu, który brał udział w orgii i chciał oskarżyć Gideona o pobicie.

W błyskawicznym tempie Gideon tracił przeze mnie

kontrolę nad swoim życiem. W pewnej chwili uświadomi sobie, że nie jestem tego warta.

Zerknęłam na Shawnę, która z zadumą wyglądała przez okno. Zrujnowałam najwspanialszy wieczór w jej życiu oraz w życiu Arnolda.

– Bardzo was przepraszam – westchnęłam nieszczęśliwa. – Wszystko schrzaniłam.

Shawna spojrzała na mnie, wzruszając ramionami i uśmiechnęła się z takim współczuciem, że zapiekło mnie w gardle.

– Daj spokój. Świetnie się bawiłam. Mam nadzieję, że sprawy się jakoś ułożą.

Gideon był dla mnie najważniejszy. Czy właśnie zniszczyłam nasz związek i odrzuciłam najważniejszą rzecz w moim życiu z powodu szalonej i niezrozumiałej myśli, która zalęgła mi się w głowie?

Wciąż czułam w ustach smak Bretta. Wycierałam je, żałując, że nie mogę zetrzeć ostatniej półgodziny mojego życia.

Ponieważ szalałam z niepokoju, miałam wrażenie, że odwiezienie Shawny trwało wieczność. Wreszcie wysiadłam z nią i wyściskałam ją na chodniku przed wejściem do jej domu.

– Przepraszam – powtórzyłam. Naprawdę było mi przykro, ale nie mogłam też doczekać się spotkania z Gideonem, gdziekolwiek był. Bałam się, że Shawna zauważy moje zniecierpliwienie. Nie byłam pewna, czy kiedykolwiek wybaczę Angusowi i Arnoldowi, że zabrali mnie siłą w taki sposób, w jaki to zrobili, i w takim momencie.

Arnoldo również wyściskał Shawnę i powiedział na pożegnanie, że ona i Doug zawsze mogą liczyć na rezerwację w Tableau One. Gdy to usłyszałam, moje uczucia wobec niego trochę złagodniały. Musiałam przyznać, że troszczył się o nas przez cały wieczór.

Wsiedliśmy do samochodu i ruszyliśmy do restauracji. Zwinęłam się w kłębek w ciemnym rogu fotela i cicho szlochałam. Nie mogłam opanować powodzi łez rozpaczy, która mnie ogarnęła. Gdy dojechaliśmy do restauracji, wytarłam łzy w bluzkę. Arnoldo nie chciał, żebym wysiadła z samochodu, aby się z nim pożegnać.

– Bądź dla niego dobra – powiedział surowo i spojrzał na mnie przenikliwie. – Nigdy przedtem nie widziałem, żeby tak się zachowywał. Jest taki tylko przy tobie. Nie wiem, czy na niego zasługujesz, ale tylko ty możesz go uszczęśliwić. Przekonałem się o tym. Daj mu radość albo zniknij z jego życia.

Nie mogłam wykrztusić słowa. W gardle miałam gulę, skinęłam więc głową z nadzieją, że Arnoldo zobaczy w moich oczach, jak wiele Gideon dla mnie znaczy.

Arnoldo zniknął w restauracji. Zanim Angus zamknął za mną drzwi, przysunęłam się bliżej niego i zapytałam:

– Gdzie on jest? Muszę go zobaczyć. Błagam.

– Dzwonił do mnie. – Angus spojrzał na mnie dobrotliwie. Rozpłakałam się ponownie. – Prosił, aby cię do niego zawieźć.

– Coś mu się stało?

– Nie wiem.

Wbiłam się w siedzenie, czując, że robi mi się niedobrze. Byłam tak zatopiona w myślach, że nie zwróciłam uwagi, dokąd jedziemy. Pragnęłam wszystko mu wytłumaczyć, wyznać miłość i przysiąc, że go nie opuszczę, jeśli da mi drugą szansę. Był jedynym mężczyzną, którego pragnęłam, jedynym, dzięki któremu krew wrzała mi w żyłach.

Kiedy samochód zwolnił i wyjrzałam przez okno, zorientowałam się, że wróciliśmy do amfiteatru. Zerknęłam przez okno, szukając wzrokiem Gideona, gdy nagle usłyszałam trzask otwieranych drzwi. Zaskoczona odwróciłam się i ujrzałam, jak chyłkiem wskoczył do wozu i usiadł naprzeciwko.

Rzuciłam się w jego kierunku.

– Gideonie...

– Nie dotykaj mnie. – Był tak wściekły, że się wzdrygnęłam i cofnęłam. Kiedy limuzyna szarpnęła do przodu, upadłam na podłogę.

Z płaczem patrzyłam, jak Gideon wyjmuje z barku płyn w bursztynowym kolorze, nalewa go do szklaneczki i wypija duszkiem, odrzucając do tyłu głowę. Czekałam na rozwój wydarzeń, nie ruszając się z podłogi. Mój żołądek kurczył się ze strachu i z rozpaczy. Gideon jeszcze raz napełnił szklankę, zanim zamknął barek i opadł na siedzenie. Chciałam go zapytać o Bretta, czy nie poturbował go za mocno, ale nie uczyniłam tego. Nie byłam pewna, czy mnie opacznie nie zrozumie i nie pomyśli, że moja troska o Bretta znaczy coś więcej.

Jego twarz nie wyrażała żadnych emocji. Oczy miał twarde jak szafiry.

– Kim on dla ciebie jest?

Wytarłam łzy, które płynęły mi po twarzy.

– Pomyłką.

– Kiedy? Teraz czy w przeszłości?

– I teraz, i przedtem.

Gideon spojrzał na mnie szyderczo.

– Zawsze tak obcałowujesz swoje pomyłki?

Poczułam ucisk w piersiach, kiedy zdławiłam szloch, i gwałtownie potrząsnęłam głową.

– Pragniesz go? – spytał mnie przez zęby, zanim znów się napił.

– Nie – szepnęłam. – Pragnę tylko ciebie. Kocham cię tak bardzo, że aż mnie wszystko boli.

Gideon zamknął oczy i odchylił do tyłu głowę. Skorzystałam z okazji, aby się do niego doczołgać i zmniejszyć chociaż fizyczną odległość między nami.

– Czy miałaś orgazm, bo wsadziłem ci palce, czy to pieprzona piosenka Kline'a tak cię podjarała?

Mój Boże... Jak mógł wątpić?

Miał wątpliwości z mojego powodu. To ja je w nim zasiałam.

– Miałam orgazm dzięki tobie. Tylko ty potrafisz mnie doprowadzić do takiego stanu. To ty sprawiasz, że zapominam o bożym świecie i zapominam, że jestem wśród tłumu i co się wokół dzieje, gdy mnie dotykasz.

– Czy nie było tak, kiedy Kline cię całował? – Gideon otworzył szeroko oczy i spojrzał na mnie. – Wkładał ci go. Pieprzył się z tobą... Wybuchał w tobie.

Aż się wzdrygnęłam, słysząc gorycz, jad i szyderstwo w jego słowach. Wiedziałam, jak się czuje, jak ubodły go i zraniły obrazy, które jawiły się w jego wyobraźni, wpędzając go w czarną rozpacz. Dziesiątki razy myślałam o tym, jak pieprzy się z Corinne, a ja patrzę na nich chora z furii i zazdrości.

Nagle Gideon usiadł prosto, pochylił się do przodu i gwałtownie przycisnął kciuk do moich ust.

– Posiadł twoje usta.

Chwyciłam jego szklankę i wypiłam do dna bursztynowy płyn, choć żrący płyn palił mi przełyk. Przełknęłam go wyłącznie dzięki sile woli. Podrażniony żołądek protestował, kiedy żar alkoholu rozlał się w moich trzewiach.

Gideon opadł miękko na siedzenie i ukrył twarz w dłoniach. Wiedziałam, że widzi, jak całuję Bretta, i że ten obraz wyżera mu dziurę w mózgu.

Upuściłam szklankę na ziemię, rzuciłam się między jego nogi i zaczęłam rozpinać mu rozporek.

Gideon złapał moje palce w żelazny uchwyt, wciąż zasłaniając oczy.

– Co ty, do kurwy nędzy, robisz?

– Chcę, żebyś wybuchł w moich ustach – powiedziałam błagalnie. – Chcę, żebyś zmył jego smak.

Zapadło głuche milczenie. Gideon siedział nieruchomo. Tylko jego klatka piersiowa unosiła się ciężko i opadała.

– Błagam cię.

Gideon zmełł w ustach przekleństwo, zwolnił uścisk, a jego dłoń opadła bezwładnie na siedzenie.

– Zgoda.

W mgnieniu oka rzuciłam się na niego. Mój puls przyspieszył na myśl, że zmieni zdanie i nie pozwoli mi wziąć go w usta, że skończy to wszystko. Pomógł mi, unosząc biodra, bym ściągnęła mu dżinsy oraz bokserki.

Chwyciłam w dłonie jego wielki penis i włożyłam go do ust. Jęknęłam, gdy poczułam jego smak, ciepło, satynową miękkość skóry i zapach. Pocierałam policzek o jego pachwinę i jądra, marząc, by jego zapach wniknął we mnie i oznaczył mnie jako jego własność. Mój język podążał za grubymi żyłami biegnącymi przez całą długość jego prącia. Lizałam go od góry do dołu.

Usłyszałam, jak Gideon zgrzytnął zębami, kiedy wzięłam go głęboko do ust i zaczęłam ssać. W gardle wibrowały mi dźwięki wyrażające przeprosiny i rozkosz. Serce pękało mi z powodu jego milczenia. Zawsze do mnie mówił, kiedy trzymałam go w ustach. Mówił wulgarne słowa, które mnie podniecały, o tym czego chciał, czego potrzebował, jak cudownie się czuł, kiedy się z nim kochałam. Teraz powstrzymywał się, odmawiał mi tej radości, którą odczuwałam, gdy wiedziałam, że ofiarowuję mu rozkosz.

Zaciśniętą dłonią masowałam jego prącie, wyciskałam

go i ssałam pluszowy koniuszek, wabiąc kropelki spermy, aby podpłynęły do wierzchołka, abym je wylizała trzepoczącym szaleńczo językiem. Uda Gideona się prężyły. Dyszał głośno. Kiedy poczułam, jak pręży się i tężeje, kompletnie oszalałam i poszłam na całość. Pieściłam go obiema dłońmi i ssałam z taką siłą, że aż rozbolała mnie szczęka. Nagle Gideon wygiął się jak struna, uniósł głowę i uderzył nią o oparcie siedzenia, tryskając w moje usta.

Zajęczałam, gdy jego smak rozpalił moje zmysły do czerwoności. Pożądałam go jeszcze bardziej, połykając spazmatycznie jego spermę. Ciągnęłam go dłońmi i tarłam drżący członek, aby wydobyć z niego jeszcze więcej bogatego kremowego nasienia. Gideon dygotał, finiszując przez długi, długi czas. Wypełnił spermą moje usta, aż część soków spłynęła strużkami po obu ich stronach. Wciąż milczał. Był nienaturalnie cichy, jak podczas walki z Brettem.

Mogłabym go ssać godzinami i miałam na to ochotę, ale Gideon położył dłonie na moich ramionach, żeby mnie odsunąć. W ciemności ujrzałam jego błyszczące oczy w rozdzierająco pięknej twarzy. Dotknął kciukiem moich ust, uważnie rozcierając spermę na opuchniętych wargach.

– Wślizgnij się szparką na mnie – rzekł chrapliwie. – Mam ci jeszcze sporo do zaoferowania.

Drżąca i przestraszona jego szorstką obcością zsunęłam z siebie majtki.

– Rozbierz się do naga. Zostaw tylko glany.

Zrobiłam, co mi kazał. Moje ciało przyspieszyło na dźwięk jego komend. Zrobiłabym dla niego wszystko. Chciałam mu pokazać, że jestem jego własnością, że należę do niego. Pragnęłam odpokutować mój grzech, tak jak on chciał, bym to zrobiła, aby mógł znowu uwierzyć w moją miłość. Rozpięłam spódniczkę, która spadła na podłogę. Ściągnęłam bluzkę przez głowę i rzuciłam ją na siedzenie naprzeciwko mnie, na którym po chwili wylądował biustonosz.

Kiedy go dosiadłam, Gideon chwycił mnie za biodra i zajrzał mi w oczy.

– Jesteś mokra?

– Tak.

– Podniecasz się, kiedy mnie ssiesz.

Moje sutki stwardniały. Obcesowy i grubiański ton, jakim mówił o seksie, jeszcze bardziej mnie rozpalał.

– Zawsze.

– Dlaczego się z nim całowałaś?

Nagła zmiana tematu zbiła mnie z tropu. Moja dolna warga zadrżała.

– Nie wiem.

Gideon puścił mnie, wyciągnął ramiona za siebie i chwycił za zagłówek. Jego bicepsy napęczniały. Jeszcze bardziej się podnieciłam, widząc go w takiej pozie. Marzyłam, żeby zobaczyć jego lśniący od potu nagi tors i mięśnie brzucha, które zaciskał i prężył, kiedy mnie rżnął.

Oblizałam wargi, smakując go.

– Zdejmij koszulę.

Gideon zmrużył oczy.

– Tym razem nie chodzi o ciebie.

Znieruchomiałam. Serce waliło mi w piersiach. Gideon wykorzystywał seks, żeby się na mnie odegrać. I to w samochodzie, w którym kochaliśmy się pierwszy raz, w tej samej pozycji, w której po raz pierwszy go przyjęłam…

– Chcesz mnie ukarać.

– Zasłużyłaś.

Miałam gdzieś to, czy miał rację. Jeśli ja zasłużyłam, to on też.

Chwyciłam się oparcia, aby utrzymać równowagę, i owinęłam palce drugiej dłoni wokół jego penisa. Wciąż był twardy i dygotał. Mięsień na szyi Gideona drgnął, kiedy gładziłam go zaciśniętymi palcami, przygotowując grunt pod dalsze pieszczoty. Ocierałam się o niego w przód i tył szeroko rozwartym sromem, znacząc go swoją wilgocią.

Nie spuszczałam z niego wzroku. Patrzyłam na niego, kiedy się z nim droczyłam. Szukałam dawnego namiętnego kochanka, którego uwielbiałam, ale był nieobecny. Na jego miejsce pojawił się rozjuszony nieznajomy, który gniewnie na mnie patrzył, rzucając mi wyzwanie, dręcząc mnie jawną wrogością.

Poczułam, jak wpycha we mnie pierwsze centymetry prącia, jak mnie rozwiera. Z krzykiem zniżyłam gwałtownie biodra, kiedy wbił się we mnie i rozwarł mnie do granic możliwości.

– Jezu. O kurwa – warknął, drżąc na całym ciele. – Do cholery.

Jego niekontrolowany wybuch dodał mi skrzydeł. Wbiłam kolana w siedzenie po jego bokach i uniosłam się, ześlizgując się z niego. Moja drżąca cipka zacisnęła się mocno. Znowu na niego opadłam. Tym razem z łatwością się na niego wsunęłam, bo był mokry dzięki mnie. Kiedy uderzyłam pośladkami o jego uda, odkryłam twarde jak kamień mięśnie. Jego ciało mówiło mi, że wcale nie pozostaje na mnie obojętny.

Powoli uniosłam się do góry. Oboje czuliśmy każdy niuans rozkosznego tarcia. Gdy znowu osunęłam się na jego członek, starałam się zachować spokój, tak jak on, ale uczucie pełni, żar naszego złączenia były zbyt doskonałe, aby się powstrzymywać. Jęczałam, gdy wił się niespokojnie i rozkosznie kręcił biodrami, aż wreszcie opadł.

– Cudownie jest cię poczuć – szepnęłam, pocierając

jego rozszalałego penisa moją gorliwą i obolałą od żądzy szczeliną. Ślizgałam się na nim w górę i w dół. – Pragnę tylko ciebie, Gideonie. Zostałeś stworzony dla mnie.

– Zbyt łatwo o tym zapomniałaś – wyrzucił z siebie. Jego knykcie zbielały od kurczowego ściskania zagłówka. Zastanawiałam się, czy były białe od uścisku, czy powstrzymywał się przed dotknięciem mnie.

– Nigdy. Nie mogłabym cię zapomnieć. Jesteś częścią mnie.

– To powiedz, dlaczego go całowałaś.

– Nie wiem. – Oparłam wilgotne czoło o jego skroń i poczułam piekące łzy pod powiekami. – Boże, Gideonie. Przysięgam, że nie wiem.

– W takim razie zamknij się i doprowadź mnie do orgazmu.

Nawet gdyby uderzył mnie w twarz, nie poczułabym się bardziej zaszokowana. Wyprostowałam się i odchyliłam się od niego.

– Pieprz się.

– Wreszcie zrozumiałaś, o co chodzi.

Gorące łzy płynęły mi po twarzy.

– Traktujesz mnie jak dziwkę.

– Evo. – Głos Gideona był niski i chropawy, wypełniony groźbą, choć oczy miał ciemne i bez wyrazu, pełne bólu tak wielkiego jak mój. – Jeśli chcesz to przerwać, wiesz, co masz powiedzieć.

Crossfire. Jednym niezawodnym słowem mogłam bez wątpienia położyć kres tej udręce. Ale nie mogłam go teraz wykorzystać. Fakt, że Gideon właśnie w tym momencie odwołał się do słowa bezpieczeństwa, mówił mi, że mnie testuje i prowokuje. Miał plan i nie dowiem się jaki, jeśli teraz się poddam.

Sięgnęłam za siebie i położyłam ręce na jego kolanach. Wygięłam się w łuk i podniosłam biodra, przesuwając się wzdłuż jego naprężonego członka. Następnie opadłam na niego z całą mocą. Dopasowałam kąt, uniosłam się i znowu opadłam, biorąc głęboki oddech, kiedy go poczułam. Nieważne, czy doprowadzał mnie do furii, czy nie, moje ciało go czciło. Uwielbiałam poczucie, że całkowicie pasujemy do siebie, pomimo złości i zadanych ran.

Za każdym razem, kiedy uderzałam w niego biodrami, powietrze uchodziło z jego płuc. Gideon płonął. Był tak rozpalony, że żar rozchodził się z jego ciała jak z wielkiego pieca hutniczego. Unosiłam się i opadałam. W górę i w dół. Na przekór niemu brałam rozkosz, której za nic nie chciał mi dać. Moje uda, pośladki, brzuch i szparka zaciskały się, gdy się unosiłam, wciągając go w siebie od samej podstawy prącia po sam jego czubek. Moje ciało odprężało się, kiedy opadałam na niego, pozwalając mu wejść we mnie najgłębiej, jak potrafił.

Rżnęłam go jak oszalała, rzucając się dziko na jego penisa. Gideon syczał przez zaciśnięte z całych sił zęby. Finiszował spazmatycznie, pompując we mnie spermę z taką zawziętością i tak raptownie, że czułam, jakby znowu we mnie wchodził i dźgał gwałtownie. Krzyczałam zachwycona, goniąc za orgazmem, który zwaliłby mnie z nóg. Byłam cała napięta, a moje ciało rozpaczliwie szukało ujścia po tym, jak już dwukrotnie ofiarowałam mu rozkosz.

Nagle jednak Gideon zmienił pozycję. Złapał mnie w pasie, unieruchomił i mocno trzymając, spuścił się we mnie do końca. Krzyk uwiązł mi w gardle, kiedy doznałam olśnienia, że perfidnie hamuje mój orgazm.

– Powiedz dlaczego – wychrypiał. – Dlaczego?

– Nie wiem – krzyknęłam w odpowiedzi, próbując uderzyć go biodrami, okładając pięściami jego ramiona, uwięziona w jego uścisku.

Gideon chwycił mnie w talii i wstał, wciąż pozostając we mnie. Wszystko się poruszyło. Wysunął się ze mnie i odwrócił mnie tyłem, przechylając moje ciało nad fotelem. Uklękłam na podłodze limuzyny, a on położył mi dłoń na krzyżu, żeby mnie przytrzymać. Wsunął dłoń między moje uda, sięgając wewnętrznych warg, i wmasowywał w nie spermę, rozcierając ją na moim ciele. Kołysałam biodrami, szukając najlepszego nacisku, bojąc się, że za chwilę postradam zmysły.

Gideon wciąż powstrzymywał mnie przed orgazmem. Na złość mnie.

Pulsowanie łechtaczki i dramatyczne zaciskanie się szparki doprowadzały mnie do szaleństwa. Konałam z żądzy wyzwolenia. Gideon wsadził mi dwa palce, a ja wbiłam paznokcie w oparcie z czarnej skóry. Penetrował mnie powoli, leniwie wślizgując się w głąb i na zewnątrz, trzymając mnie na krawędzi.

– Gideonie – łkałam, a moja wrażliwa tkanka pulsowała chciwie. Byłam zlana potem, z ledwością oddychałam. Modliłam się, żeby samochód stanął albo wreszcie dojechał do celu podróży. Wstrzymałam oddech w rozpaczliwym oczekiwaniu. Limuzyna jednak się nie zatrzymała. Jechała dalej, a ja tkwiłam w takim potrzasku, że nawet nie mogłam wstać z podłogi, żeby zobaczyć, dokąd jedziemy.

Gideon położył się na moich plecach, a jego członek wślizgnął się w pęknięcie między moimi pośladkami.

– Powiedz mi dlaczego – zanucił do ucha. – Przecież wiedziałaś, że zacznę cię szukać i że cię znajdę…

Zamknęłam oczy i z całej siły zacisnęłam dłonie.

– Ja. Nie. Wiem. Wal się! Nie wiem, kurwa, dlaczego.

Gideon rozluźnił uchwyt i wbił się we mnie. Moja szparka spazmatycznie zacisnęła się wokół rozkosznej twardości. Wsysałam go głębiej w siebie. Usłyszałam, jak powstrzymuje jęk i przejmuje nade mną kontrolę. Krzyczałam z rozkoszy i drżałam, kiedy mnie rżnął, a jego cudowny szeroki penis masował i czule szarpał pobudzone nerwy. Napięcie we mnie narastało jak nadchodząca burza...

– Tak – dyszałam w oczekiwaniu.

Przy pierwszym skurczu mojej szparki Gideon wyjął penisa, znowu pozostawiając mnie nad przepaścią. Krzyknęłam rozczarowana. Walczyłam z nim, chcąc się podnieść i oderwać od kochanka, który stał się źródłem nieznośnej udręki.

Gideon szeptał mi do ucha, jakby był diabłem wcielonym:

– Powiedz mi, dlaczego. Czy myślisz o nim teraz? Chcesz, żeby jego członek znalazł się w tobie? Czy marzysz, żeby to jego kutas wciskał się w twoją śliczną cipkę?

– Nienawidzę cię! – krzyknęłam ponownie. – Jesteś sadystycznym i egoistycznym sukin...

Gideon znowu we mnie wszedł i wypełnił mnie, poruszając się rytmicznie, wprawiając w drżenie każdą komórkę mego ciała.

Nie mogłam dłużej znieść tej męczarni. Z wysiłkiem sięgnęłam palcami do łechtaczki, świadoma, że wystarczy jeden ruch, bym eksplodowała.

– Nie. – Gideon chwycił mnie za nadgarstki i unieruchomił moje dłonie na fotelu. Trzymał uda między moimi, rozwierając moje nogi tak, żeby głęboko się we mnie zanurzyć. Raz po raz. Tempo jego dźgnięć było pewne i miarowe. Rzucałam się jak oszalała, krzyczałam, traciłam zmysły. Potrafił doprowadzić mnie do orgazmu wyłącznie ruchami penisa, ofiarując mi niebiańską rozkosz. Wystarczyło, że ujeżdżał mnie przy odpowiednim kącie, ocierając się swoim grubym wierzchołkiem o ten właściwy punkt, przypadkowe miejsce we mnie, które zawsze instynktownie odnajdywał.

– Nienawidzę cię – szlochałam, a łzy złości trysnęły mi z oczu i zmoczyły moją twarz oraz fotel, o który opierałam policzek.

Gideon znowu pochylił się nade mną i mruknął mi do ucha:

– Powiedz mi, dlaczego.

Tym razem zagotowałam się w środku i furia wydobyła się na zewnątrz.

– Bo zasłużyłeś. Już wiesz, jak to jest, jak to potwornie boli, ty egoistyczny, skoncentrowany na sobie dupku!

Gideon znieruchomiał. Usłyszałam, jak ciężko dyszy. Krew dudniła mi w uszach tak głośno, że kiedy usłyszałam, jak jego głos łagodnieje z czułością, pomyślałam, że mam halucynacje.

– Aniołku – musnął wargami moją łopatkę. Puścił moje nadgarstki, jego ręce ześlizgnęły się i chwyciły moje pełne i ciężkie piersi. – Mój uparty, piękny aniołku. Wreszcie wyznałaś mi prawdę.

Gideon wyprostował się i uniósł mnie. Byłam wyczerpana. Głowa opadła mi na jego ramię, łzy kapały na piersi. Nie miałam sił, aby z nim walczyć, ledwo zakwiliłam, kiedy wziął w palce mój obolały sutek i sięgnął dłonią między rozłożone nogi. Zakołysał biodrami i pompował we mnie swoim członkiem. Skubał wargi wokół mojej drgającej łechtaczki i masował ją.

Szczytowałam w konwulsjach, chrypiąc jego imię. W moim ciele eksplodowało uczucie ulgi. Orgazm trwał wieczność, a niezmordowany Gideon doskonałymi pchnięciami przedłużał rozkosz, o którą tak gorączkowo błagałam przed kilkoma chwilami.

Kiedy w końcu padłam w jego ramiona, zdyszana i zlana potem, Gideon podniósł mnie delikatnie i położył na siedzeniu. Kompletnie wycieńczona zakryłam rękoma twarz. Bezradnie patrzyłam, jak rozkłada moje uda i zanurza usta w mojej szczelinie. Byłam zalana jego spermą, ale jemu to nie przeszkadzało. Pobudzał językiem i ssał moją łechtaczkę, a ja wybuchałam raz za razem.

Prężyłam się przy każdym orgazmie, resztkami sił czerpiąc powietrze. Straciłam rachubę, ile razy szczytowałam. Jeden orgazm ścigał drugi, jak przypływ i odpływ oceanu. Próbowałam się od niego odsunąć, ale on tylko wyprostował się i zerwał z siebie koszulę, po czym znów pochylił się nade mną. Zarzucił nogę na fotel, drugą postawił na podłodze. Dłonie oparł o okno nad moją głową, popisując się przede mną swoim ciałem, czego nie chciał zrobić wcześniej.

Odepchnęłam go.

– Już nie. Nie dam rady.

– Wiem. – Mięśnie jego brzucha prężyły się, kiedy we mnie wchodził. Patrzył mi w twarz, gdy ostrożnie wsuwał się w moją nabrzmiałą szparkę. – Pragnę tylko być w tobie.

Wygięłam szyję, kiedy Gideon wślizgiwał się we mnie. Z moich ust wydobył się niski jęk ekstazy. Choć czułam się jak strzęp człowieka i byłam nim całkowicie nasycona, wciąż go pożądałam i pragnęłam, aby on pożądał mnie. Byłam pewna, że to będzie trwało do końca świata.

Gideon pochylił się i pocałował mnie w czoło.

– Pragnę tylko ciebie, Evo. Nikt nigdy cię nie zastąpi.

– Gideonie… – On rozumiał, w przeciwieństwie do mnie, że to ja zrujnowałam nasz wieczór moją zazdrością, owładnięta głęboką wewnętrzną potrzebą, żeby on także jej doświadczył. Pocałował mnie z tkliwością i czcią, wymazując tym samym wspomnienie innego mężczyzny na moich ustach.

*

– Aniołku. – Usłyszałam tuż przy uchu jego ciepły szept. – Obudź się.

Jęknęłam, zaciskając powieki i chowając twarz w jego szyję.

– Daj mi spokój, maniaku seksualny.

Kiedy z trudem otworzyłam jedno oko, zobaczyłam, że wkłada koszulę. Wciąż miał na sobie dżinsy. Zorientowałam się, że świeci słońce. Usiadłam i wyjrzałam przez okno. Na widok oceanu zabrakło mi tchu. Wcześniej zatrzymaliśmy się raz na stacji benzynowej, ale nie miałam pojęcia, gdzie jesteśmy. Gideon nie chciał mi powiedzieć, kiedy go o to zapytałam, wspominając coś o niespodziance.

– Gdzie my jesteśmy? – westchnęłam podekscytowana widokiem słońca, które wzeszło nad oceanem. Było przed południem, a może nawet już samo południe.

– W Karolinie Północnej. Podnieś ręce.

Posłuchałam go automatycznie i Gideon nałożył mi przez głowę bluzeczkę.

– Zapomniałeś o biustonoszu – mruknęłam, kiedy go znowu zobaczyłam.

– Nikogo tu nie ma poza mną. Najpierw się wykąpiemy.

Spojrzałam na pokryty gontem i nadgryziony zębem czasu dom, przed którym zaparkowaliśmy. Miał przynajmniej trzy piętra, panoramiczne tarasy, balkony z przodu i po bokach i oryginalne pojedyncze wejście z tyłu. Dom stał na palach na plaży, tak blisko morza, że fale podpływały pod niego.

– Jak długo jechaliśmy?

– Jakieś dziesięć godzin. – Kiedy Gideon zaczął wkładać mi spódniczkę, wstałam. Pozwoliłam, żeby mnie obrócił, wygładził ją i zapiął. – Chodźmy.

Gideon wysiadł z samochodu pierwszy i wyciągnął do mnie rękę. Orzeźwiający słony wiatr otulił moją twarz i rozbudził mnie na dobre. Rytmiczne fale przywróciły mi świadomość tego, gdzie byliśmy. Na szczęście nie widziałam Angusa. Uzmysłowiłam sobie, że jestem na wpół rozebrana.

– Czy Angus prowadził całą noc?

– Zmieniłem kierowców podczas postoju na stacji.

Popatrzyłam na Gideona i mój puls zamarł, kiedy napotkałam jego czułe i udręczone spojrzenie. Na szczęce miał siniaka. Sięgnęłam dłonią, żeby go dotknąć. Serce mnie zabolało, gdy potarł nosem moją otwartą dłoń.

– Masz jeszcze gdzieś siniaki? – zapytałam, wciąż czując buzujące emocje po długiej nocy, którą przeżyliśmy.

Gideon chwycił mnie za nadgarstek i przyciągnął moją dłoń, którą położył sobie na sercu.

– Tutaj.

Mój ukochany... On także mocno to przeżył.

– Tak bardzo mi przykro – szepnęłam.

– Mnie też. – Ucałował koniuszki moich palców. Spletliśmy dłonie i weszliśmy do domu.

Drzwi nie były zamknięte na klucz. Gideon wszedł do środka. W białym drucianym koszyku, który stał na szafce przy drzwiach, była butelka wina i dwa kieliszki związane wstążką. Kiedy Gideon przekręcił głośno rygiel, wzięłam do ręki kopertę z napisem *Witamy* i wyjęłam z niej kluczyk.

– Nie potrzebujemy go. – Gideon zabrał mi klucz i położył na pulpicie. – Przez dwa dni zabawimy się w pustelników.

Fala rozkoszy rozlała się ciepłem po moim ciele. Znowu poczułam zdziwienie, że ktoś taki jak Gideon Cross ubóstwia moje towarzystwo i nie potrzebuje nikogo innego do szczęścia.

– Chodź – powiedział i zaprowadził mnie na górę. – Później napijemy się wina.

– Tak. Najpierw kawa.

Rozejrzałam się. Dom na zewnątrz był rustykalny, a w środku nowoczesny. Ściany pokrywała jaskrawobiała boazeria, którą zdobiły wielkie czarno-białe zdjęcia muszli. Białe meble uzupełniały dodatki ze szkła i metalu. Wnętrze można by określić jako surowe, gdyby nie fantastyczny widok na ocean, kolor dywaników przykrywających deski na podłodze oraz zbiór książek w twardych okładkach wypełniający wbudowane regały.

Kiedy weszliśmy na górne piętro, oszalałam ze szczęścia. Ogromny apartament był otwartą przestrzenią z dwiema kolumnami, które przełamywały pustkę. Bukiety z białych róż, białych tulipanów i białych kalii zakrywały prawie każdą płaszczyznę, stały nawet na podłodze w strategicznych miejscach. Wielkie łoże było zakryte białą satynową pościelą. Przyszedł mi na myśl apartament małżeński. Wrażenie potęgowało czarno-białe zdjęcie delikatnej chusty albo welonu na wietrze, które wisiało nad oparciem łóżka.

Spojrzałam na Gideona.

– Czy byłeś tu kiedyś?

Sięgnął ręką, aby ściągnąć gumkę z mojego przekrzywionego kucyka.

– Nie. Po co miałbym jechać taki kawał?

No tak. Przygodne laski zapraszał przecież do swojego kącika do ruchania w hotelu. Wciąż wynajmował ten pokój. Ze znużeniem zamknęłam oczy, kiedy wsunął dłonie w moje włosy, które spłynęły mi niedbale na ramiona. Nie miałam siły, żeby się na niego wściekać.

– Rozbierz się, aniołku, a ja napuszczę wodę do wanny.

Zrobił krok do tyłu. Otworzyłam oczy i chwyciłam go za koszulę. Nie wiedziałam, co powiedzieć. Po prostu nie chciałam, żeby zniknął.

Gideon zrozumiał, o co mi chodziło, bo chwycił mnie w ramiona.

– Nigdzie się nie wybieram, Evo. – Uniósł mój podbródek i zajrzał mi w oczy z intensywnością i laserową koncentracją, która usidliła mnie od samego początku. – Gdybyś go pragnęła, i tak bym cię nie puścił. Nie pozwoliłbym ci odejść. Za bardzo cię potrzebuję. Chcę mieć cię przy sobie, w moim życiu, w moim łóżku. Jeżeli mogę to mieć, nic więcej się nie liczy. Nie jestem zbyt dumny, żeby brać to, co mogę dostać.

Zakołysałam się i wpadłam w jego ramiona, zahipnotyzowana jego obsesyjnym i nienasyconym surowym pożądaniem, które odzwierciedlało moją dojmującą potrzebę bycia z nim. Zwinęłam dłoń w pięść na jego bawełnianej koszulce.

– Aniołku – szepnął, pochylając głowę, żeby otrzeć się policzkiem o moją twarz. – Ty też nie chcesz pozwolić mi odejść.

Podniósł mnie i zaniósł do łazienki.

11

Oparłam się o pierś Gideona i zamknęłam oczy, słuchając plusku wody, gdy leniwie gładził moje ciało w staroświeckiej wannie stojącej na nóżkach.

Umył moje włosy i ciało, pieszcząc mnie delikatnie. Wiedziałam, że chce mi wynagrodzić zeszłą noc, to, w jaki sposób zmusił mnie do stawienia czoła prawdzie – prawdzie, którą już znał, a którą ja musiałam zaakceptować.

Jak to możliwe, że tak dobrze mnie znał – lepiej, niż znałam samą siebie?

– Opowiedz mi o nim – wyszeptał, owijając ramiona wokół mojej talii.

Wzięłam głęboki oddech. Wiedziałam, że zapyta o Bretta. Również bardzo dobrze znałam Gideona.

– Najpierw powiedz mi, czy nic mu się nie stało.

Gideon milczał przez chwilę.

– Nie będzie miał żadnych trwałych uszkodzeń – odparł. – Obeszłoby cię, gdyby stało mu się coś poważnego?

– Oczywiście, że tak – powiedziałam i dostrzegłam, że zaciska zęby.

– Musisz mi o was opowiedzieć – zażądał tonem nieznoszącym sprzeciwu.

– Nie.

– Evo…

– Nie mów do mnie takim tonem. Nie zamierzam dłużej pozwolić ci czytać we mnie jak w otwartej książce, podczas gdy ty skrzętnie strzeżesz swoich sekretów. – Przekręciłam głowę na bok i oparłam policzek o jego wilgotną pierś. – Jeśli mam jedynie prawo do twojego ciała, wezmę, co mi dajesz, ale ja również nie mogę dać ci niczego więcej.

– Nie chcesz. Bądźmy…

– Nie mogę. – Odsunęłam się od niego i zmieniłam pozycję, żeby spojrzeć mu w oczy. – Popatrz, do czego mnie doprowadziłeś. Zraniłam cię zeszłej nocy. Z premedytacją. Nawet nie zdawałam sobie sprawy, że chowam w sobie taką urazę, bo zawsze starałam się przekonać samą siebie, że potrafię żyć z tym wszystkim, czego mi nie mówisz.

Usiadł i rozłożył ramiona.

– Jestem wobec ciebie otwarty, Evo! Mówisz, jakbyś w ogóle mnie nie znała… jakby łączył nas tylko seks. A przecież wiesz o mnie więcej niż ktokolwiek inny.

– Więc porozmawiajmy o tym, czego n i e w i e m. Dlaczego posiadasz tyle akcji Vidal Records? Dlaczego nienawidzisz rodzinnego domu? Dlaczego nie utrzymujesz kontaktów z rodzicami? Co zaszło między tobą a doktorem Terrence'em Lucasem? Gdzie byłeś tamtej nocy, kiedy przyśnił mi się ten koszmar? Co się kryje za twoimi koszmarami? Dlaczego…

– Wystarczy! – przerwał mi, zanurzając palce w mokrych włosach.

Oparłam się o wannę, obserwując jego wewnętrzną walkę, i czekałam.

– Wiesz, że możesz mi powiedzieć o wszystkim – powiedziałam cicho.

– Naprawdę? – Przeszył mnie wzrokiem. – Nie sądzisz, że wystarczająco już przeżyłaś? Ile gówna mogę jeszcze na ciebie zrzucić, aż uciekniesz w cholerę?

Ułożyłam ramiona na brzegach wanny, oparłam głowę o krawędź i zamknęłam oczy.

– W porządku – odparłam. – Będziemy się tylko pieprzyć i raz w tygodniu wylewać nasze żale przed terapeutą. Dobrze wiedzieć.

– Zerżnąłem ją – parsknął. – Proszę bardzo. I co, lepiej się czujesz?

Poderwałam się tak gwałtownie, że woda wylała się na podłogę. Mój żołądek skurczył się boleśnie.

– Zerżnąłeś Corinne?

– Nie, do cholery – wykrztusił z wściekłością. – Żonę Lucasa.

– Och… – Przypomniałam sobie jej zdjęcie, które kiedyś znalazłam w Google. – Jest ruda – powiedziałam zupełnie bez sensu.

– Pociągała mnie tylko ze względu na jej związek z Lucasem.

Zdezorientowana zmarszczyłam brwi.

– Więc twoje stosunki z doktorem Lucasem popsuły się, zanim przespałeś się z jego żoną? Czy dlatego, że to zrobiłeś?

Gideon oparł łokieć na brzegu wanny i potarł twarz.

– On zniszczył moje stosunki z rodziną. Odpłaciłem się tym samym.

– Zniszczyłeś ich małżeństwo?

– Zniszczyłem ją. – Odetchnął ciężko. – Podeszła do mnie na przyjęciu charytatywnym. Spławiłem ją, ale potem dowiedziałem się, kim jest. Wiedziałem, że Lucas nie będzie mógł pogodzić się z tym, że ją przeleciałem, a że nadarzyła się okazja, wykorzystałem ją. To miał być jeden raz, ale Anne skontaktowała się ze mną następnego dnia. Dobrze wiedziałem, jak zrani go fakt, że wróciła po więcej, dlatego kontynuowałem to. A gdy była gotowa zostawić go dla mnie, odesłałem ją do męża.

Spojrzałam na niego i zobaczyłam, że pomimo iż wstydził się swojego zachowania, zrobiłby to ponownie.

– Powiedz coś – przynaglił.

– Myślała, że ją kochałeś?

– Nie. Kurwa. Wiem, że to skurwysyństwo przelecieć czyjąś żonę, ale niczego jej nie obiecywałem. Wykorzystałem ją, żeby dołożyć Lucasowi, nie sądziłem, że to ona stanie się ofiarą. Gdybym wiedział, nie pozwoliłbym, żeby to zaszło tak daleko.

– Gideon – westchnęłam i pokręciłam głową z politowaniem.

– Co? – Aż kipiał ze zdenerwowania. – Dlaczego wypowiadasz moje imię w taki sposób?

– Bo jesteś nadzwyczaj tępy jak na tak inteligentnego faceta. Sypiałeś z nią regularnie i nie sądziłeś, że się w tobie zakocha?

– Jezu. – Z jękiem odchylił głowę do tyłu. – Znowu to samo. – Potem wyprostował się gwałtownie. – Właściwie to wiesz co? Myśl sobie, że jestem darem Boga dla kobiet, aniołku. Jeśli uważasz, że jestem taki dobry, tym lepiej dla mnie.

Ochlapałam go wodą. Podobnie jak ja deprecjonował swój urok osobisty. Oboje znaliśmy swoje mocne strony i potrafiliśmy wykorzystywać nasze atuty. Ale nie potrafiliśmy uwierzyć, że jesteśmy wystarczająco dobrzy, żeby ktoś mógł nas pokochać.

Gideon nachylił się i chwycił mnie za ręce.

– A teraz powiedz mi, co, u diabła, łączy cię z Brettem Kline'em.

– Nie powiedziałeś, co takiego zrobił ci doktor Lucas.

– Powiedziałem.

– Nie do końca – zaprzeczyłam.

– Teraz twoja kolej na wyznania. No dalej, mów.

Długo nie potrafiłam znaleźć odpowiednich słów. Żaden facet nie chciałby wiązać się z byłą zdzirą. Ale Gideon czekał cierpliwie, uparcie. Wiedziałam, że nie wypuści mnie z wanny, dopóki nie opowiem mu o Bretcie.

– Łączył nas tylko seks – wyznałam pospiesznie, żeby jak najszybciej mieć to za sobą – i godziłam się na to, może nawet zabiegałam o to, bo w tym okresie mojego życia seks był jedynym sposobem, żebym czuła się kochana.

– Napisał o tobie piosenkę miłosną, Evo.

Odwróciłam wzrok.

– Prawda nie nadawałaby się na balladę, nie sądzisz?

– Kochałaś go?

– Ja... Nie. – Spojrzałam na Gideona, który głośno wypuścił powietrze, jakby długo wstrzymywał oddech. – Kręciło mnie jego śpiewanie, ale to było bardzo powierzchowne. Nigdy tak naprawdę go nie znałam.

Gideon wyraźnie się rozluźnił.

– Stanowił część jakiejś... fazy? To wszystko?

Przytaknęłam i usiłowałam uwolnić ręce z jego uścisku, pragnąc zapomnieć o wstydzie. Nie obwiniałam Bretta ani żadnego innego mężczyzny, który przewinął się wtedy przez moje życie. Mogłam winić tylko siebie.

– Chodź tu. – Gideon złapał mnie w talii i przytulił do siebie. Przebywanie w jego objęciach było najcudowniejszym uczuciem na świecie. Głaskał mnie delikatnie wzdłuż kręgosłupa. – Nie będę zaprzeczał. Chciałbym zmasakrować każdego faceta, z którym kiedykolwiek byłaś, więc lepiej, żebyś trzymała ich z dala ode mnie, ale nic, co zrobiłaś w przeszłości, nie zmieni tego, co do ciebie czuję. I Bóg mi świadkiem, ja też nie jestem święty.

– Chciałabym, żeby to zniknęło – wyszeptałam. – Nie chcę pamiętać osoby, jaką wtedy byłam.

Oparł brodę na mojej głowie.

– Rozumiem. Obojętnie jak długo stałem pod prysznicem po seksie z Anne, nigdy nie czułem się dostatecznie czysty.

Objęłam go mocniej w pasie, oferując pocieszenie i zrozumienie. I przyjmując to samo w zamian.

*

Biały jedwabny szlafroczek, który znalazłam w szafie, był prześliczny, wykończony mankietami obszytymi srebrną nitką. Całe szczęście, że przypadł mi do gustu, bo najwyraźniej było to jedyne ubranie dla mnie w całym domu.

Patrzyłam, jak Gideon wkłada czarne jedwabne spodnie od piżamy i zawiązuje je w pasie tasiemką.

– Dlaczego ty masz ubranie, a ja tylko szlafrok? – zapytałam.

Spojrzał na mnie spod opadających na oczy kruczoczarnych włosów.

– Bo to ja wszystko zaaranżowałem?

– Demon.

– Tylko dlatego, żebym mógł sprostać twoim nienasyconym żądaniom seksualnym.

– Moim nienasyconym żądaniom? – Skierowałam się do łazienki, żeby zdjąć z włosów ręcznik. – Doskonale pamiętam, jak zeszłej nocy błagałam, byś zostawił mnie w spokoju. Czy to było dziś rano, po całonocnym seksie?

Stanął za mną w drzwiach.

– Dziś w nocy także będziesz błagać. Pójdę zrobić kawę.

Patrzyłam w lustrze, jak się odwraca i dostrzegłam, że ma na boku ciemne stłuczenie.

– Gideonie! Jesteś ranny. Pozwól mi to obejrzeć.

– Nic mi nie jest. – Zanim zdążyłam go zatrzymać, był już w połowie schodów. – Nie każ mi na siebie czekać.

Ogarnęło mnie ogromne poczucie winy i łzy napłynęły mi do oczu. Trzęsącą się ręką rozczesywałam włosy. W łazience znajdowały się kosmetyki, których zwykle używałam, kolejny dowód na niezwykłą troskę i uwagę Gideona, co tylko podkreśliło moje niedociągnięcia. Zmieniałam jego życie w piekło. Po tym wszystkim, co go spotkało, nie powinien żyć moimi problemami.

Zeszłam na pierwsze piętro i poczułam, że nie mam odwagi dołączyć do Gideona w kuchni. Potrzebowałam chwili, żeby doprowadzić się do porządku i nałożyć uśmiech na twarz. Nie chciałam zrujnować mu weekendu.

Wyszłam na taras przez rozsuwane drzwi. Ogarnął mnie huk uderzających o brzeg fal i poczułam na twarzy drobinki soli. Bryza znad oceanu delikatnie poruszała rąbkiem mojego szlafroka, a chłodne powietrze było przyjemnie orzeźwiające.

Oparłam się o balustradę, odetchnęłam pełną piersią

i zamknęłam oczy, próbując znaleźć w sobie spokój, niezbędny, żebym mogła chronić spokój Gideona. Sama musiałam uporać się ze swoimi problemami i nie chciałam obarczać go czymś, czego nie mógł zmienić. Tylko ja mogłam sprawić, że stanę się silniejsza. Muszę to zrobić, żeby go uszczęśliwić i zapewnić mu bezpieczeństwo, którego tak bardzo potrzebuje.

Drzwi za mną otworzyły się i zanim odwróciłam się do niego z uśmiechem na twarzy, wzięłam głęboki oddech. Gideon trzymał w ręku dwa parujące kubki – jeden z czarną kawą, drugi z jaśniejszą kawą z mlekiem. Wiedziałam, że będzie dokładnie taka, jaką lubię, perfekcyjna, bo Gideon zawsze doskonale wiedział, czego pragnę. Nie dlatego, że mu to powiedziałam, ale dlatego, że zwracał uwagę na najdrobniejsze szczegóły mojego życia.

– Przestań się zadręczać – przykazał mi surowo, stawiając kubki na balustradzie.

Westchnęłam. Oczywiście, że nie uda mi się ukryć przed nim uczuć pod maską sztucznego uśmiechu. Czytał we mnie jak w książce.

Gideon ujął dłońmi moją twarz i spojrzał mi głęboko w oczy.

– Było, minęło – powiedział. – Zapomnij o tym.

Dotknęłam palcami miejsca, w którym dostrzegłam wcześniej siniaka.

– To musiało się stać – rzekł szorstko. – Nie. Zamknij się i posłuchaj. Myślałem, że rozumiem twoje uczucia względem Corinne, i szczerze mówiąc, uważałem, że nie radzisz sobie z nimi najlepiej. Ale teraz wiem, że niczego nie rozumiałem. Byłem egoistycznym idiotą.

– Bo nie radzę sobie z nimi najlepiej. Szczerze jej nienawidzę. Na samą myśl o niej wzbiera we mnie agresja.

– I teraz mogę to zrozumieć. Wcześniej to do mnie nie

docierało. – Wykrzywił smutno usta. – Czasem potrzebuję jakiegoś drastycznego wstrząsu. Całe szczęście zawsze potrafiłaś przyciągnąć moją uwagę.

– Nie żartuj sobie, Gideonie. Mogła ci się przeze mnie stać krzywda.

Złapał mnie w talii i powiedział:

– Stała mi się przez ciebie krzywda. Gdy zobaczyłem cię w ramionach innego faceta, jak go całowałaś... – Jego oczy pociemniały i zapłonęły. – To było jak cios nożem, Evo. Jakby ktoś mnie rozciął i zostawił, żebym się wykrwawił. Skopałem mu tyłek w samoobronie.

– O Boże – westchnęłam, słysząc tę brutalną szczerość. – Gideonie.

– Nienawidzę siebie za to, że nie wykazałem więcej zrozumienia dla twoich odczuć w związku z Corinne. Jeśli jeden pocałunek tak mną wstrząsnął... – Otoczył mnie ciasno ramionami, jedną ręką oplatając moje biodra, a drugą kładąc mi na karku, tak że podtrzymywał tył mojej głowy. Nie mogłam się poruszyć. – Jeśli kiedykolwiek mnie zdradzisz – wycedził oschle – zabijesz mnie.

Przekręciłam głowę i przycisnęłam usta do jego szyi.

– Ten głupi pocałunek nic nie znaczył. Mniej niż nic.

Chwycił mnie za włosy i odchylił moją głowę do tyłu.

– Evo, chyba nie rozumiesz, czym dla mnie są twoje pocałunki. To, że oddajesz jeden ot tak i twierdzisz, że to nic nie znaczy...

Gideon przykrył moje usta swoimi i zaczął mnie delikatnie całować, przeciągając językiem po mojej dolnej wardze. Otworzyłam usta, a on przechylił głowę i kontynuował szybkie, płytkie liźnięcia, które potęgowały moje pożądanie.

Chwyciłam jego wilgotne włosy i stanęłam na palcach, żeby pogłębić pocałunek. Jęknęłam, gdy zaczął ssać mój język, i mocno do niego przywarłam. Jego usta stawały się coraz bardziej wilgotne i gorące. Pożeraliśmy się łapczywie, z każdą sekundą coraz bardziej dziko, jakbyśmy pieprzyli się nawzajem ustami, językami. Z ustami przyciśniętymi do jego warg, dyszałam z pożądania, wydając z siebie gardłowe pojękiwania.

Jego pocałunki były jak prezenty. Całował całym sobą, z wielką siłą, pasją, głodem i miłością. Dawał wszystko, co miał, otwierał się całkowicie.

Ciało Gideona naprężyło się, a jego skóra była rozpalona i gorąca. Penetrował językiem moje usta, oplatał mój język, a jego przyspieszony oddech łączył się z moim i wypełniał mi płuca. Moje zmysły były przesiąknięte jego smakiem i zapachem i kręciło mi się w głowie, gdy przechylałam ją, żeby jeszcze pogłębić naszą bliskość. Pragnęłam lizać go głębiej, ssać mocniej. Pochłonąć.

Tak bardzo go pragnęłam.

Jego drżące oszalałe dłonie ślizgały się wzdłuż mojego kręgosłupa. Jęknął, a moja cipka nabrzmiała boleśnie. Jednym ruchem rozwiązał mi pasek od szlafroka, rozsunął go i chwycił moje nagie biodra. Delikatnie przygryzał moją dolną wargę i pieścił ją językiem. Jęknęłam, pragnąc więcej.

Niezależnie od tego, jak blisko siebie byliśmy, to nigdy nie wystarczało.

Gideon chwycił mnie za pośladki i przyciągnął do siebie, jego erekcja niczym rozżarzona stal paliła mój brzuch poprzez jedwabne spodnie. Puścił moją dolną wargę i ponownie skupił się na ustach, wypełniając mnie smakiem swego pożądania, jego aksamitny język był jak bicz przynoszący dręczącą przyjemność.

Nagle wstrząsnął nim dreszcz i mruknął, poruszając biodrami. Wbił palce w moje pośladki, a jego jęki wibrowały na moich ustach. Czułam między nami jego prężący się członek i nagle zalała mnie fala słodkiego ciepła. Doszedł z gwałtownym jękiem, mocząc znajdujący się pomiędzy nami jedwab.

Krzyknęłam, rozpływając się w pożądaniu, szaleńczo podniecona faktem, że potrafię doprowadzić go do orgazmu samymi pocałunkami.

Rozluźnił uścisk i powiedział zdyszany:

– Twoje pocałunki należą do mnie.

– Tak, Gideonie. – To był najbardziej erotyczny moment mojego życia.

Opadł na kolana i językiem doprowadził mnie do ekstatycznego orgazmu.

*

Wzięliśmy prysznic i przespaliśmy całe przedpołudnie. Wspaniale było znów zasnąć u jego boku, opierając głowę na jego piersi, obejmując twardy jak stal brzuch, splatając nogi z jego nogami.

Obudziliśmy się o pierwszej po południu. Umierałam z głodu, więc zeszliśmy razem do kuchni. Bardzo mi się podobała ta ultranowoczesna przestrzeń, przeszklone drzwi szafek i granitowe blaty doskonale współgrały z ciemnym drewnem. Co ważniejsze, w kuchni było mnóstwo jedzenia. Nie musieliśmy wychodzić z domu.

Poszliśmy na łatwiznę i zrobiliśmy kanapki. Wzięliśmy je do salonu i jedliśmy, siedząc po turecku na sofie naprzeciwko siebie.

Byłam w połowie kanapki, gdy dostrzegłam, że Gideon przygląda mi się z uśmiechem.

– Co? – zapytałam i ugryzłam kanapkę.

– Arnoldo ma rację. Bardzo zabawnie jesz.

– Odczep się.

Uśmiechnął się jeszcze szerzej. Był tak szczęśliwy i beztroski, że zakłuło mnie w sercu.

– Jak znalazłeś to miejsce? – spytałam. – Czy raczej jak Scott je znalazł?

– To ja je znalazłem. – Włożył do ust chipsa i niesamowicie seksownie oblizał z warg sól. – Chciałem zabrać cię na wyspę, żeby nikt nam nie przeszkadzał. Tu jest prawie tak samo, a nie trzeba tracić czasu na podróż. Myślałem, że tu przylecimy.

Przypomniałam sobie absurdalnie długą jazdę samochodem. Podniecała mnie myśl, że zmienił plany, żeby pieprzyć mnie do nieprzytomności i wykorzystać moje pożądanie, aby zmusić mnie do stawienia czoła prawdzie. Wyobraziłam sobie, jak wielka frustracja i złość musiała stać za tą zmianą, jak planował wykorzystać swą nieokiełznaną namiętność przeciw mojemu bezbronnemu, uległemu ciału…

– Znów masz to spojrzenie, które pojawia się, gdy jesteś podniecona – zauważył. – A to mnie nazywasz demonem seksu.

– Przepraszam.

– Nie narzekam.

Wróciłam myślami do tego, co działo się parę godzin wcześniej.

– Arnoldo chyba mnie już nie lubi.

Gideon uniósł brew.

– Masz ten wyraz twarzy, bo rozmyślasz o Arnoldzie? Czy jemu też powinienem skopać tyłek?

– O Jezu, nie. Wspomniałam o tym, żeby odwrócić nasze myśli od seksu, i dlatego, że powinniśmy o tym porozmawiać.

Wzruszył ramionami.

– Pogadam z nim.

– Myślę, że ja powinnam to zrobić.

Gideon wpatrywał się we mnie swoimi niesamowitymi niebieskimi oczami.

– I co zamierzasz mu powiedzieć?

– Że miał rację. Nie zasługuję na ciebie i totalnie spieprzyłam sprawę. Ale kocham cię do szaleństwa i chciałabym dostać szansę, aby wam obu udowodnić, że mogę stać się kobietą, jakiej potrzebujesz.

– Aniołku, gdybym potrzebował cię jeszcze bardziej, nie mógłbym funkcjonować. – Uniósł do ust moją dłoń i pocałował opuszki palców. – I nie dbam o to, co myślą inni. Mamy swój własny rytm i to nam pasuje.

– A tobie pasuje? – Sięgnęłam do stolika po butelkę z mrożoną herbatą i wzięłam łyk. – Wiem, że to cię wykańcza. Nie wydaje ci się czasami, że to zbyt intensywne, zbyt bolesne?

– Zdajesz sobie sprawę, jak dwuznacznie to zabrzmiało, prawda?

– Boże. – Zaśmiałam się. – Jesteś okropny.

Jego oczy błyszczały z rozbawienia.

– Zwykle mówisz mi co innego.

Pokręciłam głową i wróciłam do jedzenia.

– Wolę się z tobą kłócić, aniołku, niż śmiać z kimkolwiek innym.

Jezu. Długo nie byłam w stanie przełknąć ostatniego kęsu.

– Wiesz... szaleńczo cię kocham.

Uśmiechnął się.

– Tak, wiem.

*

Gdy skończyliśmy sprzątać bałagan po lunchu, rzuciłam do zlewu zmywak i oznajmiłam, że muszę wykonać cosobotni telefon do ojca.

Gideon pokręcił głową.

– To niemożliwe – oświadczył. – Musisz poczekać do poniedziałku.

– Co? Dlaczego?

Oparł się dłońmi o blat, zamykając mnie w klatce swych ramion.

– Nie ma telefonu.

– Poważnie? A twoja komórka? – Idąc na koncert, zostawiłam swoją w domu, bo nie miałam gdzie jej schować i nie planowałam nigdzie dzwonić.

– Jedzie limuzyną do Nowego Jorku. Nie ma również internetu. Zanim przyjechaliśmy, poprosiłem, żeby usunęli modem i wszystkie telefony.

Byłam oszołomiona. Nie wierzyłam własnym uszom. W głowie mi się nie mieściło, że człowiek z taką pozycją i zobowiązaniami mógł odciąć się od świata na cały weekend.

– Łał. Kiedy po raz ostatni zniknąłeś w ten sposób z powierzchni ziemi?

– Hmm... jeszcze nigdy mi się to nie zdarzyło.

– Założę się, że co najmniej kilka osób szaleje teraz z rozpaczy, bo nie mogą czegoś z tobą skonsultować.

Wzruszył beztrosko ramionami.

– Poradzą sobie.

Ogarnęła mnie fala ciepła.

– Więc mam cię tylko dla siebie?

– Całkowicie. – Jego usta ułożyły się w figlarnym uśmiechu. – I co ze mną zamierzasz zrobić, aniołku?

Uśmiechnęłam się, bezgranicznie szczęśliwa.

– Z pewnością coś wymyślę.

*

Poszliśmy na spacer po plaży.

Podwinęłam nogawki spodni od piżamy Gideona i włożyłam białą koszulkę na ramiączkach, w której wyglądałam bardzo nieprzyzwoicie, gdyż mój stanik jechał właśnie do Nowego Jorku, razem z komórką Gideona.

– Musiałem umrzeć i trafić do nieba – oznajmił, spoglądając co jakiś czas na mój dekolt – bo ucieleśnienie moich nastoletnich fantazji i snów erotycznych stało się realne i należy tylko do mnie.

Szturchnęłam go ramieniem.

– Jak to się dzieje, że w ciągu zaledwie godziny zmieniasz się z niepoprawnego romantyka w zbereźnika?

– To jeden z moich licznych talentów. – Ponownie opuścił wzrok na moje sterczące pod koszulką sutki. Ścisnął mi dłoń i głośno westchnął. – W niebie z moim aniołkiem. Nie mógłbym sobie wyobrazić nic lepszego.

Nie mogłam się z nim nie zgodzić. Plaża była nastrojowa i piękna w nieokiełznany sposób, przypominający mi mężczyznę, którego trzymałam za rękę. Odgłos uderzających o brzeg fal i pokrzykiwania mew sprawiły, że poczułam wszechogarniające zadowolenie. Zimna woda obmywała mi stopy, a wiatr smagał włosami moją twarz. Od dawna nie czułam się tak dobrze i byłam niezmiernie wdzięczna, że Gideon ofiarował nam czas, abyśmy mogli się sobą nacieszyć. Gdy byliśmy sami, stanowiliśmy idealną parę.

– Podoba ci się tu – zauważył.

– Zawsze lubiłam wodę. Drugi mąż mojej mamy miał dom nad jeziorem. Pamiętam, jak przechadzałam się z nią nad brzegiem, planując, że kiedyś kupię sobie posiadłość nad wodą.

Puścił moją dłoń i otoczył mnie ramieniem.

– Więc zróbmy to. Może być ten dom? Podoba ci się?

Spojrzałam na niego, zachwycona widokiem jego włosów poruszających się na wietrze.

– Jest na sprzedaż? – zapytałam.

Popatrzył na rozciągające się przed nami połacie piasku.

– Wszystko jest na sprzedaż, za odpowiednią cenę.

– A tobie się podoba?

– Wnętrza są dość zimne, trochę za dużo bieli, chociaż podoba mi się urządzenie sypialni. Resztę moglibyśmy zmienić, żeby była bardziej w naszym guście.

– Naszym – powtórzyłam, zastanawiając się, jak miałoby to wyglądać. Lubiłam apartament Gideona, jego tradycyjną elegancję. I odnosiłam wrażenie, że Gideon dobrze czuł się w moim mieszkaniu, urządzonym bardziej nowocześnie. Połączenie tych dwóch stylów... – Wspólny zakup nieruchomości to poważny krok.

– Nieunikniony krok – poprawił mnie Gideon. – Powiedziałaś doktorowi Petersenowi, że nie może nam się nie udać.

– To prawda. – Szliśmy przez chwilę w milczeniu. Zastanawiałam się, co sądzić o pomyśle Gideona, żeby stworzyć pomiędzy nami bardziej namacalną więź, i dlaczego postanowił zrobić to poprzez wspólny zakup nieruchomości. – Rozumiem, że tobie również się tutaj podoba?

– Lubię plażę. – Odgarnął włosy z twarzy. – Mam takie zdjęcie, jak wspólnie z ojcem budujemy zamek z piasku.

Niemalże potknęłam się o własne stopy. Gideon tak rzadko wspominał o swojej przeszłości, że był to bardzo szczególny moment.

– Chciałabym je zobaczyć.

– Jest u mojej matki. – Gdy przeszliśmy parę kroków, dodał: – Przywiozę ci je.

– Pojadę z tobą. – Nie powiedział mi dlaczego, ale wiedziałam, że nie znosił domu Vidalów. Podejrzewałam, że cokolwiek było przyczyną jego zaburzeń snu, zdarzyło się właśnie w tym domu.

Gideon wziął głęboki oddech.

– Mogę wysłać kuriera.

– W porządku. – Odwróciłam głowę, żeby pocałować jego posiniaczone knykcie, leżące na moim ramieniu. – Ale jakby co, to moja oferta jest aktualna.

– Co myślisz o mojej matce? – zapytał niespodziewanie.

– Jest bardzo piękna. Bardzo elegancka. Sprawia wrażenie wielkodusznej. – Przyglądałam się jego twarzy. Miał kruczoczarne włosy i niesamowite niebieskie oczy Elizabeth Vidal. – Myślę, że bardzo cię kocha. Widać to było w jej oczach, gdy na ciebie patrzyła.

Gideon szedł z wzrokiem utkwionym przed siebie.

– Nie kochała mnie wystarczająco.

Wypuściłam gwałtownie powietrze. Nie wiedziałam, dlaczego męczą go te straszne koszmary, ale podejrzewałam, że może kochała go za bardzo. Poczułam ulgę, że się myliłam. Jego ojciec popełnił samobójstwo, więc gdyby zdradziła go również matka, mógłby się nigdy nie podnieść.

– A co to znaczy wystarczająco, Gideonie?

Zacisnął szczęki i odetchnął głęboko.

– Nie wierzyła mi.

Zatrzymałam się i stanęłam z nim twarzą w twarz.

– Powiedziałeś jej, co się stało? Powiedziałeś jej, a ona ci nie uwierzyła?

Wpatrywał się w przestrzeń ponad moją głową.

– To nie ma już znaczenia. Stare dzieje.

– Bzdury. To ważne, bardzo ważne. – Byłam zła za niego. Wściekła, że matka nie wypełniła swojej roli i nie stanęła po stronie swojego dziecka. Wściekła, że tym dzieckiem był Gideon. – I jestem pewna, że to wciąż cholernie boli.

Gideon spojrzał mi w oczy.

– Popatrz na siebie, jesteś zdenerwowana i zła. Nie powinienem nic mówić.

– Powinieneś powiedzieć mi wcześniej.

Rozluźnił mięśnie ramion i wykrzywił usta w smętnym uśmiechu.

– Nic ci nie powiedziałem.

– Gideonie…

– I oczywiście mi wierzysz, aniołku. Musisz spać ze mną w jednym łóżku.

Chwyciłam jego twarz w obie ręce i spojrzałam mu prosto w oczy.

– Wierzę ci – oznajmiłam dobitnie.

Na chwilę jego twarz wykrzywił grymas bólu, po czym podniósł mnie, tuląc w ramionach.

– Evo.

Oplotłam go ramionami i nogami.

– Wierzę ci – powtórzyłam.

*

Gdy wróciliśmy do domu, Gideon poszedł do kuchni otworzyć butelkę wina, podczas gdy ja przeglądałam stojące w salonie półki z książkami.

Ułożyliśmy się na sofie i czytałam na głos, a Gideon bawił się w roztargnieniu moimi włosami. Wrócił ze spaceru w refleksyjnym nastroju, a jego myśli zdawały się błądzić daleko stąd. Nie miałam mu tego za złe. Oboje daliśmy sobie wiele do myślenia w ciągu paru ostatnich dni.

Gdy nadszedł przypływ, woda podpłynęła pod dom, co brzmiało i wyglądało naprawdę niesamowicie. Wyszliśmy na taras i patrzyliśmy, jak dom zmienia się w otoczoną spienionymi falami wyspę.

– Chodź, zrobimy s'mores* – zaproponowałam. Sta-

* S'mores – pieczone marshmallow (pianki cukrowe), oblane czekoladą (przyp. tłum.).

łam oparta o balustradę, w objęciach Gideona. – W tym kominku na patio.

Chwycił zębami moje ucho i wyszeptał:

– Chcę zlizywać z twojego ciała roztopioną czekoladę.

Och, tak... Zaczęłam się z nim droczyć.

– Nie oparzysz mnie?

– Nie, wiem, co robię.

Odwróciłam się do niego. Podniósł mnie i posadził na balustradzie. Wsunął się pomiędzy moje nogi, obejmując mnie w biodrach. Upajaliśmy się cudownym spokojem, jaki towarzyszył zachodowi słońca. Błądziłam palcami w jego włosach, wichrząc je jak wieczorna bryza.

– Rozmawiałeś z Ireland? – zapytałam, przypominając sobie jego przyrodnią siostrę, równie piękną jak ich matka. Poznałam ją na przyjęciu w Vidal Records i od razu zrozumiałam, że była spragniona wszelkich wiadomości o najstarszym bracie.

– Nie.

– Może zaprosisz ją na obiad, gdy przyjedzie mój tata?

Gideon przechylił głowę i przyglądał mi się z zaciekawieniem.

– Chcesz zaprosić siedemnastolatkę na obiad ze mną i twoim ojcem?

– Nie, chcę, żeby twoja rodzina poznała moją rodzinę.

– Zanudzi się.

– Skąd wiesz? Myślę, że twoja siostra podziwia cię, uważa cię za bohatera. Będzie zachwycona, jeśli poświęcisz jej nieco uwagi.

– Evo – westchnął, wyraźnie poirytowany. – Nie żartuj. Nie mam zielonego pojęcia, jak zabawiać nastolatkę.

– Ireland nie jest jakimś przypadkowym dzieciakiem, to...

– Dla mnie jest! – Spojrzał na mnie z ukosa.

Wtedy do mnie dotarło.

– Boisz się jej.

– Daj spokój – żachnął się.

– Tak. Boisz się jej. – Przypuszczałam, że nie miało to nic wspólnego z jej wiekiem ani z faktem, że jest kobietą.

– O co ci chodzi? Coś się jej tak uczepiła? Zostaw ją w spokoju.

– Gideonie, to twoja jedyna rodzina. – I miałam nadzieję, że tak zostanie. Jego przyrodni brat, Christopher, był sukinsynem, a matka nie zasługiwała na niego.

– Mam ciebie!

– Kochanie – westchnęłam i oplotłam go nogami. – Tak, masz mnie. Ale w twoim życiu jest miejsce dla większej liczby osób, które cię kochają.

– Ona mnie nie kocha – wymamrotał. – Nie zna mnie.

– Myślę, że się mylisz, ale jeśli nie, z pewnością pokocha cię, gdy cię pozna. Więc daj jej szansę.

– Dosyć. Wróćmy do tematu s'mores.

Próbowałam przekonać go wzrokiem, lecz nie miałam szans. Jeśli postanowił, że temat jest skończony, nie było sposobu, żeby do niego wrócić. Musiałam wybrać okrężną drogę.

– Chcesz porozmawiać o s'mores, mistrzu? – Przesunęłam językiem po dolnej wardze. – O roztopionej lepkiej czekoladzie na naszych palcach?

Gideon zmrużył oczy.

Przejechałam dłońmi po jego ramionach i w dół po torsie.

– Myślę, że dałabym się przekonać, żebyś rozsmarował na moim ciele czekoladę. Mógłbyś mnie także namówić, żebym rozsmarowała trochę na tobie.

Uniósł brwi.

– Znowu usiłujesz przekupić mnie seksem?

– Czy coś takiego powiedziałam? – Zamrugałam niewinnie. – Nie wydaje mi się, żebym coś podobnego sugerowała.

– Dałaś do zrozumienia. Więc postawmy sprawę jasno. – Mówił niepokojąco niskim głosem, a oczy mu pociemniały. Wsunął rękę pod moją koszulkę i przykrył dłonią moją pierś. – Zaproszę Ireland na obiad z twoim ojcem, bo to sprawi ci przyjemność, a to z kolei sprawi przyjemność mnie.

– Dziękuję – powiedziałam, z trudem łapiąc oddech, bo zaczął rytmicznie pocierać mój sutek, wywołując u mnie jęk rozkoszy.

– I zamierzam zrobić, co mi się żywnie podoba z roztopioną czekoladą i twoim ciałem, bo to sprawi przyjemność mnie, a przez to również tobie. To ja decyduję, kiedy i jak. Powtórz.

– Powiedziałeś… – Jęknęłam ponownie, bo poprzez cieniutką bawełnę wziął w usta mój drugi sutek. – O Boże.

Delikatnie zacisnął zęby.

– Dokończ.

W odpowiedzi na jego rozkazujący ton całe moje ciało napięło się jak struna.

– Ty decydujesz kiedy. Ty decydujesz jak – wykrztusiłam.

– Są rzeczy, o które możesz się ze mną targować, aniołku, ale twoje ciało i seks nie podlegają negocjacjom.

Chwyciłam go za włosy – była to instynktowna reakcja na jego cudowne pieszczoty. Nie próbowałam już zrozumieć, dlaczego pragnęłam oddać mu kontrolę. Po prostu tak było.

– O co innego mogłabym się targować? Masz wszystko.

– Twój czas i zainteresowanie, zrobię dla nich wszystko.

Przeszył mnie dreszcz.

– Jestem dla ciebie wilgotna – wyszeptałam.

Gideon odszedł od balustrady, niosąc mnie w ramionach.

– Bo właśnie taką cię chcę.

12

Wróciliśmy na Manhattan w niedzielę, tuż przed północą. Poprzedniej nocy spaliśmy osobno, ale spędziliśmy prawie cały dzień razem w łóżku. Całując się i dotykając. Śmiejąc się i szepcząc.

Zawarliśmy niepisaną umowę, żeby do końca wyjazdu nie poruszać bolesnych tematów. Nie włączyliśmy radia ani telewizji, bo nie chcieliśmy dzielić naszego czasu z kimkolwiek innym. Spacerowaliśmy po plaży. Długo, powoli i leniwie kochaliśmy się na tarasie na trzecim piętrze. Graliśmy w karty i Gideon wygrał każde rozdanie. Odpoczywaliśmy i przypomnieliśmy sobie, że warto walczyć o to, co jest między nami.

To był najpiękniejszy dzień mojego życia.

Po powrocie do miasta pojechaliśmy do mojego mieszkania. Gideon otworzył drzwi swoim kluczem i jak najciszej weszliśmy do ciemnego pomieszczenia, żeby nie obudzić Cary'ego. Gideon obdarował mnie namiętnym pocałunkiem i poszedł do pokoju gościnnego, a ja wpełzłam do mojego samotnego łóżka. Tęskniłam za nim i zastanawiałam się, jak długo jeszcze będziemy oddzielnie spać? Miesiące? Lata?

Nienawidziłam tych myśli. Zamknęłam oczy i zaczęłam odpływać w sen.

Nagle rozbłysło światło.

– Evo, wstawaj. – Gideon przeszedł przez pokój prosto do mojej szafy i zaczął grzebać w ubraniach.

Mrużąc oczy, zauważyłam, że przebrał się w spodnie i koszulę.

– Co się stało?

– Cary jest w szpitalu – powiedział ponuro.

*

Gdy wyszliśmy z budynku, na ulicy czekała już na nas taksówka. Gideon otworzył przede mną drzwi i wsiadł za mną.

Samochód powoli ruszył. Miałam wrażenie, że wszystko działo się w zwolnionym tempie.

Chwyciłam go za rękaw.

– Co się stało?

– Został zaatakowany w piątkowy wieczór.

– Skąd wiesz?

– Twoja matka i Stanton zostawili wiadomości na mojej komórce.

– Moja matka…? – Patrzyłam na niego z niedowierzaniem. – Dlaczego nie…?

Nie, nie mogła do mnie zadzwonić. Nie miałam telefonu. Ogarnęło mnie takie poczucie winy, że trudno było mi złapać oddech.

– Evo. – Otoczył mnie ramieniem i położył moją głowę na swoim ramieniu. – Nie martw się, póki nie wiemy, o co chodzi.

– Gideonie, minęło kilka dni, a mnie przy nim nie było.

Zalałam się łzami i nie mogłam przestać płakać, nawet gdy dojechaliśmy do szpitala. Ledwie pamiętam budynek szpitala, byłam całkowicie przepełniona trwogą. Dziękowałam Bogu za Gideona, który był opanowany i zachowywał spokój. Pracownik szpitala podał nam numer pokoju Cary'ego, ale na tym skończyła się jego pomoc. Gideon wykonał parę telefonów, dzięki którym mogliśmy odwiedzić Cary'ego w środku nocy. Swego czasu Gideon szczodrze wspomógł szpital finansowo, a takich gestów łatwo się nie zapomina.

Gdy weszłam do prywatnego pokoju Cary'ego i go zobaczyłam, niemal osunęłam się na ziemię. Upadłabym, gdyby nie obecność Gideona. Człowiek, którego uważałam za brata, najlepszy przyjaciel, jakiego można sobie wymarzyć, leżał bez ruchu na łóżku. Miał zabandażowaną głowę i zamknięte oczy. W jednym ramieniu miał założone wkłucie centralne, a drugie było w gipsie. Gdybym nie wiedziała, że to on, nie poznałabym go.

Każdą wolną powierzchnię pokoju wypełniały kolorowe, wesołe bukiety kwiatów. Były także balony i parę kartek. Wiedziałam, że część pochodzi od mojej mamy i Stantona, którzy z pewnością płacą także za opiekę medyczną.

Byliśmy jego rodziną. I wszyscy byli przy nim w potrzebie, z wyjątkiem mnie.

Gideon podprowadził mnie bliżej, mocno podtrzymując w talii. Łkałam, z oczu płynęły mi wielkie, gorące łzy. Ze wszystkich sił próbowałam zachowywać się cicho.

Mimo wszystko Cary musiał mnie usłyszeć albo wyczuć moją obecność. Zaczął poruszać powiekami i uchylił je. Jego piękne zielone oczy były nalane krwią i rozbiegane. Potrzebował minuty, żeby oprzytomnieć i mnie rozpoznać. Zamrugał parę razy, a po jego skroniach zaczęły płynąć łzy.

– Cary. – Pospieszyłam do niego i chwyciłam go za rękę. – Jestem tu.

Złapał mnie tak mocno, że zabolało.

– Evo – szepnął.

– Przepraszam, że tak długo mnie nie było. Nie miałam telefonu. O niczym nie miałam pojęcia. Gdybym wiedziała, od razu bym przyjechała.

– W porządku. Jesteś teraz. – Słowa ledwie przechodziły mu przez gardło. – Boże… wszystko mnie boli.

– Zawołam pielęgniarkę – powiedział Gideon, przesuwając ręką po moich plecach i po cichu wyszedł z pokoju.

Dostrzegłam na stoliku mały dzbanek i kubek z rurką.

– Chcesz się napić?

– Bardzo.

– Możesz usiąść? – Nie chciałam zrobić niczego, co sprawiłoby mu więcej bólu.

– Tak.

Posługując się leżącym obok jego dłoni pilotem, podniosłam górną cześć łóżka, tak że znalazł się w pozycji półleżącej. Podałam mu do ust słomkę i patrzyłam, jak łapczywie pije.

Westchnął i rozluźnił się.

– Twój widok jest jak balsam na zbolałe oczy, mała.

– Co się, do cholery, stało? – Odstawiłam pusty kubek i ponownie wzięłam go za rękę.

– Myślisz, że wiem? – Mówił słabym głosem, prawie szeptem. – Ktoś mnie napadł. Z bejsbolem.

– Z bejsbolem? – Na samą myśl robiło mi się niedobrze. Co za brutalność i agresja… – Odbiło mu?

– Oczywiście – odrzekł, marszcząc z bólu brwi.

Cofnęłam się o krok.

– Przepraszam – powiedziałam.

– Nie, nie idź. Szlag by to trafił. Jestem… – przymknął oczy – …wykończony.

W tym momencie do pokoju weszła pielęgniarka w fartuchu ozdobionym rysunkami szpatułek do badania gardła i animowanymi stetoskopami. Była młoda i ładna, miała ciemne włosy i migdałowe oczami. Obejrzała Cary'ego, zmierzyła mu ciśnienie i nacisnęła na guzik na przyczepionym do poręczy pilocie.

– Co pół godziny możesz aplikować sobie dawkę środków przeciwbólowych – powiedziała. – Wystarczy przycisnąć ten guzik. Mechanizm nie uwolni leku przed czasem, więc nie musisz się martwić, że zbyt często naciskasz.

– Nawet raz jest za często – odrzekł, patrząc na mnie.

Rozumiałam jego niechęć. Doskonale wiedział, że ma skłonność do uzależnień. Już raz zaczął staczać się w tę przepaść, zanim udało mi się przemówić mu do rozumu.

Z ulgą zauważyłam jednak, że po chwili z jego twarzy zniknęły ślady bólu, a jego oddech się unormował.

– Potrzebuje odpoczynku. Powinnaś wrócić w godzinach odwiedzin – powiedziała pielęgniarka.

Cary spojrzał na mnie prosząco.

– Nie odchodź.

– Nigdzie nie idzie – wtrącił Gideon, wracając do pokoju. – Załatwiłem, żeby wstawili tu jeszcze jedno łóżko.

Nie sądziłam, że mogłabym go kochać bardziej niż do tej pory, ale ciągle robił coś, co sprawiało, że zakochiwałam się w nim jeszcze mocniej.

Pielęgniarka uśmiechnęła się nieśmiało do Gideona.

– Cary potrzebuje więcej wody – oznajmiłam i patrzyłam, z jaką niechęcią odwraca wzrok od mojego chłopaka, żeby spojrzeć na mnie.

Chwyciła dzbanek i wyszła z pokoju.

Gideon podszedł do łóżka i zwrócił się do Cary'ego:

– Powiedz, co się stało.

Cary westchnął.

– Wyszliśmy z Treyem na miasto w piątkowy wieczór, ale on musiał wcześnie wracać. Odprowadzałem go do taksówki, lecz pod klubem był sajgon, więc skręciliśmy za róg. Zaraz po jego odjeździe poczułem uderzenie w tył głowy. Ktoś powalił mnie na ziemię i przywalił mi parę razy. Nie miałem szansy, żeby się bronić.

Zaczęły drżeć mi ręce, ale Cary uspokajająco pogłaskał moją dłoń kciukiem.

– Hej – mruknął. – Dostałem nauczkę, żeby nie pchać się z kutasem do niewłaściwych lasek.

– Co?

Cary powoli przymykał oczy i po chwili zorientowałam się, że śpi. Spojrzałam bezradnie na stojącego po drugiej stronie łóżka Gideona.

– Sprawdzę to – obiecał. – Wyjdźmy na chwilę na korytarz.

Podążyłam za nim, odwracając się co chwila, żeby spojrzeć na Cary'ego.

– Boże, Gideonie. Jak on strasznie wygląda – powiedziałam, gdy zamknęły się za nami drzwi.

– Nieźle oberwał – odrzekł ponuro. – Ma pękniętą czaszkę, wstrząśnienie mózgu, trzy pęknięte żebra i złamaną rękę.

Samo słuchanie listy obrażeń sprawiało mi ból.

– Nie rozumiem, jak ktoś mógł coś takiego zrobić.

Przyciągnął mnie do siebie i przycisnął usta do mojego czoła.

– Doktor twierdzi, że Cary będzie mógł wyjść za dzień lub dwa; załatwię opiekę domową. Zadzwonię również do twojej pracy i powiem, że nie przyjdziesz.

– Trzeba także zawiadomić agencję Cary'ego.

– Zajmę się tym.

– Dziękuję. – Przytuliłam go mocno. – Co ja bym bez ciebie zrobiła?

– Tego nigdy się nie dowiesz.

*

Mama obudziła mnie o dziewiątej następnego ranka, wślizgując się niepewnie do pokoju Cary'ego, tuż po rozpoczęciu pory odwiedzin. Wyciągnęła mnie na korytarz, koncentrując na sobie uwagę wszystkich znajdujących się w pobliżu ludzi. Było bardzo wcześnie, ale ona wyglądała niesamowicie, odstawiona w opinającą ciało sukienkę w kolorze kości słoniowej i szpilki od Louboutina z przyciągającymi wzrok czerwonymi podeszwami.

– Evo, nie mogę uwierzyć, że cały weekend nie miałaś ze sobą telefonu! Co ty sobie myślałaś? A jakby coś się stało?

– I coś się stało.

– Właśnie o tym mówię! – Wymachiwała jedną ręką, bo pod drugim ramieniem ściskała kopertówkę. – Nikt nie mógł się skontaktować ani z tobą, ani z Gideonem. Zostawił wiadomość, że zabiera cię gdzieś na weekend, ale nikt nie wiedział gdzie. Nie mogę uwierzyć, że zachował się tak nieodpowiedzialnie! Co on sobie myśli?

– Dziękuję – przerwałam jej, bo zaczynała się coraz bardziej nakręcać – za to, że zajęłaś się Carym. To wiele dla mnie znaczy.

– Cóż, to naturalne. – Matka nieco spuściła z tonu. – My też go kochamy, wiesz o tym dobrze. To straszne, co się stało.

Jej dolna warga zaczęła się trząść. Sięgnęła do torebki po chusteczkę, którą zawsze miała w pogotowiu.

– Policja prowadzi śledztwo? – spytałam.

– Tak, oczywiście, lecz nie wiem, czy coś z tego wyniknie. – Przycisnęła chusteczkę do jednego, a potem drugiego kącika oczu. – Kocham Cary'ego całym sercem, ale to łazęga. Wątpię, czy pamięta te wszystkie kobiety i mężczyzn, z którymi był. Pamiętasz tę aukcję charytatywną, na którą przyszłaś z Gideonem? Na którą kupiłam ci tę niesamowitą czerwoną sukienkę?

– Tak. – Nigdy tego nie zapomnę. Tej nocy po raz pierwszy kochałam się z Gideonem.

– Jestem pewna, że Cary przeleciał tę blondynkę, z którą tańczył – i to tam, na miejscu! Zniknęli, a gdy pojawili się ponownie... Cóż, wiem, jak wygląda zaspokojony mężczyzna. Założę się, że nie znał nawet jej imienia.

Przypomniałam sobie, co Cary powiedział wczoraj, zanim zasnął.

– Myślisz, że ten atak ma coś wspólnego z kimś, z kim sypiał?

Mama spojrzała na mnie, jakby dopiero teraz uświadomiła sobie, że o niczym nie wiem.

– Powiedziano mu, żeby trzymał od niej ręce z daleka – kimkolwiek ona jest. Detektywi mają dziś z nim rozmawiać, żeby spróbować wyciągnąć od niego jakieś nazwiska.

– Jezu. – Przetarłam oczy. Pragnęłam umyć twarz i napić się kawy. – Muszą porozmawiać z Tatianą Cherlin.

– Z kim?

– Cary się z nią spotykał. Myślę, że coś takiego by ją kręciło. Gdyby nakrył ich chłopak Cary'ego, miałaby niezły ubaw. Uwielbia być w centrum dramatów.

Pomasowałam się po karku, ale uświadomiłam sobie, że mrowienie w szyi nie ma nic wspólnego z sytuacją Cary'ego. Spojrzałam przez ramię i dostrzegłam zbliżającego się Gideona, z każdym krokiem jego długich nóg dystans między nami stawał się mniejszy. Ubrany w roboczy garnitur, z dużym kubkiem kawy w jednej ręce i niewielką, czarną torbą w drugiej, stanowił wszystko, czego w tej chwili potrzebowałam. Potrzebowałam jego.

– Przepraszam – powiedziałam do matki i podeszłam do niego, trafiając prosto w jego ramiona.

– Hej – powitał mnie, przyciskając usta do moich włosów. – Jak się trzymasz?

– To okropne i absurdalne. Nie zasłużył na kolejną katastrofę. Wystarczająco dużo przeżył.

– Tak samo jak ty, a teraz cierpisz razem z nim.

– A ty razem ze mną. – Wspięłam się na palce, pocałowałam go w brodę i cofnęłam się o krok. – Dziękuję.

Podał mi kawę.

– Przyniosłem ci parę rzeczy – ubranie na zmianę, twoją komórkę i tablet, jakieś kosmetyki.

Wiedziałam, że ta troska drogo go kosztowała – w dosłownym znaczeniu tego słowa. Po wolnym weekendzie z pewnością czekała go góra roboty wartej miliony dolarów, a on tymczasem skakał koło mnie.

– Boże. Kocham cię.

– Evo! – Wzdrygnęłam się, słysząc podniesiony głos matki. Według niej tego typu wyznania należało zachować na noc poślubną.

– Przykro mi, mamo. Nie mogę się powstrzymać.

Gideon przeciągnął rozgrzane od kawy palce po mojej szyi.

– Gideonie – zaczęła mama, podchodząc do nas – co ci przyszło do głowy, żeby zabierać gdzieś Evę bez możliwości kontaktu z nią. Powinieneś być mądrzejszy.

Mama ewidentnie nawiązywała do mojej przeszłości. Nie wiedziałam, dlaczego uważa, że jestem tak delikatna, że nie potrafię samodzielnie funkcjonować. Ona była o wiele słabsza ode mnie.

Rzuciłam Gideonowi współczujące spojrzenie.

Podał mi torbę, którą dla mnie przyniósł, a na jego twarzy malował się absolutny spokój i pewność siebie. Wydawał się całkowicie niewzruszony pytaniami mojej matki. Pozwoliłam mu więc uporać się z tą sytuacją. Nie potrafiłam stawić jej czoła, dopóki nie dostałam swojej dziennej dawki kofeiny.

Wślizgnęłam się do pokoju Cary'ego i zobaczyłam, że się obudził. Na sam jego widok do oczu napłynęły mi łzy i ścisnęło mnie w gardle. Był takim silnym, pełnym życia i energii mężczyzną, zawsze skorym do zgrywy. Nie mogłam znieść jego widoku w takim stanie.

– Hej – wymruczał. – Musisz przestać płakać za każdym razem, gdy mnie widzisz. Nie umieram.

Do diabła, miał rację. Moje łzy niewiele mu pomogą. Nawet jeśli przynoszą ulgę mnie, dla niego to tylko dodatkowe obciążenie. Potrzebuje przyjaciela, nie płaczki.

– Nie mogę się powstrzymać – zachlipałam. – Do luftu z tym. Ktoś skopał ci tyłek, zanim ja miałam okazję.

– Co? Co znowu zrobiłem?

– Nie powiedziałeś mi o Bretcie i Six-Ninths.

– A, to... – W jego oczach pojawiła się odrobina dawnego blasku. – Jak wygląda?

– Dobrze, bardzo dobrze. – Bardzo seksownie, pomyślałam, ale zachowałam tę myśl dla siebie. – Chociaż w tej chwili pewnie nie lepiej niż ty.

Opowiedziałam mu o pocałunku i wynikającej z niego walce.

– Cross dał czadu, co? – Cary pokręcił głową i wykrzywił twarz w bólu. – Porwanie się na Bretta wymaga odwagi, to zaprawiony awanturnik, uwielbia dobrą bójkę.

– Gideon trenował sztuki walki. – Grzebałam w przyniesionej przez mojego chłopaka torbie. – Dlaczego nie powiedziałeś mi, że Captive Soul podpisał kontrakt z wielką wytwórnią?

– Bo nie musisz wracać do tego bagna. Są dziewczyny, które mogą prowadzać się z gwiazdami rocka, ty do nich nie należysz. Zawsze w drodze, wśród tłumów fanek... Doprowadziłabyś zarówno siebie, jak i jego do szaleństwa.

Spojrzałam na Cary'ego.

– Całkowicie się z tobą zgadzam. Ale nie obrażaj mnie myśląc, że polecę do niego dlatego, że stał się popularny.

– Nie o to chodzi. Nie chciałem, żebyś usłyszała ich pierwszego singla.

– *Golden*?

– Tak… – Obserwował mnie, gdy szłam do łazienki. – Co o nim myślisz?

– Jest lepszy niż piosenka pod tytułem *Tapped That*.

– Ha! – Czekał, aż pojawię się w pokoju z umytą twarzą i uczesanymi włosami. – Więc… pocałowałaś go?

– To początek i koniec tej opowieści – powiedziałam oschle. – Rozmawiałeś z Treyem od piątku?

– Nie. Zabrali gdzieś mój telefon, mój portfel chyba też. Obudziłem się tu, w tym – wskazał na szpitalną koszulę – zajebistym stroju.

– Przyniosę ci twoje rzeczy. – Odłożyłam kosmetyki do torby i usiadłam na krześle przy łóżku z kawą w ręku. – Gideon załatwia, żeby wypuścili cię do domu pod opieką prywatnej pielęgniarki.

– Och… to moja fantazja. Czy możesz załatwić, żeby była gorąca? I wolna?

Uniosłam brwi, chociaż w głębi duszy cieszyłam się, że zaczyna wyglądać i brzmieć jak dawny Cary.

– Widzę, że lepiej się czujesz, bo zaczynasz świntuszyć. A jak układają się sprawy z Treyem?

– W porządku – westchnął. – Początkowo obawiałem się, że nie spodoba mu się na przyjęciu. Zapomniałem, że znał tam sporo ludzi.

Cary i Trey poznali się na sesji zdjęciowej, na której Cary był modelem, a Trey asystentem fotografa.

– Cieszę się, że dobrze się bawiliście.

– Tak. Uparł się, żeby nie pójść ze mną do łóżka.

– Więc próbowałeś go tam zaciągnąć, mimo że obiecałeś, że tego nie zrobisz?

– Przecież mnie znasz – powiedział, przewracając oczami. – Oczywiście, że próbowałem. Jest seksowny i świetny w łóżku…

– …i zakochany w tobie.

Wypuścił powietrze, wykrzywiając twarz z bólu.

– Cóż, nikt nie jest doskonały.

Powstrzymałam wybuch śmiechu.

– Cary Taylorze. To, że ktoś cię kocha, nie jest jego wadą.

– Nie świadczy również o wielkiej mądrości. Zachowałem się w stosunku do niego jak ostatni dupek. Spokojnie mógłby poderwać kogoś lepszego.

– To nie ty podejmujesz za niego decyzję.

– Ktoś musi.

– I zgłosiłeś się na ochotnika, bo również go kochasz. Widzisz, że sam sobie zaprzeczasz?

– Nie kocham go tak, jak na to zasługuje. – Z jego twarzy znikły wszelkie ślady zgrywy, pozostał tylko zraniony samotny mężczyzna, którego tak dobrze znałam. – Nie potrafię być wierny, a on pragnie wyłączności. Lubię kobiety. Więcej, kocham kobiety. Musiałbym zrezygnować z połowy siebie. Na samą myśl czuję do niego żal.

– Zbyt wiele cię kosztowało, żeby zaakceptować siebie – odrzekłam cicho, ze smutkiem wspominając tamten czas. – Rozumiem to, i całkowicie się z tobą zgadzam. Ale próbowałeś o tym porozmawiać z Treyem?

– Tak, powiedziałem mu o tym. Wysłuchał mnie. – Cary potarł palcami skronie. – Rozumiem go. Gdyby stwierdził, że zamierza przespać się z jakimś facetem, sypiając jednocześnie ze mną, też by mnie trafiło.

– Ale gdyby to była kobieta, to nie?

– Nie. Nie wiem. Cholera. – Spojrzał na mnie błagalnie swymi nabiegłymi krwią zielonymi oczami. – A tobie sprawiłoby różnicę, gdyby Cross przeleciał jakiegoś faceta? Czy tylko kobietę?

Otworzyły się drzwi i wszedł Gideon. Patrząc mu prosto w oczy, odpowiedziałam:

– Gdyby fiut Gideona dotknął czegokolwiek innego niż jego ręka albo moje ciało, to z nami byłby koniec.

Gideon uniósł brwi.

– No cóż.

Uśmiechnęłam się słodko i puściłam do niego oczko.

– Cześć, mistrzu.

– Witaj, aniołku. – Spojrzał na Cary'ego. – Jak się dziś czujesz?

Cary wykrzywił usta.

– Jak po bliskim spotkaniu z autobusem... albo kijem bejsbolowym.

– Pracujemy nad przeniesieniem cię do domu. Wygląda na to, że będzie to możliwe już w środę.

– Poproszę duże cycki – powiedział Cary. – Albo prężne muskuły. Nie mam preferencji.

Gideon spojrzał na mnie.

– Chodzi o prywatną opiekę.

– Aha.

– Jeśli to będzie kobieta – kontynuował Cary – mógłbyś kazać jej włożyć taki rozpinany z przodu biały uniform.

– Już widzę, jaką burzę medialną wywołałby pozew o molestowanie – odparł poważnie Gideon. – Może zamiast tego, załatwię ci kolekcję pornoli z wyuzdanymi pielęgniarkami.

– Stary. – Cary uśmiechnął się szeroko i przez chwilę wyglądał jak dawniej. – Wiedziałem, że jesteś gość.

– Evo. – Gideon spojrzał na mnie.

Wstałam i pocałowałam Cary'ego w policzek.

– Zaraz wrócę.

Wyszliśmy na korytarz i zobaczyłam, że moja matka rozmawia z doktorem, który wydawał się nią zauroczony.

– Rozmawiałem dziś z Garritym – powiedział Gideon,

odnosząc się do mojego szefa. – Więc nie musisz się o nic martwić.

Nie martwiłam się, bo obiecał, że się tym zajmie.

– Dziękuję. Pójdę tam jutro. Muszę skontaktować się z Treyem, chłopakiem Cary'ego. Może będzie mógł dotrzymać mu towarzystwa, gdy będę w pracy.

– Daj znać, jeśli będziesz potrzebować pomocy. – Gideon zerknął na zegarek. – Znów chcesz zostać tu na noc?

– Tak, jeśli to możliwe. Dopóki Cary nie wróci do domu.

Wziął moją twarz w ręce i przycisnął usta do moich warg.

– W porządku. Mam dużo zaległości w pracy do nadrobienia. Naładuj komórkę, żebyś była uchwytna.

Usłyszałam cichy dźwięk dzwonka. Gideon cofnął się o krok i wyciągnął z wewnętrznej kieszeni marynarki telefon. Spojrzał na wyświetlacz i rzekł:

– Muszę odebrać. Porozmawiamy później.

Odwrócił się i odszedł wzdłuż korytarza tak szybko, jak się zjawił.

– Ożeni się z tobą – oznajmiła moja matka, podchodząc do mnie. – Wiesz o tym, prawda?

Nie wiedziałam. Ciągle jeszcze ogarniało mnie niesamowite uczucie wdzięczności, gdy się budziłam i uświadamiałam sobie, że nadal jesteśmy razem.

– Dlaczego tak myślisz?

Mama spojrzała na mnie swymi niebieskimi oczami. To była jedna z nielicznych cech fizycznych, która nas różniła.

– Przejął nad wszystkim kontrolę – powiedziała.

– Po prostu ma taki charakter.

– Tak zachowują się wszyscy władczy mężczyźni – odparła, bawiąc się moim niedbale związanym kucykiem. – Rozpieszcza cię, bo w ciebie inwestuje. Jesteś jego kapitałem. Piękna, dobrze wychowana, z koneksjami i bogata. Kochasz go, a on nie może oderwać od ciebie wzroku. Założę się, że nie może również się tobą nasycić.

– Mamo, proszę. – Nie byłam w nastroju, żeby wysłuchiwać jednego z jej wykładów o sztuce złapania i poślubienia nadzianego faceta.

– Evo Lauren – skarciła mnie, patrząc mi prosto w oczy. – Nie obchodzi mnie, czy wysłuchasz mnie dlatego, że jestem twoją matką i to twój obowiązek, czy dlatego, że go kochasz i nie chcesz go stracić, ale wysłuchasz mnie.

– Jakbym miała wybór – wymamrotałam.

– Stanowisz dla niego kapitał – powtórzyła. – Postaraj się, żebyś nie stała się ciężarem.

– Mówisz o Carym? – zapytałam ze złością.

– Mówię o siniaku na szczęce Gideona! Powiedz, że nie masz z tym nic wspólnego.

Zaczerwieniłam się.

– Wiedziałam – parsknęła matka. – Może i jest twoim kochankiem i znasz go lepiej niż inni, ale nie zapominaj, że to Gideon Cross. Byłabyś idealną żoną dla kogoś z jego pozycją, lecz nie jesteś niezastąpiona, Evo. Jeśli zaczniesz zagrażać jego imperium, zostawi cię.

– Skończyłaś?

Przejechała opuszkami palców po moich brwiach, przyglądając mi się przenikliwie. Wiedziałam, że obmyślała sposoby, żeby mnie jakoś ulepszyć.

– Myślisz, że jestem wyrachowaną suką polującą na pieniądze, ale uwierz mi, że kieruje mną jedynie matczyna troska. Gorąco pragnę, żebyś była z mężczyzną, który ma pieniądze i środki, żeby zapewnić ci bezpieczeństwo. Chcę również, żebyś była z mężczyzną, którego kochasz.

– Znalazłam go.

– I bardzo się cieszę. Cieszę się, że jest młody i gotowy podjąć ryzyko, bo będzie bardziej wyrozumiały dla twoich dziwactw. Poza tym już w i e – wyszeptała. – Ale uważaj. Tylko to chcę ci powiedzieć. Nie daj mu powodów, żeby się od ciebie odwrócił.

– Jeśli to zrobi, to znaczy, że mnie nie kocha.

Wykrzywiła usta i przycisnęła je do mojego czoła.

– Hej, jesteś moją córką. Nie możesz być aż tak naiwna.

– Evo!

Odwróciłam się na dźwięk mojego imienia i z ulgą dostrzegłam, że biegnie do mnie Trey. Był średniego wzrostu, ładnie umięśniony, z niesfornymi blond włosami, brązowymi oczami i małą wypukłością na nosie, która świadczyła o tym, że kiedyś został złamany. Ubrany w wyblakłe postrzępione dżinsy i T-shirt, nie był typem wymuskanego mężczyzny, z jakimi Cary zwykle się prowadzał. Wyglądało na to, że w tej relacji chodzi o coś więcej niż ponętne ciało.

– Właśnie się dowiedziałem – powiedział, podchodząc do mnie. – Przyszli do mnie do pracy detektywi, żeby mnie przesłuchać. Nie mogę uwierzyć, że to stało się w piątek w nocy, a ja aż do teraz nic nie wiedziałem.

Doskonale rozumiałam jego oskarżycielski ton.

– Sama dowiedziałam się dopiero dzisiejszej nocy. Byłam poza miastem.

Po krótkim powitaniu z Treyem, mama poszła do pokoju Cary'ego. Trey przejechał palcami po włosach, rozwichrzając je jeszcze bardziej.

– Nie doszłoby do tego, gdybym zabrał go ze sobą.

– Nie możesz się obwiniać.

– A kogo mam winić za to, że ugania się za dziewczyną innego faceta? – Założył ręce na kark. – Nie wystarczam mu. Ma potrzeby seksualne nastolatka, w którym buzują hormony, a ja ciągle pracuję albo jestem w szkole.

Uch. Zbyt dużo informacji. Starałam się nie skrzywić, bo zdawałam sobie sprawę, że jestem zapewne jedyną osobą, z którą Trey może swobodnie porozmawiać o Carym.

– Trey, on jest biseksualny – powiedziałam łagodnym głosem i położyłam dłoń na jego przedramieniu. – To nie znaczy, że czegoś ci brakuje.

– Nie wiem, jak mam z tym żyć.

– Może powinieneś rozważyć terapię? Dla was obu.

Przyglądał mi się udręczonym wzrokiem dobrą minutę, po czym opuścił bezradnie ramiona.

– Nie wiem. Chyba muszę zastanowić się, czy będę w stanie zaakceptować jego niewierność. Ty byś mogła, Evo? Mogłabyś siedzieć w domu i czekać na swojego mężczyznę, wiedząc, że właśnie z kimś się pieprzy?

– Nie. – Na sam dźwięk tych słów przeszył mnie lodowaty dreszcz. – Nie mogłabym.

– Poza tym nie wiem, czy Cary w ogóle zgodziłby się pójść na terapię. Ciągle mnie odtrąca. Raz chce być ze mną, za chwilę nie chce. Chwilami angażuje się w ten związek, za moment mu nie zależy. Pragnę się do niego zbliżyć tak jak ty, ale zamyka się przede mną.

– Zajęło mi wiele czasu, żeby się do niego zbliżyć. Próbował mnie zrazić, przystawiając się do mnie w niewybredny sposób, kpiąc ze mnie. Myślę, że w piątek podjąłeś właściwą decyzję, żeby utrzymać to na poziomie platonicznym. Cary ocenia się przez pryzmat wyglądu i seksapilu. Musisz mu udowodnić, że nie chodzi ci tylko o jego ciało.

Trey westchnął i założył ręce na piersiach.

– To dlatego zostaliście przyjaciółmi? Bo nie chciałaś się z nim przespać?

– Po części. Głównie dlatego, że jestem stuknięta. Może teraz nie jest to aż tak widoczne jak wtedy, gdy się poznaliśmy, ale Cary wie, że daleko mi do perfekcji.

– Mnie też! A kto jest perfekcyjny?

– Uważa, że jesteś dla niego za dobry, że zasługujesz na kogoś lepszego. – Uśmiechnęłam się. – A co do mnie… Cóż, chyba myśli, że on i ja jesteśmy siebie warci.

– Porąbany skurczybyk – wymamrotał Trey.

– Dokładnie tak – zgodziłam się. – To dlatego go tak kochamy, prawda? Chcesz do niego pójść? Czy wracasz do domu, żeby to przemyśleć?

– Nie, chcę się z nim zobaczyć. – Trey wyprostował się i podniósł wysoko głowę. – Nieważne, dlaczego się tu znalazł. Pragnę być teraz przy nim.

– Bardzo się cieszę. – Wzięłam go za rękę i zaprowadziłam do pokoju Cary'ego.

Wchodząc, usłyszeliśmy głośny dziewczęcy śmiech mojej matki. Siedziała na brzegu łóżka, a Cary wpatrywał się w nią z uwielbieniem. Była dla niego jak matka, i bardzo ją za to kochał. Jego prawdziwa matka nienawidziła go, molestowała i pozwalała na to innym.

Spojrzał na nas, a na widok emocji, które pojawiły się w tym momencie na jego twarzy, ścisnęło mi się serce. Na widok Cary'ego Trey wstrzymał oddech. Wyrzucałam sobie, że nie uprzedziłam go, by nie popełnił tego samego błędu co ja i nie zaczął płakać.

Trey odchrząknął.

– Ale z ciebie primadonna – odezwał się. – Jeśli chciałeś dostać kwiaty, trzeba było powiedzieć. To lekka przesada.

– I ewidentnie nieskuteczna – odrzekł Cary zachrypniętym głosem, próbując wziąć się w garść. – Nie widzę żadnych kwiatów.

– A ja widzę ich tonę. – Trey rozejrzał się po pokoju, po czym popatrzył na Cary'ego. – Chciałem tylko rozeznać się w sytuacji, żeby móc pokonać konkurencję. – Nie można było nie dostrzec podwójnego znaczenia tego zdania.

Mama podniosła się z łóżka. Nachyliła się i pocałowała Cary'ego w policzek.

– Zabiorę Evę na śniadanie. Wrócimy za jakąś godzinę.

– Dajcie mi chwilkę – powiedziałam, przeciskając się obok łóżka – i zaraz zostawię was w spokoju.

Wyjęłam z torby telefon i ładowarkę i włączyłam do kontaktu przy oknie.

Szybko wysłałam zbiorczą wiadomość do Shawny i ojca, że zadzwonię później. Wyłączyłam dzwonek telefonu i położyłam go na parapecie.

– Gotowa? – zapytała mama.

– Jasne.

13

We wtorek rano musiałam wstać przed świtem. Zostawiłam Cary'emu list w widocznym miejscu i pojechałam taksówką do naszego mieszkania. Wzięłam prysznic, ubrałam się, zaparzyłam kawę i usiłowałam wmówić sobie, że wszystko jest w porządku. Byłam zdenerwowana i niewyspana, a to zawsze przyprawiało mnie o stany depresyjne.

Przekonywałam samą siebie, że moje samopoczucie nie ma nic wspólnego z Gideonem, ale okropne kłucie w żołądku mówiło mi co innego.

Spojrzałam na zegarek. Było parę minut po ósmej. Musiałam się zbierać, bo Gideon nie zadzwonił ani nie wysłał żadnej wiadomości, czy po mnie przyjedzie. Nie widzieliśmy się ani nie odbyliśmy prawdziwej rozmowy od prawie dwudziestu czterech godzin. Zadzwoniłam do niego poprzedniego wieczoru o dziewiątej, ale był zajęty i nasza rozmowa ograniczyła się zaledwie do dzień dobry i do widzenia.

Wiedziałam, że ma dużo pracy, i nie powinnam mieć mu za złe, że musi nadrobić czas, jaki spędziliśmy razem. Tak wiele zrobił już w sprawie Cary'ego, więcej, niż ktokolwiek się po nim spodziewał. Sama musiałam uporać się z moimi uczuciami.

Dopiłam kawę, wypłukałam kubek, chwyciłam torebkę i pobiegłam do wyjścia. Moja porośnięta drzewami uliczka była cicha i spokojna, podczas gdy pulsująca porannym życiem reszta Nowego Jorku tętniła niewyczerpaną, namacalną wręcz energią. Kobiety w eleganckich kostiumach biurowych i mężczyźni w garniturach usiłowali złapać przejeżdżające taksówki, aż w końcu decydowali się na zatłoczone autobusy i metro. Stragany z kwiatami eksplodowały wspaniałymi kolorami – ich widok co rano poprawiał mi humor, podobnie jak zapach, unoszący się z pobliskiej piekarni, która przeżywała właśnie poranne oblężenie.

Dochodziłam do Broadwayu, gdy zaczęła dzwonić moja komórka.

Kiedy zobaczyłam na wyświetlaczu imię Gideona, przez moje ciało przeszedł dreszcz i przyspieszyłam kroku.

– Witaj, nieznajomy.

– Gdzie, do cholery, jesteś? – warknął.

Poczułam ukłucie niepokoju i mój entuzjazm nieco osłabł.

– W drodze do pracy.

– Dlaczego? – powiedział do kogoś, po czym dodał: – Jesteś w taksówce?

– Idę na piechotę. Jezu, co z tobą? Wstałeś z łóżka lewą nogą czy co?

– Powinnaś czekać na samochód.

– Nie zostawiłeś żadnej wiadomości, a nie chciałam się spóźnić do pracy po wczorajszej nieobecności.

– Mogłaś zadzwonić, zamiast tak znikać – odrzekł niskim, gniewnym głosem.

Ja również się zdenerwowałam.

– Gdy ostatnio do ciebie dzwoniłam, byłeś zbyt zajęty, żeby ofiarować mi więcej niż minutę swego cennego czasu.

– Mam do załatwienia ważne sprawy, Evo. Dałabyś już spokój.

– Jasne. Proszę bardzo. – Wyłączyłam telefon i wrzuciłam go do torebki.

Natychmiast zaczął dzwonić, ale zignorowałam go, bo gotowałam się ze złości. Parę kroków dalej zatrzymał się przy krawężniku bentley, ale szłam twardo przed siebie. Samochód jechał za mną, aż przez otwartą szybę wychylił się Angus.

– Panno Tramell, proszę.

Zatrzymałam się i spojrzałam na niego.

– Jesteś sam?

– Tak.

Westchnęłam i wsiadłam do samochodu. Mój telefon ciągle dzwonił, więc wyłączyłam dźwięk. Ulicę dalej usłyszałam w głośnikach samochodu głos Gideona.

– Masz ją?

– Tak, proszę pana – odparł Angus i telefon zamilkł.

– Co go dziś ugryzło? – zapytałam, obserwując odbicie Angusa we wstecznym lusterku.

– Ma dużo na głowie.

Cokolwiek to było, z pewnością nie miało nic wspólnego ze mną. Nie mogłam uwierzyć, że zachowuje się jak dupek. Poprzedniej nocy przez telefon też był zdawkowy, ale nie grubiański.

Kilka minut po moim przybyciu do pracy podszedł do mnie Mark.

– Przykro mi z powodu twojego przyjaciela – powiedział, stawiając na moim biurku świeżą kawę. – Wyjdzie z tego?

– W końcu tak. Cary to twardziel, wyliże się. – Wrzuciłam swoje rzeczy do dolnej szuflady biurka i z wdzięcznością sięgnęłam po kubek parującej kawy. – Dziękuję. I dziękuję także za wczoraj.

Spojrzał na mnie zatroskanym wzrokiem.

– Dziwię się, że dziś przyszłaś.

– Muszę pracować – odrzekłam, zmuszając się do uśmiechu, chociaż wszystko we mnie kotłowało się i bolało. Gdy psuło się pomiędzy mną a Gideonem, wszystko w moim życiu było nie tak. – Opowiedz mi, co mnie ominęło.

*

Poranek minął w mgnieniu oka. Miałam listę spraw do skończenia z zeszłego tygodnia, a Mark musiał do jedenastej trzydzieści przedstawić propozycję dla producenta gadżetów reklamowych. Rzuciłam się w wir pracy, pragnąc zapomnieć o porannym zachowaniu Gideona. Zastanawiałam się, czy przypadkiem nie miał kolejnego koszmaru. Postanowiłam, że zadzwonię do niego podczas lunchu.

I wtedy otworzyłam skrzynkę mejlową.

Czekało na mnie powiadomienie Google z przeglądem wiadomości na temat Gideona. Otworzyłam mejla z nadzieją, że dowiem się, nad czym obecnie pracuje. Od razu dostrzegłam w paru nagłówkach słowa „Była narzeczona" i natychmiast powróciło kłucie w żołądku, gorsze niż o poranku.

Kliknęłam w pierwszy link, który przeniósł mnie na blog plotkarski ze zdjęciami Gideona i Corinne jedzących obiad w Tableau One. Siedzieli przy oknie, blisko siebie, a Corinne trzymała dłoń na przedramieniu Gideona. Był w tym samym garniturze, który miał na sobie wczoraj w szpitalu, ale i tak sprawdziłam datę, z nadzieją, że może to jakieś stare zdjęcia. Były nowe.

Zaczęły mi się pocić dłonie. Torturowałam się, klikając we wszystkie linki i przyglądając się każdemu znalezionemu zdjęciu. Na kilku był uśmiechnięty i wyglądał na wyjątkowo uradowanego jak na mężczyznę, którego dziewczyna siedziała w szpitalu przy łóżku poważnie pobitego przyjaciela. Chciało mi się rzygać. Miałam ochotę krzyczeć. Albo wedrzeć się do biura Gideona i zażądać wyjaśnień.

Spławił mnie, gdy zadzwoniłam, żeby iść na obiad ze swoją byłą narzeczoną.

Podskoczyłam na dźwięk stojącego na biurku telefonu. Podniosłam słuchawkę i automatycznie wyrecytowałam:

– Biuro Marka Garrity'ego, przy telefonie Eva Tramell.

– Eva. – To była Megumi z recepcji, radosna jak zwykle. – Ktoś pyta o ciebie na dole. Brett Kline.

Siedziałam dobrą minutę, usiłując objąć tę informację rozgorączkowanym umysłem. Przesłałam wyszukane przez Google wiadomości na skrzynkę Gideona, aby wiedział, że wiem, i odpowiedziałam:

– Już schodzę.

*

Dostrzegłam Bretta, gdy tylko przeszłam przez bramki kontrolne. Miał na sobie czarne dżinsy i koszulkę Six-Ninths, oczy ukryte za ciemnymi okularami. Jego sylwetka przykuwała uwagę, podobnie jak sterczące włosy z rozjaśnionymi końcówkami. Brett był wysoki i muskularny, bardziej niż Gideon, który był silny, ale nie napakowany.

Gdy Brett mnie zobaczył, wyciągnął ręce z kieszeni i wyprostował się.

– Hej, proszę, proszę – rzucił.

Spojrzałam na moją sukienkę z podkreślającymi figurę

marszczeniami i uświadomiłam sobie, że nigdy jeszcze nie widział mnie w eleganckim stroju.

– Jestem zaskoczona, że jesteś jeszcze w Nowym Jorku – powiedziałam.

Bardziej zaskoczyło mnie, że mnie odszukał, ale nic nie powiedziałam. Cieszyłam się, że przyszedł, bo martwiłam się o niego.

– Mieliśmy komplet w weekend w Jones Beach, a wczoraj graliśmy w Meadowlands. Urwałem się chłopakom, bo chciałem cię zobaczyć, zanim pojedziemy na południe. Wyszukałem cię w sieci i przyszedłem.

Stary, dobry Google, pomyślałam smętnie.

– Świetnie, że wszystko ci się tak dobrze układa. Masz czas wyskoczyć na lunch?

– Tak.

Odpowiedział natychmiast i tak żarliwie, że zapaliło mi się czerwone światełko. Byłam wkurzona, dotkliwie zraniona i przepełniona chęcią zemsty na Gideonie, ale nie chciałam zwodzić Bretta. Mimo wszystko zabrałam go do restauracji, w której kiedyś zostaliśmy sfotografowani z Carym, z nadzieją, że znów przyłapią nas paparazzi. Niech Gideon poczuje, jak to jest.

W taksówce Brett zapytał o Cary'ego i nie był zdziwiony, gdy powiedziałam mu, że mój najlepszy przyjaciel przeprowadził się za mną na drugi koniec kraju.

– Zawsze byliście nierozłączni – stwierdził. – Z wyjątkiem chwil, gdy się z kimś pieprzył. Pozdrów go ode mnie.

– Jasne. – Nie wspomniałam o tym, że Cary jest w szpitalu, wydało mi się to zbyt intymną informacją.

Dopiero gdy Brett zdjął okulary w restauracji, zobaczyłam siniaka rozciągającego się od prawej brwi do kości policzkowej.

– Jezu – wzdrygnęłam się. – Przykro mi.

Wzruszył ramionami.

– Gdy nałożę przed występem make-up, nic nie widać. Bywałem w gorszym stanie, sama wiesz. Poza tym mnie też udało się zadać parę celnych ciosów, co nie?

Przytaknęłam, przypominając sobie siniaki na szczęce i plecach Gideona.

– Zgadza się.

– A więc… – zamilkł, gdy kelner przyniósł dwie szklanki i schłodzoną butelkę wody. – Prowadzasz się z Gideonem Crossem.

Zaczęłam się zastanawiać, dlaczego zawsze słyszę to pytanie w momencie, gdy nie jestem pewna, czy nasz związek przetrwa kolejną minutę.

– Spotykamy się.

– To coś poważnego?

– Czasami tak myślę – odpowiedziałam szczerze. – A ty się z kimś spotykasz?

– Nie w tej chwili.

Zajęliśmy się studiowaniem menu i składaniem zamówienia. W restauracji było tłoczno i głośno, gwar rozmów i brzęk talerzy z kuchni prawie zupełnie zagłuszały muzykę. Spojrzeliśmy na siebie poprzez stół. Wyczułam między nami przyciąganie. A gdy zwilżył wargi koniuszkiem języka, domyśliłam się, że Brett także to czuł.

– Dlaczego napisałeś *Golden*? – zapytałam znienacka, nie mogąc powstrzymać ciekawości ani chwili dłużej. Przed Gideonem i Carym udawałam, że to mnie nie rusza, ale w rzeczywistości nie dawało mi spokoju.

Brett rozparł się na krześle.

– Bo dużo o tobie myślę. Prawdę mówiąc, nie mogę przestać o tobie myśleć.

– Nie pojmuję dlaczego.

– Byliśmy razem sześć miesięcy, Evo. Nigdy nie byłem z nikim tak długo.

– Ależ my nie byliśmy ze sobą – zaprzeczyłam i dodałam ciszej: – Sypialiśmy ze sobą.

Zacisnął usta.

– Wiem, czym dla ciebie byłem, ale to nie znaczy, że mnie nie zraniłaś.

Wpatrywałam się w niego przez dłuższą chwilę, moje serce waliło z zawrotną prędkością.

– Czuję, jakbym się naćpała albo coś w tym stylu. Z tego, co pamiętam, spotykaliśmy się po koncertach, a potem wracałeś do swoich spraw. A gdy akurat nie było mnie pod ręką, zadowalałeś się kimś innym.

Brett pochylił się przez stół.

– Gówno prawda. Chciałem, żebyś została. Ile razy prosiłem cię, żebyś nie znikała.

Wzięłam parę szybkich głębokich oddechów, żeby się uspokoić. Nie mogłam uwierzyć, że teraz, prawie o cztery lata za późno, Brett Kline mówi mi to, co kiedyś tak bardzo chciałam usłyszeć. Byliśmy razem wśród ludzi, w restauracji, prawie jak na randce. To wszystko przyprawiało mnie o zawrót głowy, a już i tak czułam się skołowana z powodu dziwnego zachowania Gideona.

– Brett, byłam w tobie szaleńczo zakochana. Rysowałam ramki z kwiatków wokół twojego imienia, jak zadurzona nastolatka. Desperacko pragnęłam być twoją dziewczyną.

– Żartujesz sobie ze mnie? – Chwycił moją rękę. – To co się, do kurwy nędzy, stało?

Spuściłam wzrok, patrząc, jak w roztargnieniu bawi się pierścionkiem, który dostałam od Gideona.

– Pamiętasz, jak pojechaliśmy na bilard?

– Jasne. Jak mógłbym zapomnieć? – Przygryzł dolną wargę, przypominając sobie, jak wyruchałam go do nieprzytomności na tylnym siedzeniu samochodu, z nadzieją, że okażę się najlepszą dupą, jaką kiedykolwiek miał, i straci zainteresowanie innymi dziewczynami. – Myślałem, że zaczniemy spotykać się poza barem, ale zniknęłaś, gdy tylko weszliśmy do środka.

– Poszłam do toalety – odparłam cicho, przypominając sobie wstyd i ból, jakby wszystko wydarzyło się przed chwilą – a kiedy wróciłam, staliście z Darrinem przy maszynie, rozmieniając pieniądze na bilard. Byłeś odwrócony plecami, więc mnie nie widziałeś, lecz słyszałam, jak rozmawialiście... i naśmiewaliście się.

Wzięłam głęboki oddech i wyrwałam mu rękę.

Trzeba przyznać, że Brett wyglądał na zażenowanego.

– Nie pamiętam dokładnie, co mówiliśmy, ale... do cholery, Evo! Miałem dwadzieścia jeden lat. Zespół zdobywał popularność. Panienki były wszędzie.

– Wiem – odrzekłam sucho. – Byłam jedną z nich.

– Wcześniej spaliśmy ze sobą tylko parę razy. Zabierając cię na bilard, chciałem pokazać chłopakom, że między nami zaczyna iskrzyć. – Potarł skronie w geście, który doskonale pamiętałam. – Nie miałem jaj, żeby przyznać się, co do ciebie czuję. Udawałem, że chodzi tylko o seks, ale tak nie było.

Uniosłam szklankę i zaczęłam pić, jakbym chciała rozpuścić rosnącą w gardle gulę.

– A więc wszystko zepsułem swoją wielką gębą. To dlatego zniknęłaś i dlatego nigdy więcej ze mną nigdzie nie pojechałaś.

– Byłam gotowa na wszystko, Brett – przyznałam – ale nie chciałam tego po sobie pokazać.

Kelner przyniósł nasze jedzenie. Zastanawiałam się, po co cokolwiek zamówiłam. Byłam zbyt zdenerwowana, żeby jeść.

Brett ostro zaatakował nożem swój stek. Nagle odłożył sztućce.

– Wtedy zawaliłem sprawę, ale teraz wszyscy dowiedzieli się, co wówczas myślałem. *Golden* jest naszym najlepiej sprzedającym się singlem. Dzięki niemu podpisaliśmy kontrakt z Vidalem.

– To piękna piosenka, a gdy ją śpiewasz, twój głos brzmi wspaniale. Cieszę się, że mogliśmy się zobaczyć, zanim wyjedziesz. Ta rozmowa wiele dla mnie znaczy.

– A co, jeśli nie chcę wyjechać i o nas zapomnieć? – Wziął głęboki oddech i pospiesznie wypuścił powietrze. – Przez ostatnie kilka lat byłaś moją muzą. To dzięki tobie stworzyłem nasz najlepszy materiał.

– Bardzo mi to pochlebia… – zaczęłam.

– Iskrzyło między nami. Cały czas iskrzy. Wiem, że ty też to czujesz. Sposób, w jaki pocałowałaś mnie tamtej nocy…

– To był błąd. – Zacisnęłam dłonie pod stołem. Nie mogłabym znieść teraz więcej emocji. Nie wytrzymam kolejnej takiej nocy jak w piątek. – Musisz także wziąć pod uwagę, że Gideon kontroluje twoją wytwórnię fonograficzną. Nie stwarzaj sobie problemów.

– Pieprzę to. Co niby zrobi? – Bębnił palcami o stół. – Chciałbym, żebyś dała mi jeszcze jedną szansę.

Pokręciłam głową i sięgnęłam po portmonetkę.

– To niemożliwe. Nawet gdybym nie była z nikim związana, nie pasuję do twojego stylu życia, Brett. Mam zbyt duże wymagania.

– Pamiętam – odrzekł ostro. – Bardzo dobrze pamiętam.

Zarumieniłam się.

– Nie o to mi chodziło.

– I nie chodzi mi tylko o seks. Chcę być z tobą. Popatrz, choćby teraz – jesteśmy w trasie, a mogliśmy się spotkać. Znajdę dla nas czas. Chcę znaleźć.

– To nie takie proste. – Wyjęłam z portmonetki pieniądze i położyłam na stole. – Nie znasz mnie. Nie masz pojęcia, ile pracy wymaga związek ze mną.

– Pozwól mi spróbować.

– Potrzebuję ciągłej uwagi, jestem zaborcza i absurdalnie zazdrosna. Doprowadzę cię do szaleństwa w ciągu tygodnia.

– Zawsze doprowadzałaś mnie do szaleństwa. Podoba mi się to. – Z jego twarzy zniknął uśmiech. – Nie uciekaj, Evo. Daj mi szansę.

Popatrzyłam mu prosto w oczy.

– Kocham Gideona.

Uniósł brwi. Nawet gdy był zrozpaczony, wyglądał olśniewająco.

– Nie wierzę ci.

– Przykro mi. Muszę już iść. – Wstałam i ruszyłam do drzwi.

Złapał mnie za łokieć.

– Evo…

– Proszę, nie rób sceny – wyszeptałam, żałując, że wybrałam popularną restaurację.

– Nic nie zjadłaś.

– Nie mogę. Muszę stąd wyjść.

– Okej. Ale nie myśl, że się poddam. – Puścił mnie. – Popełniam błędy, lecz uczę się na nich.

Nachyliłam się nad nim i powiedziałam dobitnie:

– Nie ma szansy. Żadnej szansy.

Brett wbił widelec w stek.

– Zobaczymy.

*

Gdy wyszłam z restauracji, przy krawężniku czekał bentley. Z samochodu wysiadł Angus i otworzył dla mnie tylne drzwi.

– Skąd wiedziałeś, że tu jestem? – zapytałam, zmieszana jego niespodziewaną obecnością.

W odpowiedzi uśmiechnął się ciepło i dotknął daszka szoferskiej czapki.

– To trochę krępujące, Angus – stwierdziłam i usiadłam na tylnym siedzeniu.

– Nie zaprzeczę, panno Tramell. Ale ja tylko wykonuję polecenia.

W drodze do Crossfire napisałam wiadomość do Cary'ego: *Byłam na lunchu z Brettem. Chce kolejnej szansy ze mną.*

Cary odpowiedział: *Nieszczęścia zawsze chodzą parami...*

Cały dzień = totalnie przesrany. Chcę powtórki – napisałam.

Zadzwonił mój telefon. To był Cary.

– Mała – wycedził. – Chciałbym ci współczuć, naprawdę, ale miłosne trójkąty są po prostu zbyt pyszne. Zdeterminowany gwiazdor rocka i zaborczy milioner. Mniam.

– O Boże. Wyłączam się.

– Widzimy się wieczorem?

– Tak, tylko mam nadzieję, że nie będę tego żałować. – Rozłączyłam się przy dźwięku jego śmiechu, po cichu zadowolona, że jest w tak dobrym humorze. Wizyta Treya musiała zdziałać cuda.

Angus podwiózł mnie pod budynek Crossfire i pospieszyłam w dusznym powietrzu do chłodnego holu. Wpadłam do windy, przeciskając się przez zamykające się drzwi. W windzie było jeszcze sześć osób, które stały w dwóch grupach, pogrążone w rozmowach. Stanęłam w kącie przy drzwiach i usiłowałam zapomnieć o swoich prywatnych zawirowaniach. Nie mogłam o tym myśleć w pracy.

– Hej, przejechałyśmy nasze piętro – powiedziała stojąca obok mnie dziewczyna.

Popatrzyłam na wskazówkę nad drzwiami.

Mężczyzna znajdujący się najbliżej kontrolek, zaczął przyciskać nerwowo kolejne guziki, ale żaden się nie podświetlał, poza jednym wskazującym najwyższe piętro.

– Przyciski nie działają – stwierdził.

Serce zaczęło mi łomotać.

– Zadzwoń na numer alarmowy – zawołała jedna z dziewczyn.

Winda spieszyła do góry, a z każdym kolejnym piętrem czułam coraz większy ucisk w żołądku. W końcu zwolniła, zatrzymała się na najwyższym piętrze i otworzyły się drzwi.

Gideon stał na progu z cudownie niewzruszoną miną. Jego niezwykle niebieskie oczy były zimne jak lód. Na jego widok zaparło mi dech w piersiach.

Pasażerowie windy milczeli, a ja stałam nieruchomo, modląc się, żeby drzwi się wreszcie zamknęły. Gideon wyciągnął rękę, chwycił mnie za łokieć i wyprowadził z windy. Opierałam się, zbyt wściekła, żeby znieść jego obecność. Gdy drzwi się zamknęły, puścił mnie.

– Twoje dzisiejsze zachowanie jest skandaliczne – warknął.

– Moje zachowanie? A co z twoim?

Podeszłam do tablicy z guzikami przywołującymi windę i nacisnęłam jeden z nich. Nie podświetlił się.

– Mówię do ciebie, Evo.

Spojrzałam na wejście do Cross Industries i z ulgą dostrzegłam, że przy biurku nie było rudowłosej sekretarki.

– Naprawdę? Co ty powiesz? – Stanęłam z nim twarzą w twarz, wściekła, że pomimo okropnego zachowania Gideona nie mogę oprzeć się jego urokowi. – Dziwne, że nie mogę się od ciebie niczego dowiedzieć, na przykład o twoim wczorajszym wyjściu z Corinne.

– Nie powinnaś wyszukiwać w internecie plotek na mój temat – odgryzł się. – Specjalnie wynajdujesz sobie problemy.

– A więc twoje postępowanie nie stanowi problemu? – odpaliłam, czując napływające łzy. – Problemem jest to, że się o nim dowiem?

Założył ręce na piersi.

– Evo, musisz mi zaufać.

– Nie ułatwiasz mi tego! Dlaczego nie powiedziałeś mi, że idziesz na obiad z Corinne?

– Bo wiedziałem, że ci się to nie spodoba.

– Ale i tak poszedłeś. – To mnie bolało. Po tym wszystkim, o czym rozmawialiśmy w weekend… Po tym jak powiedział, że rozumie, co czuję…

– A ty poszłaś z Brettem Kline'em, mimo że wiedziałaś, że mi się to nie spodoba.

– Cóż mogę ci powiedzieć? Ustanowiłeś precedens, jak mamy traktować byłych kochanków.

– Oko za oko? Niezwykle dojrzałe zachowanie.

Odsunęłam się od niego. Stojący przede mną mężczyzna nie przypominał Gideona, jakiego znałam. Zupełnie jakby ten, którego kochałam, zniknął i zamienił się w nieznajomego w ciele Gideona.

– Sprawiasz, że cię nienawidzę – wyszeptałam. – Przestań.

Coś przemknęło przez twarz Gideona tak szybko, że nie mogłam tego rozpoznać. Skupiłam się na języku jego ciała. Stał daleko ode mnie, miał wyprostowane usztywnione ramiona i zaciśniętą szczękę.

Na ten widok ścisnęło mi się serce i spuściłam wzrok.

– Nie mogę być teraz blisko ciebie. Pozwól mi odejść.

Gideon podszedł do wind po przeciwnej stronie i nacisnął guzik. Stojąc tyłem do mnie, powiedział:

– Angus będzie podwoził cię co rano. Czekaj na niego.

I wolałbym, żebyś jadła lunch przy swoim biurku. Lepiej, żebyś się teraz nigdzie nie szwendała.

– Dlaczego?

– Mam w tej chwili wiele na głowie…

– Na przykład obiady z Corinne?

– …i nie mogę się jeszcze martwić o ciebie – dokończył, ignorując moje wtrącenie. – Chyba nie proszę o zbyt wiele.

Coś było nie w porządku.

– Gideonie, dlaczego nic mi nie mówisz? – Wyciągnęłam rękę i dotknęłam jego ramienia, ale odsunął się, jakbym go oparzyła. Jego reakcja na mój dotyk zabolała mnie bardziej niż cokolwiek innego.

– Powiedz, co się dzieje. Jeśli masz jakieś problemy…

– Problemem jest, że tak często nie wiem, gdzie się, do cholery, podziewasz! – warknął i obrzucił mnie gniewnym spojrzeniem. – Twój przyjaciel jest w szpitalu. Twój ojciec przyjeżdża z wizytą. Skup się na tym.

Weszłam do windy, z trudem powstrzymując łzy. Gideon nawet mnie nie dotknął. Nie przesunął palcami po moim policzku ani nie próbował mnie pocałować. Nie wspomniał również, że chciałby zobaczyć się ze mną później, ominął cały dzień, żeby stwierdzić, że Angus będzie czekał na mnie jutro rano.

Zupełnie nie wiedziałam, co myśleć. Nie wiedziałam, co się dzieje, dlaczego nagle powstała między nami taka ogromna przepaść, dlaczego był tak zdenerwowany i zły, dlaczego nie obchodziło go, że właśnie spotkałam się z Brettem.

Dlaczego nic go nie obchodziło.

Drzwi zaczęły się zamykać.

Zaufaj mi, Evo.

Czy wyszeptał te słowa tuż przed tym, gdy drzwi się zamknęły? Czy było to jedynie moje pobożne życzenie?

*

Kiedy tylko weszłam do pokoju, Cary domyślił się, że padam ze zmęczenia. Przetrwałam zabójczą sesję krav magi z Parkerem, potem wpadłam do mieszkania, żeby wziąć prysznic i zjeść ohydny ramen z torebki. Ogromna dawka soli i węglowodanów po całym dniu niejedzenia wręcz powaliła mnie na kolana.

– Wyglądasz jak z krzyża zdjęta – oznajmił, wyłączając dźwięk w telewizorze.

– Popatrz na siebie – odgryzłam się, zbyt wykończona, żeby przyjąć jakąkolwiek krytykę.

– Oberwałem kijem bejsbolowym. A tobie co się stało?

Poprawiłam poduszkę i gryzący koc na moim łóżku i ze szczegółami opowiedziałam mu o moim dniu.

– I od tego czasu Gideon się nie odezwał – zakończyłam. – Nawet Brett skontaktował się ze mną po lunchu. Zostawił na portierni kopertę ze swoim numerem telefonu. – Dołączył również pieniądze, które zostawiłam w restauracji.

– Zamierzasz do niego zadzwonić? – zapytał Cary.

– Nie chcę myśleć teraz o Bretcie! – Wyciągnęłam się na wznak i przeczesałam palcami włosy. – Chcę wiedzieć, co się dzieje z Gideonem. Zachowuje się, jakby w ciągu ostatnich trzydziestu sześciu godzin przeszedł przeszczep osobowości!

– A może o to chodzi.

Podniosłam głowę z poduszki i zobaczyłam, że wskazuje na coś leżącego na stoliku nocnym. Wstałam i przyjrzałam się uważniej – była to lokalna gazeta gejowska.

– Trey mi dzisiaj przyniósł.

Na pierwszej stronie widniało zdjęcie Cary'ego i wiadomość o napaści na niego, łącznie ze spekulacjami, że był to atak o podłożu homofobicznym. Żeby dodać historii pikanterii, w artykule wspomniano, że razem mieszkamy i o moim związku z Gideonem Crossem.

– To samo jest na ich stronie internetowej – dodał cicho. – Ktoś w agencji musiał się wygadać, plotka się rozeszła i ktoś postanowił wykorzystać ją dla poprawy swojej pozycji politycznej. Ale szczerze mówiąc, trudno mi sobie wyobrazić, żeby Cross się tym przejął…

– Twoją orientacją seksualną? Nie przeszkadza mu.

– Ale jego doradcy od PR-u mogą myśleć inaczej. Może dlatego chce cię trzymać pod kloszem. Jeśli boi się, że ktoś może wykorzystać cię, aby dotrzeć do mnie, nic dziwnego, że nie chce, byś włóczyła się po ulicach.

– Dlaczego mi tego nie powiedział? – Odłożyłam gazetę. – Dlaczego zachowuje się jak totalny dupek? W weekend wszystko tak świetnie się układało. On był wspaniały. Myślałam, że przekroczyliśmy jakiś próg. Miałam wrażenie, że stał się innym mężczyzną, a teraz zmienił się na gorsze. Jak gdyby był… no nie wiem. Jakby oddalił się tysiące kilometrów ode mnie. Nic z tego nie rozumiem.

– Nie wiem, co ci powiedzieć, Evo. – Cary ścisnął moją dłoń. – To jego powinnaś zapytać.

– Masz rację. – Podniosłam się i wyjęłam z torebki telefon. – Zaraz wracam.

Wyszłam na przylegający do poczekalni balkonik i zadzwoniłam do Gideona. Telefon dzwonił i dzwonił, aż w końcu połączył się z pocztą głosową. Spróbowałam zadzwonić na numer domowy. Gideon odebrał po trzecim sygnale.

– Cross – rzekł szorstko.

– Cześć.

Nastała cisza długości uderzenia serca, po czym powiedział:

– Chwileczkę.

Słyszałam otwierane drzwi, a potem odgłos zmiany telefonu – wyszedł z pokoju, w którym wcześniej przebywał.

– Wszystko w porządku? – zapytał.

– Nie. – Potarłam zmęczone oczy. – Tęsknię za tobą.

Westchnął.

– Evo, nie mogę... nie mogę teraz rozmawiać.

– Dlaczego nie? Nie rozumiem, dlaczego stałeś się taki zimny. Zrobiłam coś złego?

Usłyszałam jakieś mruczenie i zdałam sobie sprawę, że zakrył słuchawkę, aby powiedzieć coś do kogoś innego. Okropne przeczucie zdrady sprawiło, że nie mogłam złapać oddechu.

– Gideonie, kto u ciebie jest?

– Muszę już kończyć.

– Powiedz mi, kto z tobą jest!

– Angus będzie pod szpitalem o siódmej. Postaraj się trochę przespać, aniołku.

Połączenie zostało przerwane.

Opuściłam rękę i wpatrywałam się w telefon, jakby mógł odpowiedzieć mi na pytanie, co, do cholery, przed chwilą zaszło.

Zrezygnowana poczłapałam do pokoju Cary'ego.

Mój przyjaciel spojrzał na mnie i westchnął:

– Wyglądasz, jakby zdechł ci szczeniaczek.

Tama puściła. Wybuchnęłam płaczem.

14

Prawie całą noc nie spałam. Przewracałam się z boku na bok, zasypiałam, żeby po chwili się obudzić. Budziły mnie również ciągłe wizyty pielęgniarki, która sprawdzała stan Cary'ego. Prześwietlenia mózgu i wyniki badań laboratoryjnych wyglądały dobrze i nic mu nie groziło, co nie zmienia faktu, że nie było mnie przy nim, gdy został ranny, i czułam, że powinnam mu towarzyszyć, nawet za cenę snu.

Tuż przed szóstą poddałam się i wstałam.

Wzięłam tablet i bezprzewodową klawiaturę i poszłam na dół, do kafeterii. Usiadłam przy jednym ze stolików i przygotowałam się do napisania listu do Gideona. Przez ostatnich parę dni podczas tych krótkich chwil, kiedy udało mi się z nim porozmawiać, nie zdołałam powiedzieć, co myślę. Postanowiłam więc to napisać, bo jedynie szczera, otwarta komunikacja pozwoli przetrwać naszemu związkowi.

Napiłam się kawy i zaczęłam pisać, zaczynając od podziękowań za piękny weekend. Napisałam, że ten wyjazd wiele dla mnie znaczył, że myślałam, iż zrobiliśmy ogromny krok naprzód, przez co wydarzenia paru ostatnich dni stały się wyjątkowo trudne do zniesienia...

– Eva. Co za miła niespodzianka!

Odwróciłam głowę i zobaczyłam doktora Terrence'a Lucasa trzymającego w ręku taki sam jednorazowy kubek kawy, jaki przed chwilą kupiłam. Był w stroju służbowym, miał krawat i biały fartuch.

– Dzień dobry – odrzekłam z nadzieją, że udało mi się ukryć nieufność.

– Mogę się przysiąść? – zapytał, okrążając stolik.

– Proszę.

Obserwowałam, jak siada na stojącym obok mnie krześle. Miał całkowicie białe włosy, bez śladu siwizny, i przystojną twarz pozbawioną zmarszczek. Jego oczy o niezwykłym zielonym odcieniu świadczyły o przenikliwości i inteligencji. Uśmiechał się jednocześnie czarująco i kojąco. Pomyślałam, że z pewnością cieszy się ogromną popularnością wśród pacjentów i ich matek.

– Musi być jakiś szczególny powód, dla którego jesteś w szpitalu przed godzinami odwiedzin.

– Leży tu mój przyjaciel. – Nic więcej nie powiedziałam, ale i tak się domyślił.

– Więc Gideon Cross sięgnął do kieszeni i wszystko załatwił. – Pokręcił głową i napił się kawy. – I jesteś mu ogromnie wdzięczna. Pomyśl tylko, ile cię to będzie kosztowało.

Oparłam się na krześle, oburzona w imieniu Gideona, którego szczodrość została uznana za interesowność.

– Dlaczego tak bardzo się nienawidzicie?

Z oczu Lucasa znikła łagodność.

– Zranił kogoś, kto jest mi bliski.

– Twoją żonę. Powiedział mi. – Widziałam, że moje słowa go zaskoczyły. – Ale to nie od tego się zaczęło, prawda? To był zaledwie skutek.

– Wiesz, co zrobił, i nadal z nim jesteś? – Oparł się łokciami o stół. – Przecież to samo robi z tobą. Wyglądasz na wyczerpaną i nieszczęśliwą. Wiesz, że dla niego to jedynie gra. Potrafi wielbić kobietę, jakby potrzebował jej niczym powietrza. Aż nagle nie może znieść jej widoku.

To stwierdzenie było boleśnie dokładnym opisem mojej obecnej sytuacji z Gideonem. Moje tętno przyspieszyło.

Opuścił wzrok na moją szyję, po czym spojrzał mi w oczy i wykrzywił usta w szyderczym, wszystkowiedzącym uśmiechu.

– Doświadczyłaś tego, o czym mówię. Będzie się z tobą bawił, aż zupełnie się od niego uzależnisz. Wtedy znudzisz mu się i cię rzuci.

– Co między wami zaszło? – zapytałam ponownie, wiedząc, że tu leży rozwiązanie zagadki.

– Gideon Cross to narcystyczny socjopata – kontynuował, zupełnie ignorując moje pytanie.

– Myślę, że jest także mizoginem. Wykorzystuje pieniądze, żeby uwodzić kobiety, a potem gardzi nimi za to, że imponuje im jego bogactwo. Kontroluje kobiety poprzez seks. Nigdy nie możesz powiedzieć, w jakim będzie nastroju. To część zauroczenia, gdy zawsze nastawiasz się na najgorsze i doświadczasz przyjemnej ulgi, gdy okazuje się, że ma dobry dzień.

– Nie znasz go – odrzekłam, unikając połknięcia haczyka. – Podobnie jak twoja żona.

– Ty też go nie znasz. – Oparł się na krześle i pił kawę. Wyglądał na niewzruszonego, dokładnie tak, jak ja starałam się wyglądać. – Nikt go nie zna. Jest mistrzem manipulacji i kłamstw. Nie daj się zwieść. Jest pokręconym, niebezpiecznym, zdolnym do wszystkiego facetem.

– Fakt, że nie chcesz powiedzieć, co się między wami wydarzyło, wskazuje, że była to twoja wina.

– Nie powinnaś snuć domysłów. Nie mogę rozmawiać o pewnych rzeczach.

– To wygodne wytłumaczenie.

Westchnął.

– Evo, nie jestem twoim wrogiem, a Cross nie potrzebuje, żeby ktoś toczył za niego jego bitwy. Nie musisz mi wierzyć. Szczerze mówiąc, jestem tak zgorzkniały, że na twoim miejscu też bym sobie nie uwierzył. Ale jesteś piękną, inteligentną, młodą kobietą.

Ostatnio wcale taka nie byłam, lecz musiałam to zmienić. Albo odejść.

– Jeśli spojrzysz z perspektywy na to, co z tobą robi, i zastanowisz się, jak się czujesz, odkąd zaczęliście się spotykać, i czy spełniasz się w tym związku, dojdziesz do swoich własnych wniosków.

Coś zapikało i Lucas wyjął z kieszeni fartucha smartfon.

– Ach, mój pacjent właśnie przyszedł na świat. – Poderwał się na nogi i spojrzał na mnie z góry, kładąc mi dłoń na ramieniu. – Mam nadzieję, że uda ci się z tego wyrwać.

Patrzyłam, jak szybko opuszcza kafeterię, a w momencie gdy zniknął, wyczerpana i oszołomiona opadłam na oparcie krzesła.

Mój wzrok padł na wygaszony monitor tableta. Nie miałam siły, żeby skończyć list.

Spakowałam swoje rzeczy i poszłam czekać na przyjazd Angusa.

*

– Masz ochotę na chińszczyznę?

Oderwałam wzrok od projektu reklamy kawy jagodowej i spojrzałam w ciepłe brązowe oczy mojego szefa. Uświadomiłam sobie, że jest środa, dzień naszych cotygodniowych wyjść ze Stevenem.

Przez chwilę myślałam, żeby zrezygnować z tradycji i zjeść przy biurku, bo chciałam zrobić przyjemność Gideonowi. Ale szybko zrozumiałam, że jeśli to zrobię, będę miała o to do niego żal. Cały czas budowałam nowe życie w Nowym Jorku, a to oznaczało wychodzenie z przyjaciółmi i podtrzymywanie kontaktów z innymi ludźmi niż Gideon.

– Zawsze mam ochotę na chińszczyznę – odpowiedziałam. Mój pierwszy wspólny posiłek z Markiem i Stevenem to była zjedzona w biurze chińszczyzna na wynos, gdy pracowaliśmy do późna i Steven przyszedł nas podkarmić.

Wyszliśmy razem z Markiem w południe i nie zamierzałam czuć się winna, że robię to, co sprawia mi taką przyjemność. Steven czekał na nas w restauracji, przy okrągłym stole, na którym stał obrotowy talerz.

– Witaj. – Uściskał mnie i odsunął dla mnie krzesło.

Gdy siadaliśmy, przyglądał mi się uważnie. – Wyglądasz na zmęczoną.

Pomyślałam, że naprawdę muszę okropnie wyglądać, skoro wszyscy mi to powtarzają.

– Mam wyjątkowo ciężki tydzień – odparłam.

Do stolika podeszła kelnerka i Steven zamówił zestaw przystawek oraz te same dania, które jedliśmy podczas naszego pierwszego późnowieczornego posiłku – kurczaka kung pao i wołowinę z brokułami. Gdy zostaliśmy sami, Steven powiedział:

– Nie wiedziałem, że twój współlokator jest gejem. Wspominałaś o tym wcześniej?

– Prawdę mówiąc, jest bi. – Pomyślałam, że albo Steven, albo jakiś jego znajomy musiał zobaczyć gazetę, którą pokazał mi wczoraj Cary. – Chyba nie było okazji.

– Jak się czuje? – zapytał Mark ze szczerą troską.

– Lepiej. Może wróci dziś do domu. – Niepewność co do Cary'ego ciążyła nade mną od rana, bo Gideon nie zadzwonił i nie powiadomił mnie o ustaleniach z lekarzem.

– Daj znać, jeśli będziesz potrzebowała pomocy – powiedział Steven. – Zawsze możesz na nas liczyć.

– Dziękuję. Napaść nie była związana z jego orientacją seksualną – wyjaśniłam. – Nie wiem, skąd ten reporter to wytrzasnął. Kiedyś bardzo ceniłam dziennikarzy. Ale obecnie niewielu z nich trudzi się dociekaniem prawdy, a jeszcze rzadziej potrafią zachować obiektywizm.

– Na pewno ciężko żyje się pod ostrzałem mediów. – Steven ścisnął moją dłoń. Był towarzyskim, zabawnym facetem, ale pod maską wesołka krył się porządny mężczyzna o dobrym sercu. – Mimo to musisz się z tym liczyć, gdy zadajesz się z gwiazdami rocka i milionerami.

– Steven – upomniał go Mark, marszcząc brwi.

– Uch. – Zmarszczyłam nos. – Shawna ci powiedziała.

– Pewnie że tak – odrzekł Steven. – Chociaż tyle mogła zrobić, po tym jak nie wzięła mnie na koncert. Ale nic się nie martw, nie jest plotkarą. Nikomu innemu nie powie.

Przytaknęłam, bo wiedziałam, że na Shawnę można liczyć. Jednocześnie byłam zażenowana, że mój szef dowiedział się, iż całowałam się z facetem, będąc w związku z kimś innym.

– Chociaż z drugiej strony przydałoby się, żeby Cross zobaczył, jak to jest – mruknął Steven.

Oniemiała spojrzałam na Marka i napotkałam jego współczujące spojrzenie.

Zdałam sobie sprawę, że widzieli nie tylko gejowską gazetę. Musieli także trafić na zdjęcia Gideona i Corinne. Poczułam, że czerwienię się ze wstydu.

– Przekona się – wybąkałam. – Już ja się o to postaram.

Twarz Stevena pojaśniała. Zaśmiał się i poklepał moją dłoń.

– Nie daj się, dziewczyno.

*

Gdy tylko wróciłam do biurka, zadzwonił telefon.

– Biuro Marka Garrity'ego, przy telefonie Eva...

– Dlaczego tak trudno ci wypełniać polecenia? – powiedział Gideon oschle.

Siedziałam, wpatrując się w kolaż zdjęć, który od niego dostałam. Byliśmy na nich tacy bliscy sobie i zakochani.

– Evo?

– Czego ode mnie chcesz, Gideonie? – zapytałam szeptem.

Nastąpiła chwila ciszy, po czym odetchnął głęboko.

– Cary zostanie przeniesiony do waszego mieszkania dziś po południu, pod nadzorem lekarza i prywatnej pielęgniarki. Powinien być w domu, zanim skończysz pracę.

– Dziękuję. – Na linii zapadła kolejna chwila ciszy, ale nie odłożył słuchawki. W końcu to ja się odezwałam: – To wszystko?

Pytanie mogło mieć podwójne znaczenie. Zastanawiałam się, czy je wychwycił, czy w ogóle jeszcze mu zależało.

– Angus zawiezie cię do domu.

Ścisnęłam mocniej słuchawkę.

– Do widzenia, Gideonie.

Rozłączyłam się i wróciłam do pracy.

*

Po powrocie do domu od razu pobiegłam do pokoju Cary'ego. Ktoś postawił jego łóżko w pionie, żeby zrobić miejsce dla wygodnego, dającego się dowolnie regulować łóżka szpitalnego. Gdy weszłam, Cary spał, a pielęgniarka siedziała na nowym fotelu i czytała e-booka. Była to ta sama kobieta, którą widziałam pierwszej nocy w szpitalu, ładna, o egzotycznej urodzie. Nie mogła wtedy oderwać wzroku od Gideona.

Zaczęłam się zastanawiać, kiedy z nią rozmawiał i czy zrobił to osobiście, czy zlecił komuś innemu.

I czy zgodziła się dla pieniędzy, dla Gideona, czy jednego i drugiego.

Fakt, że byłam zbyt zmęczona, aby się tym przejąć, najlepiej świadczył o moim stanie psychicznym. Być może miłość niektórych ludzi może przetrwać wszystko, ale moja była zbyt krucha. Żeby rosnąć i kwitnąć, potrzebowała stałej, czułej pielęgnacji.

Wzięłam długi gorący prysznic i położyłam się do łóżka. Umieściłam na kolanach tablet i postanowiłam skończyć list do Gideona. Chciałam wyrazić swoje myśli i niepokoje jak dojrzała, pewna siebie osoba. Pragnęłam, żeby zrozumiał moje reakcje na jego zachowanie i słowa, żeby ujrzał sytuację z mojego punktu widzenia.

Nie miałam jednak na to wszystko energii.

Zamiast tego napisałam:

Nie będę się zbytnio rozwodzić, bo jak się rozkręcę, to zacznę błagać. A jeśli nie znasz mnie na tyle dobrze, żeby wiedzieć, jak bardzo mnie ranisz, to ten list i tak nie rozwiąże naszych problemów.

Tęsknię za tobą. Usycham bez ciebie. Myślę o zeszłym weekendzie i godzinach, które spędziliśmy razem, i oddałabym wszystko, żebyś był taki jak wtedy. Tymczasem ty spędzasz czas z NIĄ, a ja już czwartą noc jestem bez ciebie.

Mimo iż wiedziałam, że z nią byłeś, chciałam paść na kolana i błagać o najdrobniejszy skrawek uznania. Dotyk. Pocałunek. Jedno czułe słowo. Do takiego stanu mnie doprowadziłeś.

Nienawidzę siebie za to. Nienawidzę tego, że tak bardzo cię potrzebuję. Nienawidzę tego, że mam na twoim punkcie taką obsesję.

Nienawidzę tego, że cię kocham.
Eva

Dołączyłam to do mejla zatytułowanego *Moje myśli – bez cenzury* i kliknęłam „Wyślij".

*

– Nie bój się.

Obudziłam się, słysząc w ciemności te trzy słowa. Poczułam uginający się materac, gdy Gideon usiadł na łóżku. Nachylił się nade mną i objął mnie ramionami, otulając kocami niczym kokonem, który pozwolił mi bezpiecznie odzyskać świadomość. Wspaniały i niepowtarzalny zapach mydła i szamponu zmieszany z zapachem jego skóry koiły mnie na równi z jego głosem.

– Aniołku… – Przykrył ustami moje wargi.

Dotknęłam palcami jego klatki piersiowej i poczułam nagą skórę. Jęknął i podniósł się, nachylając się nade mną, tak że nasze usta pozostały złączone, gdy odsuwał ze mnie koce.

Nagle poczułam na sobie jego nagie, gorące ciało, zachłanne usta osunęły się na moją szyję. Podciągnął mi koszulkę, żeby dostać się do piersi. Otoczył ustami mój sutek i wsparty na przedramieniu pieścił mnie, wkładając jednocześnie drugą rękę między moje nogi. Położył dłoń na mojej cipce i przesuwał koniuszkiem palca wzdłuż śliskiej szparki. Mój pobudzony językiem sutek zrobił się twardy i nadwrażliwy, a Gideon delikatnie drażnił zębami nabrzmiałą pierś.

– Gideonie! – Z oczu pociekły mi łzy i opuściło mnie odrętwienie, za którym skrywałam ból. Bez Gideona usychałam, świat tracił wszystkie kolory i odczuwałam dotkliwy, fizyczny ból. Jego obecność, jego dotyk… były jak deszcz po długotrwałej suszy. Moja dusza otwierała się na niego szeroko, żeby się w nim całkowicie zanurzyć.

Tak bardzo go kochałam.

Łaskotał mnie włosami, gdy błądził ustami po moich piersiach, wdychał mój zapach i delektował się nim. Gdy dobrał się do mojego drugiego sutka, ssąc go łapczywie i mocno, dreszcz rozkoszy przeszył mnie aż do najwrażliwszego miejsca pod jego błądzącymi palcami.

Przesunął się niżej, liżąc i skubiąc mój brzuch, rozchylając szerokimi ramionami moje nogi, aż poczułam jego gorący oddech na mojej wilgotnej szczelince. Pogłaskał mnie nosem po śliskim zagłębieniu między nogami i zaciągnął się z rozkosznym jękiem.

– Evo. Tak bardzo cię pragnę.

Z niecierpliwością odsunął moje majtki i naparł ustami na moją cipkę. Rozchylał mnie kciukami i krążył wibrującym językiem wokół mojej pulsującej łechtaczki. Wygięłam się w łuk i krzyknęłam z rozkoszy, w ciemności wyostrzyły się wszystkie moje zmysły, rekompensując brak obrazu. Przechylił głowę i wdarł się językiem w moje drżące centrum rozkoszy, wślizgując się w nie płytko i rytmicznie.

– O Boże! – Wiłam się z rozkoszy, a moje czułe mięśnie napinały się rytmicznie, drżąc na krawędzi orgazmu.

Szczytowałam gwałtownie, pokrywając się potem, a w płucach paliło mnie, gdy próbowałam złapać oddech. Cały czas ssał moją drgającą szparkę, drażnił językiem, smakując mnie tak intensywnie, że byłam zupełnie bezbronna. Moja cipka była nabrzmiała, nieznośnie wrażliwa i całkowicie obnażona wobec jego nienasyconego głodu. Po kilku chwilach doszłam ponownie, wbijając paznokcie w prześcieradło.

Leżałam oślepiona ciemnością, gdy zdarł ze mnie bieliznę i wspiął się na mnie. Poczułam na szparce okazałą koronę jego kutasa, nagle pchnął biodra do przodu i wszedł głęboko we mnie ze zwierzęcym rykiem. Krzyknęłam, zaskoczona i jednocześnie podniecona jego agresją.

Gideon usiadł na piętach, opierając moje uda na swoich. Uniósł moje biodra i ułożył je w odpowiedniej pozycji. Kołysał biodrami, zanurzając się we mnie, wciągając mnie na siebie, aż wszedł tak głęboko, że jęknęłam z bólu. Otaczające moją szparkę wargi przywierały do nasady jego penisa, rozszerzone tak, żeby objąć jego grubość. Posiadłam go całego, co do centymetra, byłam wypełniona po brzegi i uwielbiałam to. Przez tyle dni pozostawałam pusta i tak boleśnie samotna.

Wyjęczał moje imię i doszedł, a tryskająca gorąca, gęsta, kremowa fala ciepła spływała po nim, bo nie było we mnie miejsca. Przeszył go gwałtowny dreszcz, a na mnie spłynął jego pot.

– Dla ciebie, Evo. Każda kropla.

Wyszedł ze mnie raptownie i przewrócił mnie na brzuch, podnosząc przy okazji moje biodra. Chwyciłam się wezgłowia łóżka i wcisnęłam w poduszkę spoconą twarz. Czekałam, aż zanurzy się we mnie i zadrżałam, gdy poczułam jego oddech na pośladkach. Podskoczyłam gwałtownie, czując, że liże przestrzeń między moimi pośladkami. Krążył koniuszkiem języka, stymulując moje tylne wejście.

Przypomniały mi się słowa: „Nie bawię się w seks analny, Evo".

Na wspomnienie tych słów ciasny pierścień moich mięśni napiął się, a potem rozluźnił, w odpowiedzi na delikatne muśnięcia. Byliśmy tu tylko my dwoje i nic nie mogło nas dotknąć, gdy dotykaliśmy siebie nawzajem.

Gideon zacisnął dłonie na moich pośladkach, unieruchamiając mnie. Byłam dla niego otwarta i rozchylona z każdej strony, całkowicie wystawiona na jego mroczne, zmysłowe pocałunki.

– Och! – Napięłam się jak struna. Jego język wsunął się do środka, a całe moje ciało zaczęło drżeć. Nie mogłam złapać oddechu, gdy penetrował mnie w ten sposób bez żadnego wstydu i zahamowań.

– Och… Boże!

Nasza intymność była brutalna, surowa i niemalże nie do wytrzymania. Płonęłam w ogniu jego pożądania, moja skóra była rozpalona i nie byłam w stanie powstrzymać gwałtownego łkania.

Sięgnął za mnie, przycisnął palce do mojej nabrzmiałej łechtaczki i zaczął mnie masować i drażnić. Jego język doprowadzał mnie do szaleństwa. Narastający orgazm potęgowała świadomość, że moje ciało jest mu całkowicie oddane. Zrobi z nim, cokolwiek zapragnie – posiądzie je, wykorzysta, zapewni mu rozkosz. Zatopiłam twarz w poduszce i krzyknęłam, dochodząc w takiej ekstazie, że nogi odmówiły mi posłuszeństwa i osunęłam się na materac.

Gideon wsunął się na mnie, kolanami rozchylając szeroko moje nogi, i poczułam jego śliskie od potu ciało. Wszedł we mnie, splatając palce z moimi i przygwożdżając moje dłonie do łóżka. Byłam nim przesiąknięta, a on zanurzał się we mnie, ślizgając się tam i z powrotem.

– Tak bardzo cię pragnę – powiedział ochrypłym głosem. – Usycham bez ciebie.

Zesztywniałam.

– Nie żartuj sobie ze mnie.

– Tak bardzo cię potrzebuję. – Zanurzył twarz w moich włosach, posuwając mnie powoli i łagodnie. – Mam na twoim punkcie taką samą obsesję. Dlaczego mi nie ufasz?

Zacisnęłam oczy, żeby powstrzymać napływające łzy.

– Nie rozumiem cię. Łamiesz mi serce.

Przekręcił głowę i zatopił zęby w moim ramieniu. Wydał z siebie bolesny ryk i czułam, jak szczytuje, wlewając we mnie gorącą spermę.

Rozluźnił szczęki i puścił mnie. Dyszał, ciągle poruszając biodrami.

– Twój list bardzo mnie zranił.

– Nie chcesz ze mną rozmawiać… Nie słuchasz mnie…

– Nie mogę. – Jęknął i zacisnął wokół mnie ramiona, tak że byłam kompletnie zdana na jego łaskę. – Ja tylko… Po prostu teraz musi tak być.

– Nie mogę tak żyć, Gideonie.

– Mnie też jest ciężko, Evo. To mnie zabija. Nie widzisz tego?

– Nie. – Płakałam, a poduszka pod moim policzkiem robiła się coraz bardziej mokra.

– Więc przestań to analizować i poczuj to! Poczuj mnie.

Noc pamiętam jak przez mgłę. Karałam go moimi zachłannymi dłońmi i zębami, wbijałam paznokcie w jego pokrytą potem śliską skórę i mięśnie, aż syczał w rozkosznym bólu.

Jego pożądanie było szaleńcze i niezaspokojone, jego pragnienie wypełniała przerażająca desperacja. Ta noc była jak pożegnanie.

– Potrzebuję twojej miłości – wyszeptał z ustami przy mojej skórze. – Potrzebuję cię.

Dotykał mnie wszędzie. Cały czas był we mnie, członkiem, palcami albo językiem.

Moje sutki były podrażnione od ciągłego ssania. Moja cipka obolała od ostrego seksu, a skóra poobcierana od jego zarostu. Szczęka bolała mnie od ssania jego grubego kutasa. Ostatnie, co pamiętam, to że leżałam odwrócona do niego plecami, on obejmował mnie w talii i wypełniał od tyłu. Oboje byliśmy obolali, wykończeni, ale nie mogliśmy przestać.

– Nie opuszczaj mnie – błagałam, po tym jak obiecałam, że ja go nie opuszczę.

Gdy obudził mnie dźwięk budzika, już go nie było.

15

W czwartek rano, zanim wyszłam do pracy, zatrzymałam się pod pokojem Cary'ego. Uchyliłam drzwi i zajrzałam do środka. Zobaczyłam, że śpi, więc zaczęłam się wycofywać.

– Hej – mruknął, otwierając oczy.

– Hej. – Weszłam do pokoju. – Jak się czujesz?

– Cieszę się, że jestem w domu. – Przetarł kąciki oczu. – Wszystko w porządku?

– Tak... Chciałam tylko zobaczyć, jak się czujesz, zanim wyjdę do pracy. Powinnam wrócić około ósmej. Kupię po drodze coś na obiad, więc koło siódmej spodziewaj się esemesa z pytaniem, na co masz... – Przerwałam sobie ziewnięciem.

– Jakie witaminy zażywa Cross?

– Co?

– Zawsze mam ochotę na seks, ale nawet ja nie potrafię jechać tak przez całą noc. Ciągle myślałem: „Teraz to już musi skończyć". A on zaczynał od nowa.

Oblałam się rumieńcem i przestąpiłam z nogi na nogę. Cary zaczął się śmiać.

– Ciemno tu, ale i tak widzę, że się czerwienisz.

– Powinieneś był założyć słuchawki – wybąkałam.

– Nie przejmuj się. Przynajmniej mogłem się przekonać, że mój sprzęt jeszcze działa. Nie stanął mi od piątkowej napaści.

– Blee... Ohyda, Cary. – Zaczęłam wycofywać się z pokoju. – Mój ojciec dziś przyjeżdża. To znaczy w zasadzie jutro, jego samolot ląduje o piątej rano.

– Jedziesz po niego?

– Oczywiście.

Z jego twarzy zniknął uśmiech.

– Ten tryb życia cię zabije. Przez cały tydzień prawie nie spałaś.

– Nadrobię to. Na razie.

– Hej – zawołał za mną. – Czy zeszła noc oznacza, że między tobą a Crossem wszystko w porządku?

Westchnęłam i oparłam się o framugę.

– Coś jest nie tak, a on nie chce mi powiedzieć, o co chodzi. Napisałam do niego list, w którym dosłownie wyrzygałam wszystkie swoje obawy i nerwice.

– Nigdy nie pisz o takich rzeczach, mała.
– Tak, jedyne co mi z tego przyszło, to całonocny seks, i nadal nie wiem, w czym tkwi problem. Powiedział, że na razie musi tak być, a ja nawet nie wiem, co to znaczy.
Cary pokiwał głową.
– Wyglądasz, jakbyś coś rozumiał.
– Rozumiem seks.
Na te słowa przeszył mnie dreszcz.
– Pożegnalny seks? – zapytałam.
– Być może.
Zamknęłam oczy, słysząc jego potwierdzenie. Potem się wyprostowałam.
– Muszę lecieć. Porozmawiamy później.

*

Nie sposób przygotować się na koszmary nocne. Dopadają cię, gdy jesteś najbardziej bezbronna siejąc spustoszenie i raniąc dotkliwie, a ty jesteś wobec nich zupełnie bezradna.
I czasami zdarzają się na jawie.
Cierpiałam męki, podczas gdy Mark i pan Waters dopracowywali szczegóły reklamy wódki Kingsman, boleśnie świadoma, że Gideon siedzi u szczytu stołu w czarnym garniturze, białej koszuli i krawacie.
Ostentacyjnie mnie ignorował od momentu, gdy weszłam do sali konferencyjnej Cross Industries. Uścisnął jedynie moją dłoń, gdy pan Waters przedstawił nas sobie. Ten krótki dotyk jego skóry sprawił, że moje ciało momentalnie rozpoznało jego ciało jako źródło całonocnej przyjemności. Gideon zdawał się w ogóle nie pamiętać naszego kontaktu, gdy ze wzrokiem utkwionym ponad moją głową powiedział mechanicznie:
– Panno Tramell.

Kontrast w porównaniu z moim ostatnim pobytem w tej sali był ogromny. Wtedy nie mógł oderwać ode mnie wzroku. Wpatrywał się we mnie tym swoim intensywnym, świdrującym spojrzeniem, a gdy wyszliśmy z pokoju, powiedział, że chciałby mnie przelecieć, i był gotowy pokonać wszelkie przeszkody stojące na drodze do tego celu.

Tym razem wstał gwałtownie, zaraz po zakończeniu spotkania, podał rękę Markowi i Watersowi i wyszedł z pokoju, posyłając mi zaledwie zdawkowe spojrzenie. Jego dwaj dyrektorzy, atrakcyjni bruneci, pospieszyli za nim.

Mark rzucił mi pytające spojrzenie poprzez stół. W odpowiedzi pokręciłam jedynie głową.

Wróciłam do biurka i sumiennie pracowałam przez resztę dnia. Podczas przerwy na lunch zostałam na miejscu i szukałam w internecie miejsc, w które mogłabym zabrać tatę. Zdecydowałam się na trzy propozycje – Empire State Building, Statua Wolności i przedstawienie na Broadwayu, z tym że Statua Wolności jedynie wtedy, jeśli będzie bardzo nalegał, bo równie dobrze możemy darować sobie prom i obejrzeć ją z brzegu. Przyjeżdżał na krótko i nie chciałam zamęczać go bieganiem po mieście.

W czasie ostatniej przerwy zadzwoniłam do biura Gideona.

– Cześć, Scott – powiedziałam do jego sekretarza. – Czy mogłabym porozmawiać z twoim szefem?

– Poczekaj chwilkę, zobaczę.

Spodziewałam się, że nic z tego nie wyjdzie, ale parę minut później połączył mnie z Gideonem.

– Tak, Evo?

Przez moment upajałam się dźwiękiem jego głosu.

– Przepraszam, że ci przeszkadzam. To pewnie głupie

pytanie, biorąc pod uwagę... Ale czy przyjdziesz jutro na obiad, żeby poznać mojego ojca?

– Przyjdę – odpowiedział szorstko.

– Przyprowadzisz Ireland? – Byłam zaskoczona, że nie zadrżał mi głos, gdy poczułam ogromną ulgę.

Nastąpiła chwila ciszy.

– Tak – odparł.

– Okej.

– Mam dziś późne spotkanie, więc zobaczymy się u doktora Petersena. Angus cię zawiezie, a ja wezmę taksówkę.

– Dobrze. – Oparłam się na krześle, pokrzepiona nową nadzieją. Kontynuowanie naszej terapii i spotkanie z moim ojcem to bardzo pozytywne znaki. Przechodzimy trudne chwile, ale jeszcze się nie poddajemy. – Do zobaczenia.

*

Angus podwiózł mnie pod gabinet doktora Petersena za piętnaście szósta. Weszłam do środka, a doktor przywołał mnie gestem zza otwartych drzwi gabinetu, podnosząc się z krzesła za biurkiem, żeby podać mi rękę.

– Jak się masz, Evo?

– Bywało lepiej.

Przesunął wzrokiem po mojej twarzy.

– Wyglądasz na zmęczoną.

– Wszyscy mi to mówią – odrzekłam sucho.

Spojrzał za mnie.

– Gdzie Gideon?

– Miał późne spotkanie i przyjedzie sam.

– W porządku. – Wskazał na sofę. – Mamy okazję porozmawiać tylko we dwoje. Czy chciałabyś mi o czymś powiedzieć, zanim przyjdzie?

Usiadłam na sofie i opowiedziałam doktorowi o niesamowitej wycieczce do Outer Banks i o nagłej zmianie w zachowaniu Gideona.

– Nie mogę tego zrozumieć. Czuję, że ma jakieś kłopoty, ale nie mogę się doprosić, żeby mi cokolwiek powiedział. Zbudował między nami emocjonalny mur. Zupełnie nie wiem, co o tym myśleć. Martwię się również, że zmiana jego zachowania ma związek z Corinne. Za każdym razem, gdy coś się między nami psuje, to ona jest przyczyną. – Spojrzałam na moje splecione palce. Przypomniała mi się moja matka, która miała w zwyczaju skręcać chusteczki, i zmusiłam się, aby rozluźnić dłonie. – Zupełnie jakby miała nad nim jakąś władzę, spod której nie potrafi się wyzwolić, bez względu na to, jak bardzo chce ze mną być.

Doktor Petersen podniósł wzrok znad klawiatury i popatrzył na mnie.

– Powiedział ci, że nie przyjdzie na wizytę we wtorek?

– Nie. – Słowa doktora były jak uderzenie w twarz. – Nic mi nie mówił.

– Mnie także nie. To nietypowe dla niego zachowanie, nie sądzisz?

Pokiwałam głową.

Doktor Petersen skrzyżował dłonie na kolanach.

– Będą chwile, gdy jedno z was wpadnie w szpony trudnej przeszłości. To całkowicie normalne, biorąc pod uwagę naturę waszego związku, bo każde z was pracuje nie tylko nad waszą relacją, ale także nad samym sobą, żeby w ogóle móc stworzyć parę.

– Nie mogę tego znieść. – Wzięłam głęboki oddech. – Nie mogę wytrzymać tego efektu jo-jo. To doprowadza mnie do szaleństwa. List, który mu wysłałam… był okropny. Prawdziwy, ale okropny. Przeżyliśmy razem parę naprawdę pięknych chwil. Powiedział kilka… – Musiałam na chwilę zamilknąć, a kiedy ponownie zaczęłam mówić, z trudem wydobywałam z siebie głos. – Powiedział mi kilka wspaniałych rzeczy. Nie chciałabym stracić tych pięknych wspomnień w gąszczu nieprzyjemnych. Zastanawiam się, czy powinnam dać sobie spokój, póki wszystko się jeszcze nie popsuło, ale trwam w tym, bo obiecałam mu – i sobie – że nie będę już więcej uciekać, że zostanę i będę walczyć do końca.

– Pracujesz nad tym?

– Tak. Nie jest mi łatwo, bo na pewne rzeczy, które robi, reaguję w sposób, jakiego powinnam unikać. Dla mojego własnego dobra! W którymś momencie trzeba przyznać, że człowiek robił, co mógł, i nic więcej nie da się zrobić, nieprawdaż?

Doktor Petersen przekrzywił głowę.

– A jeśli tego nie zrobisz, to co najgorszego może się stać?

– Mnie pan pyta?

– Tak. Jaki byłby najgorszy scenariusz?

– No cóż... – Położyłam dłonie płasko na udach. – Gideon mi się wymyka, a to sprawia, że coraz bardziej do niego lgnę i tracę poczucie własnej wartości. I skończy się na tym, że on spokojnie wróci do swojego życia, a ja wrócę na terapię, żeby ponownie dojść do siebie.

Doktor wciąż na mnie patrzył i coś w jego cierpliwym spojrzeniu kazało mi mówić dalej.

– Boję się, że nie pozwoli mi odejść, że będę trzymać się tonącego okrętu, aż razem z nim pójdę na dno. Chciałabym wierzyć, że zakończy to, zanim będzie za późno.

– Myślisz, że pora to skończyć?

– Nie wiem. Być może. – Popatrzyłam na wiszący na ścianie zegar. – Ale biorąc pod uwagę, że dochodzi siódma i oboje nas wystawił do wiatru, to bardzo prawdopodobne.

*

Wcale nie byłam zdziwiona, gdy następnego ranka za piętnaście piąta pod moim domem czekał zaparkowany bentley. Nie znałam kierowcy, który wysiadł z samochodu, gdy tylko wyszłam z budynku. Był młodszy od Angusa, wyglądał na trzydzieści lat. Był Latynosem o karmelowej karnacji oraz ciemnych włosach i oczach.

– Dziękuję – powiedziałam, gdy obchodził samochód, aby otworzyć mi drzwi – ale złapię taksówkę.

Słysząc to, nocny portier z mojego budynku wyszedł na ulicę i zatrzymał mi taksówkę.

– Pan Cross powiedział, że mam panią zawieźć na La Guardię – stwierdził kierowca.

– Proszę przekazać panu Crossowi, że nie będę potrzebować jego usług transportowych ani teraz, ani w przyszłości. – Ruszyłam w kierunku zatrzymanej przez portiera taksówki, ale odwróciłam się w pół drogi i dodałam: – I możesz mu także powiedzieć, żeby się pieprzył.

Wskoczyłam do taksówki i rozsiadłam się wygodnie, gdy samochód ruszał.

*

Przyznaję, że nie jestem w pełni obiektywna, mówiąc, że mój ojciec wyróżniał się z tłumu, co nie znaczy, że to nieprawda.

Wychodzący z hali przylotów Victor Reyes skupiał na sobie uwagę. Miał metr osiemdziesiąt wzrostu, był dobrze zbudowany, wysportowany i charakteryzowała go władcza postawa mężczyzny noszącego mundur. Przeszukiwał wzrokiem otoczenie, zawsze był policjantem, nawet poza służbą. Miał na ramieniu torbę, niebieskie dżinsy i czarną koszulę. Jego włosy były ciemne i kręcone, a oczy niespokojne i szare, jak moje. Był niezwykle seksowny, miał w sobie coś z zadumanego niebezpiecznego chłopca i próbowałam wyobrazić go sobie u boku mojej delikatnej, wyniosłej, pięknej matki. Nigdy nie widziałam ich razem, nawet na zdjęciach, i bardzo tego żałowałam. Żeby tak chociaż raz...

– Tato! – krzyknęłam, machając do niego.

Jego twarz rozjaśniła się na mój widok, na ustach zagościł szeroki uśmiech.

– Moja dziewczynka. – Podniósł mnie w uścisku, aż moje nogi dyndały nad ziemią. – Strasznie się za tobą stęskniłem.

Rozpłakałam się. Nie mogłam się powstrzymać. Jego obecność była kroplą, która przepełniła emocjonalną czarę.

– Hej. – Kołysał mnie w ramionach. – Dlaczego płaczesz?

Objęłam go mocno za szyję, szczęśliwa, wdzięczna, że jest tu ze mną. Wiedziałam, że w jego obecności wszystkie moje życiowe problemy zejdą na dalszy plan.

– Też się za tobą strasznie stęskniłam – powiedziałam, pociągając nosem.

Jechaliśmy taksówką do mojego mieszkania i tata zadał mi te same pytania o napaść na Cary'ego, jakie zadali detektywi w szpitalu. Próbowałam zająć go rozmową, gdy zatrzymaliśmy się pod moim budynkiem, ale na niewiele to się zdało.

Przenikliwe oczy ojca zarejestrowały nowoczesny szklany okap, na ceglanej fasadzie budynku. Dokładnie przyjrzał się portierowi Paulowi, który dotykając daszka czapki w geście powitania, otworzył nam drzwi. Ojciec obejrzał portiernię. Nic nie mówił, jego twarz była nieodgadniona, niczym twarz pokerzysty, ale wiedziałam, że zastanawia się, ile musi kosztować taki apartament w Nowym Jorku. Kiedy weszliśmy do mieszkania, momentalnie oszacował przestronność miejsca. Ogromne okna ze wspaniałym widokiem na metropolię, zawieszony na ścianie płaski telewizor, zaledwie jedno z wielu najnowocześniejszych urządzeń elektronicznych będących częścią wyposażenia.

Doskonale wiedział, że nie stać mnie na takie mieszkanie, że mąż mojej matki jest w stanie zapewnić mi standard życia, który był poza jego zasięgiem. Zastanawiałam się, czy myślał o matce i jej potrzebach, których nigdy nie mógłby zaspokoić.

– Ten budynek jest bardzo bezpieczny – powiedziałam w ramach wytłumaczenia. – Nie przejdziesz przez portiernię, jeśli nie ma cię na liście albo portier nie może skontaktować się z mieszkańcem, który za ciebie poświadczy.

Ojciec nerwowo wypuścił powietrze.

– To dobrze.

– Tak. Inaczej mama nie mogłaby spać po nocach.

Widać było, że trochę się rozluźnił.

– Pokażę ci twój pokój. – Zaprowadziłam go korytarzem do pokoju gościnnego, który miał własną łazienkę, minibar i lodówkę. Widziałam, że dostrzegł wszystkie to udogodnienia, zanim rzucił torbę na ogromne łoże. – Jesteś zmęczony?

Spojrzał na mnie.

– Widzę, że ty jesteś. I musisz iść dzisiaj do pracy, nieprawdaż? Może prześpimy się trochę, zanim będziesz musiała znowu wstać?

Powstrzymałam ziewnięcie i pokiwałam głową, wiedząc, że nawet krótka drzemka dobrze mi zrobi.

– Brzmi nieźle.

– Obudź mnie, jak wstaniesz – poprosił, rozprostowując ramiona. – Zrobię kawę, gdy będziesz się szykować.

– Świetnie – odrzekłam łamiącym się głosem, z trudem powstrzymując łzy. Gideon prawie zawsze robił mi kawę, gdy spędzał u mnie noc, bo zawsze wcześniej wstawał. Brakowało mi tego naszego rytuału.

Jakoś będę musiała nauczyć się żyć bez niego.

Stanęłam na palcach i pocałowałam ojca w policzek.

– Bardzo się cieszę, że tu jesteś, tato.

Gdy mnie przytulił, zamknęłam oczy i przywarłam do niego z całej siły.

*

Wyszłam ze sklepu z siatkami pełnymi składników na obiad i dostrzegłam stojącego przy krawężniku Angusa. Odmówiłam podwiezienia rano, a potem po wyjściu z Crossfire, a on ciągle podążał za mną jak cień. Sytuacja robiła się absurdalna. Pomyślałam, że może Gideon nie chce już ze mną być, ale jego neurotyczne pożądanie sprawia, że nie chce, aby ktokolwiek inny dotykał mojego ciała, na przykład Brett.

Idąc do domu, wyobrażałam sobie, co by było, gdybym zaprosiła na obiad Bretta i Angus zadzwoniłby do Gideona, żeby go o tym poinformować. Była to zaledwie krótka mściwa fantazja, bo nigdy nie zwodziłabym Bretta w ten sposób, poza tym był właśnie na Florydzie, ale wchodząc do mieszkania, poczułam się lepiej. Po raz pierwszy od wielu dni byłam w dobrym nastroju.

Zostawiłam wszystkie torby w kuchni i poszłam szukać taty. Siedział w pokoju Cary'ego i grał z nim w grę wideo. Cary mógł używać tylko jednej ręki, bo drugą miał w gipsie.

– Łał! – zawołał tata. – Trafiony.

– Powinieneś się wstydzić – obruszył się Cary. – Żeby tak traktować inwalidę.

– Och, bo zaraz się popłaczę.

Cary spojrzał na mnie i puścił mi oczko. Tak bardzo go w tym momencie kochałam, że nie mogłam się powstrzymać, żeby nie podejść i nie pocałować go w posiniaczone czoło.

– Dziękuję – wyszeptałam.

– Podziękuj mi obiadem. Umieram z głodu.

Wyprostowałam się.

– Kupiłam wszystko na enchiladę.

Tato spojrzał na mnie z uśmiechem, wiedząc, że będę potrzebować jego pomocy.

– Tak?

– Przyjdź, jak skończysz. Wskoczę tylko pod prysznic.

Czterdzieści pięć minut później zawijaliśmy z ojcem w kuchni ser i kupionego w sklepie pieczonego kurczaka – moje małe oszustwo, żeby zaoszczędzić czas – w oblane tłuszczem kukurydziane tortille. Wielopłytowy odbiornik w dużym pokoju przeskoczył na następną płytę i z głośników dobiegł nas zmysłowy głos Vana Morrisona.

– To jest to – powiedział ojciec, chwycił mnie za rękę i odciągnął od blatu. – Hum-de-rum, hum-de-rum, moondance – śpiewał głębokim barytonem, obracając mnie w tańcu.

Zaśmiałam się rozradowana.

Podtrzymując mnie wierzchem dłoni, bo palce miał potłuszczone, tańczył ze mną wokół wysepki blatu. Oboje śmialiśmy się i śpiewaliśmy. Robiliśmy drugie okrążenie wokół kuchni, gdy dostrzegłam dwie osoby stojące obok barku.

Z mojej twarzy zniknął uśmiech i straciłam równowagę, zmuszając ojca, żeby mnie przytrzymał.

– Masz dwie lewe nogi? – zażartował tata.

– Eva jest świetną tancerką – wtrącił Gideon z beznamiętnym wyrazem twarzy, którego tak nienawidziłam.

Ojciec odwrócił się i z jego twarzy również zniknął uśmiech. Gideon obszedł barek i wkroczył do kuchni. Miał na sobie dżinsy i koszulkę Yankees – odpowiednio nieformalny strój, który dostarczał jednocześnie tematu do rozmowy, bo ojciec był zatwardziałym fanem San Diego Padres.

– Nie wiedziałem, że również tak dobrze śpiewa. Gideon Cross – przedstawił się, wyciągając rękę.

– Victor Reyes. – Ojciec pomachał otłuszczonymi palcami. – Jestem trochę brudny.

– Nie szkodzi.

Tata wzruszył ramionami, podał mu rękę i oszacował go spojrzeniem.

Rzuciłam im ręcznik i podeszłam do rozpromienionej Ireland. Jej jasnoniebieskie oczy błyszczały, a policzki zarumienione.

– Tak się cieszę, że przyszłaś – powiedziałam, obejmując ją delikatnie. – Wyglądasz przepięknie!

– Ty też!

Nie było to zgodne z prawdą, ale doceniałam jej starania. Nie zrobiłam sobie makijażu ani nie układałam włosów po wzięciu prysznica, bo wiedziałam, że dla ojca to nie ma znaczenia, a nie spodziewałam się wizyty Gideona. Gdy ostatni raz rozmawialiśmy, obiecał, że spotkamy się w gabinecie doktora Petersena.

Spojrzała na zastawiony jedzeniem na stół.

– Mogę w czymś pomóc?

– Jasne, tylko staraj się nie liczyć w głowie kalorii, bo ci eksploduje.

Przedstawiłam ją ojcu, który był dla niej zdecydowanie milszy niż dla Gideona, i zaprowadziłam do zlewu, żeby mogła umyć ręce.

Wkrótce pomagała mi zrolować kilka ostatnich enchilad, podczas gdy ojciec włożył do lodówki przyniesione przez Gideona dobrze już schłodzone Dos Equis. Nawet nie chciało mi się myśleć, skąd Gideon wiedział, że na obiad będzie meksykańskie jedzenie. Zastanawiałam się tylko, dlaczego inwestował swój cenny czas w zdobycie tych informacji, skoro miał tyle innych rzeczy do zrobienia – jak na przykład opuszczanie umówionych spotkań.

Kiedy ojciec poszedł do swojego pokoju, żeby się umyć, Gideon objął mnie w talii i dotknął ustami mojej skroni.

– Evo.

Zesztywniałam, chcąc powstrzymać niemalże niepohamowany impuls, żeby się o niego oprzeć.

– Przestań – wyszeptałam. – Wolałabym, żebyśmy nie udawali.

Wypuścił raptownie powietrze, aż zwichrzył mi włosy. Zacisnął ręce na moich biodrach i masował mnie przez chwilę palcami. Potem poczułam wibrowanie jego telefonu i puścił mnie, po czym zrobił krok do tyłu, żeby spojrzeć na wyświetlacz.

– Przepraszam – powiedział ponuro, wychodząc z kuchni, żeby odebrać telefon.

Ireland przysunęła się do mnie i wyszeptała:

– Dziękuję. Wiem, że to ty nalegałaś, żeby mnie przyprowadził.

Zdobyłam się na uśmiech.

– Nikt nie może zmusić Gideona do zrobienia czegoś, na co nie ma ochoty.

– Ty mogłaś. – Potrząsnęła głową, odrzucając długie do pasa ciemne włosy za ramię. – Nie widziałaś go, jak patrzył na ciebie, gdy tańczyłaś z tatą. Jego oczy błyszczały. Myślałam, że się rozpłacze. A gdy jechaliśmy windą, próbował udawać wyluzowanego, ale doskonale widziałam, jaki był zdenerwowany.

Spojrzałam w dół na puszkę sosu, którą trzymałam w ręku, czując, jak moje serce rozpada się na kawałki.

– Jesteś na niego zła, prawda? – zapytała Ireland.

Odchrząknęłam.

– Niektórzy ludzie lepiej dogadują się jako przyjaciele.

– Ale powiedziałaś, że go kochasz.

– Czasami to nie wystarczy. – Odwróciłam się, żeby sięgnąć po otwieracz do puszek, i zobaczyłam, że Gideon stoi po drugiej stronie blatu i wpatruje się we mnie. Zamarłam.

– Napijesz się piwa? – zapytał mrukliwie.

Przytaknęłam. Wolałabym setkę, może nawet kilka.

– Chcesz szklankę?

– Nie.

Spojrzał na Ireland.

– A ty napijesz się czegoś? Coś z bąbelkami, woda, mleko?

– A co z piwem? – odparowała, uśmiechając się słodko.

– Nic z tego – odrzekł cierpko.

Obserwowałam Ireland i widziałam, jak promieniała, gdy skupiał na niej uwagę. Nie mogłam uwierzyć, że nie widział, jak bardzo go kocha. Być może teraz było to powierzchowne uczucie, ale gdyby jej tylko pozwolił, na pewno przerodziłoby się w coś głębszego. Miałam nadzieję, że Gideon nad tym popracuje.

Gdy podawał mi zimne piwo, przytrzymał na chwilę moje palce, patrząc mi w oczy. Wiedziałam, że myśli o naszej ostatniej nocy.

To wspomnienie było jak sen, jakby jego wizyta nigdy nie miała miejsca. Prawie uwierzyłam, że desperacko spragniona jego dotyku i miłości stworzyłam sobie iluzję, nie mogąc wytrzymać ani minuty dłużej, żeby nie dać upustu mojemu szaleńczemu pragnieniu i tęsknocie. Gdybym nie była tak bardzo obolała w środku, nie wiedziałabym, co było prawdą, a co zaledwie złudną nadzieją.

Wyrwałam mu piwo i odwróciłam się. Nie chciałam przyznać, że między nami wszystko skończone, ale było jasne, że potrzebujemy odpoczynku od siebie. Gideon musi zastanowić się nad tym, do czego zmierza, czego szuka i czy w jego życiu jest dla mnie miejsce. Ten emocjonalny rollercoaster niszczy mnie, a ja nie mogę się na to godzić. Nie pozwolę na to.

– Mogę ci w czymś pomóc? – zapytał.

– Mógłbyś zobaczyć, czy uda ci się ściągnąć tu Cary'ego. Ma wózek inwalidzki – odpowiedziałam, nie patrząc na niego, bo byłoby to zbyt bolesne.

– Okej.

Wyszedł z kuchni i znów mogłam swobodnie odetchnąć.

– Co się stało z Carym? – zapytała Ireland.

– Powiem ci, jak będziemy nakrywały do stołu.

*

Byłam zaskoczona, że udało mi się cokolwiek przełknąć. Siedziałam tak zafascynowana męską próbą sił między ojcem a Gideonem, że nie zauważałam, kiedy wkładałam do ust jedzenie. Przy jednym końcu stołu Cary wywoływał u Ireland salwy śmiechu, których przyjemnie było słuchać. Ojciec siedział u szczytu przy drugim końcu stołu, mając Gideona po swojej lewej stronie, a mnie po prawej, i rozmawiali. Tak jak się spodziewałam, zaczęli od bejsbolu, po czym przeszli na golfa. Pozornie obaj mężczyźni sprawiali wrażenie rozluźnionych, ale powietrze wokół nich było jak naelektryzowane. Zauważyłam, że Gideon nie założył swego drogiego zegarka. Dołożył starań, żeby wyglądać jak „zwykły" człowiek.

Nic, co Gideon robił, nie mogło jednak zmienić tego,

kim był. W żaden sposób nie mógł ukryć, że jest dominującym mężczyzną, potentatem biznesu, człowiekiem uprzywilejowanym. Widać to było w każdym jego geście, w każdym słowie, każdym spojrzeniu.

Tak więc mój ojciec i Gideon prowadzili walkę o to, kto zostanie samcem alfa, a ja balansowałam gdzieś pomiędzy, jakbym oddała komuś kontrolę nad moim życiem.

Mój tata dostał szansę bycia moim ojcem zaledwie cztery lata temu i nie miał zamiaru rezygnować z tej pozycji. Z kolei Gideon walczył o pozycję, której już nie chciałam mu dać.

Miał jednak na palcu mój sygnet. Nie chciałam się łudzić, ale pragnęłam iskierki nadziei. Chciałam wierzyć.

Skończyliśmy danie główne i właśnie wstawałam, żeby pozbierać talerze, gdy zadzwonił interkom. Odebrałam.

– Eva? Są tu detektywi NYPD* Graves i Michna – oznajmiła portierka.

Spojrzałam w stronę Cary'ego, zastanawiając się, czy policja odkryła, kto go zaatakował. Poprosiłam, żeby weszli na górę, i pospieszyłam do jadalni.

Cary popatrzył na mnie pytająco.

– To detektywi – wyjaśniłam. – Może mają dla ciebie jakieś wiadomości.

Uwaga mojego ojca natychmiast skupiła się na mnie.

– Poprosiłam, żeby weszli – dodałam.

Ireland pomogła mi sprzątnąć ze stołu. Zdążyłyśmy wrzucić kubki do zlewu, gdy zadzwonił dzwonek. Wytarłam ręce i poszłam do przedpokoju.

Przyszli inni detektywi, niż się spodziewałam. To nie oni przesłuchiwali Cary'ego w szpitalu w poniedziałek.

---

* NYPD – policja miasta Nowy Jork (przyp. tłum.).

Gideon pojawił się w holu, chowając do kieszeni telefon. Ciekawe, kto do niego dzwonił przez cały wieczór?

– Eva Tramell? – zapytała policjantka, wchodząc do mieszkania. Była chudą kobietą o surowych rysach i przenikliwych niebieskich oczach, które stanowiły jej największy atut. Miała brązowe kręcone włosy i twarz bez śladu makijażu. Nosiła spodnie, ciemne płaskie buty, koszulę i lekką marynarkę, która nie przykrywała odznaki ani przypiętej do paska broni. – Detektyw Shelley Graves z NYPD – przedstawiła się. – To mój partner, detektyw Richard Michna. Przepraszamy za najście w piątkowy wieczór.

Michna był starszy, wyższy i korpulentny. Łysiejący na czubku głowy, siwiejący po bokach, miał potężną twarz i ciemne oczy. Rozglądał się po pokoju, podczas gdy Graves skupiała wzrok na mnie.

– Dzień dobry – powitałam ich.

Ojciec zamknął drzwi i coś w jego ruchach przykuło uwagę Michny.

– Jesteś z policji?

– W Kalifornii – potwierdził ojciec. – Odwiedzam Evę, moją córkę. O co chodzi?

– Chcieliśmy tylko zadać pani parę pytań, panno Tramell – odrzekła Graves. Spojrzała na Gideona. – I panu również, panie Cross.

– Czy to ma jakiś związek z atakiem na Cary'ego? – zapytałam.

Spojrzała na mojego przyjaciela.

– Może usiądziemy?

Przeszliśmy do salonu, ale tylko Irleand i ja zajęłyśmy miejsca. Wszyscy pozostali stali, a mój ojciec przywiózł Cary'ego na wózku.

– Ładne ma pani mieszkanie – zauważył Michna.

– Dziękuję. – Spojrzałam na Cary'ego, zastanawiając się o co, u diabła, chodzi.

– Na jak długo przyjechał pan do miasta? – zagadnęła ojca policjantka.

– Tylko na weekend.

Graves uśmiechnęła się do mnie.

– Często pani jeździ do Kalifornii odwiedzić ojca? – spytała.

– Przeprowadziłam się stamtąd zaledwie parę miesięcy temu.

– Jako dziecko byłam w Disneylandzie – powiedziała. – Rzecz jasna, było to jakiś czas temu, ale zawsze chciałam tam wrócić.

Zmarszczyłam brwi, nie rozumiejąc, dlaczego prowadzimy tę bezsensowną rozmowę.

– Mamy do pani tylko parę pytań – oznajmił Michna, wyciągając notatnik z wewnętrznej kieszeni marynarki. – Nie chcemy zajmować pani więcej czasu niż to absolutnie konieczne.

Graves pokiwała głową, ciągle wpatrzona we mnie.

– Czy zna pani mężczyznę o imieniu Nathan Barker, panno Tramell?

Pokój zaczął wirować mi przed oczami. Cary zaklął, niepewnie podniósł się z wózka i przeszedł kilka kroków, żeby usiąść obok mnie. Wziął mnie za rękę.

– Panno Tramell? – Graves usiadła po drugiej stronie sofy.

– To jej były brat przyrodni – powiedział Cary. – O co chodzi?

– Kiedy ostatni raz widziała pani Nathana Barkera? – zapytał Michna.

W sądzie... Próbowałam przełknąć ślinę, ale moje usta były wysuszone na wiór.

– Osiem lat temu – odrzekłam chrapliwie.

– Wiedziała pani, że przebywał w Nowym Jorku?

O Boże. Gwałtownie potrząsnęłam głową.

– Do czego zmierzacie? – zapytał tata.

Spojrzałam błagalnie na Cary'ego, a potem na Gideona. Ojciec nie wiedział o Nathanie i nie chciałam, żeby się dowiedział.

Cary ścisnął moją dłoń. Gideon nawet na mnie nie spojrzał.

– Panie Cross – powiedziała Graves. – A pan?

– Co ja?

– Zna pan Nathana Barkera?

Prosiłam go wzrokiem, żeby nie mówił nic o Nathanie przy moim ojcu, ale ani przez moment nie patrzył w moją stronę.

– Nie zadawałaby pani tego pytania, nie znając zawczasu odpowiedzi – odparł.

Przeszedł mnie gwałtowny dreszcz. Gideon ani razu na mnie nie spojrzał. Usiłowałam zrozumieć, co się działo… co to znaczyło… O co chodziło?

– Czy te pytania do czegoś prowadzą? – spytał ojciec.

Krew pulsowała mi w skroniach, a serce waliło jak oszalałe. Sama myśl, że Nathan jest tak blisko, doprowadzała mnie do paniki. Dyszałam ciężko. Pokój wirował mi przez oczami. Bałam się, że za chwilę zemdleję.

Graves bacznie mnie obserwowała.

– Czy może nam pani powiedzieć, gdzie była pani wczoraj?

– Gdzie byłam? – powtórzyłam. – Wczoraj?

– Nie odpowiadaj – przykazał mi ojciec. – Ta rozmowa nie potoczy się dalej, dopóki nie dowiemy się, jaki jest jej cel.

Michna pokiwał głową, jakby spodziewał się takiego rozwoju wypadków.

– Dziś rano znaleźliśmy ciało Nathana Barkera.

16

Gdy tylko detektyw Michna skończył mówić, ojciec przerwał przesłuchanie.

– To tyle – oznajmił dobitnie. – Jeśli macie jeszcze jakieś pytania do mojej córki, proszę umówić się na spotkanie, na które będzie mogła przyjść z adwokatem.

– A pan, panie Cross? – Michna zwrócił się do Gideona. – Może pan nam powie, gdzie był pan wczoraj?

Gideon wyszedł zza sofy.

– Może porozmawiamy w drodze do drzwi?

Wpatrywałam się w niego, ale on cały czas nie patrzył na mnie. Co jeszcze przede mną ukrywał?

Ireland chwyciła moją dłoń. Zajęła miejsce obok mnie, a Cary siedział po drugiej stronie, podczas gdy mężczyzna, którego kochałam, stał daleko i nie spojrzał na mnie przez ostatnie pół godziny. Czułam się, jakbym miała w żołądku zimny kamień.

Detektywi zapisali mój numer telefonu i wyszli razem z Gideonem. Gdy opuszczali pokój we trójkę, dostrzegłam, że ojciec wpatruje się przenikliwie w Gideona.

– Może kupował ci pierścionek zaręczynowy i nie chce zepsuć niespodzianki – wyszeptała Ireland.

Uścisnęłam jej rękę za to, że była taka słodka i tak dobrze myślała o bracie. Miałam nadzieję, że nigdy jej nie zawiedzie ani nie pozbawi złudzeń. Tak jak zrobił to ze mną. Mój związek z Gideonem był przeszłością – nie łączyło nas nic, jeśli nie potrafił być ze mną szczery.

Dlaczego nie powiedział mi o Nathanie?

Puściłam dłonie Cary'ego i Ireland, wstałam i poszłam do kuchni. Ojciec podążył za mną.

– Może powiesz mi, o co w tym wszystkim chodzi? – zapytał.

– Nie mam pojęcia. To wszystko jest dla mnie zaskoczeniem.

Oparł się biodrem o blat i bacznie mi się przyglądał.

– Co to za historia z tobą i Nathanem Barkerem? Gdy usłyszałaś jego imię, wyglądałaś, jakbyś miała zemdleć.

Zaczęłam spłukiwać talerze i ładować zmywarkę.

– Był bardzo zaborczy, tato. To wszystko. Nie podobało mu się, że jego ojciec ponownie się ożenił, szczególnie z kimś, kto miał już dziecko.

– A co Gideon miał z nim wspólnego?

– Bardzo dobre pytanie. – Złapałam za krawędź zlewu, pochyliłam głowę i zamknęłam oczy. To Nathan był przyczyną rozłamu między mną i Gideonem. To pewne.

– Eva? – Tato położył dłonie na moich ramionach i masował napięte obolałe mięśnie. – Wszystko w porządku?

– Jestem… jestem zmęczona. Nie sypiam ostatnio zbyt dobrze. – Zakręciłam kran i zostawiłam resztę naczyń tam, gdzie stały. Podeszłam do szafki, w której trzymaliśmy witaminy i lekarstwa bez recepty, i wzięłam dwa leki przeciwbólowe do stosowania na noc. Pragnęłam głębokiego, niezmąconego snami snu, bo tylko po dobrze przespanej nocy będę w stanie zastanowić się, co mam dalej robić.

Spojrzałam na ojca.

– Czy mógłbyś zająć się Ireland do powrotu Gideona?

– Oczywiście. – Pocałował mnie w czoło. – Porozmawiamy rano.

Ireland znalazła mnie, zanim ja zdołałam to zrobić.

– Dobrze się czujesz? – zapytała, wchodząc do kuchni.

– Jeśli nie masz nic przeciwko temu, pójdę się położyć. Wiem, że to niegrzeczne.

– Nie, w porządku.

– Naprawdę bardzo mi przykro. – Objęłam ją. – Spotkamy się ponownie. Może zorganizujemy jakiś babski wypad? Pójdziemy do spa albo na zakupy?

– Jasne. Zadzwonisz?

– Obiecuję. – Puściłam ją i przeszłam przez salon do przedpokoju.

Otworzyły się drzwi wejściowe i pojawił się Gideon. Nasze spojrzenia się spotkały, ale niczego nie mogłam wyczytać w jego oczach, więc odwróciłam wzrok, poszłam do swojego pokoju i zamknęłam drzwi.

*

Obudziłam się o dziewiątej następnego ranka, półprzytomna i ospała, ale przynajmniej nie byłam już tak zmęczona. Wiedziałam, że muszę zadzwonić do Stantona i mamy, ale najpierw potrzebowałam kofeiny.

Umyłam twarz, zęby i poszłam w stronę salonu. Byłam już prawie w kuchni – skąd rozchodził się wspaniały zapach kawy – gdy zadzwonił dzwonek. Moje serce zamarło. Instynktownie pomyślałam o Gideonie, który był jedną z trzech osób, które portier bez pytania wpuszczał na górę.

Ale gdy otworzyłam drzwi, ujrzałam moją mamę. Miałam nadzieję, że udało mi się ukryć rozczarowanie, chociaż i tak pewnie nic by nie zauważyła. Przeszła obok mnie w turkusowej sukience, która sprawiała wrażenie namalowanej na jej ciele. Większość kobiet nie mogłaby sobie pozwolić na włożenie takiego stroju, ale na mamie prezentował się seksownie, elegancko i odpowiednio do jej wieku. Oczywiście wyglądała tak młodo, że można było wziąć nas za siostry.

Rzuciła okiem na moje powyciągane spodnie od dresu z logo uniwersytetu i podkoszulek, po czym powiedziała:

– Mój Boże, Evo. Nie masz pojęcia…

– Nathan nie żyje. – Zamknęłam drzwi i nerwowo spojrzałam w głąb przedpokoju, na pokój gościnny, z nadzieją, że ojciec cały czas funkcjonuje według czasu Zachodniego Wybrzeża i jeszcze śpi.

– Och. – Odwróciła się i stanęłyśmy twarzą w twarz, tak że mogłam jej się dokładnie przyjrzeć. Nerwowo zaciskała usta, a w jej niebieskich oczach kryła się udręka. – Policja już tu była? Dopiero co od nas wyszli.

– Byli tu zeszłego wieczoru. – Skierowałam się do kuchni, wprost do ekspresu do kawy.

– Dlaczego do nas nie zadzwoniłaś? Powinniśmy z tobą być. A przynajmniej powinnaś mieć u boku prawnika.

– To była bardzo krótka wizyta. Chcesz kawy?

– Nie, dziękuję. Nie powinnaś tyle tego pić. To niezdrowe.

Odłożyłam dzbanek i otworzyłam lodówkę.

– Dobry Boże, Evo – wymamrotała mama, obserwując moje ruchy. – Wiesz, ile kalorii jest w tej śmietance?

Postawiłam przed nią butelkę wody i dolałam śmietanki do kawy.

– Byli tu jakieś pół godziny i wyszli. Nie powiedziałam im nic poza tym, że Nathan był kiedyś moim bratem przyrodnim i że nie widziałam go od ośmiu lat.

– Dzięki Bogu, że nie powiedziałaś nic więcej. – Odkręciła nakrętkę butelki z wodą.

Chwyciłam kubek z kawą.

– Może przejdziemy do mojego salonu – zaproponowałam.

– Co? Dlaczego? Nigdy tam nie siedzisz.

Miała rację, ale w ten sposób mogłam uniknąć niespodziewanego spotkania moich rodziców.

– Przecież lubisz tam siedzieć – stwierdziłam.

Przeszłyśmy przez sypialnię i zamknęłam za nami drzwi, oddychając z ulgą.

– To prawda, lubię ten pokój – oznajmiła mama, rozglądając się dookoła.

Oczywiście, że jej się podobał, sama go urządziła. Mnie też się podobał, chociaż prawdę mówiąc, nie bardzo był mi potrzebny. Myślałam, żeby przerobić go na sypialnię dla Gideona, ale teraz wszystko mogło ulec zmianie. Odsunął się ode mnie, ukrywał informacje o Nathanie i spotkaniu z Corinne. Chciałam usłyszeć wyjaśnienia i w zależności od tego albo próbować ponownie się zbliżyć i iść do przodu, albo podjąć bolesne kroki zmierzające do rozstania.

Mama usiadła z wdziękiem na fotelu i spojrzała na mnie.

– Musisz być bardzo ostrożna, rozmawiając z policją, Evo. Jeśli będą chcieli znowu zadawać ci jakieś pytania, powiadom Richarda, to przyśle swoich prawników.

– Po co? Nie rozumiem, dlaczego miałabym się martwić tym, co powiem albo nie powiem. Nie zrobiłam niczego złego. Nawet nie wiedziałam, że był w Nowym Jorku. – Patrzyłam, jak odwraca ode mnie wzrok i dodałam stanowczym tonem: – Co się dzieje, mamo?

Zanim zaczęła mówić, napiła się wody.

– W zeszłym tygodniu Nathan pojawił się w biurze Richarda. Zażądał dwóch i pół miliona dolarów.

Zaczęło dzwonić mi w uszach.

– Co?

– Żądał pieniędzy – powiedziała dobitnie. – Dużych pieniędzy.

– Skąd, u diabła, wpadł na pomysł, że dostanie jakieś pieniądze?

– Ma… miał zdjęcia, Evo. – Jej dolna warga zaczęła się trząść. – I film wideo. Z tobą.

– O Boże. – Drżącymi rękami odłożyłam kawę i nachyliłam się, wkładając głowę między kolana.

– O Boże, zaraz zwymiotuję.

Gideon spotkał się z Nathanem – przyznał się do tego, odpowiadając na pytania detektywów. Jeśli widział zdjęcia... Obrzydłam mu, to tłumaczyłoby jego chłód. Dlatego był taki wzburzony, gdy przyszedł do mnie do łóżka. Być może cały czas mnie pragnie, ale nie jest w stanie wyrzucić z pamięci tamtych scen.

„Teraz musi tak być", powiedział.

Wydałam z siebie okropny jęk. Nie chciałam nawet sobie wyobrażać, co mogło być na tych zdjęciach i na filmie. Nie byłam w stanie.

Nic dziwnego, że Gideon nie mógł znieść mojego widoku. Tamtej nocy kochaliśmy się w całkowitych ciemnościach, tak że mógł mnie słyszeć, czuć, dotykać, ale nie widzieć.

Zdusiłam okrzyk bólu, zaciskając zęby na przedramieniu.

– Kochanie, nie! – Mama uklękła przede mną, delikatnie ściągając mnie z krzesła na podłogę, po czym objęła mnie i zaczęła kołysać. – Ciii. Już po wszystkim. Nie ma go już.

Skuliłam się na jej kolanach, szlochając, i uświadomiłam sobie, że to naprawdę był już koniec – straciłam Gideona. Znienawidzi siebie za to, że się ode mnie odwrócił, ale rozumiałam, dlaczego musiał to zrobić. Jeśli mój widok kojarzył mu się teraz z jego własną brutalną przeszłością, jak mógłby to wytrzymać? Jak ja miałabym to znieść?

Mama głaskała mnie po głowie. Czułam, że również płacze.

– Ciii – uspokajała mnie trzęsącym się głosem. – Ciii, kochanie. Jestem przy tobie. Zaopiekuję się tobą.

W końcu nie miałam już więcej łez. Byłam całkowicie pusta, ale wraz z tą pustką przyszło objawienie. Nie mogłam zmienić tego, co się stało, lecz mogę zrobić wszystko, żeby żadna bliska mi osoba z tego powodu nie cierpiała.

Usiadłam i wytarłam oczy.

– Nie powinnaś tego robić – upomniała mnie mama. – Od tarcia oczu robią się zmarszczki.

Z jakiegoś powodu jej zamartwianie się moimi przyszłymi kurzymi łapkami wydało mi się niezwykle śmieszne. Próbowałam się powstrzymać, ale wybuchnęłam gromkim śmiechem.

– Evo Lauren!

Jej oburzenie również wydało mi się histerycznie zabawne. Zaczęłam się śmiać jeszcze bardziej i nie mogłam przestać. Śmiałam się, aż zaczęła mnie boleć przepona i opadłam na podłogę.

– Och, przestań już! – Szturchnęła mnie w ramię. – To wcale nie jest śmieszne.

Śmiałam się tak długo, że wycisnęłam z siebie jeszcze parę łez.

– Evo, naprawdę! – obruszyła się mama, ale na jej twarzy również pojawił uśmiech.

Śmiałam się, aż ponownie zaczęłam szlochać, bez łez, po cichu. Usłyszałam chichot mamy, który z jakiegoś powodu doskonale łączył się z moim przejmującym bólem. Nie potrafiłam tego wyjaśnić, ale pomimo iż czułam się beznadziejnie, potrzebowałam obecności matki – razem z jej wszystkimi drobnymi dziwactwami i uwagami, które zwykle doprowadzały mnie do szaleństwa.

Trzymając się za obolały brzuch, wzięłam głęboki oczyszczający oddech.

– Załatwił to? – zapytałam po cichu.

Uśmiech zniknął z jej twarzy.

– Kto? Richard? Co załatwił? Pieniądze? Och…

Czekałam.

– Nie! – zaprotestowała. – Nigdy by tego nie zrobił. Nie myśli w ten sposób.

– Okej. Musiałam zapytać. – Ja także nie potrafiłam wyobrazić sobie Stantona zlecającego zabójstwo. Natomiast Gideon...

Z koszmarów, które go dręczyły, wiedziałam, że jego pragnienie zemsty cechowała brutalność. I widziałam go z Brettem. Te sceny głęboko wbiły się w moją pamięć. Gideon miał możliwości, a z jego przeszłością...

Wzięłam głęboki oddech i pospiesznie wypuściłam powietrze.

– Jak dużo wie policja?

– Wszystko. – Jej wilgotne i łagodne oczy skrywały poczucie winy. – Po śmierci Nathana złamano pieczęć na jego kartotece.

– W jaki sposób umarł?

– Nie powiedzieli.

– To chyba najmniej ważne. Mamy motyw. – Przeczesałam palcami włosy. – To, że osobiście nie mieliśmy sposobności, jest nieistotne. Masz alibi, prawda? I Stanton?

– Tak. A ty?

– Ja też.

Nie wiedziałam natomiast, co z Gideonem. Nie żeby to miało znaczenie. Nikt nie spodziewał się, że mężczyźni pokroju Gideona czy Stantona zbroczą ręce krwią kogoś pokroju Nathana.

Mieliśmy więcej niż jeden motyw – szantaż, zemsta za to, co mi zrobił. Mieliśmy także środki, a to dawało nam okazję.

*

Uczesałam ponownie włosy i opryskałam twarz wodą, zastanawiając się jednocześnie, jak pozbyć się z mieszkania mamy, zanim ktoś dostrzeże jej obecność. Gdy zastałam ją grzebiącą w szafie w mojej sypialni – nawet w takiej chwili przejmowała się moim stylem i wyglądem – wiedziałam już, co zrobić.

– Pamiętasz tę spódnicę, którą kupiłam w Macy's? – zapytałam. – Tę zieloną?

– Och, tak. Bardzo ładna.

– Nie nosiłam jej jeszcze, bo nie wiem, do czego mogłabym ją włożyć. Pomożesz mi coś znaleźć?

– Evo – westchnęła z poirytowaniem – w twoim wieku powinnaś już wyrobić sobie własny styl. I nie powinny być to dresy!

– Pomóż mi, mamo. Zaraz wrócę. – Wzięłam ze sobą kubek z kawą, żeby mieć powód do wyjścia. – Nie idź nigdzie.

– A gdzie miałabym pójść? – odpowiedziała przytłumionym głosem, bo grzebała już głęboko w mojej garderobie.

Szybko sprawdziłam salon i kuchnię. Żadnych śladów obecności taty. Drzwi do jego pokoju i pokoju Cary'ego ciągle były zamknięte. Pospieszyłam do mojej sypialni.

– Co myślisz o tym? – zapytała, trzymając w ręku jedwabną bluzkę w odcieniu szampana. Zestaw był ciekawy i elegancki.

– Świetne! Jesteś wspaniała! Dzięki. No ale pewnie musisz już iść. Nie chcę cię zatrzymywać.

– Nie spieszy mi się.

– A co ze Stantonem? Na pewno się zamartwia. Poza tym jest sobota. Zawsze robił wszystko, żeby spędzić z tobą weekend. Potrzebuje cię.

I Bóg mi świadkiem, czułam się okropnie, dokładając mu stresów. Odkąd cztery lata temu ożenił się z mamą, poświęcił wiele czasu i pieniędzy na sprawy związane ze mną i Nathanem. Do końca życia będę mu wdzięczna, że tak bardzo kochał moją matkę.

– Widzę, że ty też się martwisz – odrzekła. – Chcę być przy tobie, Evo. Chcę ci pomóc.

Poczułam ucisk w gardle, bo zrozumiałam, że nie może wybaczyć sobie tego, co mi się przydarzyło.

– Nie przejmuj się, poradzę sobie. I szczerze mówiąc, czuję się okropnie, zabierając cię Stantonowi po tym wszystkim, co dla nas zrobił. Stanowisz jego nagrodę, jego małą cząstkę nieba po tygodniu niekończącej się pracy.

Uśmiechnęła się słodko.

– Ładnie to powiedziałaś.

Też tak myślałam, gdy Gideon mówił mi podobne rzeczy.

Trudno uwierzyć, że zaledwie tydzień temu byliśmy w domu na plaży, szaleńczo zakochani, umacniając nasz związek.

Ale teraz nie było już czego umacniać i wreszcie dowiedziałam się dlaczego. Wściekało mnie, że Gideon ukrywał przede mną coś tak ważnego, jak obecność Nathana w Nowym Jorku. Wkurzało mnie, że nie powiedział mi, co myśli i czuje. Chociaż z drugiej strony rozumiałam to. Od lat unikał osobistych wynurzeń i nie byliśmy ze sobą wystarczająco długo, żeby zmienił długoletnie przyzwyczajenia. Nie mogłam winić go za to, że jest taki, jaki jest, tak samo jak nie mogłam go winić za to, że nie potrafił zaakceptować mojej przeszłości.

Podeszłam do mamy i objęłam ją.

– Twoja obecność tutaj... Tego właśnie potrzebuję, mamo: płakać, śmiać się, siedzieć z tobą. Nic nie zrobiłoby mi teraz lepiej. Dziękuję.

– Naprawdę? – Przytuliła mnie mocno. Była taka drobna i delikatna w moich ramionach, mimo iż byłyśmy tego samego wzrostu, a na wysokich obcasach nawet mnie przewyższała. – Myślałam, że zaczniesz wariować.

Puściłam ją i się uśmiechnęłam.

– Chyba przez moment zaczęłam wariować, ale sprowadziłaś mnie do pionu. I Stanton tak bardzo mi pomógł. Jestem mu niezmiernie wdzięczna za to, co dla nas zrobił. Proszę, powtórz mu to.

Objęłam ją ramieniem, podniosłam z łóżka jej torebkę i zaprowadziłam ją do drzwi. Przytuliła mnie na pożegnanie, głaszcząc po plecach.

– Zadzwoń dziś wieczorem i jutro – powiedziała. – Będę spokojniejsza, że wszystko u ciebie w porządku.

– Okej.

Wpatrywała się we mnie uważnie.

– Może pójdziemy razem do spa w przyszłym tygodniu? Jeśli doktor nie pozwoli pójść Cary'emu, sprowadzimy mu kosmetyczki do domu. Wszystkim nam przyda się teraz odrobina relaksu i luksusu.

– To naprawdę uroczy sposób, żeby dać mi do zrozumienia, że wyglądam jak śmierć. – Obie nie wyglądałyśmy zbyt dobrze, ale ona potrafiła to lepiej ukryć. Nathan cały czas wisiał nad nami niczym ciemna chmura, niszczył nasze życie, zakłócał nasz spokój. A my udawałyśmy, że czujemy się lepiej niż w rzeczywistości, bo właśnie tak postępowało się w mojej rodzinie. – Ale masz rację, dobrze by to nam zrobiło i Cary z pewnością poczułby się lepiej, nawet gdyby załapał się jedynie na manikiur i pedikiur.

– Wobec tego zrobię rezerwację. Już nie mogę się doczekać – oznajmiła mama ze swoim popisowym promiennym uśmiechem… który był pierwszą rzeczą, jaką dostrzegł tata, gdy otworzyłam drzwi. Stał na progu, z kluczami Cary'ego w uniesionej ręce i właśnie chciał wsunąć je do zamka. Miał na sobie krótkie spodenki, adidasy, a spoconą koszulkę przerzuconą niedbale przez ramię. Był zdyszany po biegu, jego opalone umięśnione ciało błyszczało od potu. Victor Reyes był niezwykle smakowitym kąskiem.

I wpatrywał się w mamę w sposób absolutnie nieprzyzwoity.

Oderwałam wzrok od mojego superprzystojnego ojca, żeby spojrzeć na moją olśniewającą mamę, i stwierdziłam, że patrzy na niego dokładnie w taki sam sposób, jak on na nią. I nagle uświadomiłam sobie, że moi rodzice są w sobie zakochani. To znaczy podejrzewałam, że odchodząc, mama złamała tacie serce, ale zawsze myślałam, że był dla niej jedynie wstydliwym błędem, pomyłką z młodości.

– Monica. – Głos ojca był niższy i głębszy niż kiedykolwiek, pobrzmiewał w nim mocniejszy akcent.

– Victor. – Mama z trudem łapała oddech. – Co tutaj robisz?

Uniósł jedną brew.

– Odwiedzam naszą córkę.

– Mama musi już iść – wtrąciłam, rozdarta między chęcią zobaczenia moich rodziców razem a lojalnością w stosunku do Stantona, który był idealnym partnerem dla mamy. – Zadzwonię do ciebie później, mamo.

Ojciec nie ruszył się z miejsca. Stał i mierzył mamę wzrokiem od stóp do głów. Potem wziął głęboki oddech i przesunął się na bok.

Mama wyszła na korytarz i skierowała się ku windom, ale w ostatniej chwili zawróciła. Położyła ojcu dłoń na sercu, wspięła się na palce i pocałowała go w policzek, potem w drugi.

– Do widzenia – wyszeptała.

Patrzyłam, jak odchodzi chwiejnym krokiem i nie odwracając się w naszą stronę, dotyka przycisku. Ojciec nie odrywał od niej wzroku, dopóki winda się nie zamknęła. Potem odetchnął głośno i wszedł do mieszkania.

Zatrzasnęłam drzwi.

– Dlaczego do tej pory nie wiedziałam, że jesteście w sobie szaleńczo zakochani?

Trudno było wytrzymać jego pełne bólu spojrzenie.

– Bo to nieważne.

– Nie wierzę. Miłość jest najważniejsza.

– Nie pokonuje wszystkiego, wbrew popularnemu powiedzeniu. Widzisz swoją matkę jako żonę policjanta?

Skrzywiłam się.

– No właśnie – odrzekł zrezygnowany, wycierając koszulką pot z czoła. – Czasami miłość nie wystarcza. A jeśli miłość to za mało, należy o niej zapomnieć.

Bardzo dobrze rozumiałam pobrzmiewające w jego głosie rozżalenie. Minęłam go i poszłam do kuchni.

Ojciec podążył za mną.

– Kochasz Gideona Crossa? – zapytał.

– A nie jest to oczywiste?

– A on ciebie kocha?

Byłam wykończona, więc wrzuciłam kubek do zlewu i wyjęłam dwa czyste, dla mnie i dla taty.

– Nie wiem. Wiem, że mnie pragnie i czasami potrzebuje. Myślę, że zrobiłby dla mnie wszystko, o co poproszę, bo ma do mnie słabość.

Nie był jednak w stanie powiedzieć, że mnie kocha. Nie chciał opowiedzieć mi o swojej przeszłości. I ewidentnie nie potrafił żyć z dowodami mojej przeszłości.

– Rozsądna z ciebie kobieta – skwitował tata.

Wyjęłam z zamrażarki kawę ziarnistą, żeby zaparzyć nowy dzbanek.

– To kwestia do dyskusji.

– Nie oszukujesz się. To bardzo dobra cecha. – Obdarzył mnie nieśmiałym uśmiechem, gdy spojrzałam na niego przez ramię. – Pożyczyłem twój tablet, żeby sprawdzić mejle. Leżał na stoliku do kawy, mam nadzieję, że nie masz nic przeciwko temu.

Pokręciłam przecząco głową.

– Nie ma sprawy.

– Poszperałem trochę w internecie. Chciałem zobaczyć, co wyskoczy, jak wpiszę imię Crossa.

Poczułam ucisk w sercu.

– Nie lubisz go – powiedziałam.

– Nie chcę wydawać pochopnych sądów. – Natężenie głosu ojca osłabło, gdy poszedł do salonu, i zwiększyło się, gdy wrócił do kuchni z tabletem w ręku.

Mieliłam kawę, a ojciec otworzył torbę ochronną i zaczął stukać w ekran.

– Wczoraj wieczorem niewiele udało mi się z niego wyciągnąć. Chciałem zdobyć trochę więcej informacji. Znalazłem parę waszych zdjęć, które wyglądają obiecująco. A potem znalazłem coś jeszcze.

Odwrócił tablet w moją stronę.

– Czy możesz mi to wytłumaczyć? Czy to jego druga siostra?

Podeszłam bliżej i przyjrzałam się artykułowi, jaki ojciec znalazł na stronie plotkarskiej. Zobaczyłam zdjęcie Gideona i Corinne na jakimś przyjęciu. Otaczał ją ramieniem w talii, a mowa ich ciał świadczyła o zażyłości i intymności. Był bardzo blisko niej, jego usta niemalże dotykały jej skroni. Corinne śmiała się i trzymała w ręku drinka.

Wzięłam tablet i przeczytałam nagłówek: *Gideon Cross, dyrektor generalny Cross Industries, i Corinne Giroux na imprezie promocyjnej wódki Kingsman.*

Żądna informacji, drżącymi palcami przesunęłam tekst na ekranie i przeczytałam krótki artykuł. Zamarłam, gdy zobaczyłam, że impreza odbyła się w czwartek między szóstą a dziewiątą, w jednym z hoteli Gideona, który bardzo dobrze znałam. Pieprzył się tam ze mną, tak jak to robił z tuzinem innych kobiet.

Gideon nie przyszedł na spotkanie z doktorem Petersenem, bo właśnie wtedy zabierał Corinne do swojego prywatnego burdelu.

Tego właśnie nie chciał powiedzieć detektywom w mojej obecności. Jego alibi na wieczór, a być może całą noc, stanowiła inna kobieta.

Odkładając tablet z większą ostrożnością, niż było to konieczne, zdałam sobie sprawę, że wstrzymuję oddech.

– To nie jest jego siostra.

– Tak właśnie myślałem.

– Możesz wyświadczyć mi przysługę i skończyć parzyć kawę? Muszę gdzieś zadzwonić.

– Jasne. Potem pójdę pod prysznic. – Wyciągnął rękę i położył ją na mojej dłoni. – Chodźmy gdzieś, żeby zapomnieć o tym całym poranku. Zgoda?

– Zgoda.

Wzięłam słuchawkę telefonu i poszłam do sypialni. Wybrałam z pamięci telefonu numer Gideona i czekałam na połączenie. Po trzech sygnałach odebrał.

– Cross – powiedział, mimo że jego telefon pokazywał, że to ja. – Naprawdę nie mogę w tej chwili rozmawiać.

– W takim razie posłuchaj. Ograniczę się do minuty, jednej cholernej minuty twojego cennego czasu. Możesz mi dać choć tyle?

– Naprawdę…

– Czy Nathan przyszedł do ciebie z moimi zdjęciami?

– To nie jest…

– Pokazał ci je? – przerwałam mu.

– Tak.

– Widziałeś je?

Nastąpiła długa cisza.

– Tak.

Wypuściłam wstrzymywane powietrze.

– Okej. Myślę, że to było totalne skurwysyństwo pozwolić mi iść samej do doktora Petersena, gdy doskonale wiedziałeś, że nie przyjdziesz, bo byłeś umówiony z inną kobietą. To absolutne świństwo, Gideonie. A co gorsza, to była impreza promocyjna Kingsmana, marki, która powinna mieć dla ciebie wartość sentymentalną, biorąc pod uwagę, jak się…

Usłyszałam nagły dźwięk przesuwanego krzesła. Zaczęłam mówić coraz szybciej, żeby wyrzucić z siebie to, co chciałam powiedzieć, zanim odłoży słuchawkę.

– Myślę, że jesteś tchórzem, bo nie miałeś odwagi powiedzieć, że wszystko między nami skończone, szczególnie zanim zacząłeś pieprzyć kogoś innego.

– Evo, do jasnej cholery!

– Ale chcę ci powiedzieć, że mimo iż zachowałeś się kurewsko nie w porządku, roztrzaskałeś moje serce na milion, maleńkich kawałeczków i straciłam dla ciebie cały szacunek, nie winię cię za to, co czujesz po obejrzeniu tych zdjęć. Rozumiem to.

– Przestań – powiedział głosem nieco tylko głośniejszym od szeptu, co sprawiło, że zaczęłam się zastanawiać, czy jest z nim Corinne.

– Nie chcę, żebyś się obwiniał, rozumiesz? Po tym, co oboje przeżyliśmy… Chociaż tak naprawdę nie wiem, co ty przeżyłeś, bo nigdy mi nie powiedziałeś, ale… – Westchnęłam i skrzywiłam się zniecierpliwiona, że zaczyna drżeć mi głos. Co gorsza, gdy otworzyłam usta, żeby kontynuować, nie mogłam powstrzymać łez. – Nie wiń siebie. Ja cię nie winię. Chciałam, żebyś to wiedział.

– Chryste – wyszeptał. – Proszę, przestań wreszcie, Evo.

– To już wszystko, co miałam do powiedzenia. Mam

nadzieję, że znajdziesz... – Zacisnęłam dłoń. – Nieważne. Do widzenia.

Wyłączyłam telefon i rzuciłam na łóżko. Rozebrałam się i w drodze do łazienki zdjęłam pierścionek od Gideona i położyłam go na stole. Odkręciłam najgorętszą wodę, jaką mogłam znieść, i osunęłam się odrętwiała na podłogę kabiny.

Nie zostało mi już nic.

17

Przez resztę weekendu szwendaliśmy się z tatą po mieście. Zadbałam o dobre jedzenie i zabrałam go do Junior's na sernik, do Gray's Papaya na hot doga i do John's na pizzę, którą przynieśliśmy do domu, żeby podzielić się z Carym. Wjechaliśmy na szczyt Empire State Building, co pozwoliło nam odhaczyć również Statuę Wolności. Poszliśmy na poranne przedstawienie na Broadwayu. Poszliśmy też na Times Square – było tłoczno i gorąco, ale interesująco, dzięki prawie nagim artystom ulicznym. Zrobiłam telefonem parę zdjęć i wysłałam dla śmiechu Cary'emu.

Ojciec był pod wrażeniem wszechobecności policji i podobnie jak mnie cieszył go widok funkcjonariuszy na koniach. Zrobiliśmy rundkę dorożką wokół Central Parku i odważyliśmy się przejechać metrem. Zabrałam go do Rockefeller Center, do Macy's i pokazałam mu Crossfire. Przyznał, że to imponujący budynek, nawet na tle innych imponujących budynków. Głównie jednak spacerowaliśmy i po prostu byliśmy ze sobą.

Wreszcie dowiedziałam się, jak poznał moją mamę. Złapała gumę, jadąc swoim wymuskanym sportowym samochodzikiem i trafiła do warsztatu, gdzie pracował. Ich historia przypominała mi stary przebój Billy'ego Joela *Uptown Girl* i podzieliłam się z nim tą myślą. Tata zaśmiał się i powiedział, że była to jedna z jego ulubionych piosenek. Stwierdził, że cały czas ma przed oczami obraz, jak mama wysiada ze swojego drogiego cacka – a on niemal traci oddech z wrażenia. Była najpiękniejszą kobietą, jaką kiedykolwiek widział... Do momentu, gdy pojawiłam się ja.

– Masz do niej żal?

– Kiedyś miałem. – Objął mnie ramieniem. – Nigdy nie wybaczę jej, że nie dała ci mojego nazwiska. Ale nie mam już do niej pretensji o sprawy finansowe. Na dłuższą metę nie byłaby ze mną szczęśliwa i znała siebie na tyle dobrze, żeby szybko to zrozumieć.

Przytaknęłam, żałując w imieniu nas wszystkich.

– I szczerze mówiąc... – westchnął i na chwilę oparł policzek na czubku mojej głowy – mimo że sam chciałbym móc ci zapewnić te wszystkie rzeczy, które dają ci jej mężowie, cieszę się, że to dostajesz. Doskonale rozumiem, że dzięki jej wyborom twoje życie jest lepsze. I nie narzekam na swój los. Wiodę dobre życie i jestem szczęśliwy, że mam córkę, z której mogę być dumny. Uważam się za bogacza, bo nie pragnę niczego, czego nie mam.

Zatrzymałam się i przytuliłam go.

– Kocham cię, tato. Bardzo się cieszę, że przyjechałeś.

Objął mnie i pomyślałam, że może kiedyś jeszcze poczuję się dobrze. Zarówno moja mama, jak i ojciec wiodą szczęśliwe życie bez ukochanej osoby.

Ja też tak potrafię.

*

Po wyjeździe taty wpadłam w depresję. Następne dni ciągnęły się w nieskończoność. Wmawiałam sobie, że nie czekam na żaden gest ze strony Gideona, ale co wieczór płakałam przed zaśnięciem, bo kolejny dzień upłynął bez wiadomości od niego.

Moi przyjaciele się martwili. Steven i Mark robili wszystko, żeby poprawić mi humor. Zabrali mnie w środę na lunch do restauracji meksykańskiej, gdzie pracowała Shawna, i wychodzili z siebie, żeby mnie rozśmieszyć i zabawić. Udało się im, bo lubiłam przebywać w ich towarzystwie. Mimo iż nienawidziłam wyzierającej z ich oczu troski, była we mnie pustka, której nic nie mogło wypełnić, i bardzo denerwowałam się dochodzeniem w sprawie śmierci Nathana.

Mama dzwoniła do mnie codziennie, pytając, czy policja skontaktowała się ze mną ponownie (odpowiedź brzmiała: nie) i dostarczała mi nowych wiadomości, jeśli rozmawiali z nią albo Stantonem.

Martwiłam się, że krążą wokół Stantona, ponieważ mój ojczym był ewidentnie niewinny. Musiałam wierzyć, że niczego nie znajdą. Mimo wszystko zastanawiałam się, czy na coś nie trafią. Najwyraźniej było to morderstwo, inaczej nie prowadziliby dochodzenia. A Nathan był spoza Nowego Jorku, więc kto mógłby go zabić?

W głębi duszy miałam przeczucie, że za morderstwem stał Gideon. Przez to było mi jeszcze ciężej o nim zapomnieć, bo jakaś cząstka mnie – mała dziewczynka, którą kiedyś byłam – od dawna życzyła Nathanowi śmierci, pragnęła, żeby cierpiał tak, jak ja cierpiałam przez wiele lat. Z nim straciłam moją niewinność i dziewictwo. Pozbawił mnie szacunku do samej siebie i poczucia własnej wartości. A w końcu w wyniku bolesnego poronienia straciłam również dziecko, gdy sama jeszcze byłam dzieckiem.

Starałam się przetrwać każdy dzień, skupiając się na chwili obecnej, minuta po minucie. Zmuszałam się, żeby pójść do Parkera na zajęcia krav magi, do oglądania telewizji, do uśmiechu, gdy wymagała tego sytuacja – szczególnie w obecności Cary'ego – do tego, żeby opuścić łóżko co rano i stawić czoło kolejnemu dniu. Starałam się nie myśleć o tym, że w środku umieram. Był we mnie jedynie ból. Straciłam na wadze i bardzo dużo spałam, ale nie budziłam się wypoczęta.

W czwartek, szóstego dnia drugiej rundy po Gideonie, zostawiłam wiadomość u sekretarki doktora Petersena, że nie będziemy więcej przychodzić z Gideonem na terapię. Wieczorem poprosiłam Clancy'ego, żeby zatrzymał się pod apartamentowcem Gideona, i zostawiłam na portierni kopertę z jego kluczami i pierścionkiem, który mi ofiarował. Nie dołączyłam notatki, bo powiedziałam już wszystko, co miałam do powiedzenia.

W piątek zatrudniono nowego asystenta dla jednego z junior account managera i Mark poprosił mnie, żebym go wprowadziła. Na imię mu było Will i od razu go polubiłam. Miał ciemne, krótko obcięte kręcone włosy. Nosił długie bokobrody i okulary o prostokątnych szkłach, bardzo twarzowe. Pił colę zamiast kawy i nadal był z ukochaną z liceum.

Większość przedpołudnia spędziłam, oprowadzając go po biurze.

– Podoba ci się tutaj – zauważył.

– Bardzo – przytaknęłam z uśmiechem.

– To dobrze. Z początku nie byłem pewien. Nie tryskałaś entuzjazmem, nawet gdy opowiadałaś o pozytywnych rzeczach.

– Przepraszam. Przeżywam właśnie bolesne rozstanie. – Próbowałam to powiedzieć bez większych emocji. – Trudno w tej sytuacji mieć entuzjastyczne nastawienie do czegokolwiek, nawet do rzeczy, które uwielbiam. A ta praca do nich należy.

– Przykro mi z powodu twojego rozstania – odrzekł, a w jego ciemnych oczach dostrzegłam współczucie.

– Mnie też.

W sobotę Cary wyglądał i czuł się o wiele lepiej. Miał jeszcze zabandażowane żebra i gips na ręce, ale samodzielnie chodził i nie potrzebował już pielęgniarki.

Mama przyprowadziła do mieszkania zespół kosmetyczek – sześć kobiet w białych uniformach opanowało mój salon. Cary był w siódmym niebie, zachwycony pomysłem domowego spa. Mama wyglądała na przemęczoną, co było do niej niepodobne. Wiedziałam, że zamartwia się o Stantona, a może rozmyślała także o moim ojcu. Byłoby dziwne, gdyby tak szybko o nim zapomniała, po tym jak zobaczyła go po raz pierwszy od dwudziestu pięciu lat. Jego pożądliwe spojrzenie cały czas tkwiło w mojej pamięci. Mogłam sobie jedynie wyobrazić, co znaczyło dla niej.

Jeśli o mnie chodzi, cieszyłam się, że przebywam w towarzystwie dwóch osób, które mnie kochają i znają na tyle dobrze, żeby nie wspominać o Gideonie ani nie narzekać na mój wisielczy humor. Mama przyniosła mi pudełko moich ulubionych trufli Knipschildt, którymi powoli się delektowałam. To moja jedyna słabość, na którą przymykała oko. Nawet ona przyznawała, że kobiecie należy się odrobina czekolady.

– Co będziesz sobie robić? – zapytał Cary z czarną papką rozsmarowaną na twarzy. Jedna z kobiet podcinała mu właśnie włosy w stylu jego tradycyjnego seksownego nieładu, a druga przycinała mu paznokcie u nóg w perfekcyjne, lekko zaokrąglone kwadraty.

Zlizałam z palców czekoladę i zaczęłam zastanawiać się nad odpowiedzią. Ostatni raz, gdy spędziliśmy dzień w spa, zaczynał się mój romans z Gideonem. Mieliśmy iść na naszą pierwszą randkę i wiedziałam, że skończymy w łóżku. Wybrałam wtedy pakiet dla uwodzicielki, dzięki któremu moja skóra stała się delikatna, miękka i pachnąca olejkami o właściwościach afrodyzjaku.

Teraz wszystko się zmieniło. W pewnym sensie dostałam szansę na nowy początek. Śledztwo w sprawie śmierci Nathana ciążyło na nas wszystkich, ale świadomość, że na zawsze zniknął z mojego życia, przyniosła mi niespodziewane wyzwolenie. Wcześniej w zakamarkach mojej duszy cały czas krył się strach, bo dopóki Nathan żył, zawsze istniała możliwość, że gdzieś go zobaczę. Teraz byłam wolna.

Miałam także szansę nacieszyć się życiem w Nowym Jorku jak nigdy dotąd. Nie musiałam się przed nikim tłumaczyć. Mogłam iść, gdzie chcę i z kim chcę. Mogłam być, kimkolwiek zechcę. A kim była mieszkająca na Manhattanie Eva Tramell, mająca wymarzoną pracę w agencji reklamowej? Jeszcze nie wiedziałam. Do teraz byłam zaledwie gościem z San Diego, który dostał się w pole rażenia tajemniczego i niezwykle potężnego mężczyzny. Ta Eva przeżywała właśnie ósmy dzień drugiej rundy bez Gideona i pewnie długo pozostanie zwinięta w kącie, liżąc rany. Być może na zawsze, bo nie potrafiłam sobie wyobrazić, że kiedykolwiek pokocham kogoś tak jak Gideona. Był moją bratnią duszą, na dobre i na złe. Moją drugą połówką. Moim odbiciem.

– Eva? – Cary wyrwał mnie z zamyślenia.

– Chcę cały pakiet – oznajmiłam zdecydowanie. – Nowa fryzura. Coś krótkiego, szykownego i seksownego. Paznokcie pomalowane na ognistą czerwień – ręce i stopy. Chcę stać się nową Evą.

Cary uniósł brwi.

– Paznokcie, owszem. Włosy, być może. Nie powinnaś podejmować pochopnych decyzji, gdy jesteś zdesperowana po stracie faceta. Możesz tego pożałować.

Podniosłam głowę.

– I tak zamierzam to zrobić. Możesz mi pomóc albo zamknąć się i patrzeć.

– Eva! – zapiszczała z zachwytu mama. – Będziesz wyglądać znakomicie! Dokładnie wiem, co powinnaś zrobić z włosami. Zobaczysz, będziesz zadowolona!

Cary wykrzywił usta.

– W porządku, mała. Zobaczymy, jak wygląda nowa Eva.

*

Nowa Eva wyglądała jak nowoczesna, nieco ekscentryczna seksbomba. Moje długie proste blond włosy zostały ścięte do ramion, pocieniowane, a wokół twarzy pojawiły się platynowe pasemka. Zażyczyłam sobie makijaż, żeby zobaczyć, jak malować się do nowej fryzury, i dowiedziałam się, że idealnie pasuje mi ciemnoszary cień do powiek i delikatny różowy błyszczyk.

Nie zdecydowałam się w końcu na krwistoczerwone paznokcie i wybrałam w zamian kolor czekolady. Bardzo mi się podobał. Przynajmniej obecnie, chociaż całkiem możliwe, że była to jedynie przejściowa fascynacja.

Cary zagwizdał na mój widok.

– Okej, wycofuję się z tego, co mówiłem – oznajmił. – Ewidentnie rozstania dobrze wpływają na twój wygląd.

– Widzisz? – powiedziała z uśmiechem mama. – Mówiłam ci! Teraz wyglądasz jak nowoczesna, wyrafinowana mieszkanka metropolii.

– Naprawdę? – Wpatrywałam się w swoje odbicie w lustrze, zaskoczona transformacją. Wyglądałam na nieco starszą. Zdecydowanie bardziej zadbaną. Z pewnością bardziej seksownie. Od razu poczułam się lepiej, gdy ujrzałam w lustrze inną osobę niż ta wymęczona kobieta z podpuchniętymi oczami, którą oglądałam od dwóch tygodni. A moja wychudzona twarz i smutne oczy nawet dobrze komponowały się z nowym odważniejszym stylem.

Mama stwierdziła, że wszyscy wyglądamy tak znakomicie, że musimy pójść gdzieś na kolację. Zadzwoniła do Stantona, żeby przygotował się na wieczorne wyjście i nawet słysząc zaledwie połowę rozmowy, wiedziałam, że ucieszyło go jej dziecięce uradowanie. Powierzyła mu znalezienie odpowiedniego miejsca i zrobienie rezerwacji, po czym kontynuowała moją przemianę, wybierając dla mnie małą czarną na dzisiejsze wyjście. Włożyłam wybrany przez nią strój, a mama wyjęła z mojej szafy koktajlową sukienkę w kolorze kości słoniowej.

– Świetny wybór – orzekłam i pomyślałam, jakie to niesamowite, że może włożyć strój dwadzieścia lat młodszej kobiety i wyglądać doskonale.

Już ubrane, poszłyśmy do pokoju Cary'ego, żeby pomóc mu się przygotować.

Patrzyłam, jak mama krząta się koło niego, i cały czas coś mówi, ale był to raczej monolog niż konwersacja. Cary stał pośrodku pokoju ze słodkim uśmiechem i z radością wodził za nią oczami.

Przeciągnęła dłońmi po jego szerokich ramionach, wygładzając elegancką lnianą koszulę. Potem z wielką wprawą zawiązała mu krawat i odeszła krok do tyłu, żeby podziwiać swą pracę. Rękaw na złamanej ręce był odpięty i podwinięty do góry, a twarz Cary'ego cały czas pokrywały żółtawo-fioletowe siniaki, ale nic nie mogło zepsuć efektu, jaki wywoływał Cary Taylor szykujący się na niezobowiązujące eleganckie wyjście.

Uśmiech mamy rozjaśnił cały pokój.

– Jesteś oszałamiający, Cary. Twój widok zapiera dech w piersiach.

– Dziękuję.

Podeszła i pocałowała go w policzek.

– Prawie tak piękny na zewnątrz, jak w środku.

Widziałam, że jest nieco zmieszany. Wychyliłam się zza drzwi i wyjaśniłam:

– Niektórzy z nas przejrzeli cię na wylot, Cary. Nie zmyliła nas twoja wspaniała powierzchowność. Wiemy, że masz także ogromne, piękne serce.

– Chodźmy! – wykrzyknęła mama, biorąc nas za ręce i wyciągając z pokoju.

Gdy zeszliśmy na dół, pod budynkiem czekała już limuzyna Stantona. Mój ojczym wysiadł z samochodu, przytulił mamę i pocałował ją delikatnie w policzek, bo doskonale wiedział, że nie chciałaby, aby rozmazał jej szminkę. Stanton, przystojny mężczyzna o śnieżnobiałych włosach i intensywnie niebieskich oczach – tylko jego twarz zdradzała ślady upływających lat – wciąż był bardzo atrakcyjny, aktywny i w znakomitej formie.

– Evo! – Przytulił również mnie i pocałował w policzek. – Wyglądasz czarująco.

Uśmiechnęłam się, nie do końca pewna, czy owo „czarująco" znaczy, że kogoś oczaruję, czy też powinnam poczekać, żeby zostać oczarowaną.

Stanton uścisnął dłoń Cary'ego i delikatnie klepnął go w ramię.

– Miło widzieć cię znów na nogach, młodzieńcze. Wszyscy najedliśmy się przez ciebie strachu.

– Dziękuję. Za wszystko.

– Nie musisz za nic dziękować – odrzekł Stanton, machając ręką. – Nigdy.

Mama wzięła głęboki oddech i wypuściła powietrze. Gdy patrzyła na Stantona, jej oczy błyszczały. Dostrzegła, że się jej przyglądam, i uśmiechnęła się z zadowoleniem.

Pojechaliśmy do prywatnego klubu z orkiestrą, której

towarzyszło dwoje znakomitych piosenkarzy. Śpiewali na przemian cały wieczór, zapewniając wspaniały akompaniament do posiłku przy blasku świec, który zjedliśmy, siedząc na obitych aksamitem ławach z wysokimi oparciami, jakby żywcem wyjętych ze zdjęć tradycyjnego klubu śmietanki towarzyskiej Manhattanu. Byłam pod wrażeniem.

Między daniem głównym a deserem Cary poprosił mnie do tańca. Pod wpływem nalegań mamy chodziliśmy kiedyś na lekcje tańca, ale teraz ze względu na obrażenia Cary'ego musieliśmy uważać, więc raczej kołysaliśmy się w miejscu, delektując się przyjemnością płynącą z zakończenia radosnego dnia smacznym posiłkiem, zjedzonym w towarzystwie bliskich.

– Spójrz na nich – powiedział Cary, patrząc, z jaką wprawą Stanton prowadzi mamę po parkiecie. – Szaleje na jej punkcie.

– Tak. A ona jest dla niego dobra. Oboje dają sobie nawzajem wszystko, czego potrzebują.

– Myślisz o swoim ojcu?

– Trochę. – Wyciągnęłam rękę i przejechałam palcami po jego włosach, i przypomniała mi się dłuższa, ciemniejsza czupryna, przypominająca gruby jedwab. – Nigdy nie uważałam się za romantyczkę. To znaczy lubię romantyzm, wielkie gesty i to wspaniałe odurzenie, gdy się w kimś zakochujesz. Ale nigdy nie fantazjowałam o księciu z bajki i poślubieniu miłości mego życia.

– Ty i ja jesteśmy po prostu zbyt sterani, mała. Potrzebujemy odjazdowego seksu i kogoś, kto rozumie, jak bardzo jesteśmy popaprani, i potrafi z tym żyć.

Uśmiechnęłam się cierpko.

– Gdzieś po drodze zaczęłam się łudzić, że razem z Gideonem możemy pokonać wszystko. Że wystarczy to, że się kochamy. Pewnie dlatego, że nigdy nie myślałam, iż tak bardzo kogoś pokocham, i uwierzyłam w mit, że będziemy żyć długo i szczęśliwie.

Cary przycisnął usta do mojej skroni.

– Przykro mi, Evo. Wiem, że cierpisz. Chciałbym móc to jakoś naprawić.

– Nie wiem, dlaczego nigdy nie próbowałam znaleźć kogoś, z kim mogłabym być szczęśliwa.

– Szkoda, że nie mamy ochoty bzyknąć się ze sobą. Bylibyśmy idealną parą.

Zaśmiałam się i oparłam policzek na jego sercu.

Gdy skończyła się piosenka, odsunęliśmy się od siebie i poszliśmy w stronę naszego stolika. Nagle poczułam palce oplatające mój nadgarstek i odwróciłam głowę…

Stałam twarzą w twarz z Christopherem Vidalem Juniorem, przyrodnim bratem Gideona.

– Czy mógłbym prosić o następny taniec? – zapytał z chłopięcym uśmiechem. W niczym nie przypominał zjadliwego faceta, którego widziałam na sekretnym filmie, jaki Cary nakręcił na przyjęciu w rezydencji Vidalów.

Cary zrobił krok do przodu, czekając na jakiś znak z mojej strony.

Mój instynkt podpowiadał mi, że powinnam odmówić Christopherowi, ale potem rozejrzałam się dookoła.

– Jesteś sam?

– A czy to ważne? – Przyciągnął mnie do siebie ramieniem. – To z tobą chcę zatańczyć. Zaopiekuję się nią – powiedział do Cary'ego, ciągnąc mnie ze sobą.

Dokładnie w ten sposób się poznaliśmy. Byłam na pierwszej randce z Gideonem, kiedy Christopher poprosił mnie do tańca, i już wtedy się między nami nie układało.

– Wspaniale wyglądasz, Evo. Podoba mi się twoja nowa fryzura.

Zmusiłam się do uśmiechu.

– Dziękuję.

– Wyluzuj się. Jesteś strasznie spięta. Nie ugryzę cię.

– Przepraszam. Nie chciałabym urazić osoby, z którą tu przyszedłeś.

– Jestem tu z rodzicami i menedżerem gwiazdy, która chciałaby podpisać kontrakt z Vidal Records.

– Ach. – Mój uśmiech stał się bardziej naturalny. Dokładnie to chciałam usłyszeć.

Gdy tańczyliśmy, rozglądałam się po sali. Elizabeth Vidal wstała, gdy tylko skończyła się piosenka, i uznałam to za znak. Odeszła od stolika, a ja uwolniłam się od protestującego Christophera, tłumacząc, że muszę skorzystać z łazienki.

– Okej, ale jak wrócisz, kupuję ci drinka.

Poszłam za jego matką, rozważając, czy nie powinnam wrócić i powiedzieć mu, że jest totalnym padalcem. Nie wiedziałam, czy Magdalene powiedziała mu o filmie, a jeśli nie, to pewnie miała ku temu powody.

Czekałam na Elizabeth na korytarzu obok toalety. Od razu mnie dostrzegła i się uśmiechnęła. Matka Gideona była piękną kobietą, z długimi prostymi czarnymi włosami i niesamowicie niebieskimi oczami, jak jej syn i Ireland. Sam jej widok sprawiał mi ból. Tak bardzo tęskniłam za Gideonem. Cały czas walczyłam ze sobą, żeby do niego nie zadzwonić i nie zgodzić się na to, co zechce mi dać, cokolwiek by to było.

– Eva. – Powitała mnie pocałunkami w powietrze, obok policzków. – Christopher mówił, że to ty. Z początku cię nie rozpoznałam. Ta fryzura bardzo cię zmieniła. Wyglądasz pięknie.

– Dziękuję. Muszę z tobą porozmawiać. Na osobności.

– Och? – Zmarszczyła brwi. – Coś się stało? Coś z Gideonem?

– Chodźmy. – Pokazałam w głąb korytarza, w stronę drzwi ewakuacyjnych.

– O co chodzi?

Gdy odeszłyśmy od łazienek, zaczęłam mówić:

– Pamiętasz, kiedy Gideon był dzieckiem i powiedział ci, że był molestowany lub zgwałcony?

Zbladła.

– Mówił ci o tym?

– Nie. Ale byłam świadkiem jego koszmarów sennych. Przerażających, okropnych, brutalnych koszmarów, w których błaga o litość. – Mój głos był cichy, lecz przebijała w nim złość. Robiłam, co mogłam, żeby trzymać ręce przy sobie, a ona stała tam jednocześnie zakłopotana i pewna siebie. – Twoim obowiązkiem było chronić go i wspierać!

Uniosła głowę.

– Nie wiesz…

– Nie jesteś winna temu, co się stało, zanim ci powiedział. – Zbliżyłam się do niej i poczułam satysfakcję, gdy zrobiła krok w tył. – Ale ponosisz całkowitą odpowiedzialność za wszystko, co wydarzyło się po tym, gdy ci powiedział.

– Odpieprz się. Nie masz pojęcia, o czym mówisz. Jak śmiesz podchodzić do mnie w ten sposób i mówić mi to wszystko, gdy nie wiesz, o co chodzi!

– Owszem, śmiem. Twój syn stał się emocjonalnym wrakiem z powodu tego, co przeżył, a przez to, że mu nie wierzyłaś, cała sytuacja zrobiła się milion razy gorsza.

– Myślisz, że tolerowałabym molestowanie mojego własnego dziecka? – Jej twarz poczerwieniała, a oczy błyszczały ze złości. – Zabrałam Gideona do dwóch różnych pediatrów, żeby zbadali ślady… traumy. Zrobiłam wszystko, co powinnam.

– Tylko mu nie uwierzyłaś. A to właśnie powinnaś zrobić jako jego matka.

– Jestem również matką Christophera. Przysięgał, że nic się nie stało. Komu miałam uwierzyć w obliczu braku jakichkolwiek dowodów? Nikt nie znalazł niczego, co potwierdziłoby słowa Gideona.

– Nie powinien być zmuszany do dostarczania dowodów. Był dzieckiem! – Wibrował we mnie gniew. Zacisnęłam dłonie w pięści i z trudem powstrzymywałam się, żeby jej nie uderzyć. Nie tylko za to, co utracił Gideon, ale za to, co oboje straciliśmy. – Powinnaś stanąć po jego stronie, bez względu na wszystko.

– Jako dziecko Gideon borykał się z problemami, chodził na terapię, żeby pogodzić się ze śmiercią ojca, desperacko pragnął zwrócić na siebie uwagę. Nie masz pojęcia, jaki wtedy był.

– Wiem, jaki jest teraz. Cierpi i uważa, że nie zasługuje na miłość. I to wszystko twoja wina.

– Idź do diabła – rzuciła, po czym odwróciła się i odeszła.

– Już tam byłam – zawołałam za nią. – Tak samo jak twój syn.

*

Całą niedzielę spędziłam jako dawna Eva.

Trey miał wolny dzień i zabrał Cary'ego na lunch i do kina. Byłam zadowolona, widząc ich razem, cieszyłam się, że próbują. Cary nie zaprosił nikogo spośród rozlicznych osób, które dzwoniły na jego komórkę, i zastanawiałam się, czy robi rozrachunek ze swoimi przyjaciółmi. Podejrzewałam, że większość z nich to byli przyjaciele na dobre dni, można się było z nimi zabawić, ale nic poza tym.

Miałam całe mieszkanie dla siebie, więc spałam, objadałam się śmieciowym jedzeniem, chodząc cały dzień w piżamie. W zaciszu mojego pokoju płakałam, tęskniąc za Gideonem i wpatrując się w kolaż fotografii, które kiedyś stały na moim biurku w pracy. Brakowało mi jego pierścionka na palcu i dźwięku jego głosu. Tęskniłam za dotykiem jego rąk i ust na moim ciele, za czułą zaborczością, z jaką się mną zajmował.

W poniedziałek wyszłam z domu jako nowa Eva. Z wyrazistymi cieniami na powiekach i różowymi ustami, nowymi pocieniowanymi włosami czułam, że przez cały dzień mogę udawać, że jestem kimś innym. Kimś, kto nie ma złamanego serca, nie jest zagubiony i zły.

Gdy tylko wyszłam z budynku, dostrzegłam bentleya, ale Angus nawet nie wysiadł z samochodu, doskonale wiedząc, że nie zgodzę się na podwiezienie. Zastanawiałam się, dlaczego Gideon traci jego czas tylko dlatego, że mogłabym chcieć gdzieś pojechać. Nie miało to żadnego sensu, chyba że czuł się winny. Nienawidziłam poczucia winy, bo niszczyło życie zbyt wielu bliskich mi ludzi. Pragnęłam, żeby zapomnieli i zaczęli żyć, tak jak ja próbowałam.

Poranek w Waters Field & Leaman minął błyskawicznie, ponieważ oprócz normalnej pracy pomagałam Willowi, nowemu asystentowi. Cieszyłam się, że nie obawiał się zadawać pytań, bo dzięki niemu byłam zbyt zajęta, żeby liczyć sekundy, minuty i godziny, odkąd po raz ostatni widziałam Gideona.

– Świetnie wyglądasz, Evo – powiedział Mark, gdy po raz pierwszy tego dnia weszłam do jego biura. – Dobrze się czujesz?

– Niezupełnie. Ale pracuję nad tym.

Nachylił się i oparł łokcie na biurku.

– Jakiś czas temu Steven i ja zerwaliśmy ze sobą po

półtorarocznym związku. Przeżyliśmy parę trudnych tygodni i zdecydowaliśmy, że lepiej będzie sobie odpuścić. To było straszne. Nienawidziłem każdej minuty. Wyjście z łóżka rano stanowiło wielkie osiągnięcie i on był w takim samym stanie. Więc gdybyś czegoś potrzebowała…

– Dziękuję. Najlepsze, co możesz teraz dla mnie zrobić, to dać mi zajęcie. Nie chcę mieć czasu, żeby myśleć o czymkolwiek innym poza pracą.

– To mogę ci zapewnić.

Na lunch poszliśmy z Willem i Megumi do pobliskiej pizzerii. Megumi opowiadała mi o kwitnącym związku z facetem, którego poznała na randce w ciemno, a Will mówił o swoich przygodach w Ikei, gdzie wraz z dziewczyną kupowali tanie meble do nowego loftu. Gdy nadeszła moja kolej na zwierzenia, cieszyłam się, że miałam mój dzień w domowym spa.

– W weekend jedziemy do Hamptons – powiedziała Megumi, gdy wracaliśmy do Crossfire. – Rodzice mojego faceta mają tam dom. Nieźle, co?

– Super. – Przeszłam za nią przez bramkę. – Zazdroszczę ci, że wyrwiesz się z tego miejskiego upału.

– O tak.

– To lepsze niż skręcanie mebli – dodał Will, wchodząc do windy za grupą ludzi. – Chciałbym mieć to już za sobą.

Drzwi windy zaczęły się zasuwać, gdy nagle otworzyły się ponownie. Gideon wślizgnął się za nami. Uderzyła mnie fala znajomej, niemalże namacalnej energii, która od zawsze nas otaczała. Świadomość jego bliskości rozeszła się wzdłuż mojego kręgosłupa, sprawiając, że cała pokryłam się gęsią skórką, a drobne włoski na moim karku się uniosły.

Megumi spojrzała na mnie, a ja pokręciłam głową. Wiedziałam, że nie mogę na niego spojrzeć. Mogłabym wtedy zrobić coś pochopnego i desperackiego. Tak bardzo go pragnęłam i upłynęło już tyle czasu, odkąd trzymał mnie w ramionach. Jeszcze do niedawna miałam prawo dotknąć go, sięgnąć po jego dłoń, przytulić się, przeczesać palcami jego włosy. Tak bardzo bolało mnie, że nie mogę już tego wszystkiego zrobić. Musiałam przygryźć wargę, żeby powstrzymać jęk bólu, jaki wywoływała jego bliskość.

Miałam opuszczoną głowę, ale czułam na sobie wzrok Gideona. Zmuszałam się do rozmowy z moimi współpracownikami o meblach i kompromisach wynikających ze wspólnego mieszkania z osobą przeciwnej płci.

Im wyżej wjeżdżaliśmy, tym puściej robiło się w windzie. Byłam boleśnie świadoma miejsca, w którym stał Gideon, i faktu, że nigdy nie jeździł tak zatłoczonymi windami. Podejrzewałam, miałam nadzieję, modliłam się, że wsiadł do windy, żeby mnie zobaczyć, pobyć ze mną przez chwilę, chociażby wśród tłumu.

Gdy dojechaliśmy na dwudzieste piętro, wzięłam głęboki oddech i przygotowałam się do wyjścia, przerażona myślą, że zaraz zostanę odseparowana od jedynej osoby na świecie, dzięki której czuję, że żyję.

Otworzyły się drzwi.

– Poczekaj – zatrzymał mnie wypowiedziany lekko ochrypłym głosem rozkaz.

Zamknęłam oczy. Wiedziałam, że powinnam wyjść, jakbym go nie słyszała. Wiedziałam, że jeśli dam mu choćby minutę więcej z mojego życia, ból stanie się jeszcze większy. Ale nigdy nie byłam w stanie oprzeć się słowom Gideona.

Odsunęłam się, żeby przepuścić moich współpracowników. Widząc, że nie wychodzę, Will zmarszczył brwi, ale Megumi wyciągnęła go z windy. Drzwi zasunęły się za nimi.

Z walącym sercem przesunęłam się w kąt windy. Gideon stał po przeciwnej stronie, emanowało z niego oczekiwanie. Jechaliśmy w górę, a moje ciało ogarnęło niemalże namacalne pragnienie. Moje piersi nabrzmiały i zrobiły się ciężkie, cipka zwilgotniała i obrzmiała. Zachłannie go pożądałam, potrzebowałam całą sobą.

Nawet mnie nie dotknął, a ja niemal dyszałam z podniecenia. Winda się zatrzymała, a Gideon wyciągnął z kieszeni klucz i włożył go do panelu sterującego, unieruchomiając windę. Potem podszedł do mnie.

Dzieliło nas zaledwie kilka centymetrów. Stałam ze spuszczoną głową i wpatrywałam się w jego eleganckie oksfordy. Jego oddech był głęboki i przyspieszony, jak mój. Czułam subtelny męski zapach jego skóry i mój puls oszalał.

– Odwróć się, Evo.

Na dźwięk znajomego, ukochanego rozkazującego tonu przebiegł mnie dreszcz. Zamknęłam oczy, odwróciłam się i jęknęłam, gdy raptownie przywarł do moich pleców, przyciskając mnie do ściany windy. Chwycił moje palce i uniósł dłonie na wysokość ramion.

– Jesteś taka piękna – wyszeptał, zanurzając twarz w moich włosach. – Twój widok rani oczy.

– Gideonie, co robisz?

Czułam jego pożądanie. Jego silne, gorące ciało pulsowało napięciem. Był podniecony, napierał na mnie swoim naprężonym wielkim członkiem i nie mogłam się powstrzymać, żeby nie zacząć się o niego ocierać. Pragnęłam go. Chciałam, by mnie wypełnił. Bez niego czułam się taka pusta.

Wziął głęboki, drżący oddech. Mocno splótł palce z moimi, jakby chciał mnie dotknąć gdzie indziej, ale się powstrzymywał.

Czułam, że sygnet, który mu ofiarowałam, wbija mi się

w ciało. Odwróciłam głowę, żeby na niego spojrzeć, i nie wiedziałam, co mam o tym myśleć.

– Dlaczego? – wyszeptałam. – Czego ode mnie chcesz? Orgazmu? Chcesz mnie przelecieć, Gideonie? O to chodzi? Chcesz się we mnie spuścić?

Słysząc te brutalne słowa, wstrzymał oddech.

– Przestań.

– Mam nie nazywać rzeczy po imieniu? – Zamknęłam oczy. – Proszę bardzo. Zrób to. Ale zdejmij ten sygnet i nie próbuj udawać czegoś, czym to nie jest.

– Nigdy go nie zdejmę. Nigdy. – Puścił mnie prawą ręką i sięgnął do kieszeni. Patrzyłam, jak ponownie wkłada mi na palec mój pieścionek i podnosi moją dłoń do ust. Pocałował ją, a potem przycisnął usta – pospiesznie, mocno, ze złością – do mojej skroni.

– Poczekaj – przykazał.

I wyszedł. Winda zjechała na dół. Zacisnęłam prawą dłoń w pięść i odsunęłam się od ściany, oddychając ciężko.

Poczekaj. Na co?

18

Gdy wysiadłam z windy na dwudziestym piętrze, byłam opanowana i zdeterminowana. Megumi wpuściła mnie przez bramkę i poderwała się na równe nogi.

– Wszystko w porządku?

Zatrzymałam się przy jej biurku.

– Nie mam zielonego pojęcia. Ten facet to totalny psychol.

Uniosła brwi.

– Informuj mnie na bieżąco – poprosiła.

– Chyba powinnam napisać książkę – wymamrotałam

i ruszyłam w stronę swojego biurka, zastanawiając się, dlaczego wszyscy tak się interesują moim życiem miłosnym.

Wrzuciłam torebkę do szuflady i podniosłam telefon, żeby zadzwonić do Cary'ego.

– Hej – powiedziałam, gdy odebrał. – Jeśli ci się nudzi…

– Jeśli? – parsknął.

– Pamiętasz tę teczkę z informacjami, które zebrałeś na temat Gideona? Czy mógłbyś pozbierać podobną na temat doktora Terrence'a Lucasa?

– Okej. Znam go?

– Nie. Jest pediatrą.

Nastała cisza.

– Jesteś w ciąży?

– Nie! Jezu. A jeślibym była, potrzebowałabym ginekologa.

– Uff. W porządku. Przeliteruj mi jego nazwisko.

Podałam Cary'emu wszystkie dane, jakich potrzebował, po czym wyszukałam numer gabinetu doktora Lucasa i zadzwoniłam, żeby umówić się na wizytę.

– Nie muszę wypełniać druków dla nowych pacjentów – powiedziałam recepcjonistce. – Zależy mi jedynie na krótkiej konsultacji.

Potem zadzwoniłam do Vidal Records i zostawiłam wiadomość dla Christophera z prośbą, żeby się do mnie odezwał.

Gdy Mark wrócił z lunchu, zapukałam do jego otwartych drzwi.

– Hej. Muszę jutro rano coś załatwić. Czy mogłabym przyjść godzinę później? Byłabym w biurze o dziesiątej i została do szóstej.

– Wystarczy od dziesiątej do piątej. – Przyjrzał mi się uważnie. – Wszystko w porządku?

– Z każdym dniem lepiej.
– Świetnie. Cieszę się.

Wróciliśmy do pracy, ale nie mogłam przestać myśleć o Gideonie. Gapiłam się na pierścionek, wspominając, co powiedział, gdy ofiarował mi go po raz pierwszy: „X symbolizuje mnie trzymającego się ciebie".

Poczekaj. Na niego? Aż do mnie wróci? Dlaczego? Nie mogłam zrozumieć, dlaczego wyeliminował mnie w ten sposób ze swojego życia, a potem oczekiwał, że przyjmę go z powrotem. Szczególnie że zaczął spotykać się z Corinne.

Przez resztę popołudnia myślałam o paru ostatnich tygodniach, analizowałam rozmowy z Gideonem – to, co mówił i co robił – szukając odpowiedzi. Gdy wychodziłam wieczorem z budynku Crossfire, zobaczyłam zaparkowanego bentleya i pomachałam Angusowi, który odpowiedział mi uśmiechem. Miałam problemy z jego szefem, ale Angus nie był niczemu winien.

Było gorąco i parno. Okropnie. Weszłam do Duane Reade na rogu, żeby kupić butelkę zimnej wody na drogę do domu i torebkę miniczekoladek na wieczór, gdy wrócę z zajęć krav magi. Gdy wyszłam ze sklepu, Angus czekał przy krawężniku, podążając za mną jak cień. Gdy zwróciłam się w stronę Crossfire, zobaczyłam wychodzących z budynku Gideona i Corinne. Dotykał ręką jej pleców na wysokości krzyża, kierując ją w stronę eleganckiego czarnego mercedesa. Uśmiechała się. A jego twarz była pozbawiona wyrazu.

Przerażona nie byłam w stanie się ruszyć ani odwrócić od nich wzroku. Stałam pośrodku zatłoczonego chodnika, z żołądkiem ściśniętym okropnym poczuciem złości, zdrady, straty.

Gideon podniósł głowę i zobaczył mnie. Zastygł w miejscu, dokładnie tak samo jak ja. Latynoski kierowca, którego poznałam w dniu przyjazdu taty, otworzył tylne drzwi i Corinne zniknęła w samochodzie. Gideon stał w miejscu i nie spuszczaliśmy z siebie wzroku.

Nie mógł nie dostrzec, gdy uniosłam dłoń z wyciągniętym środkowym palcem.

Nagle naszła mnie pewna myśl.

Odwróciłam się plecami do Gideona, zeszłam na bok chodnika i zaczęłam szukać w torbie komórki. Wybrałam numer mamy, a gdy odebrała, powiedziałam:

– Tego dnia, gdy poszłyśmy na lunch z Megumi, zaczęłaś się dziwnie zachowywać, gdy dochodziłyśmy do Crossfire. Zobaczyłaś go wtedy, prawda? Nathana. Widziałaś, jak wychodził z Crossfire.

– Tak – przyznała. – To dlatego Richard stwierdził, że lepiej będzie dać mu to, czego żąda. Nathan obiecał, że będzie się trzymał z daleka od ciebie, gdy dostanie wystarczająco dużo pieniędzy, żeby wyjechać z kraju. Dlaczego pytasz?

– Właśnie dotarło do mnie, że to przez niego tak się zachowałaś. – Odwróciłam się i zaczęłam szybkim krokiem iść do domu. Mercedes zniknął, ale moja złość wzbierała. – Muszę już kończyć, mamo. Zadzwonię później.

– Wszystko w porządku? – zapytała z niepokojem w głosie.

– Jeszcze nie, ale pracuję nad tym.

– Gdybyś czegoś potrzebowała, wiesz, gdzie jestem.

Westchnęłam.

– Tak wiem. Wszystko w porządku. Kocham cię.

Gdy weszłam do mieszkania, Cary siedział na kanapie z laptopem na kolanach, opierając stopy na stoliku do kawy.

– Hej – krzyknął, nie odrywając wzroku od komputera.

Cisnęłam na podłogę rzeczy i zrzuciłam buty.

– Wiesz co? – zagadnęłam.

Spojrzał na mnie spod opadających na twarz włosów.

– Co?

– Myślałam, że Gideon zostawił mnie przez Nathana. Wszystko było wspaniale, i tak nagle się zmieniło. Gdy zaraz potem policja powiedziała nam o Nathanie, stwierdziłam, że te dwie rzeczy są ze sobą powiązane.

– Wydaje się logiczne. – Zmarszczył brwi. – Chyba.

– Ale Nathan był w Crossfire w poniedziałek przed napaścią na ciebie. Wiem, że przyszedł zobaczyć się z Gideonem. Po prostu wiem. Nathan nie przyszedłby do mnie. Nie w takim miejscu, z ochroną i wśród tylu ludzi.

Cary oparł się.

– Aha. I co to oznacza?

– To znaczy, że Gideon nie zmienił się po spotkaniu z Nathanem. – Uniosłam w górę ręce. – Przez cały tydzień wszystko było dobrze. Spędziliśmy cudowny weekend i w poniedziałek po naszym powrocie było idealnie. I nagle – bum – stracił swój cholerny rozum i wszystko zmieniło się w poniedziałkowy wieczór.

– Rozumiem.

– Co takiego stało się w poniedziałek?

Cary uniósł brwi.

– Mnie się pytasz?

– Grr. – Chwyciłam się za włosy. – Pytam cały pieprzony wszechświat. Boga. Kogokolwiek. Co, u diabła, stało się z moim chłopakiem?

– Myślałem, że ustaliliśmy, że to jego powinnaś o to zapytać.

– Otrzymałam od niego dwie odpowiedzi: „Zaufaj mi" i „poczekaj". Oddał mi dziś mój pierścionek. – Pokazałam mu dłoń. – I cały czas ma na palcu sygnet, który dostał ode mnie. To wszystko jest takie pogmatwane. To nie są zwykłe pierścionki, ale obietnice. To symbole posiadania i zobowiązania. Dlaczego cały czas go nosi? Dlaczego nalega, żebym nosiła mój? Czy naprawdę spodziewa się, że będę czekać, aż nacieszy się Corinne?

– Myślisz, że to właśnie robi? Poważnie?

Zamknęłam oczy i odchyliłam głowę do tyłu.

– Nie. I nie mogę się zdecydować, czy to świadczy o mojej naiwności, czy o urojeniach.

– Czy ten doktor Lucas ma z tym coś wspólnego?

– Nie. – Wyprostowałam się i usiadłam obok niego na sofie. – Znalazłeś coś?

– Niełatwo coś znaleźć, gdy nie wiem, czego szukam.

– To tylko przeczucie. – Spojrzałam na ekran. – Co to?

– Zapis wywiadu z Brettem, którego udzielił wczoraj w stacji radiowej na Florydzie.

– Och. Po co to czytasz?

– Słuchałem *Golden*, postanowiłem poszperać w internecie i to wyskoczyło.

Usiłowałam przeczytać, ale siedziałam pod złym kątem.

– Co powiedział?

– Zapytali go, czy istnieje prawdziwa Eva, odpowiedział, że tak, że niedawno odnowił z nią znajomość i ma nadzieję na drugą szansę.

– Co? Chyba żartujesz?

– Nie. – Cary wyszczerzył zęby w uśmiechu. – Tak więc masz pocieszyciela, w razie gdyby Gideon się nie pozbierał.

Poderwałam się na nogi.

– W cholerę z tym. Jestem głodna. Podać ci coś?

– Wrócił ci apetyt. To dobry znak.

– Wszystko wraca – odrzekłam. – Wraz z odwetem.

*

Następnego ranka czekałam przy krawężniku na przyjazd Angusa. Gdy samochód się zatrzymał, portier otworzył dla mnie tylne drzwi.

– Dzień dobry, Angus.

– Dzień dobry, panno Tramell. – Nasze spojrzenia spotkały się we wstecznym lusterku i posłał mi uśmiech.

Gdy ruszał, nachyliłam się pomiędzy dwoma przednimi siedzeniami.

– Wiesz, gdzie mieszka Corinne Giroux?

Spojrzał na mnie.

– Tak – odparł.

Oparłam się na tylnym siedzeniu.

– Właśnie tam chcę pojechać.

*

Corinne mieszkała w pobliżu Gideona. Z pewnością nie był to przypadek.

Zaanonsowałam się przy wejściu i czekałam dwadzieścia minut na pozwolenie, żeby wjechać na dziesiąte piętro. Nacisnęłam dzwonek. Drzwi otworzyły się natychmiast, ukazując zarumienioną, rozczochraną Corinne w sięgającym do ziemi czarnym jedwabnym szlafroku. Wyglądała przepięknie, z czarnymi jedwabistymi włosami i oczami koloru akwamaryny. Poruszała się z godną podziwu gracją. Sama uzbroiłam się w moją ulubioną szarą sukienkę bez rękawów i wiedziałam, że świetnie w niej wyglądam.

– Eva – powiedziała, z trudem łapiąc oddech. – Co za niespodzianka.

– Przepraszam, że przychodzę bez uprzedzenia. Chciałam cię tylko o coś zapytać.

– Tak? – Stała w uchylonych drzwiach i wychyliła się nieco na korytarz.

– Mogę wejść? – zapytałam twardo.
– Umm. – Spojrzała przez ramię. – Lepiej nie.
– Nie przeszkadza mi, że masz towarzystwo, i obiecuję, że to nie zajmie dłużej niż minutkę.
– Evo. – Oblizała wargi. – Jak by to powiedzieć...
Drżały mi ręce, a mój żołądek był jednym wielkim kłębkiem nerwów. Wyobraźnia podsuwała mi obrazy stojącego tuż za nią nagiego Gideona, niezadowolonego, że była dziewczyna przerwała im poranne igraszki. Wiedziałam, jak bardzo lubi poranny seks.
Ale znałam go na tyle dobrze, żeby powiedzieć:
– Przestań się zgrywać, Corinne.
Otworzyła szerzej oczy.
Wykrzywiłam usta w szyderczym uśmiechu.
– Gideon mnie kocha. Wiem, że z tobą nie sypia.
Szybko odzyskała zimną krew.
– Z tobą także nie sypia. Wiem, bo spędza ze mną każdą wolną chwilę.
W porządku. Zatem porozmawiamy o tym na korytarzu.
– Znam go – kontynuowałam. – Nie zawsze go rozumiem, ale to inna historia. Jestem pewna, że od razu powiedział ci, że to do niczego nie prowadzi, bo nie chce cię zwodzić. Już raz cię zranił i nie zrobi tego powtórnie.
– To fascynujące. Czy Gideon wie, że tu jesteś?
– Nie, ale mu powiesz. I dobrze. Chciałam cię tylko zapytać, co robiłaś w Crossfire tego dnia, kiedy wyglądałaś, jakby ktoś cię właśnie przeleciał?
Jej uśmiech był ostry jak żyletka.
– A jak sądzisz, że co robiłam?
– To nie był Gideon – odrzekłam zdecydowanie, mimo że po cichu modliłam się, żebym nie zrobiła z siebie kompletnej idiotki. – Widziałaś mnie, prawda? Z lobby miałaś świetny widok na ulicę i widziałaś, że nadchodzę. Na gali

w hoteluWaldorf Gideon powiedział ci, że jestem typem zazdrośnicy. Przeleciałaś kogoś z sąsiedniego biura? Czy sama się potargałaś przed wyjściem z budynku?

Na jej twarzy zobaczyłam odpowiedź. Przemknęła z szybkością błyskawicy, ale zdążyłam ją dostrzec.

– Obie sugestie są absurdalne – odrzekła.

Przytaknęłam, delektując się słodkim poczuciem ulgi i satysfakcji.

– Posłuchaj. Nigdy nie będzie twój w taki sposób, w jaki tego pragniesz. I doskonale wiem, jak bardzo to boli. Żyję z tym bólem od dwóch tygodni. Żal mi ciebie, naprawdę żal.

– Spieprzaj z tym swoim żalem – warknęła. – Zachowaj go dla siebie. To ze mną spędza swój czas.

– I to właśnie stanowi twój atut. Gdyby ci na nim naprawdę zależało, wiedziałabyś, jak bardzo cierpi. Bądź dla niego przyjacielem. – Zaczęłam odchodzić w kierunku wind. – Życzę ci miłego dnia.

Zatrzasnęła drzwi.

Wróciłam do bentleya i poprosiłam Angusa, żeby zawiózł mnie do gabinetu doktora Terrence'a Lucasa. Znieruchomiał na chwilę, zamykając drzwi i spojrzał na mnie.

– Gideon będzie bardzo niezadowolony, Evo.

Przytaknęłam, przyjmując do wiadomości ostrzeżenie.

– Później się tym zajmę.

Budynek, w którym mieściła się prywatna praktyka doktora Lucasa, był niepozorny, ale jego klinika sprawiała całkiem przyjemne wrażenie. Poczekalnia wyłożona była boazerią z ciemnego drewna, ściany oblepione zdjęciami dzieci i niemowlaków. Na stołach leżały równo poukładane magazyny dla rodziców, a w schludnym kąciku zabaw dla dzieci maluchy miały zapewnioną opiekę.

Podałam swoje nazwisko i usiadłam, ale prawie natychmiast przyszła po mnie pielęgniarka. Zaprowadziła mnie do gabinetu doktora Lucasa, który na mój widok podniósł się i wyszedł zza biurka.

– Eva. – Wyciągnął rękę na przywitanie. – Nie musiałaś zapisywać się na wizytę.

– Nie wiedziałam, jak inaczej się z tobą skontaktować – odrzekłam z wymuszonym uśmiechem.

– Usiądź, proszę.

Usiadłam, podczas gdy on oparł się o biurko, przytrzymując obiema dłońmi jego krawędź. Była to pozycja demonstrująca siłę i zastanawiałam się, dlaczego czuje, że musi przyjmować ją w mojej obecności.

– Co mogę dla ciebie zrobić? – zapytał z szerokim uśmiechem. Był spokojny i pewny siebie. Jego wygląd i nienaganne maniery z pewnością pomagały mu wzbudzić zaufanie matek i wiarę w jego umiejętności.

– Gideon Cross był twoim pacjentem, prawda?

Z jego twarzy natychmiast zniknął uśmiech. Lucas się wyprostował.

– Nie mogę dyskutować o moich pacjentach.

– Gdy rzuciłeś mi to „nie mogę dyskutować o moich pacjentach" wtedy w szpitalu, nie domyśliłam się, o co chodzi, chociaż powinnam. – Bębniłam palcami o poręcz krzesła. – Okłamałeś jego matkę. Dlaczego?

Wrócił na drugą stronę biurka, tworząc między nami zaporę z mebla.

– Powiedział ci to?

– Nie. Domyśliłam się. Ale mówiąc hipotetycznie, dlaczego miałbyś kłamać na temat wyników badania?

– Nie zrobiłbym tego. Musisz już iść.

– Och, daj spokój. – Rozparłam się w fotelu i założyłam nogę na nogę. – Myślałam, że stać cię na więcej. Gdzie twoje teorie, że Gideon jest bezdusznym monstrum, którego celem jest zdeprawowanie jak największej liczby kobiet?

– Spełniłem moją powinność i ostrzegłem cię. – Jego spojrzenie zrobiło się lodowate, a usta wykrzywił szyderczy uśmiech. Nie był już taki przystojny, jak przed chwilą. – Jeśli chcesz zmarnować sobie życie, nic więcej nie mogę dla ciebie zrobić.

– Dowiem się, co zaszło. Musiałam tylko zobaczyć twoją reakcję, żeby przekonać się, czy mam słuszność.

– Nie masz. Cross nigdy nie był moim pacjentem.

– To jedynie semantyka. Jego matka się z tobą konsultowała. I zamiast zadręczać się faktem, że rozkochał w sobie twoją żonę, pomyśl o tym, co zrobiłeś małemu dziecku, które potrzebowało twojej pomocy. – Zaczęła wzbierać we mnie złość, co było słychać w moim głosie. Gdy myślałam o tym, co spotkało Gideona, miałam mordercze zapędy wobec każdego, kto przyczynił się do jego cierpienia.

Wstałam.

– To, co zaszło między nim a twoją żoną, zdarzyło się pomiędzy dwojgiem chętnych dorosłych. To, co przytrafiło mu się jako dziecku, było przestępstwem, a twoje zachowanie stanowiło współudział.

– Wynoś się.

– Z przyjemnością. – Z impetem otworzyłam drzwi i niemal wpadłam na Gideona, który opierał się o ścianę tuż pod gabinetem. Chwycił mnie za ramię, ale cały czas patrzył na doktora Lucasa wzrokiem zimnym i pełnym nienawiści.

– Trzymaj się od niej z daleka – powiedział ostro.

W uśmieszku Lucasa czaiła się złośliwość.

– To ona do mnie przyszła.

Na widok uśmiechu, którym Gideon mu odpowiedział, przeszły mnie ciarki.

– Na przyszłość gdy zobaczysz, że się zbliża, radzę ci zacząć uciekać w przeciwnym kierunku.

– Zabawne. Dokładnie taką samą radę dałem jej w stosunku do ciebie.

Pokazałam doktorkowi środkowy palec.

Wściekły Gideon chwycił moją rękę i pociągnął mnie za sobą na korytarz.

– O co chodzi z tym ciągłym pokazywaniem ludziom palca?

– No co? To klasyka.

– Nie możecie tu tak wchodzić do woli! – warknęła recepcjonistka, gdy przechodziliśmy obok jej biurka.

– Możesz odwołać ochronę, już wychodzimy – oznajmił Gideon.

Wyszliśmy na korytarz.

– Angus na mnie naskarżył? – zapytałam, usiłując wyrwać ramię z jego uścisku.

– Nie. Przestań się szarpać. Wszystkie samochody mają wbudowany GPS.

– Jesteś nienormalny. Wiesz o tym?

Nacisnął guzik windy i spojrzał na mnie.

– Tak myślisz? A co z tobą? Ostatnio strasznie się panoszysz. Moja matka. Corinne. Cholerny Lucas. Co ty, do kurwy nędzy, robisz, Evo?

– To nie twoja sprawa. – Uniosłam brodę. – Zerwaliśmy ze sobą, pamiętasz?

Zacisnął szczęki. Stał w eleganckim garniturze, taki wytworny i cywilizowany, a jednocześnie pulsował dziką, nieokiełznaną energią. Kontrast pomiędzy tym, co widziałam, a tym, co od niego wyczuwałam, wzbudzał moje pożądanie. Delektowałam się faktem, że posiadłam mężczyznę okrytego tym garniturem. Jego każdy wspaniały, nieposkromiony centymetr.

Przyjechała winda i wsiedliśmy do środka. Przez całe moje ciało przeszedł dreszcz podniecenia. Zaraz mnie dotknie. Byłam rozpalona do czerwoności. Włożył klucz do panelu sterującego windy, a ja nie mogłam powstrzymać jęku.

– Czy jest jakiś budynek w Nowym Jorku, który do ciebie nie należy?

W ułamku sekundy był przy mnie. Jedną dłonią ujął mnie za włosy, drugą chwycił mój pośladek i zaczął mnie zachłannie całować. Nie tracił ani chwili, jego język zanurzał się między moimi wargami, głębiej i mocniej.

Jęknęłam i objęłam go w talii, wspinając się na czubki palców, żeby pogłębić kontakt.

Zatopił zęby w mojej dolnej wardze z taką siłą, że mnie zabolało.

– Myślisz, że możesz powiedzieć parę słów i wszystko między nami zakończyć? My nie mamy końca, Evo.

Przyparł mnie do ściany windy. Byłam przyciśnięta przez mierzącego prawie metr dziewięćdziesiąt zwierzęco podnieconego mężczyznę.

– Tęsknię za tobą – wyszeptałam, chwytając go za pośladki i przyciągając mocniej do siebie.

Gideon wydał z siebie zmysłowy pomruk.

– Aniołku.

Obsypał mnie głębokimi, bezwstydnie rozpaczliwymi pocałunkami, które odczuwałam każdą cząstką ciała.

– Co robisz? – wyszeptał. – Chodzisz po wszystkich i mącisz.

– Nie mam nic innego do roboty – odrzekłam, z trudem łapiąc oddech – odkąd rzuciłam mojego popieprzonego chłopaka.

Jęknął z podniecenia i pociągnął mnie za włosy tak mocno, że zabolało.

– Gideonie, nie naprawimy tego pocałunkiem ani seksem. Nie tym razem. – Tak trudno było mi się od niego oderwać po tylu dniach, gdy nie miałam prawa i okazji go dotknąć. Potrzebowałam go.

Przycisnął czoło do mojego czoła.

– Musisz mi zaufać.

Położyłam dłonie na jego klatce piersiowej i odepchnęłam go. Pozwolił mi na to i stał, wpatrując się w moją twarz.

– Nie mogę ci zaufać, gdy nie chcesz ze mną rozmawiać. – Wyciągnęłam z panelu klucz i podałam mu. Winda zaczęła jechać w dół. – Urządziłeś mi piekło. Z premedytacją. Sprawiłeś, że cierpię i nie widzę końca cierpienia. Nie wiem, co do cholery robisz, mistrzu, ale całe to gówno z doktorem Jekyllem i panem Hyde'em zupełnie mi nie odpowiada.

Włożył rękę do kieszeni kontrolowanym, luźnym ruchem, jaki wykonywał w chwilach, gdy był najbardziej nieobliczalny.

– Jesteś taka nieposłuszna.

– Tak, jeśli mam na sobie ubranie. Przywyknij do tego. – Drzwi się otworzyły i wyszłam z windy. Położył dłoń na moim krzyżu i całym moim ciałem wstrząsnął dreszcz. Ten niewinny dotyk przez parę warstw materiału zawsze doprowadzał mnie do szaleństwa.

– Jeszcze raz położysz w ten sposób dłoń na plecach Corinne, a połamię ci palce.

– Wiesz, że nikogo innego nie pragnę – wymruczał. – Nie mógłbym. Pożądam tylko ciebie.

Przy krawężniku stały bentley i mercedes. Podczas gdy byłam w budynku, niebo pociemniało, jakby dopasowało się do nastroju idącego obok mnie mężczyzny. W powietrzu wisiało oczekiwanie, pierwszy znak nadchodzącej letniej burzy.

Zatrzymałam się pod daszkiem nad wejściem i spojrzałam na Gideona.

– Powiedz, żeby pojechali razem. Musimy porozmawiać.

– Taki był plan.

Angus dotknął daszka czapki i usiadł za kierownicą. Drugi kierowca podszedł do Gideona i wręczył mu kluczyki.

– Panno Tramell – powiedział w ramach przywitania.

– Evo, to Raul.

– Spotykamy się ponownie – powiedziałam. – Czy przekazałeś moją ostatnią wiadomość?

Czułam na plecach, jak palce Gideona się zaciskają.

– Przekazał.

Uśmiechnęłam się:

– Dziękuję, Raul.

Raul zajął miejsce pasażera w bentleyu, a Gideon zaprowadził mnie do mercedesa i otworzył mi drzwi. Byłam podekscytowana, patrząc, jak siada za kierownicą i przesuwa siedzenie, żeby zmieścić swoje długie nogi. Przekręcił kluczyk i włączył się do ruchu, pewnie i umiejętnie prowadząc potężny samochód po zatłoczonych ulicach Nowego Jorku.

– Gdy patrzę, jak prowadzisz, mam na ciebie ochotę – powiedziałam i dostrzegłam, że mocniej zacisnął ręce na kierownicy.

– Chryste. – Spojrzał na mnie. – Twoim fetyszem są samochody.

– Nie, moim fetyszem jest Gideon. – Ściszyłam głos. – Minęło już parę tygodni.

– I nienawidzę każdej sekundy. To dla mnie udręka, nie mogę się na niczym skupić, nie mogę spać. Wybucham przy najdrobniejszej przeciwności. Bez ciebie jestem w piekle.

Nie chciałam, żeby cierpiał, ale skłamałabym, twierdząc, że nie ucieszyłam się, że tęsknił za mną tak samo, jak ja tęskniłam za nim.

Przekręciłam się na siedzeniu, żeby na niego patrzeć.

– Dlaczego nam to robisz?

– Miałem okazję i ją wykorzystałem. – Zacisnął szczęki. – Ta separacja to cena, jaką muszę zapłacić. To nie będzie trwało wiecznie. Musisz być cierpliwa.

Potrząsnęłam głową.

– Nie, Gideonie. Nie mogę. Już dłużej nie mogę.

– Nie zostawisz mnie. Nie pozwolę ci na to.

– Już cię zostawiłam. Nie widzisz tego? Nie ma cię już w moim życiu.

– Jestem na tyle, na ile mogę teraz być.

– Bo każesz Angusowi mnie śledzić? Daj spokój. To nie jest związek. – Oparłam policzek o siedzenie. – Przynajmniej nie taki, jakiego pragnę.

– Evo. – Odetchnął ciężko. – Moje milczenie jest mniejszym złem. Nieważne, czy wytłumaczę ci wszystko, czy nie, i tak cię odstraszę, lecz wytłumaczenie niesie większe ryzyko. Myślisz, że chcesz wiedzieć, o co tu chodzi, ale zapewniam cię, że żałowałabyś tego. Zaufaj mi, gdy mówię, że nie chciałabyś poznać mnie tak do końca.

– Ale musisz mi coś dać. – Położyłam dłoń na jego udzie i poczułam, jak pod wpływem mojego dotyku napina mięśnie. – Teraz nie mam nic. Jestem zupełnie pusta.

Położył dłoń na mojej.

– Ufasz mi. Na przekór wszystkiemu, co widzisz, ufasz temu, co o mnie wiesz. A to bardzo dużo, Evo, dla nas obojga. Dla naszego związku.

– Nie ma już nas.

– Przestań to powtarzać.

– Chciałeś mojego ślepego zaufania i je masz, lecz to wszystko, co mogę ci ofiarować. Tak mało mi o sobie powiedziałeś, ale potrafiłam z tym żyć, bo miałam ciebie. Ale teraz, gdy cię nie mam…

– Masz mnie – zaprotestował.

– Nie tak, jak potrzebuję. – Nieporadnie wzruszyłam

jednym ramieniem. – Ofiarowałeś mi swoje ciało i zachłannie się na nie rzuciłam, bo tylko w ten sposób otwierałeś się przede mną. Teraz nie mam nawet tego, pozostały mi jedynie obietnice. A to zbyt mało. Straciłam ciebie i zostałam jedynie z tajemnicami, których nie chcesz mi wyjawić.

Wpatrywał się wprost przed siebie z niewzruszoną twarzą. Wyciągnęłam dłoń spod jego dłoni i odwróciłam się do niego plecami. Wyglądałam przez okno na zatłoczone miasto.

– Jeśli cię stracę, Evo – powiedział zachrypniętym głosem – nie zostanie mi już nic. Wszystko, co zrobiłem, robiłem po to, żeby cię nie stracić.

– Potrzebuję czegoś więcej. – Oparłam czoło o szybę. – Jeśli odmawiasz mi swojej bliskości, muszę poznać twoje wnętrze, które zawsze przede mną ukrywałeś.

Jechaliśmy w ciszy, powoli przebijając się przez poranny ruch. Na szybę spadła pierwsza ogromna kropla deszczu, po niej nastąpiły kolejne.

– Po śmierci mojego ojca – powiedział cicho – trudno było mi zaakceptować zmiany. Pamiętam, że był bardzo lubiany, ludzie chętnie przebywali w jego towarzystwie. W końcu tak wielu się dzięki niemu bogaciło, nieprawdaż? I nagle świat stanął na głowie i wszyscy zaczęli go nienawidzić. Moja matka, która zawsze promieniała szczęściem, bez przerwy płakała i codziennie się z tatą kłócili. To utkwiło mi w pamięci najbardziej – ciągłe wrzaski i krzyki.

Spojrzałam na niego, na jego surowy profil, ale milczałam, bojąc się zakłócić ten moment.

– Gdy umarł, od razu wyszła ponownie za mąż. Wyprowadziliśmy się z miasta. Zaszła w ciążę. Nigdy nie wiedziałem, kiedy natknę się na kogoś, kogo mój ojciec oszukał, i inne dzieciaki nieźle dały mi z tego powodu w kość, podobnie jak ich rodzice i nauczyciele. Wszyscy o tym mówili. Do dzisiejszego dnia ludzie wspominają mojego ojca i mówią o tym, co zrobił. Byłem taki zły. Na wszystkich. Często wpadałem w szał. Rozbijałem przedmioty.

Zatrzymał się na światłach i odetchnął ciężko.

– Gdy urodził się Christopher, zachowywałem się jeszcze gorzej, a gdy skończył pięć lat, zaczął mnie naśladować. Wpadł w histerię przy obiedzie i cisnął talerzem o podłogę. Mama była wtedy w ciąży z Ireland i razem z Vidalem zdecydowali się posłać mnie na terapię.

Łzy zaczęły płynąć mi po twarzy, gdy malował przede mną portret dziecka, którym kiedyś był – wystraszonego cierpiącego outsidera w nowym życiu matki.

– Przyszli do naszego domu – lekarka psychiatra i doktorant, którego nadzorowała. Na początku wszystko było dobrze. Oboje byli mili, atrakcyjni, cierpliwi. Ale wkrótce lekarka zaczęła spędzać większość czasu z moją matką, która oprócz dwóch nieokiełznanych chłopców miała problemy z ciążą. Coraz częściej zostawałem z nim sam na sam.

Gideon zahamował i zaparkował samochód. Tak mocno ściskał kierownicę, że jego knykcie zbielały, oddychał z trudem. Miarowe uderzenia deszczu ustały, zostawiając nas samych z bolesną prawdą.

– Nie musisz mi nic więcej mówić – wyszeptałam, odpinając pasy i przysuwając się do niego. Dotknęłam jego twarzy mokrymi od łez opuszkami palców.

Jego nozdrza rozszerzyły się przy gwałtownym oddechu.

– Za każdym razem doprowadzał mnie do orgazmu. Nie przestawał, dopóki nie doszedłem, żeby potem móc stwierdzić, że mi się podobało.

Zrzuciłam buty i zdjęłam jego ręce z kierownicy, aby usiąść mu na kolanach i go przytulić. Objął mnie z ogromną siłą, ale nie narzekałam. Staliśmy na niesamowicie ruchliwej ulicy. Po jednej stronie mijał nas nieprzerwany ciąg samochodów, po drugiej tłumy przechodniów, lecz to nie miało żadnego znaczenia. Trząsł się gwałtownie, jakby łkał, ale nie wydawał żadnego dźwięku, nie uronił ani jednej łzy.

Niebo płakało za niego, deszcz ze złością uderzał w chodnik, a woda od razu zaczynała parować.

Trzymając w rękach jego głowę, przytuliłam twarz do jego twarzy.

– Ciii, kochanie. Rozumiem. Wiem, jak to jest, jak się później napawają swoim czynem. Znam też wstyd, zakłopotanie i poczucie winy, jakie się z tym wiążą. To nie twoja wina. Nie chciałeś tego. Nie sprawiało ci przyjemności.

– Najpierw pozwoliłem mu się dotykać – wyszeptał. – Mówił, że to mój wiek, hormony… że powinienem zacząć się masturbować, to będę spokojniejszy, nie będę ciągle odczuwał takiej złości. Zaczął mnie dotykać, mówił, że pokaże mi, jak to się robi. Że sam zrobię to źle…

– Gideonie, nie. – Odsunęłam się, żeby na niego spojrzeć, wyobrażając sobie, co zaraz usłyszę; te wszystkie kłamstwa, które miały go przekonać, że był inicjatorem gwałtu na samym sobie. – Byłeś jedynie dzieckiem znajdującym się pod wpływem dorosłego, który doskonale wiedział, co robi. Chcą obarczyć nas winą, żeby wyprzeć się odpowiedzialności za swą zbrodnię, ale to nieprawda.

Jego oczy na pobladłej twarzy wydawały się jeszcze większe i ciemniejsze niż zwykle. Delikatnie przycisnęłam usta do jego ust i poczułam smak moich łez.

– Kocham cię. I wierzę ci. Nie ponosisz winy za nic, co się wydarzyło.

Wsunął ręce w moje włosy i trzymał mnie, mocno szturmując moje usta desperackimi pocałunkami.

– Nie opuszczaj mnie.

– Opuścić? Zamierzam za ciebie wyjść.

Odetchnął raptownie i przytulił mnie jeszcze mocniej, a jego dłonie błądziły na oślep po moim ciele.

Aż podskoczyłam na dźwięk gwałtownego pukania w okno. Przez przednią, jedyną niezaciemnioną szybę zobaczyłam policjantkę w płaszczu przeciwdeszczowym i odblaskowej kamizelce. Wpatrywała się w nas spod czapki.

– Macie trzydzieści sekund, żeby stąd odjechać, albo spiszę was za nieobyczajne zachowanie w miejscu publicznym.

Zawstydzona i czerwona na twarzy przeszłam niezdarnie na moje siedzenie. Gideon poczekał, aż zapnę pasy, i wrzucił bieg. Zasalutował policjantce i włączył się do ruchu.

Sięgnął po moją dłoń, uniósł ją do ust i pocałował opuszki moich palców.

– Kocham cię.

Zamarłam, a moje serce zaczęło walić jak oszalałe.

Splótł palce z moimi i położył nasze dłonie na udzie. Wycieraczki przesuwały się z jednej strony szyby na drugą, ich rytmiczne tempo zupełnie nie pasowało do oszalałego walenia mojego serca.

Z trudem przełknęłam ślinę i wyszeptałam:

– Powiedz to jeszcze raz.

Zwolnił przed światłami i spojrzał na mnie. Wyglądał na wyczerpanego, jakby cała jego zwykle pulsująca energia wyparowała i egzystował na oparach, ale jego oczy były ciepłe i przejrzyste, a usta kochające i pełne nadziei.

– Kocham cię. Cały czas uważam, że nie są to odpowiednie słowa, lecz wiem, że chcesz je usłyszeć.

– Muszę to słyszeć.

– Jeśli rozumiesz różnicę. – Światła się zmieniły i ruszyliśmy. – Miłość się kończy. Ludzie potrafią bez niej żyć, dochodzą do siebie po jej utracie. Miłość można stracić i odnaleźć ponownie. Ale w moim przypadku tak nie będzie. Gdybym cię utracił, nie mógłbym żyć, Evo.

Spojrzał na mnie w taki sposób, że zaparło mi dech w piersi.

– Jesteś moją obsesją, aniołku. Jestem od ciebie uzależniony. Jesteś wszystkim, czego kiedykolwiek pragnąłem i potrzebowałem, wszystkim, o czym marzyłem. Jesteś dla mnie całym światem. Żyję i oddycham tobą. Dla ciebie.

Położyłam drugą dłoń na naszych złączonych dłoniach.

– Masz u stóp cały świat, tylko nie zdajesz sobie z tego sprawy.

– Niczego innego nie potrzebuję. Co rano wstaję z łóżka i stawiam czoło światu, bo ty w nim jesteś. – Skręcił i zaparkował pod budynkiem Crossfire, tuż za bentleyem. Wyłączył silnik, odpiął pasy i odetchnął głęboko. – Dzięki tobie dostrzegam w tym świecie sens, którego wcześniej nie widziałem. Mam w nim teraz swoje miejsce, razem z tobą.

Nagle zrozumiałam, dlaczego tak ciężko pracował i w tak młodym wieku odniósł tak oszałamiający sukces. Usiłował w ten sposób znaleźć swoje miejsce w świecie, żeby wreszcie przestać być outsiderem.

Przesunął palcami po moim policzku. Tak bardzo tęskniłam za tym dotykiem, że poczułam bolesny ucisk w sercu.

– Kiedy do mnie wrócisz? – zapytałam po cichu.

– Jak tylko będę mógł. – Pochylił się i przycisnął usta do moich ust. – Poczekaj.

19

Gdy dotarłam do pracy, zauważyłam, że Christopher zostawił mi wiadomość na poczcie głosowej. Przez chwilę się zastanawiałam, czy kontynuować poszukiwania prawdy, tym bardziej że Christopher nie był mężczyzną, z którym chciałabym zawierać głębszą znajomość.

Ale prześladował mnie widok twarzy Gideona, gdy opowiadał mi o swojej przeszłości, i dźwięk jego głosu, w którym kryło się wspomnienie wstydu i bólu.

Odczuwałam jego ból jak mój własny.

Ostatecznie nie miałam innego wyboru. Zadzwoniłam do Christophera i zaprosiłam go na lunch.

– Lunch z piękną kobietą? – Jego głos zdradzał, że się uśmiecha. – Oczywiście.

– Wybierz jakikolwiek dzień w tym tygodniu, który ci odpowiada.

– Może dziś? – zaproponował. – Mam ochotę pójść do tego baru, gdzie mnie kiedyś zabrałaś.

– Świetnie. W południe?

Ustaliliśmy godzinę i odłożyłam słuchawkę, gdy do mojego biurka podszedł Will ze wzrokiem proszącego szczeniaczka.

– Pomocy.

Zmusiłam się do uśmiechu.

– Jasne.

Dwie godziny upłynęły jak z bicza strzelił. Gdy w południe zjechałam na dół, Christopher czekał już na mnie w lobby. Jego krótkie kasztanowe włosy układały się w zmierzwione fale, a szarozielone oczy błyszczały. Ubrany w czarne spodnie i elegancką, białą koszulę z podwiniętymi rękawami wyglądał atrakcyjnie i emanował pewnością siebie. Powitał mnie chłopięcym uśmiechem i wtedy do mnie dotarło – nie mogę zapytać go o to, co powiedział matce wiele lat temu. Sam był wtedy dzieckiem dorastającym w dysfunkcyjnej rodzinie.

– Zaskoczył mnie twój telefon – powiedział. – I muszę przyznać, że jestem bardzo ciekawy, dlaczego zadzwoniłaś. Czy to ma coś wspólnego z faktem, że Gideon wrócił do Corinne?

Zabolało. Bardzo. Musiałam wziąć głęboki oddech, by razem z wydychanym powietrzem pozbyć się napięcia. Znałam prawdę. Nie miałam żadnych wątpliwości. Ale musiałam również przyznać, że pragnęłam stać się oficjalną posiadaczką Gideona. Chciałam go posiąść, zaanektować, aby wszyscy wiedzieli, że jest tylko mój.

– Dlaczego tak go nienawidzisz? – zapytałam, przechodząc pierwsza przez obrotowe drzwi. W oddali rozbrzmiewały grzmoty, ale deszcz przestał padać, pozostawiając na ulicach jedynie wypełnione brudną wodą kałuże.

Zrównał się ze mną na ulicy i położył dłoń na moich plecach w okolicy krzyża. Przeszył mnie dreszcz odrazy.

– Dlaczego pytasz? Chcesz porównać doświadczenia?

– Czemu nie?

Podczas lunchu zdobyłam sporo informacji na temat przyczyn nienawiści Christophera. Okazało się, że interesuje go tylko mężczyzna, którego widział w lustrze. Gideon był przystojniejszy, bogatszy, potężniejszy, bardziej pewny siebie… po prostu lepszy. Christophera w oczywisty sposób zżerała zazdrość. W jego wspomnieniach to Gideonowi poświęcano więcej uwagi, gdy był dzieckiem. Co zresztą mogło być prawdą, biorąc pod uwagę, jakie miał problemy. Co gorsza, braterska rywalizacja rozciągnęła się na życie zawodowe, gdy Cross Industries wykupiło większościowy pakiet akcji Vidal Records. Muszę zapytać Gideona, dlaczego to zrobił.

Zatrzymaliśmy się pod budynkiem Crossfire, żeby się pożegnać. Przejeżdżająca obok taksówka wjechała w kałużę, rozpryskując pienistą wodę. Klnąc pod nosem, uskoczyłam do tyłu i prawie wpadłam na Christophera.

– Chciałbym się kiedyś z tobą umówić, Evo. Może na kolację?

– Zadzwonię do ciebie – wymigałam się. – Mój współlokator jest teraz w złym stanie i staram się jak najwięcej z nim przebywać.

– Masz mój numer. – Uśmiechnął się i pocałował mnie w rękę. Byłam przekonana, że uważał ten gest za czarujący. – Odezwę się do ciebie.

Przeszłam przez drzwi obrotowe i skierowałam się do bramek kontrolnych.

Zatrzymał mnie jeden z ubranych w czarne garnitury ochroniarzy.

– Panno Tramell, czy mogę panią prosić ze mną?

Zaciekawiona poszłam za nim do biura, gdzie pierwszego dnia pracy dostałam identyfikator.

Otworzył dla mnie drzwi, a w środku czekał Gideon.

Opierał się o biurko z założonymi na piersiach rękami i był piękny, ponętny i dziwnie rozbawiony. Zamknęły się za mną drzwi, a on westchnął i pokręcił głową.

– Kogo jeszcze zamierzasz napastować w moim imieniu? – zapytał.

– Znowu mnie szpiegujesz?

– Czuwam nad twoim bezpieczeństwem.

Uniosłam brwi.

– A skąd wiesz, czy go napastowałam, czy nie?

Uśmiechnął się szerzej.

– Bo cię znam.

– Nie napastowałam go. Naprawdę – dodałam, gdy spojrzał na mnie z niedowierzaniem. – Z początku zamierzałam, ale zmieniłam zdanie. A dlaczego jesteśmy w tym pokoju?

– Prowadzisz jakąś krucjatę, aniołku?

Miałam wrażenie, że mówimy ogródkami i nie wiedziałam dlaczego. Nie obchodziło mnie to jednak, bo uderzyło mnie coś zupełnie innego.

– Zdajesz sobie sprawę, jak spokojnie reagujesz na mój lunch z Christopherem? Podobnie jak ja reaguję na twoje wyjścia z Corinne. Oboje zachowujemy się zupełnie inaczej niż zachowywalibyśmy się zaledwie miesiąc temu.

Gideon *był* inny. Uśmiechnął się ciepło.

– Ufamy sobie, Evo. To bardzo przyjemne uczucie, prawda?

– Owszem, ufam ci, ale to nie znaczy, że jestem mniej zaskoczona tym, co się między nami dzieje. Dlaczego ukrywamy się w tym biurze?

– Wiarygodne zaprzeczenie. – Wyprostował się i podszedł do mnie.

Wziął w dłonie moją twarz, odchylając moją głowę do tyłu i pocałował mnie słodko.

– Kocham cię – powiedział.

– Nabierasz wprawy w mówieniu tych słów.

Przejechał palcami po mojej nowej grzywce.

– Pamiętasz tę noc, kiedy miałaś swój koszmar, a ja tak długo nie przychodziłem? Zastanawiałaś się, gdzie byłem.

– Cały czas się zastanawiam.

– Byłem w hotelu, opróżniałem tamten pokój. Mój kącik do ruchania, jak go nazwałaś. Stwierdziłem, że tłumaczenie ci tego w momencie, gdy wyrzygiwałaś flaki, było nie na miejscu.

Odetchnęłam z ulgą. Wreszcie dowiedziałam się, gdzie był, a co ważniejsze, że nie ma już kącika do ruchania.

Spoglądał na mnie z uczuciem.

– Zupełnie o tym zapomniałem do momentu, gdy wyszło to u doktora Petersena. Oboje wiemy, że nigdy już nie wrócę do tego pokoju. Moja dziewczyna woli przecież samochody od łóżek.

Uśmiechnął się i patrzyłam, jak odchodzi.

W drzwiach stanął ochroniarz, więc stłumiłam kłębiące się myśli. Przemyślę to później, kiedy będę miała czas porządnie się zastanowić, dokąd mnie zaprowadzą.

*

W drodze do domu kupiłam butelkę musującego soku jabłkowego zamiast szampana. Co jakiś czas dostrzegałam podążającego za mną bentleya, do którego mogłam w każdej chwili wsiąść. Wcześniej jadący za mną samochód irytował mnie, teraz na jego widok na mojej twarzy pojawiał się uśmiech.

Doktor Petersen miał rację. Chwilowa separacja i samotność pozwoliły mi trzeźwiej spojrzeć na sytuację. O dziwo, dystans między mną a Gideonem wzmocnił nasz związek, sprawił, że bardziej doceniliśmy to, co mieliśmy. Kochałam go teraz bardziej niż kiedykolwiek i w spokoju planowałam wieczór z moim współlokatorem, nie mając zielonego pojęcia, gdzie i z kim był Gideon. To nie miało znaczenia. Wiedziałam, że jestem obecna w jego myślach, w jego sercu.

Zadzwonił mój telefon i sięgnęłam do torebki. Widząc na wyświetlaczu imię mamy, odebrałam, mówiąc:

– Cześć, mamo.

– Zupełnie nie rozumiem, czego szukają! – Usłyszałam jej łzawy, pełen złości głos. – Nie dają Richardowi spokoju. Przyszli dziś do jego biura i zabrali kopie taśm z kamer monitoringu.

– Detektywi?

– Tak. Są bezlitośni. Dlaczego się go tak uczepili?

Skręciłam w moją ulicę.

– Chcą złapać mordercę. Muszą sprawdzić, czy Nathan wszedł do budynku i wyszedł z niego, ustalić czas nagrania czy coś.

– To absurdalne!

– Tak, ale to tylko moje przypuszczenia. Nie martw się. Niczego nie znajdą, bo Stanton jest niewinny. Wszystko będzie dobrze.

– Tak wspaniale to wszystko znosi, Evo… – Jej głos był już spokojniejszy. – Jest dla mnie taki dobry.

Westchnęłam, bo powiedziała to obronnym tonem, jakby chciała usprawiedliwić swój wybór.

– Wiem, mamo. Rozumiem to i ojciec również to rozumie. Jesteś dokładnie tam, gdzie powinnaś być. Nikt cię nie osądza. Wszystko jest w porządku.

Zdołałam ją uspokoić dopiero, gdy doszłam do moich drzwi, chociaż jednocześnie zastanawiałam się, co zobaczyliby detektywi na taśmach z monitoringu w Crossfire. Korytarze wieżowca Crossfire stanowiły tło dla historii mojego związku z Gideonem. Tam po raz pierwszy zaproponował mi seks, otwarcie przyznając, że mnie pożąda. Tam przygwoździł mnie od ściany, gdy zgodziłam się na związek na wyłączność. I odrzucił mój dotyk tego dnia, kiedy zaczął się ode mnie odsuwać. Cofając się odpowiednio daleko w czasie, detektywi mogliby prześledzić nasze bardzo prywatne i intymne momenty.

– Zadzwoń, jeśli będziesz mnie potrzebować – powiedziałam, rzucając torby na barek śniadaniowy. – Cały wieczór będę w domu.

Skończyłyśmy rozmowę i dostrzegłam przerzucony przez jeden ze stołków nieznany płaszcz. Krzyknęłam do Cary'ego:

– Kochanie, już wróciłam!

Włożyłam sok jabłkowy do lodówki i poszłam do swojego pokoju wziąć prysznic. Byłam na progu sypialni, gdy otworzyły się drzwi do pokoju Cary'ego i wyszła zza nich Tatiana. Na widok jej stroju seksownej pielęgniarki, podwiązek i kabaretek, otworzyłam ze zdumienia oczy.

– Cześć, słonko – rzuciła, wyraźnie z siebie zadowolona. Tatiana Cherlin, wzięta modelka, miała olśniewającą twarz i ciało przyprawiające o zawrót głowy. – Zaopiekuj się nim dla mnie.

Patrzyłam, jak długonoga blondynka znika w salonie, a potem usłyszałam odgłos zamykanych drzwi.

Cary wyjrzał z pokoju. Był potargany, zarumieniony i miał na sobie tylko bokserki. Wychylił się zza framugi i z uśmiechem zadowolenia powiedział:

– Hej.

– Hej. Wygląda na to, że miałeś przyjemny dzień.

– O tak.

Uśmiechnęłam się.

– Nie chcę cię oceniać, ale myślałam, że skończyłeś z Tatianą.

– Nigdy nie sądziłem, że w ogóle coś zacząłem. – Przejechał ręką po włosach, mierzwiąc je jeszcze bardziej. – Aż tu nagle pojawiła się dziś, przejęta i pełna współczucia. Była w Pradze i dopiero dzisiaj usłyszała o moim pobiciu. Widziałaś, w jakim przyszła stroju, zupełnie jakby czytała w moich perwersyjnych myślach.

– Widać, że dobrze cię zna. – Wychyliłam się zza moich drzwi.

– Na to wygląda. – Wzruszył ramionami. – Zobaczymy, co z tego wyniknie. Wie, że w moim życiu jest Trey i że nie zamierzam z niego rezygnować. Co do Treya… cóż, wiem, że mu się to nie spodoba.

Rozumiałam pragnienia obydwu mężczyzn. Żeby ich związek mógł przetrwać, będą musieli pójść na wiele kompromisów.

– Może dzisiaj wieczorem zapomnimy o naszych drugich połówkach i urządzimy sobie maraton filmów akcji? Przyniosłam bezalkoholowego szampana.

Uniósł brwi.

– Bezalkoholowego? Żartujesz sobie?

– Wiesz dobrze, że nie możesz mieszać lekarstw z alkoholem.

– Nie wybierasz się na lekcje krav magi?

– Nadrobię to jutro. Mam ochotę na wieczór lenistwa. Chcę rozwalić się na kanapie i jeść pizzę pałeczkami, a chińszczyznę rękami.

– Ty mała buntowniczko. – Uśmiechnął się Cary. – No to jesteśmy umówieni.

*

Parker z jękiem spadł na matę, a ja krzyknęłam radośnie, podniecona swoim sukcesem.

– Tak! – zawołałam, zaciskając uniesioną pięść. Przewrócenie mężczyzny o wadze Parkera to nie lada osiągnięcie. Znalezienie odpowiedniego ułożenia ciała, żeby móc wykorzystać siłę dźwigni, zajęło mi zapewne więcej czasu, niż powinno, bo przez ostatnie tygodnie trudno mi było się na czymkolwiek skoncentrować.

Cała moja równowaga życiowa została zakłócona, gdy pojawiły się problemy w naszym związku z Gideonem.

Uradowany Parker wyciągnął rękę, żebym pomogła mu wstać. Chwyciłam go za przedramię i postawiłam na nogi.

– Świetnie. Bardzo dobrze – pochwalił mnie. – Jedziesz dziś na pełnej parze.

– Dzięki. Chcesz spróbować jeszcze raz?

– Zrób sobie dziesięć minut przerwy i napij się czegoś – odrzekł. – Muszę porozmawiać z Jeremym, zanim wyjdzie.

Jeremy także był instruktorem, potężnym mężczyzną, któremu dawali radę tylko najbardziej zaawansowani uczniowie. Trudno mi było sobie wyobrazić, że mogłabym poradzić sobie z napastnikiem jego rozmiarów, chociaż podczas zajęć widziałam, jak robiły to drobniejsze ode mnie kobiety.

Chwyciłam ręcznik i butelkę wody i poszłam w kierunku stojących pod ścianami ławek. Nagle zatrzymałam się osłupiała na widok detektyw, która parę dni wcześniej była w moim mieszkaniu. Shelley Graves nie miała na sobie służbowego stroju, tylko dres i adidasy, a jej ciemne kręcone włosy spięte były w kucyk.

Wchodziła do budynku, a ławki stały przy drzwiach, szłam więc dokładnie w jej kierunku. Starałam się przybrać obojętną minę, chociaż byłam bardzo zdenerwowana.

– Panno Tramell – powitała mnie. – Miło panią widzieć. Długo już pani trenuje z Parkerem?

– Jakiś miesiąc. Panią też miło widzieć.

– Wcale nie – odrzekła sucho. – Wcale pani tak nie myśli. Jeszcze nie. Ale może nasza rozmowa to zmieni.

Zmarszczyłam brwi, nie wiedząc, do czego zmierza, lecz jedno było jasne.

– Nie będę z panią rozmawiać bez mojego adwokata – oznajmiłam.

Rozłożyła szeroko ręce.

– Nie jestem na służbie. Zresztą nie musi pani nic mówić. To ja mam coś do powiedzenia.

Pokazała gestem ławkę. Niechętnie usiadłam. Wiedziałam, że muszę zachować ostrożność.

– Może przeniesiemy się nieco wyżej? – Weszła na samą górę, a ja podążyłam za nią.

Gdy zajęłyśmy miejsca, oparła łokcie na kolanach i przypatrywała się ćwiczącym na dole.

– Wieczorem jest tu zupełnie inaczej. Zwykle przychodzę w ciągu dnia. Postanowiłam, że jeśli kiedyś natknę się na ciebie, gdy nie będę na służbie, porozmawiam z tobą. Myślałam, że szanse na takie spotkanie są zerowe, a tu proszę. To musi być jakiś znak.

Nie wierzyłam w jej historyjkę.

– Nie wydajesz się typem osoby, która wierzy w znaki – rzuciłam.

– Masz rację, ale w tym wypadku zrobię wyjątek. – Ściągnęła usta, jakby intensywnie nad czymś myślała. Potem spojrzała na mnie. – Myślę, że twój chłopak zabił Nathana Barkera.

Zesztywniałam i głośno złapałam oddech.

– Nigdy nie będę w stanie tego udowodnić – powiedziała ponuro. – Jest zbyt przebiegły. Zbyt dokładny. Cała rzecz została precyzyjnie zaplanowana. Gideon Cross dokonał zbrodni doskonałej.

Nie wiedziałam, czy mam wstać i odejść, czy zostać – jakie będą konsekwencje którejkolwiek z decyzji. Korzystając z mojego niezdecydowania, Graves mówiła dalej:

– Myślę, że wszystko zaczęło się w poniedziałek, po tym jak zaatakowano twojego współlokatora. Przeszukując pokój hotelowy, w którym znaleziono ciało Barkera, znaleźliśmy zdjęcia. Dużo zdjęć, ale na tych, o których mówię, był twój współlokator.

– Cary?

– Gdybym występowała o nakaz aresztowania, powiedziałabym, że to Nathan Barker zaatakował Cary'ego Taylora, żeby zastraszyć Gideona Crossa. Zgaduję, że Gideon Cross nie chciał ulec szantażowi Barkera.

Zacisnęłam dłonie na ręczniku. Nie mogłam znieść myśli, że być może Cary cierpiał przeze mnie.

Graves rzuciła mi podejrzliwe, świdrujące spojrzenie. Miała oczy policjanta. Tak jak mój ojciec.

– Podejrzewam, że w tym momencie Cross uznał, że zagraża ci śmiertelne niebezpieczeństwo. I wiesz co? Miał rację. Widziałam dowody zebrane w pokoju Barkera – zdjęcia, precyzyjne zapiski dotyczące twojego codziennego planu zajęć, wycinki z gazet… nawet twoje śmieci.

Zwykle gdy znajdujemy tego typu dowody, jest już za późno.

– Nathan mnie obserwował? – Na samą myśl przebiegł mnie gwałtowny dreszcz.

– Śledził cię. Próby szantażowania twojego ojczyma i Crossa były zaledwie następstwem. Myślę, że Cross za bardzo się do ciebie zbliżył i Barker poczuł się zagrożony waszą relacją. Chyba liczył na to, że kiedy Gideon pozna twoją przeszłość, zostawi cię.

Przyłożyłam ręcznik do ust, na wypadek gdybym nie mogła powstrzymać wymiotów.

– A oto, co według mnie zaszło. – Złączyła palce obu rąk i zaczęła nimi rytmicznie stukać, wpatrując się w ćwiczących na dole. – Cross odciął się od ciebie i zaczął spotykać się z dawną narzeczoną. Służyło to jednocześnie dwóm celom – uśpiło czujność Barkera i pozbawiło Crossa motywu. Któż zabijałby dla kobiety, którą właśnie rzucił? Wszystko dokładnie obmyślił i w nic cię nie wtajemniczył, wzmacniając tym samym swoje kłamstwo przez twoją naturalną reakcję. – Zaczęła wystukiwać stopą ten sam rytm, który wystukiwała palcami, a jej szczupłe ciało emanowało nerwową energią. – Cross nie zatrudnił nikogo do wykonania brudnej roboty. To byłoby głupie. Nie chciał zostawiać śladu w postaci przekazywanych pieniędzy ani ryzykować, że ktoś go wsypie. Poza tym to bardzo osobista sprawa. Wasza sprawa. Musiał być absolutnie pewien, że zagrożenie zniknęło. W ostatniej chwili organizuje w swoim hotelu przyjęcie dla swojej firmy produkującej wódkę. W ten sposób zapewnia sobie żelazne alibi. Jego zdjęcia trafiają nawet do prasy. Wie również, gdzie ty się znajdujesz i że twoje alibi jest niepodważalne.

Ścisnęłam mocniej ręcznik. Mój Boże…

Odgłosy spadających na maty ciał, szum wydawanych instrukcji i triumfalne okrzyki ćwiczących zlały się w moich uszach w odległe buczenie. Wokół mnie buzowało życie, ale mój mózg niczego nie rejestrował. Miałam wrażenie, że oddalam się w głąb nieskończonego tunelu, a rzeczywistość kurczyła się do maleńkiego czarnego punkciku.

Graves otworzyła butelkę z wodą i piła zachłannie, po czym otarła usta wierzchem dłoni.

– Przyznaję, że to przyjęcie trochę mnie zmyliło. Jak można podważyć takie alibi? Musiałam wrócić do hotelu trzy razy, zanim dowiedziałam się, że tej nocy w hotelowej kuchni wybuchł pożar. Nic poważnego, ale na około godzinę ewakuowano wszystkich znajdujących się w budynku. Goście zebrali się na chodniku. Cross wchodził i wychodził z budynku, robiąc, co w takiej sytuacji powinien zrobić właściciel. Mam zeznania paru pracowników, którzy widzieli go lub rozmawiali z nim w tym czasie, ale żaden nie potrafił podać dokładnej godziny. Wszyscy zgadzali się, że panowało ogólne zamieszanie. Któż w takich okolicznościach byłby w stanie śledzić jednego faceta?

Poczułam, że kręcę głową, jakby skierowała to pytanie bezpośrednio do mnie.

Wyprostowała się i mówiła dalej:

– Zmierzyłam czas potrzebny na to, aby przejść od wejścia dla obsługi, gdzie Cross rozmawiał ze strażakami, do położonego parę przecznic dalej hotelu Barkera. Piętnaście minut w jedną stronę. Barker zginął od pojedynczego ciosu w klatkę piersiową. Prosto w serce. Zadanie takiego trafienia zajęłoby nie więcej niż minutę. Żadnych śladów obrony, a został znaleziony tuż przy drzwiach. Wiesz, co myślę? Otworzył Crossowi drzwi i został zaatakowany, zanim zdążył się zorientować, co się dzieje. I jeszcze coś... Ten hotel jest w posiadaniu firmy należącej do Cross Industries. A zainstalowane w budynku kamery monitoringu były akurat w trakcie przeglądu.

– To zbieg okoliczności – powiedziałam oschle. Serce waliło mi jak oszalałe. Jakaś cząstka mojego mózgu rejestrowała, że parę metrów ode mnie grupa ludzi żyła swoim życiem, nie zdając sobie sprawy, że w tym samym pomieszczeniu, tuż obok inna istota ludzka przeżywała dramat.

– Jasne. Czemu nie? – Graves wzruszyła ramionami, ale zdradzały ją oczy. Ona wiedziała. Nie mogła tego dowieść, ale wiedziała. – A więc tak się mają sprawy. Mogłabym dalej szukać, drążyć tę sprawę kosztem innych dochodzeń. Tylko po co? Cross nie stanowi zagrożenia dla społeczeństwa. Mój partner powiedziałby ci, że nigdy nie należy się brać do samodzielnego wymierzania sprawiedliwości. I w większości przypadków go popieram. Ale Nathan Barker chciał cię zabić. Być może nie za tydzień, może nie za rok. Ale kiedyś z pewnością.

Wstała i wygładziła spodnie, podniosła butelkę wody i ręcznik, zupełnie ignorując fakt, że łkałam jak oszalała.

Gideon... Przycisnęłam ręcznik do twarzy.

– Spaliłam swoje notatki – mówiła dalej Graves. – Mój partner zgodził się przyznać, że zabrnęliśmy w ślepy zaułek. Nikt nie płacze po Nathanie Barkerze. Nawet jego ojciec powiedział mi, że dla niego Nathan nie istniał już od wielu lat.

Spojrzałam na nią, mrugając pospiesznie powiekami, żeby zobaczyć coś przez łzy.

– Nie wiem, co powiedzieć – wyjąkałam.

– Zerwałaś z nim w tę sobotę, kiedy przerwaliśmy wam kolację, prawda? Poszedł wtedy z nami na posterunek, żeby złożyć zeznanie. Wyszedł z pokoju, ale obserwowałam go przez szybę w drzwiach. Taki ból malujący się na twarzy człowieka widzę jedynie, gdy zawiadamiam kogoś o śmierci bliskiego. Szczerze mówiąc, to dlatego ci to wszystko powiedziałam, żebyś mogła do niego wrócić.

– Dziękuję. – Jeszcze nigdy nie wypowiedziałam tych słów z takim uczuciem, jak teraz.

Potrząsnęła głową i zaczęła schodzić po schodach. Nagle zatrzymała się, odwróciła i spojrzała na mnie.

– To nie mnie powinnaś dziękować.

*

Jakimś cudem dotarłam do mieszkania Gideona.

Nie pamiętam, jak wychodziłam ze studia Parkera ani jak mówiłam Clancy'emu, gdzie chcę jechać. Nie pamiętam, jak meldowałam się na portierni ani jak jechałam windą. Gdy stanęłam w prywatnym foyer pod drzwiami Gideona, zatrzymałam się na chwilę, nie wiedząc, w jaki sposób się tu znalazłam.

Nacisnęłam dzwonek i czekałam. Nikt nie otwierał, więc osunęłam się na podłogę i oparłam się o drzwi.

W takiej pozycji znalazł mnie Gideon. Otworzyła się winda, wyszedł i stanął jak wryty na mój widok. Miał na sobie dresy, a jego włosy były mokre od potu. Nigdy nie wyglądał piękniej.

Wpatrywał się we mnie bez słowa, więc powiedziałam:

– Nie mam już kluczy.

Nie wstawałam, bo nie byłam pewna, czy zdołam ustać na nogach.

Gideon ukucnął.

– Evo, co się stało?

– Spotkałam dziś detektyw Graves – powiedziałam ze ściśniętym gardłem. – Umarzają sprawę.

Gideon odetchnął głęboko.

W tym momencie wiedziałam.

Jego piękne oczy przesłonił ponury cień. Wiedział, że wiem. Prawda wisiała między nami niczym czarna chmura.

Dla ciebie mógłbym nawet zabić, oddałbym wszystko, co mam… ale ciebie nie oddam.

Gideon opadł na kolana, na zimny twardy marmur. Opuścił głowę i czekał.

Podniosłam się i uklękłam obok niego. Uniosłam jego brodę. Dotknęłam jego twarzy dłońmi i ustami i wszeptywałam w jego skórę wdzięczność, za to, co zrobił: dziękuję… dziękuję… dziękuję.

Przycisnął mnie do siebie i wtulił twarz w moją szyję.

– I co teraz zrobimy? – zapytał.

Przytuliłam go.

– Cokolwiek. Byle razem.